AF272719

Das Buch

Mariellas Traum von der großen Liebe in Italien ist geplatzt. Als sie kurz darauf zurück nach Deutschland will, erreicht sie überraschend das Testament ihrer italienischen Großmutter. Mariella soll das alte Bistro ihrer Oma in der Toskana erben. Sie träumt von Cappuccino, Limoncello, Aperol Spritz und leckeren Antipasti in ihrem eigenen Bistro und reist in den idyllischen Ort ihrer Kindheit. Doch dort ist der Start für Mariella mehr als holprig. Und auch mit den Stolpersteinen, die ihr manche Dorfbewohner vor die Füße werfen, hat sie nicht gerechnet.

Mariella ist kurz davor, alles hinzuschmeißen, wäre da nicht der charmante, aber undurchschaubare und temperamentvolle Koch Celio, der ihr langsam aber sicher den Kopf verdreht.

Die Autorin

Hanna Holmgren liebt das Leben – an bunten und an grauen Tagen.

„Es liegt schließlich an uns selbst, welche Tage wir an uns heranlassen", ist ihr Motto. Schon als Kind begann Hanna, ihre Erinnerungen an wunderbare Orte und Momente in einem Reisetagebuch festzuhalten und formte bleibende Geschichten daraus. Im Laufe der Zeit entwickelten sie sich zu vollwertigen Romanen und wurden schließlich zu ihrer größten Leidenschaft. Heute bedeutet das Schreiben für sie pure Entspannung. Es bringt ihr Sonnenstrahlen, Sandkörner und Meeresrauschen in ihr heimisches Arbeitszimmer und lindert das ständige Fernweh bis zur nächsten Reise, die ihr noch immer als wichtigste Inspirationsquelle dienen. Seit Hanna Holmgren ihr früheres Berufsleben hinter sich gelassen hat, widmet sie sich voll und ganz dem Schreiben von romantischen Wohlfühl-Romanen.

Sommernächte im Bistro Romantico

Verliebt in Italien 2

Ein Roman von Hanna Holmgren

Mehr zur Autorin finden Sie auf
www.hannaholmgren.de,
www.instagram.com/hannaholmgren.autorin,
www.facebook.com/hannaholmgren.autorin und
www.feuerwerkeverlag.de/holmgren

Abonnieren Sie auch unseren Verlags- und Autoren-Newsletter und
erfahren Sie so als Erster von unseren Neuerscheinungen,
Autorennews und exklusiven Buch-Gewinnspielen:
www.feuerwerkeverlag.de/newsletter

Originalausgabe März 2023
© FeuerWerke Verlag, alle Rechte vorbehalten
Maracuja GmbH, Laerheider Weg 13, 47669 Wachtendonk
Herstellung: Books on Demand GmbH
Printed in Europe
Umschlaggestaltung: Grit Bomhauer, grit-bomhauer.com
unter Verwendung von © Adobe Stock – lovelyday12 | Stefan |
tomertu | drubig-photo | Natalie Board | denira | nolonely ©
Depositphotos – PantherMediaSeller | Aquir014b
Lektorat: Ulrike Rücker, Leipzig

ISBN: 978-3-949221-60-6

Kapitelübersicht

È così che inizia … 9

1. Kapitel 14

2. Kapitel 19

3. Kapitel 30

4. Kapitel 36

5. Kapitel 55

6. Kapitel 75

7. Kapitel 85

8. Kapitel 92

9. Kapitel 98

10. Kapitel 103

11. Kapitel 112

12. Kapitel 123

13. Kapitel 133

14. Kapitel 141

15. Kapitel 159

16. Kapitel 164

17. Kapitel 169

18. Kapitel 179

19. Kapitel 184

20. Kapitel 195

21. Kapitel 202

22. Kapitel 208

23. Kapitel 218

24. Kapitel 226

25. Kapitel 243

26. Kapitel 250

27. Kapitel 255

28. Kapitel 263

29. Kapitel 272

30. Kapitel 280

È così sie riparte … 284

I.

»Nessun meggior dolore
che ricordarsi del tempo felice
ne la miseria.«

(Dante Alighieri, 1265-1321,
italienischer Dichter und Philosoph)

(»Kein Schmerz ist größer,
als sich der Zeit des Glücks zu erinnern,
wenn man im Elend ist.«)

È così che inizia ...

UND so beginnt es also, dachte Mariella und blickte sich in dem altmodischen Zimmer voller Porzellanfiguren, getrockneter Blumen, eingerahmter Kalenderabschnitte und kitschiger Holzmöbel um. Sie ließ sich auf den Hocker aus Rattan fallen und wischte sich eine Träne aus dem Augenwinkel.

Die erste, seit sie hier angekommen war, stellte sie fest.

Es lag nicht an den tragischen Umständen, die sie hierher geführt hatten, und nicht am Begräbnis, bei dem es ihr einfach nicht gelungen war zu weinen.

Es lag an diesem Geruch.

Ein Geruch, den sie aus ihren Kindheitstagen kannte, ein Geruch, den es sonst nirgends auf der Welt gab. Jedenfalls nicht für sie. Diese Mischung aus künstlichem Lavendel, Möbelpolitur und irgendetwas Scharf-Chemischem, das an Industriereiniger erinnerte, hatte sich unwiderruflich in ihrem Geruchsgedächtnis eingeprägt und sie nun wieder zurück in ihre Kindheit befördert – obwohl Mariella seit fast fünfundzwanzig Jahren nicht mehr hier gewesen war.

Es war der Duft des toskanischen Hauses ihrer italienischen Großmutter.

Eine weitere Träne drängte hervor, und diesmal wischte Mariella sie nicht fort. Sie blickte an die Wand mit all den eingerahmten Kalenderblättern. Sie hatte fünfzehn gezählt – fünfzehn Kalenderblätter aus unterschiedlichen Jahren, unterschiedlichen Jahrzehnten sogar. Ihr Blick fiel auf eines, das ein Zitat von Dante Alighieri zeigte.

Mariella fragte sich, warum ihre Großmutter gerade diese Abschnitte ausgewählt und sich die Mühe gemacht hatte, sie einrahmen und aufhängen zu lassen. Lag es an den Sprüchen oder an den Daten?

»Was hast du dir bei alldem gedacht?«, fragte Mariella in den leeren Raum hinein und war sich sehr bewusst darüber, dass sich ihre Frage nicht nur auf den merkwürdigen Wandschmuck bezog, sondern auf die Gesamtsituation.

Sie wusste nichts über ihre Großmutter. Mariella hatte sie überhaupt nicht gekannt. Nicht wirklich jedenfalls. Und dennoch war sie jetzt hier. Sie war hier, weil ihre Großmutter es so gewollt hatte, und fragte sich nun zum wiederholten Mal, ob das alles gerade wirklich passierte.

Sie drehte den Kopf zur Seite und betrachtete ein großes Ölgemälde, das eine junge Version ihrer Großmutter zeigte. Sie war schön gewesen. Sehr schön sogar. Ebenmäßige Gesichtszüge, volle, sinnliche Lippen und ein stolzer Blick aus fast kohlrabenschwarzen Augen. Dazu die wilden schwarzen Locken, die Mariella leider nicht geerbt hatte. Genau genommen hatte sie überhaupt nichts von dem Aussehen ihrer Großmutter geerbt. Während bei Mariellas drei älteren Brüdern die italienischen Gene ziemlich stark durchgeschlagen waren, hatte sie selbst die blasse Haut und die rotbraunen, welligen Haare ihres deutschen Vaters geerbt. Dafür war ihr Kinn aber nicht so markant wie seins, und sie hatte auch seine autoritären Züge nicht. Ihr Gesicht glich eher dem einer Puppe, mit diesen zu großen Augen und den hohen Wangenknochen, die theoretisch ganz hübsch waren, aber irgendwie auch fehl am Platz wirkten.

Mariella wandte den Blick ab. »Wer hängt ein Gemälde von sich selbst in sein Haus?«, murmelte sie und fragte sich, ob ihre Großmutter wirklich so eitel gewesen war.

Sie versuchte, Erinnerungen an sie heraufzubeschwören. Früher waren sie jedes Jahr zweimal in die Toskana gefahren. Immer zu Weihnachten und zu Ostern. Es hatte stets große Feste gegeben und Mariella erinnerte sich an lange Tische, die sich unter all den italienischen Köstlichkeiten, die ihre Großmutter gekocht hatte, gebogen hatten. Und sie erinnerte sich an den Duft von starkem, frisch gebrühtem Caffè Espresso, den die Erwachsenen immer so genüsslich getrunken hatten, während sie und die anderen Kinder selbst gemachte Limonade bekommen hatten. Die hatte ganz anders geschmeckt als zu Hause in Deutschland. Ihre Großmutter hatte ein spezielles Rezept, und sie hatte neben den frischen, süßen Zitronen auch immer ein paar

Zweige Rosmarin und Lavendel hinzugefügt. »So schmeckt es mehr nach bella Italia, eh?«, hatte Großmutter Maria dann stets augenzwinkernd gesagt.

Richtig, dachte Mariella jetzt und seufzte. Nach Urlaub und Sonne und Glück.

Sie versuchte, ihre Gefühle zu ergründen. War sie traurig? Oder nur erschöpft? Da sie ihre Großmutter seit fünfundzwanzig Jahren nicht mehr gesehen hatte, konnte sie nicht gerade behaupten, dass ihr Tod ihr nahegegangen war. Und dennoch war sie hier. Aber warum? Und wie hatte die Einladung zum Begräbnis den weiten Weg zu ihr gefunden? Woher hatte ihre Großmutter oder derjenige, der ihr Begräbnis organisiert hatte, gewusst, dass Mariella nicht mehr in Deutschland gelebt, sondern nach Sizilien gezogen war?

Und dann war da noch die spannendste aller Fragen: Wieso hatte ihre Großmutter gerade sie in ihrem Testament bedacht?

Mariellas Blick fiel auf das kleine Notizbuch mit schwarzem Ledereinband, das auf ihrem Schoß lag.

Il diario.

Das Tagebuch ihrer Nonna Maria.

Vielleicht würde sie darin Antworten auf all ihre Fragen finden.

Auszug aus Nonna Marias Tagebuch

LIEBE ...?

Jetzt habe ich nur ein Wort geschrieben und komme mir bereits töricht dabei vor. Wie beginnt man den ersten Tagebucheintrag seines Lebens? Mit »Liebes Tagebuch«? Oder mit »Liebe Leser«? Beides scheint mir unpassend, beides klingt nach einem kleinen Mädchen. Und ich bin fürwahr kein kleines Mädchen mehr.

Aber ich will es tun. Es ist wichtig. Wann, wenn nicht jetzt, soll ich meine Geschichte erzählen? Oder zumindest jene Aspekte meiner Geschichte, die mir bedeutsam genug erscheinen, um mir die Mühe zu machen, sie aufzuschreiben.

Ich war immer zu beschäftigt, hatte nie Zeit. Vielleicht habe ich sie mir auch einfach nur nicht genommen. Aber es gibt Dinge, die ich erzählen möchte. Dinge, mit denen ich mich noch einmal, vielleicht ein letztes Mal, auseinandersetzen will. Ich denke, es ist an der Zeit, mir alles von der Seele zu schreiben.

Womit beginne ich also? Am besten wohl mit mir selbst. Maria Lornano. Diesem Mädchen vom Dorf. Es heißt immer, Camaiore hätte sich verändert, wäre früher ganz anders gewesen. Und vielleicht stimmt das auch für jenen Teil der Gemeinde, zu dem die Küste gehört und der von Jahr zu Jahr von immer mehr Touristen bevölkert wurde. Aber hier oben, im Ortskern, mitten in den toskanischen Hügeln, hat sich überhaupt nichts verändert. Ich würde gar behaupten, dass die Zeit hier seit gut zweihundert Jahren stillsteht.

Genau das war von Anfang an irgendwie ein Problem für mich. Wie so viele junge Mädchen habe ich von der großen weiten Welt geträumt. Alles hat mich gelangweilt. Die immer gleichen Gesichter, die immer gleichen Feste, Gottesdienst am Sonntag, Markt am Samstag, Weinlese im September, Pasqua im Frühjahr. Und die immer gleichen Jungs, die mit mir ausgehen wollten – in die immer gleichen Bars.

Ich hätte gehen sollen, als sich mir die Chance bot. Ich hätte die Möglichkeit gehabt, als Au-pair-Mädchen nach Rom zu gehen, wenngleich meine Eltern dagegen waren. Es wäre mein Sprungbrett in eine andere, größere, buntere Welt gewesen.

Doch dann kam Antonio. Ein Bild von einem Mann. Nun, damals war er noch ein Junge, nur zwei Jahre älter als ich, gerade mal achtzehn. Nach all den Kerlen, die mich so gelangweilt haben, war Antonio eine regelrechte Offenbarung. Alle Mädchen wollten ihn, weil er groß gewachsen war und diese funkelnden blauen Augen hatte, die man in Italien kaum je zu sehen bekommt. Und diese Augen hatte er ausgerechnet auf mich gerichtet. Nur auf mich. Neben ihm lief ich mit stolz geschwellter Brust durchs Dorf, mit vor Aufregung geröteten Wangen und mit vor Nervosität feuchten Handflächen, die ich mir ständig verstohlen an meinem Rock abwischte – nur für den Fall, dass Antonio meine Hand ergreifen würde. Und schließlich tat er es, und wie ich schnell herausfand, wollte er noch weitaus mehr ...

Heute wäre all das vielleicht anders vonstattengegangen, aber damals, als ich mit nur siebzehn Jahren schwanger wurde, gab es nur eine denkbare Reaktion meiner Eltern: eine schellende Ohrfeige von meinem Vater und ein hysterisches Schluchzen meiner Mutter. Und schließlich eine hektisch zusammengetrommelte Hochzeit, um nur ja keine Schande über die Familie zu bringen.

Und doch war ich glücklich. Ich hatte Antonio und dieses kleine wunderschöne Wesen. Meine Tochter. Wir zogen in das Haus an der Piazza, gegenüber der Kirche, und waren wirklich glücklich. Zumindest für ein paar Jahre.

1. Kapitel

MARIELLA klappte das Tagebuch zu und strich sanft mit dem Daumen über die Vorderseite. Sie hatte es auf dem Nachtschränkchen ihrer Großmutter gefunden, als sie kurz vor dem Begräbnis das erste Mal nach über zwei Jahrzehnten ihr Haus betreten hatte. Ein kleines, unscheinbares Büchlein, das einen so faszinierenden Einblick in das Leben einer Frau offenbarte, die Mariella gerne besser gekannt hätte. Es waren Auszüge wie dieser hier, der erste Eintrag, den sie wieder und wieder las. *Nonna* Marias Tagebuch war in den letzten Tagen zu einem stabilen Fels in der wilden, schäumenden Brandung geworden, zu der Mariellas Leben verkommen war.

Sie blickte durch das Fenster nach draußen. Über den Himmel zogen graue Wolken, und bald würde ein weiterer Regenschauer einsetzen. Das war gar nicht ungewöhnlich, im Frühjahr regnete es noch recht viel in der Toskana. Mariella konnte sich an ein Osterfest erinnern, bei dem es den ganzen Sonntag über geregnet hatte. Das halbe Dorf hatte dabei geholfen, Zelte und Planen herbeizuschaffen, alle hatten mitgearbeitet, um trotz des schlechten Wetters ein großartiges Fest zu ermöglichen.

Diese Mentalität, sich gegenseitig zu helfen und sich die Freude auf ein großes Fest von nichts auf der Welt trüben zu lassen, hatte Mariella schon immer an den Italienern bewundert. Vielleicht war auch das ein Grund dafür, dass sie sich für ein Studium in Florenz entschieden hatte. Deutschland war ihr immer so trübe erschienen, jedenfalls im Vergleich zu Italien, und ein Teil von ihr hatte immer in dem Land leben wollen, in dem ihre Mutter geboren und aufgewachsen war.

Schon komisch, dachte Mariella jetzt und ging die knarrenden Holztreppen hinunter ins Erdgeschoss, um die Tür zu öffnen und die frische, nach Regen duftende Frühlingsluft in das alte Haus zu lassen, ihre Mutter hatte die erstbeste Gelegenheit genutzt, nach Deutschland zu verschwinden, während sie selbst es genau umgekehrt gemacht hatte.

Natürlich hatte sie nie vorgehabt, in Italien zu bleiben. Sie hatte nur hier studieren wollen, drei Jahre, vielleicht vier, dann wollte sie zurückkehren und sich einen Job in irgendeiner Großstadt suchen. Doch dann hatte sie Dominic kennengelernt. Ein wahrgewordenes italienisches Klischee, Sizilianer, Sprössling einer großen Winzerfamilie.

Ein Bild von einem Mann.

Mariella schnaubte, als ihr klar wurde, dass ihre Großmutter in ihrem Tagebuch die gleichen Worte gewählt hatte.

»Wenn das mal keine schöne Parallele ist«, murmelte Mariella und trat nach draußen vor die Haustür, um auf den einsetzenden Regen zu warten.

Sie versuchte, die Gedanken an die letzten Wochen und Monate beiseitezuschieben, doch das gelang ihr nur mäßig. Manchmal hatte das Leben einen ganz eigenartigen Humor. Wäre nicht die Einladung zu diesem Begräbnis in Mariellas Postkasten gelandet, sie würde nun im Haus ihrer Eltern stehen und die beiden anbetteln, ihr doch zumindest einen Funken an Verständnis für ihre Lebensentscheidungen entgegenzubringen. Stattdessen stand sie im Dorf ihrer Großmutter, einer *Persona non grata* im Haus ihrer Eltern, deren Namen noch nicht einmal genannt werden durfte.

Mariella legte den Kopf in den Nacken und blickte in den Himmel. War sie das jetzt auch? Eine *Persona non grata*? Dasjenige der vier Kinder, das die Eltern enttäuscht hatte, während ihre Brüder doch ach so erfolgreich und großartig und bewundernswert waren?

Zugegeben, das waren sie auch. Ein Arzt, ein Anwalt und ein Pharmazeut. Alle glücklich verheiratet, alle mit einer Schar wundervoller Kinder.

Und alle mit superbraven Ehefrauen, die springen, wenn der Mann pfeift, dachte Mariella und bittere Galle stieg in ihr hoch. Es war eben nicht jeder für diese Rolle geboren. So einfach war das.

Obwohl eigentlich gar nichts einfach gewesen war, wenn sie an Dominic und *seine* Vorstellungen von einer glücklichen Ehe dachte. Er hatte ebenso wie Mariellas Eltern wenig Verständnis dafür gezeigt, dass ein Leben *an der Seite* eines Mannes für manche Frauen eben nicht ausreichend war.

»Ist es denn wirklich so falsch, wenn man eben mehr will?«, flüsterte Mariella.

Nur *was* dieses »mehr« war, darüber war Mariella sich nie so ganz im Klaren gewesen. Und das war dann auch das Problem, als sie ihren Eltern von der Scheidung erzählt hatte, der Anfang vom Ende einer gut funktionierenden Eltern-Kind-Beziehung.

»Und? Was willst du jetzt mit deinem Leben anstellen, hm? Hm? Was, Mariella, was?«, hatte ihre Mutter hysterisch ins Telefon geschluchzt.

»Keine Ahnung, Mama. Aber so kann es nicht weitergehen.«

»An einer Ehe kann man arbeiten, Mariella! Haben wir dir das nicht gut vorgelebt? Hm? Waren wir dir kein gutes Vorbild? Denkst du, das Leben von deinem Vater und mir war immer rosig und wundervoll? Nein. War es nicht. Aber wir haben uns trotzdem durchgekämpft.«

Klar habt ihr das, dachte Mariella jetzt. Weil ihre Mutter ja immer ihre Klappe gehalten hatte. Weil ihr Vater immer schon das Sagen gehabt hatte und ihre Mutter nur Beifahrerin in ihrem eigenen Leben war.

Aber so wollte Mariella nicht sein. Zu blöd nur, dass sie das erst festgestellt hatte, als sie bereits in Dominics sizilianische Großfamilie eingeheiratet hatte. Die ersten Zweifel an ihrer Entscheidung waren ihr gekommen, als ihre zahlreichen neuen Verwandten sie laufend nach der Kinderplanung gefragt hatten. Sie war ja immerhin *schon* fünfundzwanzig gewesen, als sie Dominic geheiratet hatte. Als drei Jahre später immer noch keine Kinder da waren, wurden die Fragen zunehmend drängender. Dominic war genervt, Mariella war genervt und eine anfänglich glückliche Ehe ging in rasanten Schritten den Bach runter.

Nicht wegen der fehlenden Kinder. Nicht wegen der Nachfragen und der wohlgemeinten tröstenden Worte. Das alles war Mariella fast egal gewesen, zumindest hätte sie damit leben können. Was ihr allerdings zunehmend zu schaffen gemacht hatte, war die Tatsache, dass sie unglücklich war. *Richtig* unglücklich. Die italienische Großfamilie und alle damit einhergehenden Verpflichtungen nahmen ihr die Luft zum Atmen. Auch fünf Jahre nach der Hochzeit hatte Mariella noch immer nicht ihren Platz in der Familie gefunden, sie fühlte sich nur vereinnahmt, aber ohne entscheidende Rolle, mehr wie ein Dekorationsstück, aber nicht wie ein wichtiges Mitglied. Das zähe Ende ihrer Ehe hatte sich noch volle zwei Jahre hingezogen. Dann war es endlich vorbei gewesen, und Mariella hatte ihre Sachen gepackt.

Just an dem Tag, an dem Mariella den Flieger nach Berlin hatte nehmen wollen, war die Einladung zum Begräbnis in ihrem Postkasten gelandet. Mariella hatte nie an Schicksal geglaubt. Zumindest nicht bis zu jenem Tag. Nicht bis zu dieser Einladung in ein neues Leben, in die Toskana, in ein Haus aus ihren Kindheitstagen, das nun plötzlich ihr gehören sollte.

Der Regen setzte ein. Mariella genoss das Gefühl der kühlen Tropfen auf ihrer Haut. Sie blickte sich um und lächelte. Das Haus ihrer Großmutter stand im Zentrum der *Piazza* in Camaiore. Die Häuser standen Mauer an Mauer und bildeten in ihrer Gesamtheit ein lang gezogenes Oval um den Hauptplatz mit seinen alten Pflastersteinen, den Steinbänken und dem schönen Brunnen, der vor der Kirche stand. Von ihrer Tür aus blickte sie direkt auf das hohe Tor der Stiftskirche Santa Maria Assunta, die seit fast achthundert Jahren an diesem Platz stand. Alle Häuschen waren in hellen Tönen gestrichen, weiß, hellgrau, gelb. Viele Fensterläden waren geschlossen, auf dem Platz und drum herum war es ruhig. Noch hatte die Saison nicht begonnen, es würden auch noch ein paar Wochen bis dahin vergehen. Die Monate März und April in der Toskana waren vielen Touristen zu kühl und zu nass, doch Mariella hatte sich nie an dem launenhaften Wetter zu Weihnachten und zu Ostern gestört. Auch jetzt genoss sie die Ruhe, mit der es jedoch, daran erinnerte sie sich gut, gegen Abend vorbei sein würde. Restaurants und Bars öffneten gegen achtzehn Uhr und auch ohne Touristen war der Ortskern in Camaiore abends sehr belebt. Die Leute kamen von der Arbeit, von den Weinbergen, aus der Stadt und genossen ihren *Spritz* oder *Vino*, knabberten genüsslich an kleinen italienischen Häppchen und tauschten den neuesten Tratsch aus, bevor sie nach Hause gingen.

Hier könnte ich mich wohlfühlen, dachte Mariella nun zum ersten Mal, seit sie angekommen war. Der Gedanke kam wie aus dem Nichts und traf sie überraschend, denn sie hatte nicht vorgehabt hierzubleiben. Doch in Deutschland wartete nichts auf sie, und ihr Leben in Sizilien lag hinter ihr. Hier allerdings hing noch alles in der Schwebe, sie befand sich im Niemandsland. Das war ein überwältigendes Gefühl, und nicht im guten Sinne. Sie fühlte sich plötzlich hibbelig, unruhig, fehl am Platz.

Mariella seufzte, drehte sich um, ging zurück ins Haus und schloss die Tür hinter sich. Ihr Blick fiel auf das Tagebuch ihrer Großmutter, das sie auf die kleine Theke neben dem Eingang gelegt hatte. Sie hatte nicht nur eine Einladung in die Toskana, sondern auch eine zu einer Reise in die Vergangenheit erhalten. Noch wusste sie nicht, was sie von alldem halten sollte. Doch eines wusste Mariella: Zum ersten Mal in ihrem Leben war sie ganz auf sich alleine gestellt, verlief ihr Leben nicht mehr in geordneten Strukturen, und niemand sagte ihr, was sie als Nächstes zu tun hatte.

Zum ersten Mal im Leben war sie frei. Das war beängstigend. Aber es war auch irgendwie eine Chance.

2. Kapitel

MARIELLA schlug die Augen auf, und sofort erinnerte der markante Geruch des Hauses sie daran, wo sie war. Im Schlafzimmer ihrer Großmutter standen zahlreiche getrocknete Lavendelsträuße, und auf dem Bett und dem gegenüberliegenden kleinen Holzregal lagen bestickte Kissen, die mit getrockneten Kräutern und Blüten gefüllt waren.

Mariella schlug die schwere Decke zurück und setzte sich auf. Sofort begann ihr Magen protestierend zu knurren und erinnerte sie daran, dass sie seit dem gestrigen Leichenschmaus nichts mehr gegessen hatte. Sie stand auf und fröstelte. Im Schlafzimmer im oberen Stock des Hauses war es ziemlich kalt, zumal Mariella keine Ahnung hatte, wie man hier heizte. Sie hatte schlichtweg noch keine Zeit gehabt, sich gründlich umzusehen und alle Gegebenheiten des Hauses zu erkunden.

Sie tapste barfuß über den eiskalten Fliesenboden und fischte einen Morgenmantel aus ihrem Koffer, den sie immer noch nicht ausgepackt hatte. Aber eigentlich hatte sie ja auch vor, bald wieder abzureisen.

Eigentlich.

Das war ihr erster Impuls direkt nach ihrer Ankunft gewesen. Was sollte sie auch mit diesem alten Haus anfangen, hier, mitten in der Pampa, fern ab von allem, was sie kannte? Danke, *Nonna*, aber nein danke.

Dann aber hatte sie hier übernachtet, einmal, zweimal. Sie hatte begonnen, durchs Haus zu schleichen, und sich zunächst bei jedem Schritt wie ein Eindringling gefühlt. Doch die Neugierde war größer als das Unbehagen. Sie spürte die Präsenz ihrer Großmutter in jedem Winkel dieses Hauses, und genau das ließ sie einfach nicht los.

Mariella schlang den Morgenmantel fest um sich und ging zum Fenster gegenüber dem Bett, um es zu öffnen. Kühle Morgenluft strömte ihr entgegen, und sie inhalierte den Duft nach Regen, Natur und, wie sie überglücklich feststellte, frisch gebrühtem Kaffee.

»Halleluja«, flüsterte Mariella und lief hinaus auf den schmalen, dunklen Gang, um ins Badezimmer nebenan zu gelangen.

Bereits bei ihrer Ankunft hatte sie festgestellt, dass das Badezimmer ein Relikt aus einem anderen Jahrhundert war, mit einem Kamin in der Mitte der gefliesten Wand und einer frei stehenden Badewanne mit goldenen Füßchen. An der linken Wand stand die Toilette, an der rechten ein massiver Schminktisch mit einem riesigen goldgerahmten Spiegel. Über der Wanne hing ein Ölgemälde, das, wie Mariella annahm, irgendeine römische Göttin zeigte, die sich Wasser aus einer Amphore über den Körper goss.

»Hoffentlich ist das nicht auch ein Gemälde meiner Großmutter«, murmelte Mariella und ging näher heran. Es war ihr bereits am ersten Morgen aufgefallen, und auch jetzt zog es ihren Blick magisch an. Kein Wunder, die Größe des Gemäldes sprach dafür, dass es eigentlich in einem Schloss hängen sollte. Offensichtlich hatte ihre Großmutter einen Hang zu Extravaganz gehabt.

Beim genaueren Betrachten stellte Mariella fest, dass es sich nicht um ein Porträt ihrer *Nonna* handelte. Die antik anmutende Frau mit den langen, dunklen Haaren hatte viel sanftere Gesichtszüge.

Mariella wandte sich ab, zog den Morgenmantel aus und stieg vorsichtig in die Wanne, um sich umständlich mit der zu kurzen Brause zu duschen. Sie versuchte, möglichst wenig Wasser im Badezimmer zu verteilen, doch das war ein schwieriges Unterfangen, und als sie aus der Wanne stieg, rutschte sie fast auf den Fliesen aus.

»Mist!«, rief sie und klammerte sich erschrocken an den Rand der Badewanne.

Eins der ersten Dinge, die sie kaufen musste, war eine rutschfeste Matte. Kaum zu glauben, dass ihre betagte Großmutter es geschafft hatte zu duschen, ohne sich irgendwas zu brechen.

Mariella zog sich Jeans und eine verknitterte Bluse an und ging über die Wohnzimmertreppe nach unten ins Erdgeschoss. Das Haus ihrer Großmutter war ziemlich interessant geschnitten. Obwohl die Grundfläche nicht allzu groß war, gab es sowohl oben als auch unten je drei Räume. Im oberen Stock verband ein schmaler Gang die drei nebeneinanderliegenden Zimmer. Unten musste man durch einen

Raum durch, um in den nächsten zu gelangen. Von den äußeren Räumen im Erdgeschoss führten zwei offene Holztreppen ohne Geländer nach oben. Man gelangte auf der rechten Haushälfte vom Vorraum über die Treppe direkt ins Wohnzimmer im oberen Stock, konnte über den dunklen Verbindungsgang an Badezimmer und Schlafzimmer vorbeigehen und kam über die Treppe an der linken Haushälfte direkt hinunter in die Küche. Unten befand sich zwischen Küche und Vorraum der kleine Laden, den ihre Großmutter geführt hatte. Den hatte Mariella allerdings noch nicht genau inspiziert, weil beide Türen, die hineinführten, verschlossen waren und sie noch keinen Schlüssel gefunden hatte, der passte. Sie wusste auch nur, dass sich in dem Raum ein Laden befand, weil sie beim Begräbnis gehört hatte, wie Freunde und Nachbarn ihrer Großmutter davon gesprochen hatten.

»Also, zuerst mal eine rutschfeste Matte besorgen, dann Schlüssel suchen«, sagte Mariella, schloss die Eingangstür auf und trat nach draußen.

Es war das erste Mal seit dem Tag des Begräbnisses, dass sie sich bereit fühlte, das Haus zu verlassen. Sie hatte sich bisher von den Dingen, die sie am Tag ihrer Ankunft in dem *Alimentari*-Laden gekauft hatte, und von den Resten des Leichenschmauses ernährt. Sie war gut genug versorgt gewesen, um sich mehr oder weniger im Haus verbarrikadieren zu können. Beim Begräbnis hatten sich die Blicke aller auf sie geheftet, alle waren neugierig gewesen, alle wollten wissen, wieso die Fremde, *la straniera*, hier war. Zumindest hatte Mariella es so empfunden. Sie hatte sich erst einmal sammeln müssen, hatte erst einmal ankommen müssen, bevor sie sich der kleinen Welt da draußen erneut stellen konnte.

Aber heute war es so weit. Sie hatte bereits vom Schlafzimmerfenster aus gesehen, woher der verführerische Duft nach Kaffee kam, und ging direkt zu der kleinen *Osteria* neben dem Haus ihrer Großmutter. Mariella lächelte, als sie den kleinen schnuckeligen Laden betrachtete. Direkt davor standen acht Holztischchen unter einer dunkelgrünen Markise. Darüber rankte sich eine buschige, grüne Kletterpflanze, die die Hälfte der orangefarbenen Fassade bedeckte.

Die Tür zur *Osteria* stand offen, und so betrat Mariella den kleinen Raum. Innen befanden sich nur wenige kleine Tischchen, und der Raum wurde von einer großen, offenen Küche dominiert, in der eine Frau mittleren Alters stand.

»*Buon giorno*«, sagte Mariella und hob die Hand zum Gruß.

Die Frau drehte sich zu ihr um und lächelte.

»Oh! Sie waren beim Begräbnis, richtig?«, fragte Mariella.

»Ja. Rosa. Rosa Davinio.« Die groß gewachsene Italienerin trat aus der Küche und reichte Mariella die Hand.

»Mariella Engels«, sagte sie und betrachtete die Frau. Sie sah aus wie ein italienisches Model mit langen, schwarzen, glänzenden Haaren, perfekt geschminkten, vollen Lippen und großen, dunklen Augen, die neugierig funkelten.

»Du bist Marias Enkelin, *si*?«

»Ja. Richtig. Das hat sich wohl herumgesprochen?«, fragte Mariella.

Ihre Wangen glühten, weil ihr nur allzu bewusst war, dass sie ihrer Rolle beim Begräbnis nicht gerecht geworden war. Sie hatte keine Ahnung gehabt, wie sie sich verhalten sollte, hatte sich in der hintersten Reihe herumgedrückt und mit niemandem gesprochen. Sie hatte so unauffällig wie möglich sein wollen, was natürlich nur bedingt gelungen war angesichts der Tatsache, dass sie sich hier in einer eingefleischten Dorfgemeinschaft befand.

Jeder kennt hier jeden, dachte Mariella. *Ich bin die Außenseiterin.*

»Hier spricht sich *alles* herum, Schätzchen«, erklärte Rosa da auch schon und schenkte Mariella ein hinreißendes Lächeln. »Darf ich dir einen *Caffè* anbieten?«

»Ja! Sehr gern«, sagte Mariella.

»Kommt sofort. Setz dich doch nach draußen. Ich bin gleich da.«

Mariella tat, wie ihr geheißen, und ließ sich an einem der kleinen Holztische nieder. Sie drehte den Stuhl so, dass sie die ganze *Piazza* überblicken konnte.

Kurz darauf kam Rosa und stellte ihr einen duftenden *Caffè Espresso* und ein Stück Torte auf den Tisch.

»Vielen Dank«, sagte Mariella.

Rosa setzte sich zu ihr. »Keine Ursache.«

»Hast du die Torte selbst gebacken?«

»Nein, ich backe nicht. Pasta ist meine Spezialität. Die ist von Letizia.«

»Letizia?«, fragte Mariella und nippte an dem brühend heißen Kaffee.

»Ihr gehört die *Osteria* an der anderen Seite der *Piazza.*« Rosa machte eine vage Geste in die genannte Richtung. »Sie und ihr Mann Andrea waren auch beim Begräbnis. Frau mittleren Alters, lange, schwarze Haare, klein.«

Rosa hielt die flache Hand über den Boden, um Mariella eine Vorstellung davon zu geben, was mit »klein« gemeint war, und Mariella nickte, ohne zu wissen, von wem die Rede war. Die Beschreibung passte auf so ziemlich jede Frau, die hier lebte, mit Ausnahme von Rosa, die für eine Italienerin recht hochgewachsen und einen ganzen Kopf größer als Mariella selbst war.

»Und? Was hast du vor? Bleibst du noch hier und machst Urlaub?«, fragte Rosa.

Mariella zuckte mit den Schultern. »Keine Ahnung.«

Rosa blickte sie überrascht an. »Keine Ahnung? Erwartet dich niemand zu Hause? Kein Ehemann? Ein Arbeitgeber vielleicht?«

»Mein Ehemann war gewissermaßen mein Arbeitgeber«, murmelte Mariella und machte sich über die Torte her. »Hm, die ist lecker.«

»Mürbeteig mit Zitronencreme und Pinienkernen. Nennt sich bei uns *Torta della Nonna.* Nichts Besonderes«, sagte Rosa, und Mariella glaubte, einen Hauch Missbilligung in ihrer Stimme zu hören. »Wieso ›war‹?«, setzte Rosa nun nach.

»Wie bitte?«, fragte Mariella.

»Du sagtest, dein Ehemann *war* dein Arbeitgeber.«

»Oh, ach so. Ja. Ich bin frisch geschieden.«

»Ach? Tut mir leid.«

»Muss es nicht. Es war meine Entscheidung.«

»Hm«, machte Rosa und verzog ihre Lippen zu einem geheimnisvollen Lächeln. Mariella blickte sie fragend an, und Rosa machte eine wegwerfende Handbewegung. »Ich bin auch geschieden, aber ich hatte lange Zeit Schwierigkeiten, das einfach so locker zuzugeben, wie du es gerade getan hast. Ich schätze, in Deutschland ist es einfacher als hier in Italien.«

»Mag sein, aber meine Scheidung war hier in Italien. Mein Mann … Ex-Mann ist Sizilianer.«

»Oh«, sagte Rosa, lehnte sich zurück, legte die Hand auf ihr Dekolleté und klang ehrlich schockiert. »Das war bestimmt nicht einfach, von so einem … loszukommen.«

»Von … *so einem*?«

Rosa lachte. »Wir nennen sie *terrone, sì*? Erdfresser.«

»Autsch.«

Rosa zuckte mit den Schultern. »Das ist so ein Ding zwischen Nord- und Süditalienern. Das geht schon seit Jahrhunderten so.«

»Und das soll heißen, dass *so einer* keine Chance hätte, bei dir zu landen?«, fragte Mariella direkt, weil sie nicht wusste, wie sie Rosa einschätzen sollte.

»Das habe ich nicht gesagt. Ich sage nur so viel: *Mein* Ex war ein echter Florentiner.«

Mit diesen Worten stand Rosa auf und verschwand im Haus. Mariella starrte ihr irritiert nach. Sie versuchte noch einzuordnen, was sie da gerade gehört hatte, als plötzlich ein lautes Krachen rechts von ihr die idyllische Morgenruhe durchbrach. Mariella riss den Kopf herum, und auch Rosa kam wieder nach draußen gerannt. »Was ist denn hier los?«, fragte sie und blickte sich um.

Das fragte sich Mariella auch. Sie beobachtete, wie in etwa zehn Metern Entfernung zwei Männer auf dem Boden lagen. Ein Schaufenster neben ihnen war zerbrochen, und bevor Mariella richtig erfassen konnte, was geschehen war, sprang der eine der Männer auf, nur um sich sofort auf den anderen zu stürzen.

»Oh Gott!«, rief Mariella. »Wir müssen die Polizei rufen!«

»Müssen wir nicht«, gab Rosa gelassen zurück.

Sie verschränkte die Arme vor ihrer üppigen Brust und betrachtete das wilde Szenario mit unverhohlenem Genuss.

»Kennst du die beiden?«

»*No*. Aber die sind ziemlich sexy, *sì*?«

»Was? Das ist doch nicht sexy, das ist … autsch!« Mariella riss schockiert die Augen auf, als sie sah, wie der eine Mann dem anderen die Faust direkt ins Gesicht schlug.

»Archaisch«, vollendete Rosa ihren Satz, und ihre Augen funkelten begeistert.

»Na, wenn das hier immer so zugeht, dann gute Nacht«, murmelte Mariella und ließ sich wieder auf ihren Stuhl fallen.

Auf einmal ertönten Sirenen. Die beiden Männer ließen voneinander ab, blickten kurz hinter sich und liefen dann los. Der eine nach links, der andere, der gerade noch so fest zugeschlagen hatte, in Mariellas und Rosas Richtung.

»Der kommt auf uns zu!«, rief Mariella und wich so ruckartig zurück, dass ihr Stuhl fast umkippte.

»Na, dem gebe ich gern Asyl«, sagte Rosa und lächelte.

Der Mann verlangsamte seine Schritte, als er den beiden Frauen vor der *Osteria* näherkam. Schließlich blieb er stehen, blickte von Rosa zu Mariella, zog einen Mundwinkel nach oben und sagte: »*Buon giorno*, die Damen.« Er fuhr sich mit der Hand zum Mund, wischte etwas Blut von seiner Lippe und sah Mariella an.

Die befand sich in einer regelrechten Schockstarre und konnte nichts anderes tun, als den Mann wie gebannt zu betrachten. Er war groß, hatte einen sonnengebräunten Teint, einen schwarzen Lockenkopf, ein markantes Kinn und auffallend grau-grüne Augen, aus denen er Mariella mit unverhohlenem Interesse begutachtete.

»Kann ich Ihnen helfen?«, fragte Rosa und stellte sich zwischen Mariella und dem Mann, sodass Mariella anstatt schöner Augen nun Rosas Rücken betrachtete.

»Nein, es sei denn, Ihr kleiner Laden da hat einen Geheimgang. Oder einen Hinterausgang.«

»Leider nicht.«

Rechts von ihnen quietschten Reifen, und alle drei wandten sich gleichzeitig um. Die *Carabinieri* hatten die *Piazza* erreicht, sprangen aus dem Auto und liefen auf den Mann zu.

»Na dann, schönen Tag noch«, sagte dieser, tippte sich gegen die Stirn, beugte sich zur Seite und zwinkerte Mariella zu. Dann lief er los und war wenige Sekunden später in einer schmalen Gasse verschwunden.

»Was zur Hölle war das eben?«, fragte Mariella und blickte zu der Stelle, an der der Mann eben noch gestanden hatte.

»Wenn ich es nicht besser wüsste, würde ich sagen: Das war meine nächste *amore.*«

Mit diesen Worten ging Rosa zurück in die *Osteria,* und Mariella starrte ihr irritiert nach. Dann schüttelte sie den Kopf, trank ihren *Caffè* aus, stand auf und ging zurück in ihr Haus.

Das war nun wirklich genug Aufregung für einen Vormittag gewesen.

Auszug aus Nonna Marias Tagebuch

ICH dachte, je mehr ich schreibe, desto einfacher wird es. Aber leider stimmt das nicht. Diese Reise in meine Vergangenheit ist ziemlich schmerzhaft, woraus ich schließe, dass viel unverarbeitet ist. Ich dachte, nach all den vielen Jahren würden die Wunden von selbst heilen. Heißt es nicht immer, Zeit könne das? Ich glaube, das ist eine Lüge. Eine Lüge, die Menschen erzählen, um die Realität aushaltbarer zu machen.

Ich habe viel darüber nachgedacht, wann der Wendepunkt gekommen war. Wann es so weit gewesen war, dass meine Realität unerträglich wurde. Und all meine Gedankenstränge führen zu jenem Ostersonntag zurück, als meine Tochter zwei Jahre alt war. Es war eine glückliche Zeit, in der ich jede Minute genoss, die ich mit ihr verbrachte. Ich feierte jeden Entwicklungsschritt, erzählte der gesamten Nachbarschaft davon, als sei alles, was sie tat, ein Wunder, als gäbe es nichts Interessanteres auf der Welt, als zuzusehen, wie ein Lebewesen heranwächst.

Und so habe ich es auch wirklich gesehen. Aber rückblickend betrachtet lag es wohl viel mehr daran, dass ich zu beschäftigt war, um über alles nachzudenken. Ich war zu abgelenkt, zu sehr von meinem kleinen Wunder vereinnahmt, um mich zu fragen, ob ich glücklich bin.

Und dann kam der Ostersonntag. Es gab eine große Tafel an der Piazza, alle waren eingeladen. Ein großes Fest wie immer, bei dem meine Mutter gekocht und mein Vater den Wein bereitgestellt hat. Ich musste natürlich helfen und rannte zwischen Küche, großer Tafel und meinem Haus hin und her, in dem meine Tochter ihren Mittagsschlaf hielt. Ich brachte gerade ein ganzes Silbertablett voll mit frisch gerösteten Crostini und eingelegten Pilzen nach draußen, als ich hörte, wie Antonio mit unserer Familienplanung prahlte. Dass er noch mindestens vier Kinder wollte, dass ein Kind zugleich kein Kind *bedeutete, dass eine Familie nur eine Familie sei, wenn sie aus einer großen Kinderschar bestand.*

Ich stand da, das übervolle Tablett in meinen Händen, und sah, wie zahlreiche Augenpaare in meine Richtung schielten. Ich brachte ein Lächeln zustande, stellte das Tablett ab und ging erhobenen Hauptes zu meinem Mann, um ihn demonstrativ zu küssen. Er legte den Arm um mich und strich über meinen Bauch.

»Dann halt dich mal ran«, sagte jemand zu mir.

Zu mir! Als ob ich schuld daran sei, dass in mir nicht bereits ein weiteres Wunder heranwuchs, als ob es nur an mir läge oder einzig in meiner Verantwortung!

»Ja, und du solltest dich besser auch anstrengen, Antonio, sonst kommt sie noch auf dumme Gedanken wie Sofia«, kam es dann aus einer anderen Richtung.

Sofia hatte eine Stunde zuvor der gesamten Familie verkündet, sie würde nach Rom gehen. Sie hätte keine Lust, hier zu versauern, sie müsse etwas aus sich machen. Sie war ein Jahr jünger als ich und doch so viel mutiger, wenngleich sie von allen immer nur als die kleine Pummelige bezeichnet und von mir sogar für ihr Aussehen bemitleidet worden war.

Jetzt beneidete ich sie.

Ich wand mich aus Antonios Umarmung und flüchtete in mein Haus, zu unserer Tochter. Und aus Gründen, die ich selber nicht verstand, brach ich in Tränen aus. Ich starrte mein schlafendes Kind an, das ich so sehr liebte, und fragte mich, was mit mir los war. Was mit mir nicht richtig war. Denn mit einem Mal kam mir mein Leben so leer vor. Und Antonios Zukunftspläne machten mich nicht glücklich, nein, sie machten mir Angst. Höllische Angst.

Ich wollte keine weiteren Kinder. Das wurde mir in diesem Moment klar. Denn dann würde ich nie mehr sein können als Hausfrau und Mutter. Antonio war selten da, er arbeitete viel, er sorgte dafür, dass es uns gut ging. Also würde es an mir sein, mich um die Familie zu kümmern. Und ich würde nie die Möglichkeit bekommen, etwas anderes zu sein, mehr aus mir zu machen.

Woher diese Gedanken kamen, weiß ich bis heute nicht. Vielleicht haben sie schon immer in mir geschlummert. Vielleicht habe ich mich auch in etwas verrannt. Doch all das ließ mich plötzlich nicht mehr los. Ich wachte täglich mit dem Gedanken auf, dass ich dieses Dorf, diese Gemeinde noch nie im Leben verlassen hatte. Dass ich keine Ahnung hatte, wie der Rest der Welt, ja, nicht mal, wie der Rest Italiens aussieht.

War das das Leben, von dem ich geträumt hatte?

Ich wusste es plötzlich nicht mehr. Aber ich wusste, dass ich keine weiteren Kinder bekommen würde, bevor ich mir darüber klar geworden war. Also beschloss ich, mit meinem Mann darüber zu sprechen, denn wir waren schließlich Partner. Ein Ehepaar. Wir waren Liebende, Vertraute, zwei Menschen, die vor Gott Gelübde gesprochen hatten.

Natürlich musste ich mit ihm reden. Und natürlich musste er mir zuhören.

Zu diesem Zeitpunkt hatte ich keine Ahnung, dass sich all diese Gedanken als falsch herausstellen würden.

3. Kapitel

MARIELLA presste das Tagebuch an ihre Brust und kämpfte mit den Tränen.

Aus Gründen, die ich selber nicht verstand, wiederholte sie in Gedanken die Worte ihrer Großmutter und atmete tief ein.

Da waren so viele Parallelen, die sie wahrnahm, so viel Nähe, die sie zu dieser Frau verspürte, die sie doch so wenig gekannt hatte. Aber es waren nicht die Parallelen, die sie so emotional werden ließen – jedenfalls nicht nur. Es war die Gesamtsituation. Sie fühlte sich immer noch überfordert und überwältigt, allem voran fühlte sie sich jedoch verloren.

Sie legte das Tagebuch weg, stand auf und drehte sich zu dem großen Ölgemälde, das an der hinteren Wand des Wohnzimmers hing. Sie versuchte, irgendwelche optischen Gemeinsamkeiten zu entdecken, doch da war nichts. Während Großmutter Maria mit spitzem Kinn und langer Aristokratennase stolz in die Welt blickte, war Mariella ihr ganzes Leben lang kleingehalten worden und fühlte sich dementsprechend. Es half auch nicht, dass sie dazu noch körperlich klein und zierlich war und die Statur eines jungen Mädchens hatte und nicht die einer Frau, die bereits über dreißig war. Niemand kaufte ihr je ab, wie alt sie war, und ja, natürlich, viele Frauen würden dafür töten, jünger auszusehen. Aber sie nicht. Sie war es leid, nicht ernstgenommen zu werden. Sie war es leid, das Küken einer von Männern dominierten Familie zu sein.

Das Gespräch mit Rosa hatte sie zum Grübeln gebracht. Wäre nicht dieser rüpelhafte Schlägertyp aufgetaucht, sie hätte gern noch weiter mit ihr gesprochen. Sie schien nett zu sein, weiser als Mariella, älter und lebenserfahrener. Sie schien eine selbstbewusste Frau zu sein, die wusste, was sie vom Leben wollte. Von ihr konnte Mariella sich ein Stück abschneiden, und sie hatte, weiß Gott, ein Vorbild nötig. Ihre Mutter hatte es ja nie für nötig befunden, diese Rolle einzunehmen.

Mariellas Blick fiel auf ihr Handy, und sie fragte sich, ob sie nicht doch besser mal zu Hause anrufen sollte. Seit der Scheidung herrschte eisige Kälte zwischen ihr und ihren Eltern, und seit Mariellas Verkündung, zum Begräbnis der Großmutter fahren zu wollen, herrschte gänzlich Funkstille.

Ihre Eltern hatten Mariella nie erzählt, was der Grund für den Bruch zwischen ihnen und der Großmutter gewesen war. Darüber war nie auch nur ein Wort gesprochen worden. Auch Fragen durften nicht gestellt werden, und ziemlich schnell hatten Mariella und ihre Brüder gelernt, die Existenz ihrer italienischen Großmutter zu vergessen.

All das war so unglaublich lange her, dass Mariella jetzt schlichtweg nicht fassen konnte, dass ihre Mutter wütend auf sie war, weil sie zu dem Begräbnis hatte fahren wollen.

»Was ist bloß *los* mit euch allen?«, fragte Mariella sich, während sie noch immer unsicher ihr Handy anstarrte.

Nein. Sie würde *nicht* anrufen. Darauf warteten sie doch nur. Dass die kleine Mariella angekrochen kam und sich für ihre Fehlentscheidungen entschuldigte. Dass sie heimkam, ins Haus der Eltern zog, von Null begann und sich dabei mies fühlte.

»Ganz sicher nicht«, murmelte Mariella.

Energisch stand sie auf und lief die Treppen nach unten. Sie riss die Tür auf und ging nach nebenan zu Rosa. Dort fand sie jedoch nur eine geschlossene Tür und ein Holzschild mit der Aufschrift *Chiuso* vor. Mariella zog einen Schmollmund, drehte sich um und ging zurück in ihr Haus. Sie schloss die Tür und betrachtete den schweren Schlüsselbund, der in einer Porzellanschüssel im Vorraum lag. Keiner der Schlüssel passte, das wusste Mariella bereits, ihr war nicht der winzigste Blick in den kleinen Laden ihrer Großmutter vergönnt. Sie ließ sich auf der Treppe nieder und starrte die Eingangstür an.

Sie saß fest. Sie konnte nicht zurück, und sie konnte nicht bleiben. Jedenfalls nicht, solange sie nicht wusste, was sie hier anstellen sollte. Sie hatte schlichtweg keine Idee. Gar keine. Und nirgendwo auf der Welt einen Platz, an den sie gehen konnte.

Sie war über dreißig und hatte nichts, rein gar nichts vorzuweisen. Eine unbändige und, wie Mariella sehr wohl wusste, völlig irrationale

Wut auf ihre Mutter überkam sie. Wieso hatte sie Mariella nicht gedrängt, etwas aus sich zu machen? Wieso hatte sie ihre Tochter nicht zu einer selbstständigen Frau erzogen? Stattdessen hatten ihre Eltern ihr ohne mit der Wimper zu zucken ein Studium der Literaturwissenschaften in Florenz finanziert. Ein »Spaßstudium«, wie ihr Vater mehr als nur einmal lachend gesagt hatte. Als Überbrückung bis zur Hochzeit.

»Vielen Dank auch«, flüsterte Mariella und strich sich wütend eine Haarsträhne aus dem Gesicht.

Okay, vielleicht war es unfair, ihren Eltern die Schuld zu geben. Nein, es war *ganz sicher* unfair. Aber im Moment gab es nicht viele andere Ventile, an denen sie ihren Frust auslassen konnte. Also erlaubte sie sich diesen kleinen Ausweg – bis ihr ein besserer einfallen würde.

Doch was sollte sie einstweilen tun? Das Geld aus der Abfindung nach der Scheidung und das kleine Sparbuch ihrer Großmutter, das neben dem Haus zur Erbschaft gehört hatte, würden nicht ewig reichen. Genau genommen könnte sie davon gerade einmal ein paar Monate überleben.

Und dann?

Sie konnte sich einen Job suchen, dachte Mariella. Immerhin hatte sie sieben Jahre lang in einer Winzerfamilie gelebt, hatte bei der Weinlese geholfen, beim Abfüllen, beim Versand und beim Verkauf. Sie kannte das Business – na ja, zumindest theoretisch. Genau genommen hatte sie immer nur Hilfsdienste verrichtet. Aber das sollte doch reichen, um einen Job zu erhalten, oder? Sie war immerhin in der Toskana, einer weltberühmten Weinregion. Da würden sich doch Möglichkeiten auftun!

Nur würde sie dann ja wieder nur das Mädchen für alles spielen. Das wusste Mariella jetzt schon. Eine ledige Frau, noch dazu Ausländerin … Sie kannte dieses Land gut genug, um abschätzen zu können, was man von ihr halten und was man ihr zutrauen würde.

Nichts.

Und damit hätten alle auch absolut recht. Was konnte Mariella schon? Bücher lesen und interpretieren, putzen, kochen. Das war alles.

Bücher lesen war kein Job, und putzen konnte sie zwar, aber sie hasste es.

Also kochen?

»Ohne Ausbildung?«, fragte sich Mariella und stand auf.

Wohl kaum. Ihr Blick fiel erneut auf den Schlüsselbund. Der irrationale Impuls, ihn gegen eine Wand zu schmettern, überkam sie. Er war so ein passendes Sinnbild ihrer Situation: viele Optionen, aber keine passte zu *ihr,* keine half *ihr.* Wo sollte sie starten? *Wie* sollte sie starten?

»Babyschritte«, flüsterte sie.

Sie nahm den Schlüsselbund an sich und dachte nach. Sie musste einen kühlen Kopf bewahren. Das war das Wichtigste. Es half nichts, sich schmollend in eine Ecke zu setzen und auf den Retter in der Not zu warten. Das hatte sie ihr ganzes Leben lang gemacht. Und was hatte sie jetzt davon? Nichts.

Sie musste selbst eine Lösung finden. Sie musste ihren eigenen Weg finden. Es gab niemanden, der ihr zeigen konnte, was richtig für sie war. Nur sie selbst.

Sie musste irgendwo beginnen. Kleine Schritte, kleine Ziele. Sie wandte sich zu der verschlossenen Tür und nickte. Das war doch ein Anfang: den passenden Schlüssel für den Laden finden. Vielleicht fand sie dort die Inspiration, die sie benötigte. Wenn schon all die Parallelen zu ihrer Großmutter bestanden, war der Laden vielleicht der Auslöser für die richtige Idee.

Sie probierte alle Schlüssel noch einmal durch, doch keiner passte. Also ging sie durchs ganze Haus, steckte alle Schlüssel in alle Türen, ordnete sie zu und markierte sie mit verschiedenen Nagellacken, die sie aus ihrem Koffer geholt hatte.

»Selbst ist die Frau«, sagte sie zufrieden und betrachtete den Notizzettel, auf dem sie die Farblegende zum Schlüsselbund notiert hatte. Sie wusste nun, welcher Schlüssel zu welchem Raum im Haus passte, auch den zur Hintertür, die in einen kleinen, von hohen Mauern eingezäunten und mit Unkraut überwucherten Innenhof führte, hatte sie ausfindig gemacht. Nur einen Schlüssel konnte sie nicht zuordnen.

Er war winzig, als ob er zu einer Schublade oder einem kleinen Kästchen gehören würde.

Mariella lief nach oben und öffnete den großen Holzschrank im Schlafzimmer. Sie fand tatsächlich ein paar Schubladen und probierte den Schlüssel. Er passte in das Schloss der untersten, und als Mariella das leise Klicken des sich öffnenden Mechanismus vernahm, stieß sie einen Jubelschrei aus und zog die Schublade nahezu andächtig auf.

»Hab ich dich«, sagte sie und lächelte.

Triumphierend hielt sie einen weiteren, aber viel kleineren Schlüsselbund in der Hand, und sie fand auch zahlreiche Geschäftsunterlagen, Ordner und Verträge. Sie nahm den Schlüssel, lief wieder nach unten und nahm dabei die linke Treppe, die vom Schlafzimmer in die geräumige, gemütliche Küche führte. Sie steckte den Schlüssel ins Loch und schloss zum ersten Mal die Tür zu Großmutters Laden auf.

Der Raum war dunkel und roch nach Staub. Mariella ging zielstrebig zu den zwei großen Fenstern und öffnete diese. Dann sah sie sich um.

In der Mitte des Ladens stand eine Art Kücheninsel mit einer altmodischen Kassa darauf. Der Rest des kleinen Ladens bestand im Wesentlichen aus deckenhohen Regalen, die über und über mit Einmachgläsern zugestellt waren. Neben der anderen Tür, jener, die noch verschlossen war und zum Vorraum und zur Haustür führte, hing eine große schwarze Tafel, auf der in einer ungewöhnlich schönen Handschrift Angebote und Preise standen.

Mariella begann, den Raum abzuschreiten und die Etiketten all der Einmachgläser und Flaschen zu studieren. Eingelegtes Gemüse, Marmeladen, Gewürzpasten, Essig, Öl, Liköre, ein wahres Sammelsurium an Delikatessen. Mariella nahm ein Glas aus dem Regal. *Gewürzpaste. Olive-Kapern-Pinienkerne-Rosmarin*, stand da.

Mariellas Blick ging zu der Tafel neben der Tür. Es war dieselbe Handschrift wie auf den vielen Etiketten.

»Unglaublich«, flüsterte Mariella und stellte das Glas zurück ins Regal.

Das war er also, der berühmte Laden. Sie hatte die Leute beim Begräbnis davon sprechen gehört. Die Beileidsbekundungen hatten sich nicht nur auf *Nonna* Marias Tod per se bezogen, sondern – typisch italienisch – auch auf die Tatsache, dass nun niemand mehr da war, der die »besten Gewürzpasten Italiens« herstellte. Und ja, Mariella hatte sehr wohl die schockierten Blicke beim Begräbnis wahrgenommen, weil den Dorfbewohnern natürlich bekannt war, wer den Laden geerbt hatte. Sie. Eine Ausländerin. In Deutschland geboren. Was für eine *grande catastrofe.*

Wieder breitete sich dieses Unbehagen in ihrem Innerem aus, dieses Gefühl, hier völlig fehl am Platz zu sein. Sie würde hier niemals akzeptiert werden. Sie war nicht ihre Großmutter. Sie war nicht *Nonna* Maria, und nie im Leben wäre sie in der Lage, in deren Fußstapfen zu treten. Sie wusste, dass jeder hier das so sah. Sie selbst sah es ja auch so.

Mariella schlang die Arme um ihren Oberkörper und sah sich um. Woher kamen diese Gedanken eigentlich? Sie hatte doch gar nicht vorgehabt, diesen Laden zu übernehmen. Alle Zeichen standen auf Verkauf. Ja, das wäre wohl die beste Option. Einen guten Käufer zu finden, einen *Eingeborenen*, dachte Mariella pikiert.

Ihr Blick fiel auf die altmodische Kasse. Sie ging darauf zu, stellte sich dahinter und fuhr mit ihren Fingern über die Tasten aus Messing. Sie ließ ihre Hand einen Moment darauf liegen, dann wandte sie sich der dunklen Holzplatte der massiven Kücheninsel zu, strich zärtlich darüber, und ein sanftes Lächeln stahl sich auf ihre Lippen.

Nein, dachte sie. Sie würde keine übereilten Entscheidungen treffen. Dafür war das hier zu wertvoll. Sie durfte ihre Zukunft nicht von den Meinungen anderer Leute abhängig machen. Das hier war *ihr* Leben. Und es war der Wille ihrer Großmutter gewesen, dass sie all das erbte.

Warum auch immer, dachte Mariella und starrte aus dem großen Fenster.

4. Kapitel

DEN ganzen Tag verbrachte Mariella damit, die Geschäftsunterlagen ihrer Großmutter zu studieren und das Inventar des Ladens zu prüfen. Keines der Produkte war abgelaufen, ihre *Nonna* Maria hatte ihren Laden ordentlich und strukturiert geführt. Die Einnahmen waren stabil, wie auch die Kunden- und Lieferantenlisten, die sich in all den Jahrzehnten, in denen der Laden nun existierte, nicht geändert hatten. Ihre Großmutter hatte sogar Stammkunden vermerkt, für die sie bestimmte Produkte extra zubereitete und auf Lager hielt. Außerdem hatte sie ein paar Restaurants beliefert. Die Produktion der Großbestellungen hatte ihre *Nonna* an einen Winzerbetrieb in der Nähe ausgelagert, der nicht nur über eine Betriebsküche, sondern auch über ausreichend Lagermöglichkeiten verfügte. Sie hatte ein beeindruckendes Netzwerk geschaffen, und Mariella konnte nur staunen, dass sie all das so ganz allein hinbekommen hatte. Sie hatte sich natürlich Hilfe organisiert, wo es nötig war, doch im Großen und Ganzen hatte sie alles alleine gemacht. In einem der Regale in der Küche standen mehrere Mappen gefüllt mit handgeschriebenen Rezepten und mit zahlreichen Notizen versehen. Sie hatte also nicht nur geplant, organisiert, gekocht und verkauft, nein, sie hatte auch noch die Rezepte zu alldem selbst entwickelt.

Von ihrer Mutter wusste Mariella, dass *Nonna* Maria keine Ausbildung gehabt hatte. Wie auch, wenn sie schon mit siebzehn schwanger gewesen war. Sie war also keine ausgebildete Köchin gewesen, hatte nie studiert, hatte sich all das immense Wissen, das notwendig war, um einen solchen Kleinbetrieb zu führen, selbst angeeignet.

Das war unglaublich. Das erforderte eine Stärke und Disziplin, von der Mariella nur träumen konnte.

Oder?

Die Idee, es irgendwie auch versuchen zu wollen, hatte sich beim Studium all der Geschäftsunterlagen immer penetranter in Mariellas Gehirn eingenistet. Aber sie konnte nicht. Sie würde das niemals schaffen. Zusammen mit ihrer Großmutter, ja, vielleicht. Mit einer geordneten Übergabe, mit ihrer Hilfe und Unterstützung, ja, das konnte Mariella sich vorstellen. Aber ihre Großmutter war nicht mehr hier. Und auch sonst niemand. Sie war alleine.

»Unmöglich«, murmelte sie, schüttelte den Kopf und starrte auf die Papierstapel, die auf dem Fußboden der Küche herumlagen.

Es war zu viel. Mariella hatte weder die nötige Erfahrung noch das notwendige Selbstvertrauen, um das hier durchzuziehen. Das wusste sie. Alles in ihr schrie geradezu, sich diese irrwitzige Idee gleich wieder aus dem Kopf zu schlagen.

Aber so einfach war das nicht.

Wegen des Testaments. Und des Tagebuchs. Und auch, weil das hier der letzte Wille ihrer Großmutter war und schließlich sie selbst, Mariella, vor dem Nichts stand.

So eine Chance warf man doch nicht einfach weg, oder? Sie hatte es selbst gesagt: Es war Schicksal. Es *musste* Schicksal gewesen sein, anders war das alles nicht zu erklären. Da war also eine Tür, die sich geöffnet hatte. Eine Tür, um die sie insgeheim jahrelang gebetet hatte, in all den Stunden, in denen sie in ihrem Ehebett gelegen und geweint hatte, weil das Leben, für das sie sich entschieden hatte, sie erdrückte.

Dieses alte Leben hatte sie hinter sich gelassen. Sie war stark genug gewesen, diese Entscheidung zu treffen. Sie hatte sich trotz der lähmenden Angst entschieden, den Sprung zu wagen. Einen Sprung ins Nichts.

Also war sie vielleicht doch nicht so schwach, wie sie dachte. Und wie alle ihr immer eingeredet hatten. Sie musste nur … ja, was eigentlich? Zeit gewinnen? Mehr Informationen erhalten? Motivation schöpfen?

»Oder wir wählen Tür Nummer vier«, sagte sie und stand entschlossen auf. »Ich brauche alles. Ich brauche Informationen und Motivation.«

Sie stand vor den Toren des riesigen Winzerbetriebs, mit dem ihre Großmutter kooperiert hatte. Sofort prasselten tausende Erinnerungen auf Mariella ein, wenngleich die Betriebe hier in der Toskana anders aussahen als jene in Sizilien. Alleine die Vegetation war eine andere. Die Fahrt hierher hatte Mariella über verschlungene, schmale Straßen und Feldwege geführt, umgeben von Weinhügeln, Zypressen und Feldern. Noch war die Landschaft braun und ockerfarben, doch bald, sehr bald, würden die Weinreben beginnen, Blätter auszutreiben. Die Landschaft würde sich hell-, dann dunkelgrün färben. Mariella inhalierte den Duft der wilden Natur um sie und betrat dann mit klopfendem Herzen den Betrieb.

Sie steuerte auf den kleinen Verkaufsladen zu, in dem eine junge Frau hinter einem Tresen stand.

»Hallo, *buon giorno*«, sagte Mariella und lächelte schüchtern. »Ich bin nicht sicher, an wen ich mich wenden soll …«

Das war kein guter Anfang, das erkannte Mariella am irritierten Blick der jungen Frau.

»Wen suchen Sie denn?«, fragte diese gedehnt.

»Giorgio Verrazzo. Er war ein Geschäftspartner meiner Großmutter.«

»Und Ihre Großmutter ist …?«

»Maria Lornano.«

Sofort begannen die Augen der jungen Frau zu leuchten. »Oh! Maria! *Sì, sì.* Mein Beileid. Mariella war Ihr Name, richtig? Sie sind die Enkelin. Ich war beim Begräbnis.«

Mariella lächelte. »Natürlich. Alle waren beim Begräbnis.«

Die junge Frau nickte. »Alle, ja. Die ganze Gemeinde. Das muss ja sehr überwältigend für Sie gewesen sein.«

»War es, ja.«

»Sie wollen den Laden weiterführen, richtig?«

»Ähm, ich bin noch nicht sicher. Sie hat mir alles vererbt, aber … na ja, es ist viel, wie Sie sich sicher vorstellen können.«

Die junge Frau nickte und schenkte Mariella einen Blick, in dem sie Anteilnahme zu erkennen glaubte. »Aber natürlich. Und das auch noch als *una straniera*. Ich bin übrigens Sara. Sara Verrazzo. Eine Enkeltochter von Giorgio.«

»Freut mich, Sara.« Mariella überhörte den Ausländer-Kommentar geflissentlich und lächelte tapfer. Sie wusste, dass Sara das keinesfalls böse gemeint hatte. Es war einfach eine Tatsache für sie. Und für alle anderen.

»Mein Großvater ist im Moment nicht da, sollte aber bald zurück sein. Ich kann Ihnen gern schon mal alles zeigen. Wir haben sehr gut mit Maria zusammengearbeitet, sie war eine wundervolle Frau.«

»Ich habe sie leider nicht gut gekannt.«

»*Sì, lo so.*«

Mariella verkniff sich die Frage, woher Sara das wusste, und versuchte, das Unbehagen, das sie auf Schritt und Tritt begleitete, zu ignorieren. Während sie Sara durch den Betrieb folgte, die ihr Lager, Keller, Weinberge und alle möglichen Prozesse beschrieb, drängte sich die Frage in ihr Bewusstsein, was *Nonna* Maria über ihre Familie in Deutschland eigentlich erzählt hatte. Vermutlich nichts Gutes. Und in einem Land, in dem Familie das Wichtigste überhaupt war, kam es vermutlich nicht gut an, dass *Nonnas* Familie sich hier nie hatte blicken lassen.

Die hassen mich, stellte Mariella urplötzlich fest.

Es musste so sein. Man hatte sich zum Begräbnis zu einem Small Talk mit ihr herabgelassen, aber mehr auch nicht. Keine drängenden Fragen, keine unverhohlene Neugierde. Sie war höflich, aber distanziert behandelt worden, und *das* war etwas, was ganz und gar untypisch für Italiener war.

»Sie sollten nicht verkaufen«, sagte Sara plötzlich und riss Mariella aus ihren Gedanken.

»Wie bitte?«

»Ein solcher Laden wie der von Maria sollte in der Familie bleiben. Das sehe ich so. Das sehen alle so.«

»Ähm, ich bin nicht sicher ...«

»Sie war eine Institution, wissen Sie? Der Gedanke, dass ein Vermächtnis wie das ihre einfach an irgendjemanden verkauft wird ...«

Sara unterbrach sich und schüttelte den Kopf. »*Sie* sind zumindest ein Familienmitglied.«

Der Nachsatz klang ein bisschen wie: Wir suchen zwar nach einem Nobelpreisträger, aber *zumindest* können *Sie* das Alphabet aufsagen. Auch *das* ignorierte Mariella und lächelte tapfer.

»Sie sollten es sich überlegen«, sprach Sara weiter. »Sie haben alle Genehmigungen, die Vertragspartner sind auch alle noch da. Sie setzen sich einfach in ein gemachtes Nest. Und ich bin sicher, man wird Ihnen gerne helfen, wenn man Sie erst mal kennengelernt hat.«

Im ersten Augenblick war Mariella unsicher, ob das unfreundlich oder tröstlich gemeint war. Doch dann sah sie in Saras Augen und stellte fest, dass darin ausschließlich Freundlichkeit zu lesen war.

»Danke. Das ist nett.«

»Es dauert eine Weile, wissen Sie?«

»Was?«

»Bis man Fremde hier akzeptiert. So war es auch mit Emilia. Auch eine Deutsche. Sie hat das Boutique-Hotel in den Hügeln. *Toscana Mare* heißt es. Sie sollten mal hin, es ist ein wundervoller Ort. Absolut wundervoll. Alle lieben das Hotel, alle lieben Emilia und Aurelio. Aber sie musste sich auch erst mal durchkämpfen. Verstehen Sie, was ich damit sagen will?«

Mariella nickte bedächtig.

Ja. Ja, sie verstand durchaus.

Die Haustür ging auf, und ein kleiner Mann mit beträchtlichem Bauchumfang kam hereinspaziert.

»Ah, das ist er«, sagte Sara und deutete mit dem rechten Arm zu dem kleinen Italiener. »Das ist Giorgio, mein *Nonno.*«

Mariella lächelte den Mann an und streckte ihm die Hand entgegen. Er trat vor sie und bedachte sie mit einem abschätzigen Blick.

»Hallo, ich bin …«, setzte Mariella an.

»Sie sind Marias *Nipotina*. Hab Sie beim Begräbnis geseh'n. Sie ha'm sich irgendwo hinten rumgedrückt.«

Mariella ließ die Schultern hängen und senkte ihren Blick. »Ja«, bestätigte sie leise. »Die bin ich.«

»Und jetzt wollen Sie Marias Verträge übernehmen, *si*?«

»Ähm … na ja, das wäre toll, ja.«

Er blickte Mariella amüsiert an. »Versteh'n Sie überhaupt was vom Geschäft?«

»Ja«, sagte sie, obwohl alles in ihr lautstark *Nein!* schrie.

Giorgio schnaubte und verschränkte seine kurzen Arme über seinem kugelrunden Bauch.

»Ich habe auf einem Weingut in Sizilien gearbeitet«, stieß Mariella verzweifelt aus. »Jahrelang!«

»Sizilianischer Wein?« Giorgio hob seine buschigen Augenbrauen. »Pah!«

Nun verschränkte auch Mariella die Arme vor der Brust, baute sich direkt vor Giorgio auf, streckte die Schultern durch und blitzte ihn auffordernd an. »Wir haben großartige Weißweine angebaut, unter anderem einen Chardonnay DOC und einen Etna Bianco DOC aus Carricante-Trauben.«

Giorgio neigte den Kopf zur Seite. Seine Augen funkelten. Mariella stellte triumphierend fest, dass sie wohl sein Interesse geweckt hatte. *»No Grillo?«*, fragte Giorgio.

Ganz offensichtlich wollte er Mariella aus der Reserve locken, indem er ihr Worte servierte, von denen er hoffte, Mariella kenne ihre Bedeutung nicht. *Da hast du dich aber geschnitten, mein Freund,* dachte sie und fühlte sich gleich viel souveräner. »Nein, keine *Grillo*-Trauben. Die Familie meines Ex-Mannes hat sich gegen den Anbau dieser Marsala-Rebsorte entschieden, auch wenn sie in Sizilien heimisch und sehr widerstandsfähig ist. Wir haben die Sorten *Ansonica* und *Grecanico* bevorzugt, weil sie auf unseren Böden viel bessere Ergebnisse bringen. Weniger Kalk im Stein, Sie verstehen?«

Giorgio spitzte die Lippen, dann nickte er und schien ein bisschen beeindruckt. »Ex-Mann, *eh*?«, fragte er dann plötzlich.

Mariella rollte mit den Augen. »Ja – Ex-Mann.«

»Hm«, machte Giorgio und schaffte es, in die eine Silbe so viel Missbilligung zu legen, wie nur irgendwie möglich war. »Also schön, gehen wir in mein Büro.«

Mariellas Herz machte einen Sprung, und sie folgte ihm. Er watschelte voran, dann hob er den Arm und begann, mit dem ausgestreckten Zeigefinger zu wackeln. »Aber glauben Sie nicht, dass Sie gute Konditionen bekommen, nur weil Sie Marias Enkelin sind«, sagte er, ohne sich umzudrehen.

»Die Idee wäre mir nie gekommen …«, murmelte Mariella und folgte dem kleinen Italiener durch sein Hoheitsgebiet.

Vielleicht war es ja doch kein Ding der Unmöglichkeit, all das zu übernehmen. Sara hatte natürlich recht: Alle Genehmigungen lagen vor. Mariella musste sie nur auf sich übertragen lassen. Immerhin war sie ganz offiziell die Erbin ihrer Großmutter, das stand klipp und klar im Testament.

Zugegeben, das war eher ein trotziger als ein optimistischer Gedanke, denn nach wie vor konnte Mariella sich weder für noch gegen ein mögliches Leben in der Toskana entscheiden. Doch alleine, dass sie diese Möglichkeit hatte, fühlte sich jetzt, nach dem Gespräch mit Sara, nicht mehr wie ein Stück fest gewordener Zement an, der sie unter Wasser zog, sondern wie eine Chance. Eine zarte zwar, eine noch nicht mal zur Knospe gereifte, aber eine Chance.

Während Mariella mit verschiedenen Listen in den Händen erneut durch *Nonnas* Laden schritt, versuchte sie abzuschätzen, ob sie all das alleine bewerkstelligen konnte.

»Na ja … nicht *ganz* alleine«, sagte Mariella.

Sie hatte noch einmal den Tagebucheintrag ihrer Großmutter gelesen, der ihr das sichere Gefühl gab, diese Gene in sich zu tragen. Ihre *Nonna* hatte es schließlich auch geschafft! Sie hatte den Mut und die Stärke besessen, all das hier aufzubauen. Und das alles auch noch in einer völlig anderen Zeit. Da konnte es doch für Mariella kein Problem sein, diesen Laden zu übernehmen und weiterzuführen. Sie hatte ja schon alles. Es lag da wie eine reife Frucht, die Mariella einfach nur noch pflücken musste.

Aber wollte sie das überhaupt?

Immer noch war sie unschlüssig, ob sie diesen Schritt tatsächlich wagen wollte. Alles war so schnell, so überraschend passiert. Sie hatte immer noch die Möglichkeit, zurück nach Deutschland zu gehen. »Aber um was zu tun?«, murmelte sie und schüttelte sofort den Kopf.

So sehr sie auch das Gefühl, hier verloren zu sein, verunsicherte – das Gefühl, nach Deutschland zurückzukehren, war noch viel schlimmer. Dort wartete nichts auf sie. Dort würde sie nur die enttäuschende Tochter oder die verrückte Tante für all ihre Neffen und Nichten sein.

Und hieß es nicht: Wer nicht wagt, der nicht gewinnt? Sie konnte es ja zumindest versuchen. Vielleicht war dieser unverhoffte Neustart ja genau das, was sie brauchte.

Als es später Nachmittag wurde, beschloss Mariella, ein bisschen durch Camaiore zu spazieren. Auch wenn sie mit dem Erbe ihrer Großmutter einen hilfreichen Schubs in ein neues Leben bekommen hatte, so wusste Mariella doch nur allzu gut, dass sie Freunde brauchte. Auch ohne Saras motivierende Worte war ihr das klar gewesen. In Italien ging alles nur gemeinschaftlich vonstatten, und Einzelgängern wurde unverhohlenes Misstrauen entgegengebracht.

Einzelgängern und Fremden, besserte Mariella sich gedanklich aus.

Nein, sie wollte lieber nicht so genau wissen, was die Dorfgemeinschaft von ihr und ihrer Familie hielt, auch wenn Saras minimale Andeutungen und die Blicke beim Begräbnis ohnedies Bände gesprochen hatten. Ihre Mutter hatte das Land mit einem Deutschen verlassen und war dann irgendwann überhaupt nicht mehr aufgetaucht. Mariella musste also ein bisschen Werbung für sich selbst machen, wenn sie vorhatte, länger hierzubleiben.

Sie ging also aus dem Haus, blickte kurz zu Rosas Laden, sah, dass er geschlossen war, und wandte sich dann nach links. Sie steuerte direkt auf die kleine *Osteria* zu, die gegenüber lag und vor der sie eine kleine Frau mittleren Alters sah, die rot-weiß karierte Tischdecken auf die wenigen Holztische legte, die draußen standen.

Das musste Letizia sein, die Frau, die die leckere Torte gebacken hatte. »Letizia und Andrea«, sagte Mariella sich vor, setzte ein freundliches Lächeln auf und ging auf die Frau zu.

Als diese bemerkte, dass die Fremde offensichtlich zu ihr wollte, hielt sie in ihrer Tätigkeit inne, wandte sich ihr zu und lächelte. »Mariella«, sagte die Frau, als ob die beiden sich seit Ewigkeiten kennen würden.

»*Buon giorno*«, sagte Mariella und streckte der Frau die Hand hin. »Letizia, richtig? Du und dein Mann Andrea wart bei der Beerdigung meiner Großmutter.«

Letizia reagierte mit einem strahlenden Lächeln, nahm Mariellas Hand und schüttelte sie. »Richtig! Wie nett, dass du dich an uns erinnerst.«

»Klar«, sagte Mariella, obwohl das nicht stimmte. Sie erinnerte sich an kaum jemanden vom Begräbnis, weil sie nur damit beschäftigt gewesen war, nicht aufzufallen.

»Eine sehr schwierige Situation für dich, da bin ich mir sicher. All die vielen Leute und du, ganz alleine …« In Letizias Worten schwang eine kaum zu überhörende Frage mit, begleitet von einem auffordernden, neugierigen Blick.

»Ähm, ja. Richtig. Sonst war niemand von meiner Familie da.«

»Wie traurig«, gab Letizia zurück und verschränkte die Arme vor der Brust.

»Ja, finde ich auch.«

Letizia nickte und bot Mariella einen Stuhl an. »Darf ich dir etwas anbieten? *Caffè*? *Vino*?«

»Ist es nicht ein bisschen früh für *Vino*?«

»Du hast gerade deine Großmutter beerdigt, *cara*. Da ist es nie zu früh für *Vino*.«

»Da hast du wohl recht.«

Letizia ging in ihr Restaurant und kam kurz darauf mit zwei gut gefüllten Gläsern Rotwein zurück. Sie setzte sich zu Mariella und prostete ihr zu. »Auf deine Großmutter«, sagte sie und lächelte.

Mariella nahm einen Schluck von dem Wein. »Hmmm, der ist lecker.«

»Danke. Das ist ein Chianti von einem unserer Nachbarn.«

Mariella stellte das Glas ab und betrachtete Letizia einen Moment lang. Sie sah sehr nett aus, hatte freundliche Gesichtszüge und Lippen, auf denen ständig ein Lächeln zu liegen schien. Also fasste sie den Mut, direkt in die Offensive zu gehen. »Kanntest du meine Großmutter gut?«, fragte sie.

»Aber natürlich. Sie wohnt ja gegenüber. Wohnte, meine ich. Ich war sehr traurig, als sie starb.«

»Ich kannte sie überhaupt nicht.«

Letizia nickte bedächtig und warf Mariella einen langen Blick zu. »Ich kann mich an dich erinnern«, sagte sie dann.

»Tatsächlich?«

»Ja. Du warst dieses kleine Mädchen mit den leuchtenden Haaren, die immer und überall zwischen all den schwarzen Locken der anderen Kinder herausstachen. Ich bin damals gerade zwanzig gewesen und musste schon ständig überall mitarbeiten. Kochen, ein Auge auf die Kinder haben, servieren … Mir ist nichts entgangen.«

»Ich kann mich auch noch gut an die Feste erinnern. Ich war immer sehr glücklich, wenn ich mit meiner Familie hier war.«

Letizia nickte, nahm einen Schluck von ihrem Wein und schwieg. Mariella fand das sehr taktvoll, zumal sie sich sicher war, dass sie wusste, was sich die Leute hier über Marias Familie erzählten.

»Ich wusste lange Zeit nicht, was passiert ist«, sagte Mariella langsam und blickte Letizia verstohlen an.

»Was passiert ist?«, fragte Letizia unschuldig, obwohl Mariella sicher war, dass sie genau wusste, worum es ging.

»Warum meine Eltern und meine Großmutter zerstritten waren«, fügte Mariella hinzu.

»Ah«, machte Letizia und nickte. Dann schenkte sie Mariella ein verständnisvolles Lächeln. »Familien streiten eben. Das ist normal. Wir sind Italiener, *eh?* Sehr temperamentvolle Leute. Wir streiten, und dann vertragen wir uns wieder. Das gehört dazu.«

Wieder dieser bedeutungsschwangere Blick, der Mariella zu verstehen gab, dass eine Familie, die sich nach einem Streit einfach nicht mehr blicken ließ, hier nicht gerne gesehen war. Dennoch wirkte Letizia auf Mariella nicht wie ein Mensch, der viel auf Vorurteile gab. Doch sie wollte auch nicht so wirken, als wäre ihr all das egal. Deshalb nickte sie und sagte: »Ja, da hast du wohl recht. Ich fand es immer sehr schade, dass wir nicht mehr hierhergekommen sind.« Das war ein bisschen gelogen, weil Mariella in den letzten Jahren kaum je an ihre Großmutter gedacht hatte. Doch jetzt, wo sie wieder hier war, fand sie es tatsächlich sehr schade. »Ich hätte sie gerne besser gekannt«, fügte sie wahrheitsgemäß hinzu.

»Sie war eine sehr beeindruckende Frau. Stark. Ein bisschen exzentrisch. Sehr ordentlich, fast perfektionistisch.«

»Die Leute mochten sie?«, fragte Mariella.

»Ja, schon. Wichtiger noch, sie respektierten sie.«

Mariella nickte. »Wenn ich mich wieder bereit fühle, mit meinen Eltern zu sprechen, werde ich ihnen davon erzählen.«

Letizia hob überrascht die Augenbrauen. »Noch mehr Streit in eurer Familie?«, fragte sie und schüttelte missbilligend den Kopf. »Das ist nicht gut. Man weiß nie, wie viel Zeit man noch hat.«

»Ich weiß. Es ist … kompliziert.«

»Wieso?«

Mariella zuckte mit den Schultern. »Sie unterstützen meine Lebensentscheidungen nicht, und ich muss ihnen klar machen, dass ich das nicht hinnehmen kann.«

»Wie kryptisch«, murmelte Letizia in ihr Glas.

»Ich habe mich scheiden lassen«, erklärte Mariella und fühlte sich ein bisschen wie ein politischer Kandidat auf Wahlkampftour, der die immer gleichen Geschichten zum Besten gab, um die Wähler von sich zu überzeugen.

»Ach?«, fragte Letizia. »Kein Mann?«

»Nein. Nur ein Ex-Mann. Dominic aus Sizilien. Ich habe die letzten Jahre meines Lebens in Sizilien gelebt. Davor in Florenz, dort habe ich studiert und ihn kennengelernt.«

»Wie romantisch«, sagte Letizia und strahlte Mariella an.

»Tja, ja, war es auch. Irgendwann dann nicht mehr.«

»Ich glaube nicht an Scheidung«, sagte Letizia nachdrücklich, ohne Mariella dabei das Gefühl zu geben, sie zu verurteilen. »Aber ich habe auch das Glück, die Liebe meines Lebens geheiratet zu haben. Da kann man leicht reden, *sì*?« Letizia lachte hell und ansteckend.

»Das ist wirklich schön«, sagte Mariella, »wenn sich zwei finden und perfekt zusammenpassen.«

»*Sì*, das ist es. Aber mach dir nichts draus. So einen Mann findest du sicher auch.«

Mariella schüttelte energisch den Kopf. »Ich mache mir nichts draus. Und ich will auch keinen Mann. Jedenfalls in nächster Zeit nicht. Ich muss … ich muss erst mal verstehen lernen, wer ich selbst bin.«

Obwohl sie Letizia erst so kurz kannte, hatte Mariella kein Problem damit, sich ihr gegenüber so zu öffnen. Letizia hatte eine Art an sich, die es ihr leicht machte, ihr zu vertrauen.

»Du bist eine hübsche junge Frau«, sagte Letizia. »Du bist neugierig und mutig. Und du bist hier. Das ist doch ein guter Anfang.«

Mariella, die sehr ähnliche Gedanken gehabt hatte, nickte und lächelte. »Ich erwäge zu bleiben. Oder … ich weiß nicht. Ich habe noch nicht mal meine Koffer ausgepackt. Ich hatte nicht vor zu bleiben, aber … Meine Großmutter hat mir ihr Haus hinterlassen. Und den Laden.«

»*Sì*, ich weiß.«

»Ja, das scheinen hier alle zu wissen. In Deutschland werden Testamente sehr viel geheimer behandelt.«

Letizia zuckte mit den Schultern. »Hier auf dem Land ist gar nichts geheim, *cara*. Gut für dich, dass sie es dir hinterlassen hat. Es ist ein schönes Haus. Ich freue mich für dich, und niemand ist neidisch, da musst du dir bei uns keine Gedanken drum machen. Na ja, fast niemand.« Letizias Blick ging demonstrativ zu Rosas Laden.

Mariella folgte dem Blick, wandte sich dann wieder Letizia zu und sagte: »Rosa? Aber die war total nett zu mir.«

»Hm.«

»Muss ich etwas wissen?«, hakte Mariella vorsichtig nach.

»*No, no*. Ich spreche nicht schlecht über Menschen, so etwas tue ich nicht.« Letizia schüttelte energisch den Kopf.

»Ich fand Rosa sehr freundlich«, bekräftigte Mariella.

»Das ist schön. Es war ja auch keine sehr durchdachte Idee …«, fügte Letizia beiläufig hinzu.

»*Was* war keine durchdachte Idee?«

»Ihr Restaurant zu vergrößern. Sie wollte deiner Großmutter deswegen schon lange ihren Laden abkaufen. Sie hat von ihrer Scheidung eine gute Abfindung bekommen. Eine *sehr* gute Abfindung. Da ist noch einiges übrig.«

Mariella klappte der Mund auf. »Oh«, sagte sie, weil ihr nichts Besseres einfiel.

»Aber deine Großmutter wollte nicht verkaufen, obwohl ihr das sicher ein einfacheres Leben beschert hätte. All die viele Arbeit, und dann sprang ja kaum etwas dabei heraus. Aber ich glaube, sie wollte einfach …«

»Was heißt, da sprang nichts dabei heraus?«, unterbrach Mariella Letizia besorgt.

»Kaum etwas, *cara*, kaum etwas.«

»Aber … der Laden lief gut. Ich habe mir die Unterlagen angesehen.«

»Ja, der Laden lief sehr gut. Vor allem in der Hochsaison mit all den *turisti*.«

»Aber …?«

»Nun, es ist nun mal nicht einfach, von so einem kleinen Genussladen zu leben, verstehst du? Was man einnimmt, gibt man im Grunde auch wieder aus. Deine Großmutter hat sehr gut gewirtschaftet, hat die Kräuter selbst angebaut und hatte gute Verträge mit den Produzenten hier im Ort, um Zutaten günstig kaufen zu können. Trotzdem … Sie lebte schon ein bisschen von der Hand in den Mund.«

»Oh«, wiederholte Mariella und spürte einen schmerzhaften Stich der Enttäuschung.

»Habe ich etwas Falsches gesagt?«, fragte Letizia und legte Mariella sanft die Hand auf die Schulter.

Diese schüttelte den Kopf. »Nein, es ist nur … Es macht die Entscheidung nicht einfacher.«

»Die Entscheidung? «

»Ob ich … na ja, ob ich bleiben sollte oder …«

»Natürlich musst du bleiben!«, bekräftigte Letizia. »Deine Großmutter wollte nicht verkaufen, *cara*. Rosa hätte ihr einen guten Preis bezahlt, einen sehr guten Preis. Aber sie wollte nicht verkaufen. Sie wollte, dass alles in der Familie bleibt. Verstehst du?«

Mariella nickte. »Ja, schon …«

Erneut drückte Letizia sanft ihre Hand. »Versprich mir, dass du es ernsthaft in Erwägung ziehst. Ja? Bitte.«

Mariella lächelte. »Ja, das werde ich.«

»Oh, wie schön!«

»Nur… wenn der Laden nichts abwirft, kann ich mir das Leben hier nicht leisten. *Ich* habe aus meiner Scheidung keine super Abfindung erhalten.« Mariella blickte zu Rosas kleinem Restaurant.

Letizia neigte den Kopf zur Seite und blickte nachdenklich in den Himmel. »Nun, du musst ja nicht dasselbe machen wie deine Großmutter. Es steht dir offen, etwas anderes zu tun.«

»Was denn?«

»Was du willst. Du bist frei, *non è vero?*«

»Ja, irgendwie schon …«, bestätigte Mariella und spürte gleichzeitig, wie die Unsicherheit sie erneut packte.

Sie war frei. Das hatte sie sein wollen. Irgendwie. Nun, eigentlich hatte sie einfach nur aus ihrem Leben ausbrechen wollen. Womit sie nicht gerechnet hatte, war die völlige Planlosigkeit und dieses ständige Gefühl der Unsicherheit, das sie seitdem begleitete. Es war, als stünde sie vor einem Abgrund, in ständiger Angst davor, dass ein zu starker Windstoß kommen und sie nach unten befördern würde.

»Das ist normal, weißt du?«, sagte Letizia, als wäre sie imstande, Mariellas Gedanken zu lesen.

»Was?«

»Unsicher zu sein. Aber dennoch, du kannst alles machen, was du möchtest.«

»Ich bin ganz allein«, gab Mariella zurück und zuckte mit den Schultern. Sie wollte nicht jammern wie ein Kind. Aber es war eine schlichte Tatsache, dass sie niemanden hatte, der ihr half, der ihr beistand, der dafür sorgte, dass sie die Kraft nicht verließ.

»Nein, bist du nicht. Dafür sorgen wir schon.« Letizia lächelte wissend, und Mariella fragte sich, was sie da wohl gerade losgetreten hatte.

Die Antwort sollte sie zwei Stunden später erhalten. Letizia hatte Mariella mit sich in ihre Küche gezerrt, ihr ihren Mann Andrea vorgestellt und Mariella angewiesen, Andrea etwas unter die Arme zu greifen, wenn sie das denn könne.

»Kochen kann ich«, hatte Mariella freudig geantwortet.

»Sehr gut. Ich kümmere mich um ein paar Dinge.«

Dann war Letizia verschwunden und hatte Mariella und Andrea sich selbst überlassen.

Wie Mariella schnell feststellte, war Andrea ein ebenso liebenswürdiger, offener Mensch wie seine Frau, und sie schloss ihn sofort ins Herz. Sie arbeitete unter seinen Anweisungen, schnippelte Gemüse, holte Fleisch aus dem Kühlraum, bediente die Spülmaschine und polierte Weingläser.

Irgendwann tauchte Letizia wieder auf, zwinkerte Mariella zu und sagte: »Ich muss dich kurz entführen, *cara*. Da sind ein paar Leute, die ich dir vorstellen möchte.«

Mariella sah Letizia überrascht an und folgte ihr nach draußen. Die Tische, die bei Mariellas Ankunft noch leer gewesen waren, waren jetzt allesamt besetzt. Gäste unterhielten sich miteinander und nahmen zunächst gar keine Notiz von den beiden Frauen. Mariella rückte näher an Letizia heran und war kurz davor, sich hinter der kleinen Italienerin zu verstecken, da packte Letizia ihren Arm und rief: »Meine Lieben, darf ich euch meine neue Freundin Mariella vorstellen? Ihr alle habt sie ja schon kurz beim Begräbnis gesehen, und einige von euch kennen sie wie ich von früher. Heißt unsere neue Freundin doch gerne willkommen.«

Mariella war so schockiert, dass sie kaum reagieren konnte, als Letizias Gäste im Kollektiv aufstanden und ihr nacheinander die Hand schüttelten. Jeder von ihnen stellte sich vor, doch Mariella merkte sich keinen einzigen Namen. Sie lächelte wie in Trance, schüttelte Hände und wünschte sich die ganze Zeit über ein riesiges Erdloch, in das sie sich verkriechen könnte.

Nicht, dass sie Letizias liebenswürdige Geste nicht zu schätzen wusste, sie war ob dieser Situation sogar beinahe zu Tränen gerührt. Doch Mariella hasste es, im Mittelpunkt zu stehen. Und sie war schlecht im Small Talk. All die Leute, die sie neugierig anstarrten, auf sie einredeten, über sie sprachen, ließen ihre Wangen knallrot anlaufen, ihr das Herz bis zum Hals pochen, und schließlich wurden auch noch ihre Handflächen schwitzig. Irgendjemand drückte ihr ein Glas in die Hand, und sie nahm dankbar einen Schluck des spritzigen Weins. Dann legte Letizia ihr die Hand auf die Schulter und bugsierte sie zu einem Tisch in der Mitte. »Ihr habt euch sicher viel zu erzählen«, sagte sie mit einem geradezu verschwörerischen Unterton und verschwand.

»Hi«, sagte die Frau, die Mariella nun gegenübersaß. Sie war blond und sprach Deutsch. »Ich bin Emilia.«

»Mariella«, gab sie kleinlaut zurück. Dann fiel ihr etwas ein. »Oh! Du bist Emilia!«

»Ähm … ja.« Emilia blickte sie irritiert an.

»Entschuldige, ich … ich habe von dir gehört. Sara Verrazzo hat mir erzählt, dass dir das Hotel gehört. Und du bist auch eine Deutsche, hat sie gesagt …«

Emilia lachte auf. »Ja, richtig. Ich habe auch viel von dir gehört. Neuankömmlinge sind hier schnell Gesprächsthema. Glaub mir, ich weiß, wovon ich spreche.«

»Ja, das kann ich mir vorstellen«, sagte Mariella und musterte die Frau eingehend. Sie war ungefähr in Mariellas Alter und hatte einen tiefbraunen Teint, der im starken Kontrast zu ihren hellblonden Haaren stand.

»Ich war auch mal eine Fremde«, sagte Emilia.

»Kaum zu übersehen bei diesen Haaren«, gab Mariella schüchtern zurück.

»Ja, die blonden Haare fallen hier ganz schön auf. Ich hatte in Camaiore einen alles andere als einfachen Start, aber glaub mir, wenn du dich erst mal eingewöhnt hast, wirst du hier nie wieder weg wollen. Du willst doch bleiben, oder?«

»Ehrlich gesagt bin ich noch nicht sicher. Ich dachte, ich würde einfach kurz Urlaub machen und dann … keine Ahnung, nach Hause fahren. Aber …«

»… aber diese Gegend hat etwas an sich, oder?«

Mariella lächelte und blickte sich um. Sie ließ sich von dem italienischen Stimmengewirr um sie herum einhüllen, verlor sich in der

Melodie dieser Sprache, der Atmosphäre der beginnenden Abendstunden an dieser allzu klischeehaften italienischen *Piazza* und seufzte glücklich. »Ja«, sagte sie leise und nickte. »Diese Gegend hat tatsächlich etwas an sich.« Sie wandte sich wieder Emilia zu. »Kanntest du meine Großmutter?«

Emilia schüttelte den Kopf. »Kaum. Ich bin selber noch nicht so lange hier. Aber die Leute sprechen sehr positiv von ihr, sehr respektvoll. Sie war eine wichtige Persönlichkeit hier im Ort. Jeder kannte sie, jeder kannte ihre Produkte und ihren Laden.«

»Verkauft ihr etwas davon in eurem Hotel?«, fragte Mariella, einer Eingebung folgend. Sie konnte sich nicht erinnern, Emilias Namen oder den des Hotels in den Geschäftsunterlagen gelesen zu haben.

Emilia grinste. »Ja. Gianni hat darauf bestanden.«

»Gianni?«

»Einer unserer Köche. Er kannte deine Großmutter gut. Du solltest mal mit ihm sprechen.«

»Ist er da?«, fragte Emilia und blickte sich um.

»Nein, nein«, lachte Emilia, »um diese Zeit geht er schon schlafen.«

Mariella zog die Augenbrauen zusammen und sah Emilia verwundert an. Doch bevor sie fragen konnte, was das zu bedeuten hatte, sprach Emilia schon weiter: »Ich hatte es tatsächlich nicht so einfach, weißt du? Jetzt kommt es mir vor, als ob zwischen meinem jetzigen Leben hier und meinem Start in der Toskana ein ganzes Universum liegt. Aber all die Erfahrungen, die ich gemacht habe, waren so wertvoll. Sie haben mich so stark gemacht.«

Nun war Mariella ganz Ohr. Denn das war es, das ihr allen voran fehlte: Stärke. »Ich habe Sorge ... nein, ehrlich gesagt habe ich Angst, dass ich kläglich scheitern werde. Ich habe keine Erfahrung mit ... alldem. Ich habe überhaupt keine Erfahrung.«

Emilia schüttelte vehement den Kopf. »Erstens glaube ich dir nicht, dass du überhaupt keine Erfahrung hast, und zweitens ist das Gefühl, Angst zu haben, völlig normal. Es wird besser mit der Zeit. Aber es geht nie ganz weg. Wir sind erwachsen. Wir wagen Dinge, wir probieren aus, wir muten uns etwas zu und ja, manchmal scheitern wir auch. Aber all das ist es am Ende wert.«

»Warum?«, fragte Mariella ehrlich erstaunt. Der Gedanke, absichtlich einen schwierigen Weg einzuschlagen, war ihr noch nie in den Sinn gekommen. Bisher jedenfalls nicht.

»Weil man nur so vorankommt. Ich habe gegen so viele Widerstände kämpfen müssen, als ich hierherkam. Nachbarn, italienische Bürokratie, völlig andere Arbeitsmoral … Aber weißt du, was der größte Widerstand war?«

Mariella schüttelte den Kopf.

»Das hier«, sagte Emilia und tippte sich mit dem Zeigefinger an ihre Schläfe. »Da musst du dich erst mal durchkämpfen. Ängste, Zweifel, Unsicherheit.«

»Oh ja, meine drei ständigen Begleiter«, murmelte Mariella und nahm einen kräftigen Schluck von ihrem Wein.

Emilia lachte. »Aber das kann ja auch total spannend sein«, sagte sie mit leuchtenden Augen. »Du hast die Möglichkeit, dein eigenes Ding zu machen, Mariella! Ich weiß, wie sehr dieser Gedanke einen verängstigen kann, aber glaube mir, das alles ist es wert. Wenn du eine gute Idee hast und viel Herzblut reinsteckst, kannst du etwas ganz Großartiges erreichen. Es ist so schön, sein eigener Boss zu sein, so erfüllend und befreiend.«

»Aber der Weg dorthin …«

»Da gibt es einen Spruch, den ich mir oft vorsage«, unterbrach Emilia sie.

»Und welchen?«

»*Niente che valga la pena avere è facile.*«

»Nichts, dass es sich zu haben lohnt, fällt einem in den Schoß«, wiederholte Mariella die Worte auf Deutsch.

»Richtig.« Emilia nickte lächelnd.

Letizia kam herbeigerauscht, zupfte Mariella am Ärmel und beugte sich zu ihr. »Komm, *cara*. Wir holen ein paar Leckereien aus Marias Laden. Wir machen ein bisschen Werbung für dich, *eh*?«

Mariella stand auf. Sie fühlte sich immer noch wie in Trance. Doch der leckere Wein, den Letizia ständig nachschenkte, und die vielen freundlichen Nachbarn, die hier waren, um sie kennenzulernen, all das beflügelte sie und ließ sie von einer möglichen Zukunft träumen, die bis vor Kurzem noch unerreichbar schien.

5. Kapitel

DER Abend bei Letizia hatte für Mariella alles ins Rollen gebracht. Als sie am nächsten Morgen aufwachte, hatte sie das Gefühl, es irgendwie schaffen zu können. Sie wollte diese Chance nutzen, auch wenn es schwer werden würde, auch wenn sie noch nicht so richtig wusste, was sie zu tun hatte. Denn Letizia hatte tatsächlich recht gehabt. Nach einem genaueren Blick in die Geschäftsbücher ihrer Großmutter wusste Mariella nun, dass sie allein vom Delikatessenladen nicht würde leben können. Die Zeiten hatten sich geändert, das Leben in Camaiore war teurer geworden. Und so freundlich sie bei Letizias kleiner Party auch aufgenommen worden war – sie war nicht *Nonna* Maria und würde es nie sein. Und die Leute würden nicht aus reinster Nächstenliebe bei ihr einkaufen.

Also brauchte sie eine Idee. Eine *bessere* Idee.

Bei dem kleinen Get Together in Letizias *Osteria* war Mariella wieder einmal bewusst geworden, wie die Bewohner hier und auch im Rest von Italien tickten und was sie wollten. Sie hatte es mit Vollblut-Genussmenschen zu tun. Die Einwohner Camaiores aßen, tranken und feierten gern. Ihre Geschäftsidee musste also eine dieser Kategorien bedienen, wenn sie nicht nur vom Tourismus leben wollte. Also saß sie nun da und überlegte. Dabei rief sie sich immer und immer wieder Emilias Worte ins Gedächtnis. *Niente che valga la pena avere è facile.*

Sie hatte es sich auf dem Holzfußboden in der Küche ihrer Großmutter bequem gemacht und lehnte an dem blauen Holzschrank, der neben der offenen Treppe stand. Sie blickte sich um, und ein wohliges Gefühl breitete sich in ihr aus. Alles hier sah aus wie einem Puppenhaus entsprungen. Die Kästchen und Regale waren aus massivem Holz und alle in demselben knalligen Blau gestrichen. In der Mitte des Raums stand eine große Kücheninsel aus dunklem Holz, auf der zahlreiche leere Einmachgläser und Elektrogeräte standen. Daneben befand sich ein großer schwarzer Gasherd mit einer

Dunstabzugshaube, die so breit war, dass sie den Ofen zu verschlingen schien. Pfannen, Töpfe und weitere Küchenutensilien hingen an diversen Haken an der terrakottafarben gestrichenen Wand. Und zu Mariellas großer Belustigung gab es sogar eine offene Feuerstelle, über der ein Eisentopf hing.

»Fehlt nur noch, dass Mary Poppins hier hereingeschwebt kommt«, murmelte Mariella. »Und was soll ich jetzt mit all dem anfangen?«

Sie war keine Köchin. Sie *konnte* kochen, aber ob das reichte, ein kleines Bistro zu betreiben? Was es das, was sie machen wollte? Warum eigentlich nicht. »Also eine Bar«, murmelte Mariella, griff zu ihrem Notizbuch und notierte den Gedanken.

Eine Bar wäre einfach zu managen, doch hatten ihr Emilia und Letizia schon gesagt, dass es davon viele kleine, alteingesessene in Camaiore gab und die Behörden mittlerweile sehr sparsam mit der Vergabe der Alkohollizenzen geworden waren.

»Man will keine Konkurrenz«, hatte Letizia Mariella erklärt. »Die, die hier politisch etwas zu sagen haben, sind Winzer oder Gastronomen.«

»Oder beides«, hatte Emilia hinzugefügt.

»Die sind sehr darauf bedacht, den Profit unter sich aufzuteilen, wenn du verstehst, was ich meine.«

Mariella hatte verstanden. Sie hatte allen voran verstanden, dass sie ein Konzept benötigen würde. Ein *gutes* Konzept, das die Behörden überzeugen konnte. Das würde ein Balanceakt werden, denn es musste gut genug sein, um Touristen anzulocken, aber auch nicht so gut, um die alteingesessene Konkurrenz zu alarmieren.

»Mach nichts allzu Großes«, hatte Letizia geraten.

»Und nicht zu pompös«, hatte Emilia eingeworfen.

»Kein Schnickschnack, aber auch nichts Altbackenes.«

Die Worte schwirrten in Mariellas Kopf herum und überwältigten sie. Sie klappte das Notizbuch zu. Am besten wäre es, einfach nur den Laden weiterzuführen. Vielleicht konnte sie ja etwas mehr Gewinn rausschlagen als ihre Großmutter. Aber wie?

Ein Klopfen riss Mariella aus ihren Gedanken. Sie stand auf und blieb einen Moment lang unschlüssig stehen. Draußen war es bereits dunkel, und obwohl Mariella nun ein paar Leute im Dorf kannte, so war sie doch mit niemandem ausreichend befreundet, um einen spontanen Besuch um diese Zeit zu rechtfertigen.

Sie drehte den Kopf und lauschte. Das Klopfen war vom Vorraum aus ertönt, von der Eingangstüre. Mariella wartete, hörte aber nichts mehr. Vielleicht hatte sie sich das nur eingebildet? Sie wollte sich gerade setzen, als ein erneutes Klopfen zu hören war, lauter und näher als zuvor. Mariella riss die Augen auf und wich einen Schritt zurück, als ein Gesicht am Küchenfenster auftauchte. Jemand stand vor ihrem Haus, doch sie konnte nur dunkle Umrisse erkennen. Dieser Jemand klopfte erneut ans Fenster, deutete zur Tür und verschwand aus ihrem Sichtfeld.

»Was zum Teufel …«, fragte sich Mariella und ging langsam aus der Küche durch Großmutters Laden in den Vorraum.

»Wer ist da?«, fragte sie durch die geschlossene Tür.

»Meine Güte, jetzt machen Sie schon auf. Es regnet. Das ist total unhöflich«, hörte sie eine ungeduldige Stimme.

Mariella zog die Augenbrauen zusammen, zögerte einen weiteren Moment und öffnete dann die Eingangstür einen Spalt.

»Sie?«, rief sie und riss die Augen auf.

»Hi, ich bin Celio, und ich …«

Mariella knallte die Tür zu und starrte die Türklinke an, als stünde sie in Flammen. Vor ihrer Tür stand niemand Geringerer als der attraktive Raufbold, der an Rosas Laden vorbeigelaufen war, als Mariella ihren ersten *Caffè Espresso* hier getrunken hatte. Nur dass jetzt kein Blut mehr an seiner Lippe klebte und er ein strahlend weißes Lächeln zur Schau gestellt hatte.

»Hey!«, rief der Mann durch die geschlossene Tür und klopfte noch einmal.

»Was wollen Sie?«, fragte Mariella.

»Mit Ihnen sprechen, was denken *Sie* denn?«

»Nichts Gutes, wenn Sie so direkt fragen.«

»Könnten wir dieses Gespräch ohne fünf Zentimeter Holztür zwischen uns weiterführen?«

»Nein.«

Wieder klopfte es, diesmal sanfter. »Ich komme in Frieden, ich schwöre es.«

»Sagte der böse Wolf zu den drei kleinen Schweinchen«, gab Mariella leise zurück.

»Das habe ich gehört.«

Mariella zuckte zusammen. »Oh.«

»Sie sind witzig. Gut für Sie. Könnten wir uns jetzt unterhalten? Ich bin kein Serienkiller, falls Sie das denken sollten.«

Mariella schalt sich selbst für ihr Verhalten. Sie kam sich wie ein Angsthase vor und irgendwie ein wenig lächerlich. Und eigentlich hatte sie sich vorgenommen, hier ein paar Freunde zu finden. Aber sie war ganz allein in diesem Haus, es war dunkel, und sie war fremd hier und …

Mariella schüttelte den Kopf. »Reiß dich zusammen«, flüsterte sie.

Sie griff wieder nach der Klinke und öffnete die Tür. Dann streckte sie ihren Rücken durch, straffte die Schultern, reckte ihr Kinn nach oben und blickte den Mann auffordernd und mit kühler Miene an. »Was kann ich für Sie tun?«

»Haben Sie diesen Auftritt jetzt geprobt?«, fragte er und betrachtete Mariella amüsiert von oben bis unten.

»Nein. Was kann ich für Sie tun?«, wiederholte sie stoisch.

Der Mann hob den Arm und deutete mit dem Daumen nach oben. »Es regnet«, erklärte er.

»Ja, das sehe ich. Benötigen Sie einen Schirm?«

Celio runzelte die Stirn und stierte Mariella einen Moment lang an. Der Blick aus seinen grünen Augen war stechend und machte sie nervös. Erneut verzog er die Lippen zu einem breiten Lächeln und zeigte perfekte Zähne. Mariella verstand sofort, warum Rosa ein Auge auf ihn geworfen hatte, auch wenn sie sicher um einige Jahre älter war als er. Er hatte ein markantes Kinn und tiefe Grübchen, die sich, wenn er lächelte, fast über die gesamte Wange zogen. Er trug einen Dreitagebart und wirkte wie ein verruchter Frauenheld mit harter Schale. Ob sich dahinter ein weicher Kern verbarg, konnte Mariella nicht sagen. Aber sie bezweifelte es.

»Sie sind ziemlich abweisend für jemanden, der gerade hier angetanzt ist«, sagte er nun.

»Und Sie sind ganz schön rüpelhaft für so eine idyllische Dorfgemeinschaft.«

»Ich bin nicht von hier. Und ein Rüpel bin ich auch nicht.«

»Dazu habe ich eine andere Meinung.«

»Sie kennen mich doch überhaupt nicht.«

»Ich tendiere dazu, Männern zu misstrauen, die sich auf offener Straße prügeln.«

Der Mann verdrehte die Augen, verschränkte die Arme vor der Brust und lehnte sich lässig gegen den Türrahmen. »Sie sehen, dass ich mittlerweile total durchnässt bin, ja?« Er sah an sich hinunter, Mariella folgte seinem Blick auf das Hemd, das ihm nass und hauteng am Körper klebte. Celio hatte es bemerkt und fragte nun: »Oder ist das Ihre Absicht?«

»Entschuldigung?!«, stieß Mariella entrüstet aus und war kurz davor, dem Mann erneut die Tür vor der Nase zuzuschlagen.

Doch damit schien er zu rechnen, also stieß er sich ab, machte einen Schritt nach vorn, quetschte sich nonchalant an Mariella vorbei und stand nun mitten in ihrem Vorraum. »Sie wohnen ziemlich schräg«, sagte er und blickte sich um.

»Sie können nicht einfach fremde Häuser betreten!«, fuhr Mariella ihn an und deutete energisch zur offenen Tür.

»Ich hatte das so verstanden, dass Sie mich hereingebeten haben«, gab der Mann zurück und drehte sich mit einem strahlenden Lächeln zu Mariella um. »Also, wo können wir unser Interview führen? Da drüben?«

Bevor Mariella etwas entgegnen konnte, ging der Mann durch die Zwischentür in den Laden ihrer Großmutter.

»Hey!«, rief Mariella und lief hinter ihm her.

»Das ist er also, ja?«, fragte er.

»Das ist *was*?«

»Der Laden, den Sie übernehmen wollen. Hm … na ja.«

»Woher wissen Sie …«

»So was spricht sich hier schnell rum. Was ist dort im nächsten Raum?«

Er ging einfach weiter und stand einen Moment später in der Küche. Mariella folgte ihm, drängte sich an ihm vorbei und stellte sich ihm in den Weg. »Jetzt hören Sie mal zu, das ist Hausfriedensbruch.«

»Ist es nicht. Das ist Italien.«

»Falls das Ihre Art ist, mich anzubaggern, dann kann ich Ihnen versichern, dass …«

Der Mann lachte laut auf, sodass Mariella den Rest des Satzes nicht mehr über die Lippen bekam. Ihre Wangen begannen zu glühen, und sie schnaubte wütend.

»Keine Sorge, Sie sind echt nicht mein Typ. Ich bin wegen des Jobs hier.«

»Wovon sprechen Sie bitte?« Mariella war so verdutzt, dass sie vergaß, weiter wütend zu sein.

»Sie sind doch Mariella Engels, oder? Die den Laden hier neu eröffnen will? Mit einem neuen Konzept?«

»Ja, aber …«

»Dann brauchen Sie einen Geschäftspartner. Hi, ich bin Celio Contaldo.«

Mariella zog die Augenbrauen zusammen und starrte Celio irritiert an. »Wer sagt das?«

Celio wirkte ehrlich überrascht. »So ziemlich jeder.«

»Blödsinn. Ich bin überhaupt nicht auf der Suche nach …«

»Was haben Sie überhaupt vor?«, unterbrach Celio sie und begann, langsam die Küche abzuschreiten.

»Das geht Sie doch überhaupt nichts an.«

»Hier sieht's aus, als wäre eine Puppenmanufaktur explodiert. Wie soll man denn hier kochen?«

»Nachdem *Sie* hier nicht kochen werden, ist das irgendwie unerheblich, oder?«

Er fuhr herum und warf Mariella einen eindringlichen Blick zu. Dann kam er langsam auf sie zu, wobei er bei jedem Schritt einen seiner Hemdknöpfe aufmachte. Mariella wich eilig zurück, bis sie mit dem Rücken gegen das Fensterbrett stieß. »Was tun Sie da?«, fragte sie tonlos.

»Dieses nasse Hemd ausziehen. Und Sie dürfen gratis meinen Oberkörper bewundern. Gern geschehen. Hätten Sie vielleicht ein Handtuch?«

Mariella hob abwehrend die Arme, öffnete den Mund und hielt dann mitten in der Bewegung inne. Sie war so perplex, dass sie fast vergaß zu atmen. Als Celio nun tatsächlich das Hemd auszog, löste sich der Schock. Sie begann, wild mit den Händen zu gestikulieren, und rief: »Ziehen Sie sich sofort wieder an, und kommen Sie ja keinen Schritt näher! Ich rufe die Polizei, ich schwöre es!«

Celio verdrehte die Augen, legte das nasse Hemd auf die Kücheninsel und drehte sich einmal im Kreis. »Ist Ihnen vielleicht aufgefallen, wie – entschuldigen Sie den Ausdruck – *arschkalt* es hier drin ist? Und mein Hemd ist nass. Ich bin ja hart im Nehmen, aber ich habe keine Lust, mir bei Ihnen eine Lungenentzündung zu holen!«

Mariella schüttelte energisch den Kopf. Diese Situation war so was von absurd, dass sie noch nicht mal gewusst hätte, was sie dazu sagen sollte, wenn ein Souffleur ihr die Worte eingesagt hätte. Sie stand einfach nur da und starrte den halb nackten großen Mann aus weit aufgerissenen Augen an.

Der drehte sich nun langsam zu ihr um. Ein Mundwinkel war hochgezogen, er wirkte amüsiert. »Lassen Sie mich raten. Sie wissen nicht, wie man dieses Haus beheizt, richtig?«

»Ähm, ich …«

Celio schüttelte den Kopf. »Typisch *straniero*.«

Mariella sog entrüstet Luft ein. »Jetzt machen Sie mal einen Punkt! Ich bin überhaupt nicht … *typisch Ausländer!* Ich habe die letzten Jahre in Sizilien gelebt. Ich bin quasi Italienerin.«

Celio musterte sie eingehend. »Sie sehen nicht aus wie eine Sizilianerin.«

»Und *Sie* sehen nicht aus wie ein potenzieller Geschäftspartner. Den ich im Übrigen auch überhaupt nicht benötige.«

»Aha. Und was haben Sie hier vor?«

»Das werde ich *Ihnen* ganz sicher nicht verraten.«

Celio grinste. »Sie haben keine Ahnung, oder?«

»Oh doch, habe ich wohl!«

»Okay, ich bin mal nicht so. Sie haben eine ganz gute Kücheneinrichtung hier. Viel Platz. Na ja, einige Geräte müssen Sie erneuern, die sehen ziemlich … zickig aus. Wobei, das passt ja dann ganz gut zu Ihnen.«

»Ich bin nicht zickig.«

»Und ich bin kein Rüpel.« Celio ging durch die Küche und begann, wahllos Schubladen aufzuziehen und Schränke zu inspizieren. »Sie brauchen ein gutes Konzept. Hier gibt es bereits alles. Bars, Restaurants … Niemand wartet auf Sie.«

»Na, vielen Dank auch.«

»Ich sagte doch, Sie brauchen einen Geschäftspartner.«

»Und das sollen gerade *Sie* sein, ja?«

»Ja, ich kenne mich in der italienischen Gastro-Szene gut aus.«

»Und was machen Sie beruflich, wenn Sie sich nicht gerade vor fremden Frauen ausziehen oder andere Männer verprügeln?«

»Das macht Sie fertig, oder?« Celio grinste breit.

»Nein. Überhaupt nicht.«

»Das scheint Sie aber zu beschäftigen.«

»Im Moment beschäftigt mich einzig und allein die Frage, wie ich einen fremden, halb nackten Mann aus meinem Haus bekomme.«

»Sie könnten weiter so abweisend sein, irgendwann stört mich das vielleicht und ich haue ab.«

»Das hat Sie bis jetzt auch nicht gestört, außerdem bin ich nicht abweisend. Nur überrumpelt.«

»Hm.«

Celio kam langsam auf Mariella zu. Die stand nach wie vor mit dem Rücken ans Fensterbrett gepresst und konnte nicht weiter zurückweichen.

»Was machen Sie da?«, fragte sie leise, als er dicht vor ihr zum Stehen kam und ihr fest in die Augen blickte.

»Sie weiter überrumpeln.«

»Ich dachte, ich bin nicht Ihr Typ?«

»Sind Sie auch nicht. Und Sie liegen übrigens falsch.«

»Womit?«

»Na, ich bin kein Rüpel. In dieser Geschichte, die Sie da beobachtet haben, war ich nicht der Böse, sondern der Gute.«

Mariellas Herz schlug ihr bis zum Hals. Celio stand so nah vor ihr, dass sie nur den Arm heben musste, um über seine muskulöse Brust streichen zu können. Sie schluckte und wandte den Blick ab. »Sie wirken nicht so, als ob Sie der Gute wären.«

Celio schnaubte, und Mariella hob den Kopf, um ihm ins Gesicht zu sehen. Er blickte sie aus verengten Augen an, seine Lippen umspielte ein ironisches Lächeln. Dann wandte er sich ab, ging zur Kücheninsel und griff nach seinem nassen Hemd. Während er es sich überzog, ohne dabei die Knöpfe wieder zu schließen, sagte er: »Der Typ, mit dem ich mich geprügelt habe, schuldet der alten *Signora*, bei der ich seit Kurzem wohne, Geld.«

»Seit Kurzem? Sie sind neu hier in Camaiore?«

»Ja. So wie Sie. Darf ich jetzt weitererzählen?«

Mariella machte eine auffordernde Geste, und Celio sprach weiter: »Der Typ hatte für einen Monat ein Zimmer bei der alten *Signora* gemietet, sie aber nie dafür bezahlt. Er dachte, er kommt damit durch, weil sie sich ohnehin nicht wehren kann.« Celio drehte sich nun zu Mariella um und sah sie an. »Ich mag es nicht, wenn Typen nette alte Damen verarschen. Er ist mir dumm gekommen, als ich das Geld verlangt habe, und hat ein Messer gezogen. Da habe ich ihm eine verpasst.«

Mariella hob die Augenbrauen. »Klingt interessant.«

»Sie glauben mir nicht?«

Mariella spitzte die Lippen und dachte kurz nach. »Ich habe absolut keine Ahnung.«

»Auch in Ordnung. Haben Sie jetzt einen Job für mich, oder nicht?«

»Nein. Tut mir leid.«

»Sie machen einen Fehler.«

»Mag sein.«

Celio blickte sich noch einmal um. »Nutzen Sie die Küche. Das ist mein Rat an Sie. Die Leute wollen essen. So richtig schlemmen.

Sorgen Sie dafür, dass die Leute bekommen, was sie wollen, dann wird Ihr kleines Projekt ein Erfolg. Viel Glück.«

Und bevor Mariella etwas erwidern konnte, verschwand Celio aus ihrem Haus.

Eine Woche später saß Mariella bei der örtlich zuständigen Gewerbebehörde. Sie hatte sich alle Informationen gesucht, die sie für ihren Laden benötigte, und sämtliche Unterlagen ihrer Großmutter in einer Mappe ordentlich zusammengetragen, um belegen zu können, dass sie die rechtmäßige Besitzerin des Hauses und des dazugehörigen Ladens war. Sie hatte sich gut vorbereitet. Sehr gut sogar. Sie hatte auch mit Letizia und mit Emilia gesprochen und sich noch ein paar Tipps geholt.

Doch das alleine würde nicht reichen. Das hier war Italien. Die Mühlen mahlten hier nicht nur langsamer, sondern gänzlich anders als in Deutschland. Prozesse, Regeln, Gesetze, all die Dinge, die in ihrer Heimat für Ordnung und Transparenz sorgten, wurden hier als Richtlinien, nicht als verbindliche Normen verstanden. Ob Mariella auf dem Papier alles mitbrachte, was das Gesetz verlangte, war im Grunde unerheblich. Sie musste den zuständigen Beamten von ihrer Idee überzeugen, musste diese gut verkaufen und schließlich *seine* Sprache sprechen.

Deshalb war sie nervös. Sie wollte nicht scheitern. Sie brauchte jetzt ein Erfolgserlebnis, ein Zeichen dafür, dass dieser Weg der richtige war.

Nicht, dass es einen anderen Weg gäbe, dachte sie und fuhr mit dem Zeigefinger über die Mappe, die auf ihrem Schoß lag. Im Grunde hatte sie nur diese eine einzige Idee, und wenn sie die nicht realisieren konnte … dann stand sie vor dem Nichts.

Neuanfang. Das klang so spannend und großartig. Aber so fühlte Mariella sich nicht. Sie empfand nur Angst und Leere und Unsicherheit. Sie war über dreißig und war das erste Mal in ihrem Leben gezwungen, auf eigenen Beinen zu stehen. Nichts daran war großartig.

Das ist einfach nur traurig, dachte Mariella und krallte die Finger in ihren Ordner.

Die Tür wurde geöffnet, und eine Sekretärin deutete Mariella, ihr zu folgen. Sie ging mir ihr einen grell ausgeleuchteten Gang entlang und betrat ein Büro. Dort saß ein schlanker Mann mittleren Alters mit vollem, grau meliertem Haar. Er blickte über eine Brille hinweg zu Mariella und deutete auf den Sessel, der ihm gegenüber stand. »*Signora* Engels, *sì*?«

»Ja. Guten Tag. Danke, dass Sie mir so schnell einen Termin gegeben haben.«

»Gerne. Ich kannte Ihre Großmutter. Sie war eine sehr starke Persönlichkeit.«

»Ja«, sagte Mariella, obwohl sie keine Ahnung hatte. Aber so schienen hier alle ihre *Nonna* betrachtet zu haben.

»Ich habe Ihren Antrag bereits angesehen. Da geht es ja nur noch um eine kleine Formalität, eigentlich müssen wir nur die Konzessionen auf Sie übertragen. Sie sind rechtmäßige Erbin, also gehe ich davon aus, dass Ihre Großmutter wollte, dass ihr Laden weitergeführt wird.«

»Ja. Ähm, richtig. Ich würde das Konzept gerne erweitern.«

Die Augenbrauen des Beamten schossen nach oben. »Inwiefern?«

»Ich würde gerne den Genussladen beibehalten, aber ein All-in-Konzept daraus machen. Die Produkte meiner Großmutter also nicht nur verkaufen, sondern sie auch verwenden für Antipasti, Kuchen, Kaffee. Mit einer kleinen Karte. Um den Verkauf anzukurbeln. Die Kunden, vor allem die, die nicht von hier sind, wollen doch wissen, was sie kaufen.«

Mariella gelang es, weitaus selbstsicherer zu klingen, als sie sich fühlte. Ihr war klar, dass das nicht die Superidee war, nach der sie gesucht hatte. Aber es war die einzige gewesen, die ihr in den Sinn gekommen war. Sie würde nicht nur einen Laden führen, sondern auch ein kleines Bistro. Das wäre nicht allzu viel Mehraufwand. Sie konnte die Rezepte ihrer *Nonna* verwenden, ihre Produkte herstellen und verkaufen, ihre Vertriebswege nutzen und gleichzeitig ein weiteres Standbein bedienen, indem sie all das, was sie ohnedies herstellen musste, auch direkt in der Küche verwendete und anbot. Es war ein guter Plan, wie sie fand. Nicht gerade revolutionär, aber solide. Sie starrte in die Augen des Beamten und versuchte, daraus zu lesen, was er von ihren Worten hielt.

»Hm. Dann müssen wir die Konzession abändern.«

»Nur ein bisschen. Es wäre dasselbe, nur mit Kostproben. Häppchen. *Antipasti*-Platten.«

»Mhm, mhm. Interessant. Ich verstehe, was die Idee dahinter ist. Sie wollen also auch kochen?«

Mariella schüttelte den Kopf. »Nein! Nein, denn dafür bräuchte ich ja einen …«

»… gewerblichen Geschäftsführer. Richtig. Sie verfügen über keine entsprechende Ausbildung, wie ich Ihren Unterlagen entnommen habe.«

»Nein. Genau. Das … ähm … ist richtig. Daher die Idee mit den Vorspeiseplatten.«

»Ich nehme an, dass die Leute zu diesen Platten auch etwas trinken sollen?«

»Das wäre sehr hilfreich.« Mariella versuchte sich an einem gewinnenden Lächeln.

»Ihre Großmutter hatte nur einen Verkaufsladen. Was Sie haben wollen, ist eine Gastgewerbeberechtigung.«

»Nein. Ich meine, nicht in dem Sinne, dass … Also, ich will nicht kochen.«

»Aber Sie wollen Alkohol ausschenken.«

»Nur ein bisschen.«

Der Beamte stierte sie über die Brille hinweg an. Mariellas Wangen glühten, und sie wandte den Blick ab.

Was für eine bescheuerte Antwort!

»Okay, ich kann Ihnen Folgendes anbieten: Sie erhalten keine Gastgewerbeberechtigung, weil Sie keine entsprechende Befähigung haben und mir auch keinen gewerberechtlichen Geschäftsführer benennen können. Aber wir haben hier eine vereinfachte Form, die Verabreichungsrechte eigener Produkte beinhaltet. Sie verstehen, worauf ich hinaus möchte?«

Mariella verstand absolut nichts. Dennoch nickte sie entschlossen.

»Gut. Sie benötigen also einen lokalen Winzer, der sich als Gesellschafter mit in den Vertrag schreibt. Dann genehmige ich Ihnen die Verabreichungsrechte. Allerdings dürfen Sie dann auch nur die Produkte aus der Eigenherstellung dieses Gesellschafters verkaufen. In Ordnung?«

Wieder nickte Mariella und beobachtete mit fest zusammengepressten Lippen und weit aufgerissenen Augen, wie der Mann ein paar Formulare aus einer Schublade zog, sich ein paar Notizen machte, sich dann seinem Computer zuwandte, etwas tippte und sich anschließend wieder über Mariellas Akte beugte. Er steckte ein paar Ausdrucke und Formulare hinein und schob ihr die Akte über den Tisch zu.

»Bringen Sie mir den Vertrag mit dem Vertriebspartner, dann genehmige ich Ihren … Genussladen.«

Mariellas Hand schoss nach vorn und knallte fest auf die Akte, als könnte diese sich jeden Augenblick in Luft auflösen.

»Danke!«, stieß sie hervor und erhob sich. »Danke, danke, danke!«

Sie schnappte sich ihre Unterlagen, drehte sich um und verließ mit stolz geschwellter Brust das Büro. Sie wusste zwar noch nicht recht, was genau nun zu tun war, aber sie würde es herausfinden.

Und dann konnte es *richtig* losgehen!

II.

»È meglio fare e pentere,
che starsi e pentersi.«

(Giovanni Boccaccio, 1313-1375,
italienischer Schriftsteller und Dichter)

(»Es ist besser, zu genießen und zu bereuen,
als zu bereuen, dass man nicht genossen hat.«)

Auszug aus Nonna Marias Tagebuch

TJA, das war also meine naive Idee. Ich wollte auf Ehrlichkeit, Offenheit, die innige Partnerschaft unter Liebenden vertrauen. Doch es dauerte Wochen, bis ich mich endlich traute, mit Antonio zu sprechen. Oder besser gesagt, bis ich die richtigen Worte zusammen hatte. Denn zuerst war das alles ja nur der Funke einer Idee gewesen. Ein Hauch von nichts. Ein Gedanke, der mich nicht mehr losgelassen hatte.

Diesen Gedanken musste ich prüfen und formen. Ich musste wissen, ob es nur eine kurze Anwandlung war, oder ob ich tatsächlich ein anderes Leben führen wollte.

Ich dachte jede Nacht daran. Und schließlich wusste ich: Es war keine Anwandlung. Der Gedanke, mit fünf Kindern in diesem Haus gefangen zu sein, nie frei sein zu können, nie selbstbestimmt, erdrückte mich. Ich wusste nicht, was ich damit anstellen sollte, und versuchte, ihn zu verdrängen. Es gab ja auch niemanden, mit dem ich hätte sprechen können. Niemand hätte mich verstanden, ganz im Gegenteil, man hätte mich für verrückt erklärt, mich verurteilt. Wie konnte ich, eine Frau, etwas anderes wollen, als Kinder in die Welt zu setzen und sie großzuziehen? Denn wie heißt es so schön? Mutter zu sein, ist der lohnendste Job. Was wollte ich also mehr?

Ich machte es mir nicht leicht. Ich prüfte mich selbst auf Herz und Nieren, überlegte, ging mit mir ins Gericht, fragte nach meinen Träumen und Zielen. Und ich legte mir einen Plan zurecht. Denn auch, wenn ich hoffte, dass Antonio mich unterstützen würde, so wusste ich doch, dass er erwartete, dass ich mich weiter voll und ganz um meine Aufgaben kümmerte. Ich würde also nur ein bisschen arbeiten können. Hier im Dorf. Irgendwo als Aushilfe. Das war in Ordnung. Mehr wollte ich ja auch gar nicht. Ein bisschen eigenes Geld verdienen, eine klitzekleine Welt kennenlernen, die sich außerhalb meiner vier Wände befand.

Fürs Erste musste das reichen, das war mir klar. Und war das denn zu viel verlangt? Nein.

Also legte ich mir die Worte zurecht und wartete auf das Wochenende, auf Antonios Heimkunft. Ich zog mein schönstes Hauskleid an, frisierte und schminkte mich und kochte sein Lieblingsessen. Ich stand stundenlang in der Küche, um das Peposo del Valdarno, das Ragout mit Kalbshaxe und Rotwein-Pfeffer-Soße, perfekt zart zu bekommen. Ich suchte nur die schönsten Zucchiniblüten heraus, um sie im heißen, würzigen Backteig zu frittieren. Und ich probierte das berühmte Rezept meiner Mutter für den Tortino al Cioccolato Fondente aus, weil ich wusste, wie sehr Antonio Schokoladenkuchen liebte.

Ich tat, was ich konnte. Ich wollte meinen Mann glücklich sehen.

Und das war er. Er kam in unsere Küche, inhalierte die Aromen, sah die Speisen und küsste mich stürmisch. »Wie ich dich vermisst habe, amore mio. Dich, deine weichen Lippen und deine Kochkünste.«

Die Worte verzauberten mich – immer noch. Seit Jahren waren wir ein Paar, und immer noch bekam ich weiche Knie, wenn Antonio mich berührte.

Er war die Liebe meines Lebens.

Daran glaubte ich fest. Schließlich hätte ich andernfalls nicht so für ihn empfinden können.

Wir aßen. Wir tranken. Er erzählte mir von seiner Arbeit und den Begegnungen, die er hatte. Ich servierte die Schokoladentorte, die gut geglückt war, und ließ mir Komplimente machen, weil niemand ihn je so gut bekocht hatte wie ich. Noch nicht mal la mamma.

Dieser Abend ist so lange her, und doch erinnere ich mich, als sei es gestern gewesen. Ich erinnere mich an alles, an jeden Blick, an jedes Wort.

»Antonio, kann ich etwas mit dir besprechen?«

»Alles, amore.«

»Ich habe viel nachgedacht. Ich denke viel nach, während du arbeiten bist. Ich würde gerne helfen. Dich unterstützen. Du arbeitest so hart für unsere Familie und sorgst dafür, dass wir ein gutes Leben haben. Und ich würde gerne meinen Beitrag leisten.«

»Du leistest deinen Beitrag.«

»Ich denke, ich könnte mehr tun.«

»Du kümmerst dich um alles hier, ich denke nicht, dass du mehr tun könntest, Maria.«

»Nun, ich dachte, ich könnte einmal die Woche arbeiten gehen. Vielleicht zweimal. Und ... wir haben ja nur ein Kind, das wäre machbar.«

»Wir haben im Moment nur ein Kind, und wenn du etwas mehr auf dich achten würdest, hätten wir auch schon ein weiteres.«

»Ich ... achte sehr gut auf mich.«

»Andere Frauen bekommen jedes Jahr ein Kind. Das soll kein Vorwurf sein, Gott schenkt uns Kinder, wenn wir bereit dafür sind. Aber ich denke eher, dass du weniger machen solltest, nicht mehr. Vielleicht sollte meine Mutter etwas aushelfen? Sie hat es angeboten.«

»Nein, Antonio.«

»Vielleicht bist du einfach sensibler als andere Frauen. Körperlich schwächer. Das ist keine Schande, Liebes.«

»Ich bin nicht ... schwächer. Ich möchte arbeiten, Antonio.«

Und dann war da diese Stille. Diese Stille, die mir mehr verriet, als Worte es gekonnt hätten. Und dieser Augenausdruck, den ich noch nie bei meinem Ehemann gesehen hatte. Die funkelnden blauen Augen, in die ich mich so unsterblich verliebt hatte, wurden zu Eisblöcken. Und ich sah ... nein, ich spürte, dass er all das falsch verstanden hatte. Er dachte, ich sei unglücklich. Er dachte, ich sei undankbar.

Ich hatte die falschen Worte gewählt.

»Nein.« Das war seine Antwort. Ein Wort. Ein einziges.

»Ich glaube, du hast mich missverstanden, Antonio, weil ich nämlich ...«

Und dann sauste seine Faust auf den Tisch. Das Geschirr klirrte, das Holz knarrte, und dann war es wieder still.

»Nein«, wiederholte er.

»Es wäre doch nicht oft. Nur ein- oder zweimal die Woche.«

»Wozu?«

»Um ... Geld zu verdienen.«

»Ich verdiene das Geld.«

»Ich könnte dich unterstützen.«

»Ich brauche keine Unterstützung. Sorg du lieber dafür, dass unsere Familie größer wird.«

»Antonio, ich will ...«

Da sprang er auf. Er kam um den Tisch herum auf mich zu. Er stierte mich aus diesen Eisblöcken von Augen an, und ich wusste, dass ich dieses Gespräch nie wieder würde führen können.

»Was willst du, Maria? Was? Sag es mir! Willst du weitere Kinder?«

»Ich ... ich weiß es nicht.«

Und dann flog die Faust erneut.

Doch diesmal traf sie nicht den Tisch.

6. Kapitel

MARIELLA klappte das Tagebuch zu und drückte es an ihre Brust. Sie lag im Bett ihrer Großmutter, im Schlafzimmer, das so sehr nach ihr roch, obwohl sie nicht mehr da war. Heiße Tränen stiegen in ihr auf.

Es waren Tränen der Wut.

Er hatte sie geschlagen. Sie hatte diesen Eintrag wieder und wieder gelesen und konnte es nach wie vor nicht fassen. Ihr perfekter Großvater, von dem ihre Mutter immer in so schwärmenden Worten gesprochen hatte. Wie stark er gewesen war, wie stoisch und liebevoll, wenngleich er die Liebe nur sparsam verteilt hatte. Er war gestorben, bevor Mariella auf die Welt gekommen war, und so hatte sie ihn nie kennengelernt. Doch die Geschichten kannte sie. Jene, die ihre Mutter erzählt hatte, ihre Großmutter, manchmal auch ihre Brüder.

In keiner dieser Erzählungen war je erwähnt worden, dass ihr Großvater seine Frau geschlagen hatte.

Das alles war so unwirklich. All das Schweigen in ihrer Familie, die unausgesprochenen Verletzungen. Und plötzlich war es, als könnte sie die Hand ausstrecken und ihre Großmutter berühren. Ihr Geist schien noch hier zu sein und jetzt, in diesem Augenblick spürte Mariella ihn ganz intensiv.

»Wieso hast du es für dich behalten?«, fragte Mariella in das leere, dunkle Zimmer hinein.

Die Beleuchtung in dem alten Haus war mehr als spärlich, und einer der ersten Pläne, die Mariella bei ihrer Ankunft hier gehabt hatte, war, die Lampen auszutauschen. Doch im Grunde mochte sie es, dass das Schlafzimmer so schummrig war. Obwohl sie alleine war und das Haus an allen Ecken und Enden knarrte, fühlte sie sich hier, unter der dicken Decke, wohl und geborgen.

Doch die Fragen quälten sie weiter. Wieso hatte ihre Großmutter niemandem davon erzählt? Hatte ihre Mutter es gewusst? Etwas mitbekommen? Das konnte nicht sein. Das durfte nicht sein. Denn dann hätte sie anders reden müssen über diesen Vater, der sich wie ein Despot aufgeführt hatte.

Sie würde ihre Mutter darauf ansprechen – irgendwann.

Mariella seufzte, legte das Tagebuch auf das kleine Nachtschränkchen und knipste die beiden elektrischen Kerzenleuchter aus, die an der Wand hinterm Bett montiert waren. Nun war das Zimmer finster und alles, was Mariella hörte, war der Regen, der auf das Dach prasselte.

Doch obwohl sie das Geräusch des Regens von jeher als beruhigend empfand, konnte sie kein Auge zu tun. Was sie gelesen hatte, wühlte sie zu sehr auf. Immer wieder drehte sie sich von einer auf die andere Seite, doch je mehr sie sich bemühte, Schlaf zu finden, desto munterer wurde sie. Irgendwann gab Mariella auf, stieg aus dem Bett und ging die Treppen nach unten Richtung Vorzimmer. Sie griff zu einer Regenjacke und einem Schirm, öffnete die Tür und ging nach draußen.

Die Luft war kühl, und der Regen prasselte erbarmungslos auf die menschenleere *Piazza*. Doch es ging kein Wind, und obwohl das Wetter sich Mühe gab, es zu verbergen, roch es nach Frühling. Mariella wandte sich nach links und ging über den schönen Platz, vorbei an der Kirche und dem Brunnen, der in der Nacht abgedreht war. Ziellos wanderte sie durch den kleinen Ort, ohne sich bewusst umzusehen. Dennoch – Großmutter Marias Italien war überall spürbar. Trotz der Dunkelheit, des dichten Regens und der spärlich beleuchteten Gassen wurde Mariella vom italienischen Flair dieses idyllischen Ortes eingehüllt. Es waren die in den Farben der Natur gestrichenen Fensterläden, die zu dieser Tageszeit fest verschlossen waren, die manchmal etwas schief anmutenden Dächer, die Rundbögen und schmalen Gässchen, die sich in irgendwelchen Hinterhöfen verzweigten und ein Labyrinth bildeten, das nur alteingesessene Bewohner durchschauen konnten. Es waren die Regenrinnen, an denen Schlingpflanzen emporkrochen, langsam und stetig, noch ohne Blüten und mit nur wenigen, zartgrünen Blättern. Doch das, so wusste Mariella, würde sich in den nächsten Wochen schlagartig ändern.

Sie stellte sich unter einen Hauseingang, lehnte sich gegen die kühle Wand und blickte sich um.

Ja, dachte sie. *Hier könnte ich mich wohlfühlen.*

Als Mariella am nächsten Tag aufwachte, fühlte sie eine neue Entschlossenheit in sich, die sie vorher nicht gekannt hatte. Heute war es so weit. Sie würde beginnen, ihre Idee umzusetzen. Regelrecht angetrieben fühlte sie sich durch den Tagebucheintrag ihrer Großmutter, den sie nicht mehr aus dem Kopf bekam.

Sie hatte alle Möglichkeiten und alle Freiheiten. Die hatte ihre Großmutter nicht gehabt. Aber *sie* konnte beginnen, ihre Träume zu verfolgen. Darum war es ja schließlich gegangen, oder? Das war der Grund gewesen, wieso sie das heimelige, bequeme Leben in Sizilien aufgegeben hatte.

»Trübsal blasen hätte ich in Sizilien ebenso gut tun können«, murmelte sie und ging ins Badezimmer.

Die frei stehende Badewanne hatte sie mittlerweile lieb gewonnen, und sie hatte gelernt, den gefliesten Boden so mit Handtüchern zu belegen, dass sie keine Überschwemmung mehr verursachte und auch nicht Gefahr lief, sich den Hals zu brechen. »Safety first«, flüsterte sie und begann ihre Morgentoilette.

Danach ging sie in den Laden ihrer Großmutter. Die Produkte und Inventarlisten waren ein guter Anfang, doch was sie brauchte, war ein ausgereiftes, detailliertes Konzept. Eine kleine Speisekarte, die als Werbung für die vielen Produkte in den Einmachgläsern dienen konnte. Und wie, zum Teufel, setzte man eigentlich Preise fest? In irgendeiner der Kochsendungen, die ihre Mutter so sehr liebte, hatte sie etwas von Kalkulationssätzen und Einkaufspreisen und Mehrwert gehört, aber sie hatte noch nicht mal eine vage Vorstellung davon, was das zu bedeuten hatte, obwohl sie seit Tagen dazu recherchierte. Sie würde einfach die Preise ihrer Großmutter als Grundlage nehmen und um einen bestimmten Prozentsatz erhöhen. Die zusätzlichen Produkte, die sie für ihre *Antipasti*-Platten benötigte, würde sie von lokalen Produzenten beziehen und einfach dort nachfragen, wie sie kalkulieren sollte. Und sie würde die Speisekarten der ganzen übrigen Gastro-Läden im Umkreis studieren. Dabei würde schon eine halbwegs passende Kalkulation rausspringen.

Außerdem brauchte sie Möbel. Da würden einige Investitionen auf sie zukommen, aber die Abfindung ihres Ex-Mannes sowie die Ersparnisse ihrer Großmutter deckten die ganz gut ab. Natürlich wäre das Geld, das sie zur Verfügung hatte, dann so ziemlich aufgebraucht. Aber sie würde einen Kredit beantragen können, auch wenn sie das nur als letzte Option in Erwägung zog. Das Haus gehörte ihr, und es hatte einen guten Wert, der als Sicherheit ausreichen würde. Sie hatte sich all das schon ausgerechnet. Dennoch wollte sie den Kredit nicht aufnehmen, wenn es nicht sein musste. Erst einmal würde sie versuchen, ihre Bistro-Genussladen-Idee so schnell wie möglich zu realisieren, um zu einem laufenden Einkommen zu gelangen. Das war vielleicht sehr optimistisch gedacht, ja. Vielleicht ein bisschen naiv. Aber das war es, was sie versuchen wollte.

Alles oder nichts.

Und dafür brauchte sie einen Arbeitsplan. Sie musste die Angebote auf ihrer Speisekarte ja auch selbst herstellen. Da gab es doch einen weiteren Ausdruck, den sie in diesen Kochshows gehört hatte?

»*Mise en Place*«, sagte sie und ging in die Küche. »Vorbereitung ist alles.«

Ja, sie hatte viel zu tun. Die Möbel mussten zum Konzept passen. Das Angebot musste stimmig sein, machbar und leistbar. Sie musste die lokalen Produzenten abklappern und sehen, was es zu kaufen gab. Bestimmt würde Letizia ihr dabei helfen. Die wusste, wo es die besten Produkte gab. Und dann war da noch die Sache mit der Alkohollizenz. Wieder etwas, wofür sie Letizia brauchen konnte.

»Oder Rosa«, murmelte Mariella, packte ihre Unterlagen zusammen und ging zu ihrer Nachbarin.

Die war gerade dabei, ihre Tür zu öffnen. »*Buon giorno*, Mariella«, sagte sie und winkte ihr zu.

»Guten Morgen, Rosa.«

»Hattest du schon einen Kaffee?«

»Nein, ich habe gehofft, den bei dir zu bekommen.«

»Aber natürlich. Setz dich.«

Mariella tat, wie ihr geheißen und wartete ein paar Minuten, bis Rosa sich mit zwei Tassen *Caffè* zu ihr setzte.

»Na, wie läuft es? Ich habe gehört, du willst den Laden deiner Großmutter wieder eröffnen?«

»Ja, richtig. Ich hoffe, das ist okay?« Mariella wusste, dass sie wie ein kleines Kind klang, das um Erlaubnis bat, und hasste sich dafür. Doch die Worte waren ihr einfach so rausgerutscht.

»Was meinst du?«, fragte Rosa.

»Meine Pläne mit dem Laden. Ich habe gehört, dass du ihn eigentlich kaufen wolltest.«

Rosas Blick verfinsterte sich und wanderte hinüber zu Letizias *Osteria*. »Aha«, war alles, was sie sagte, dann griff sie zu ihrem *Caffè* und nippte daran.

»Ich will dir keine Konkurrenz machen oder so«, beeilte Mariella sich zu sagen. Sie wollte sich auf keinen Fall Feinde machen. Nicht jetzt, nicht in ihrer unmittelbaren Nachbarschaft, überhaupt nicht.

Rosa lachte auf. »Konkurrenz? Ach, nein, keine Sorge, Mariella.« Sie schüttelte den Kopf und lachte noch einmal auf.

Mariella war von diesem Lachen überaus irritiert. Sie mochte Rosa. Bisher war sie sehr nett gewesen, doch jetzt, in diesem Augenblick, hatte sie sie mit ihrem spitzen Lachen in ihre Schranken verwiesen. Sie hatte sie ausgelacht. Sie hatte sie tatsächlich ausgelacht!

»Na ja, wie auch immer …«, murmelte Mariella. Sie war nicht gut darin, auf Konfrontation zu gehen. Aber sie wäre es gerne, insbesondere in diesem Moment. Am liebsten wollte sie Rosa direkt fragen, was es da so doof zu lachen gab. Aber das brachte sie nicht einmal ansatzweise über sich. Also plapperte sie einfach weiter, als ob nichts gewesen wäre. »Es gibt noch viel zu tun, also wird es noch ein paar Tage dauern, bis ich eröffnen kann.«

»Tage?«, fragte Rosa und blickte Mariella über den Rand ihrer Tasse hinweg erstaunt an. »Eher Wochen.«

»Na ja, es ist ja schon alles da. Die Produkte, meine ich. Auch die Inventarlisten und Einkaufslisten … Ich brauche Möbel und Verbindungen zu lokalen Produzenten.«

»Lokale Produzenten? Wofür?«

»Für … alles. Ähm, ich bin noch nicht sicher.«

»Hört sich sehr durchdacht an«, murmelte Rosa mit deutlich ironischem Unterton.

»Ich habe viele Ideen im Kopf.«

»Welche denn?«

Mariella warf Rosa einen kurzen Seitenblick zu und versuchte zu deuten, ob diese es nun gut oder weniger gut mit ihr meinte. Sie konnte nur ehrliches Interesse erkennen, aber das konnte auch gespielt sein. Mariella hatte schon immer einen Hang dazu gehabt, Menschen zu schnell zu vertrauen, sich ihnen gegenüber zu schnell zu öffnen. Und nicht immer hatten die Menschen in ihrem Leben das verdient oder wertgeschätzt. Trotzdem – Mariella stand vor einem Neuanfang. Sie war auf die Menschen hier im Ort angewiesen. Sie würde es alleine nicht schaffen, also entschied sie, sich Rosa gegenüber zu öffnen und auf das Beste zu hoffen. Immerhin *hatte* Rosa ein gut laufendes Restaurant und kannte sich hier aus. Mariella war von ihrem Wissen abhängig – so einfach war das.

»Ich möchte eine kleine Speisekarte anbieten. *Antipasti*-Platten. Lokale Produkte. Meine Großmutter hat diese vielen tollen Sachen kreiert … Öle, Essig, Aufstriche, Chutneys, Pasten … all das könnte man in kleinen Vorspeisen verarbeitet anbieten und nicht nur im Laden verkaufen.«

»Ja, gute Idee. Eine kleine *Aperitivo Bar, sì*?«

»Richtig. Ich muss aber zuerst jemanden finden, dessen Wein ich anbieten kann. Weil ich eine … Wie hieß das noch gleich?« Mariella dachte kurz nach. »Ach ja, ich brauche eine Berechtigung zum Vertrieb von Produkten aus Eigenherstellung.«

»Ja, schon klar. Erweiterte Verabreichungsrechte. Gute Idee.«

»Weißt du jemanden, der das machen würde? Ich hatte an Verrazzo gedacht, weil ich mit ihm ohnedies eine Kooperation habe. Aber ich dachte, ich frage mal nach, ob es noch andere gäbe. Es wäre super, wenn ich einen Winzer fände, der neben Wein auch weitere Getränke anbieten könnte.«

Rosa überlegte kurz. »Nein, Verrazzo ist ein guter Kandidat, vermutlich der beste. Der Familie gehört der größte Betrieb hier in der Gemeinde. Die haben *Vino Biancho, Rosso* und *Rosato*, außerdem

Spumanti und je nach Saison und Ernteerfolg auch unterschiedliche *Amari*. Außerdem stellen sie ein paar Fruchtliköre her, die man anstelle von Aperol und Campari verwenden könnte, um *Spritz* zu servieren.«

»Wow, danke«, sagte Mariella und lächelte. »Dann werde ich dort fragen, ob sie die Kooperation erweitern möchten. Denkst du, sie wären offen für so etwas?«

Rosa zuckte mit den Schultern. »*Certo.* Wenn es für sie vorteilhaft ist, warum sollten sie das nicht wollen? Ich würde im Übrigen nicht auf Aperol und Campari verzichten.«

»Aber … das sind keine Produkte aus Eigenproduktion.«

»Nein. Aber die Kunden werden danach verlangen.«

»Ich will keine Probleme bekommen.«

»Das wirst du nicht, wenn du weißt, wie du sie umschiffen kannst.«

»Und … wie kann ich sie umschiffen?«

Rosas Lippen verzogen sich zu einem wissenden Lächeln. »Ach, Kindchen … du musst ja noch so viel lernen. Noch eine Runde *Caffè*?«

Tagelang hatte Mariella sich durch die Rezepte ihrer Großmutter gelesen, Notizen gemacht, lokale Produzenten, die Rosa und Letizia ihr genannt hatten, angerufen, Bestelllisten angefertigt. Schnell hatte sie erkannt, dass sie mehr Denkanstöße benötigen würde, wenn sie nicht einfach nur eine Sammlung an Produkten anbieten wollte, die ihre Gäste auch einfach selbst im nächsten Delikatessladen kaufen konnten. Also hatte sie ein paar verstaubte Kochbücher aus dem deckenhohen Regal in der Küche hervorgeholt. Dann war sie nach Lucca gefahren, die nächste größere Stadt bei Camaiore, war in einen großen Buchladen gegangen und hatte sich weitere Koch- und Rezeptbücher gekauft.

Sie brauchte Inspiration. Nicht nur jetzt, sondern laufend. Sie hatte beschlossen, ihr Angebot monatlich zu wechseln. Regional und saisonal, das war die Devise. Es reichte nicht, einfach nur lokale Wurst- und Käsespezialitäten auf eine Platte zu packen, ein paar

Chutneys draufzuklatschen und zu hoffen, dass diese Idee auf Dauer Gäste anlocken würde.

Sie brauchte mehr.

Eine Mischung aus *Antipasti Freddi*, *Antipasti Caldi* und Salaten. Ihre Großmutter hatte unglaublich gute Öle und Essigsorten hergestellt, die jeden Salat zu einer Gaumenfreude machen konnten. Also würde es neben Aufschnittplatten und verschiedenen *Bruschette* und *Crostini* auch saisonale Salate geben. Und Brotsalat, den berühmten *Panzanella*, den liebten die Einwohner der Toskana. Mit etwas Kreativität konnte man dieses traditionelle Gericht erweitern.

Mariella saß tagelang an ihrer eigenen Rezeptsammlung, holte Angebote ein und kochte. Sie kochte ihre eigenen Rezepte und jene ihrer Großmutter. Dank der detaillierten Aufzeichnungen samt hilfreicher Notizen und Zeitangaben waren ihr alle Rezepte ihrer *Nonna* ziemlich gut gelungen. Allerdings hatte sie sich bisher nur an die einfachen gewagt. Es war nicht besonders schwer, Pestos und Chutneys zu kochen. *Nonna* Marias *Pesto di Pistacchi* bestand aus Pistazien, Basilikum, Petersilie, *Pecorino* und Zitronensaft. All diese Zutaten mussten einfach mit einem Pürierstab vermengt werden, wobei das Olivenöl nach und nach hinzugefügt wurde – und schon war es fertig. Nicht gerade sternekochverdächtig. Das Chutney aus getrockneten Tomaten war auch nicht viel aufwendiger. Dafür mussten rote Zwiebeln, reife Tomaten in verschiedenen Farben und eine rote Chilischote fein gehackt und in einem Topf auf kleiner Flamme circa 45 Minuten erhitzt werden. So oder so ähnlich ließen sich auch andere Pesto- und Chutney-Rezepte zubereiten, und das alles war für Mariella keine große Herausforderung.

Nur die vielen Essig-Variationen machten sie ein bisschen nervös. Sie hatte bis vor Kurzem überhaupt keine Vorstellung davon gehabt, wie man Essig zubereitet. Jetzt, da sie vor den Zutaten wie Orangen, Ingwer und Essigessenz stand, fragte sie sich erneut, ob das überhaupt etwas werden konnte.

»Probieren geht über studieren«, murmelte sie und griff entschlossen zu einer großen, reifen Bio-Orange. Sie spülte sie heiß ab, rieb sie trocken und zog die Schale mit einem Sparschäler ab, eifrig darauf bedacht, nur nicht zu viel von der bitteren weißen Haut mitzunehmen.

Dann presste sie die Orange aus und vermischte zwei Esslöffel frischen Saft mit Essigessenz und Wasser zu gleichen Teilen.

»Wie beim Chemiebaukasten«, lachte Mariella und blickte in die Glasflasche. Sie griff zum Weißwein, einem trockenen *Vermentino*, maß die richtige Menge ab und leerte ihn ebenfalls in die Flasche. Dann verschloss sie die Mischung und stellte sie in ein Regal, das sie für die Lagerung von halb fertigen Produkten freigeräumt hatte. Sie betrachtete ihren ersten selbst angesetzten Essig. »In sechs bis sieben Tagen wissen wir, ob es geklappt hat«, sagte sie und nickte zufrieden.

Sie setzte sich an die Kücheninsel und betrachtete erneut ihren Geschäftsplan. Sie hatte die Idee, den Laden an fünf Tagen die Woche zu öffnen, immer ab 18 Uhr, denn davor kamen keine italienischen Gäste. In der Hochsaison, wenn Touristen in den Ort pilgerten, würde sie die Öffnungszeiten anpassen. Vielleicht würde sie dann auch eine Küchenhilfe einstellen. Alles war möglich. Sie würde die Einmachprodukte an den beiden freien Tagen kochen, sodass ihr der Vorrat nicht ausging. An den fünf Tagen, die das Bistro offen war, musste sie dann nur noch die frischen Zutaten vorbereiten. Sie stand daher stundenlang in der Küche, perfektionierte die Arbeitsschritte, kochte, passte Prozesse an, stoppte die Zeit, die sie für alles benötigte. Sie war auf einem guten Weg.

Als sie dann mit Letizias Hilfe auch noch eine halbwegs passende Kalkulation fertiggestellt hatte, war sie endlich so weit, die Speisekarte für die Eröffnung fertig zu schreiben. Sie enthielt in ihrer finalen Version jeweils fünf verschiedene *Antipasti*-Platten, *Bruschette*, *Crostini* und Salate. Mariella fand, dass das alles für sie alleine machbar war, wenn sie sich gut genug vorbereitete und ihre eigenen Arbeitspläne strikt einhielt.

Aber zuerst musste sie die Eröffnungsfeier planen. Ihre neuen Möbel waren heute geliefert worden, die erste Produktlieferung würde morgen kommen, sie brauchte also nur noch ein Eröffnungsdatum.

»Eine Woche? Zwei?«, fragte Mariella sich und stand unentschlossen in der Küche ihrer Großmutter.

Hier herrschte das reinste Chaos. Überall lagen aufgeschlagene Kochbücher herum, einige Einmachgläser standen auf der

Kücheninsel, und auf dem Boden und in jeder Ecke verteilten sich lose Blätter, auf die Mariella irgendwelche Ideen gekritzelt hatte.

»Vielleicht eher zwei ...«, murmelte sie und blickte sich um. »Ja. Zwei Wochen.«

7. Kapitel

»Das ist so aufregend! Ist das nicht aufregend, *amore*?«, rief Letizia ihrem Mann Andrea zu.

Die beiden waren die ersten Gäste. Nun ja, genau genommen passte dieser Begriff wohl eher nicht zu der Rolle, die sie eingenommen hatten. Sie waren drei Stunden vor Beginn der Eröffnungsfeier aufgetaucht, direkt zu Mariella in die Küche gekommen und hatten begonnen, ihr zu helfen.

»Ihr müsst das wirklich nicht tun«, protestierte Mariella zum wiederholten Mal.

»Wir helfen doch gerne, *cara*!«, erklärte Letizia und nahm Mariella ein Messer aus der Hand. »Ich habe doch gesehen, wie viel du in letzter Zeit gearbeitet hast. Du musst erschöpft sein. Und heute ist deine Eröffnungsfeier! Die sollst du doch auch genießen können.«

»Ihr seid meine Gäste, Letizia, nicht meine Küchenhelfer. *Ihr* sollt die Feier genießen.«

»Ach, jetzt sind wir schon einmal hier, jetzt helfen wir auch«, erklärte Andrea und zwinkerte Mariella zu.

»Ich denke, du hast das bisher sehr gut hinbekommen«, sagte Letizia und lächelte.

»Meinst du?«, fragte Mariella unsicher, obwohl sie das insgeheim eigentlich auch fand.

Die letzten beiden Wochen war sie mehr als produktiv gewesen. Sie hatte das Haus von oben bis unten geputzt, die neuen Möbel aufgestellt und mehrfach neu arrangiert, bis sie zufrieden war. Drei quadratische Hochtische aus dunklem Holz standen nun im Laden ihrer Großmutter direkt vor den zwei großen Fenstern mit Blick auf die *Piazza*. Auch in die Küche konnten die Gäste von hier aus blicken. Mariella hatte die Tür zur Küche ausgehängt und schon jetzt den Plan geschmiedet, mit dem ersten Geld, das sie verdienen würde, ein Fenster in die Zwischenwand einbauen zu lassen, sodass eine Art Schauküche entstand. Sie fand diese Idee nicht nur nett, sie musste auch pragmatisch denken: Sie war alleine und musste ständig zwischen Laden und Küche hin- und herlaufen. Da war es ganz gut, wenn sie direkt von einem Raum in den nächsten blicken konnte. *Doch eins nach dem anderen*, dachte sie sich.

»Die Speisekarte ist toll«, sagte Letizia und nickte zu der schwarzen Tafel neben der Zwischentür. Eine solche Tafel hing sowohl in der Küche als auch im Laden, außerdem gab es eine draußen neben der Eingangstür. Dort befanden sich weitere Plätze für ihre Gäste. Mariella hatte fünf kleine Holztische gekauft, die sie vor ihr Haus gestellt hatte. Sie hatte ewig gebraucht, um traditionelle Tischtücher zu finden, die denselben Blauton trugen wie die Schränke in der Küche. Doch letztlich war sie in Lucca fündig geworden und freute sich über den einheitlichen Look ihres kleinen Bistros. Auf allen Tischen lagen nun die blau-weiß-karierten quadratischen Tischdecken mit leichten Fransen. Darauf standen kleine Holzkistchen, die Öl, Essig, Salz und Pfeffer enthielten, außerdem blaue Servietten, die zu den Tischtüchern passten. Eine leere Weinflasche mit getrockneten Lavendelbüschen komplettierte die Dekoration.

»Du hast dir so viel Mühe gegeben. Es sieht wirklich toll aus!«, stieß Letizia entzückt aus.

»Danke. Hat ewig gedauert, alles in derselben Farbe zu finden.«

»Du brauchst noch eine Markise, *non è vero*?«, fragte Andrea, während er die Blutwurst in Scheiben schnitt und auf die mit Frischhaltefolie bedeckte Platte legte, auf der schon andere Hartwurstsorten portioniert bereitlagen.

»Ja, brauche ich. Aber das ist so teuer. Ich dachte, dass ich vielleicht Schirme kaufe? Auch in Blau? Aber ich habe keine gefunden.«

Andrea schüttelte den Kopf. »Eine Markise ist besser. Glaub mir. Schirme können davonfliegen, und du musst sie jeden Tag wieder reinräumen, das ist sehr mühsam. Komm mal.«

Mariella nickte, hörte auf, Weingläser zu putzen, und ging zu Andrea, der nun an der Kücheninsel stand. Er deutete auf mehrere abgedeckte Wurstplatten. »Ich habe dir die harten Wurstsorten schon aufgeschnitten, aber die *Lardo*-Sorten und den *Prosciutto* kannst du nur frisch runterschneiden.«

»Ja. Danke.«

»Und ich habe dir alle Zutaten für die Salate geschnitten. Die sind in den einzelnen Schüsseln im Kühlschrank und da drüben in der Kühllade«, ergänzte Letizia.

»Ihr seid unglaublich, danke!«

»Das wird schwierig, das alles alleine zu machen, *cara*«, sagte Letizia und legte Mariella tröstlich die Hand auf die Schulter.

»Es ist doch nur … Schnippelei.«

»*Come?*«

»Schnippelei … ich muss nur Zutaten schneiden. Die werfe ich dann auf Platten und serviere sie. Das geht schon.«

»Du wirst eine Küchenhilfe benötigen. Besser noch: einen Koch.«

»Ich koche doch gar nicht.«

»Na ja, die Salate, die Brote …«

»Das ist nicht kochen, das ist doch auch nur Dinge schneiden und mit anderen Dingen belegen. Ich schaffe das schon. Ich habe den ganzen Tag bis 18 Uhr Zeit. Erst da mache ich auf.«

»Okay, wenn du meinst. Du solltest das Brot im Übrigen selber backen. Nicht, dass das Brot von Matteo nicht gut wäre, es ist nur, dass Gäste so etwas schätzen.«

»Ich kann nicht backen.«

»Das ist nicht schwer.«

»Ich kaufe es lieber.«

»Okay. Was ist noch zu tun? Soll ich die Gläser schon mal in den Laden tragen?«

Mariella nickte und half Letizia, die Weingläser aufs Tablett zu stellen. Dann ging sie nach draußen und prüfte erneut, ob die Tische auch wirklich perfekt waren. Andrea gesellte sich zu ihr.

»Ich glaube, das werden zu wenige.«

»Zu wenige Plätze, meinst du?«

Andrea stützte die Hände in die Hüften, blickte sich um und nickte.

»Aber mehr darf ich nicht aufstellen. Meine Konzession …«

»Nur für heute. Wir haben im Lager ein paar Biertischgarnituren. Es ist nichts Außergewöhnliches, aber wenn der Andrang so groß ist, wie wir denken ...«

»Aber ich habe die Einladung nur an ein paar Leute geschickt. So viele kenne ich ja noch gar nicht und ...«

»Aber wir haben allen davon erzählt. Rechne lieber mit mehr Gästen. Und es wäre blöd, wenn die dann stehen müssten, *sì*?«

»Ja, okay. Danke, Andrea.«

Während Andrea über den Platz zu seinem Restaurant lief, blickte Mariella auf die Uhr. Gleich würde es so weit sein und die ersten Gäste würden eintrudeln. Ihr Magen krampfte sich zusammen, und mit einem Mal war sie so aufgeregt, dass ihre Knie zu zittern begannen. Bisher hatte sie nichts von der Aufregung gespürt, weil sie viel zu beschäftigt gewesen war. Doch jetzt, kurz vor der offiziellen Eröffnung, traf sie die Panik mit voller Wucht. Langsam ließ Mariella sich auf den erstbesten Stuhl sinken und starrte mit weit aufgerissenen Augen auf die Tischdecke. Sie atmete tief ein und aus und versuchte, sich zu beruhigen.

Das würde schon klappen. Alles würde gut gehen. Sie hatte Hilfe, Letizia und Andrea würden nicht zulassen, dass etwas schiefging. Mariella verschränkte die Finger ineinander, schloss die Augen und zählte bis zehn.

»Du siehst aus, als ob *Diavolo* persönlich dir erschienen ist«, hörte sie plötzlich jemanden rufen.

Mariella riss die Augen auf und sah Rosa auf sich zukommen. Doch sie war nicht alleine. Neben ihr ging doch tatsächlich Celio! Mariella sprang auf, blickte an sich herunter und riss die Schürze, die sie seit dem Morgen nicht abgenommen hatte, von sich.

»Hallo! Willkommen! Ihr ... ihr kennt euch?« Sie blickte dümmlich von Celio zu Rosa und wieder zurück zu Celio. Bei der Prügelei hatte Rosa Celio noch nicht gekannt. Und Celio hatte bei seinem eigenwilligen *Bewerbungsgespräch* angedeutet, dass er erst seit Kurzem hier lebte. Waren sie jetzt plötzlich ... zusammen? Hatte Rosa ihn sich *so schnell* gekrallt?

Celio hob amüsiert die Augenbrauen und betrachtete Mariella eingehend. Die wandte schnell den Blick ab, weil sie sehr wohl wusste, dass sie nicht unbedingt ein Pokerface besaß. Und Celio hatte etwas an sich, das ihr das Gefühl gab, er könne sie durchleuchten und ihre Gedanken lesen. Mariella konzentrierte sich auf Rosa und lächelte. Rosa sah zwischen Celio und Mariella hin und her, dann verengten sich ihre Augen. »Natürlich kennen wir uns. Er ist der mutige Held, der Betrüger aus der Stadt prügelt.« Mit diesen Worten hakte Rosa sich bei Celio unter und warf ihm einen bewundernden Blick zu, der auf Mariella mehr als einstudiert wirkte.

»Aha«, machte Mariella und setzte ein freundliches Lächeln auf. »Bitte, nehmt Platz. Darf ich euch einen Wein bringen?«

Rosa setzte sich und griff nach der Getränkekarte, die Mariella hatte drucken lassen. »Die ist sehr schön geworden.«

»Danke«, sagte Mariella, stellte sich neben Rosa und zückte ihren Bestellblock. Dann sah sie, dass Celio nach drinnen ging. Natürlich war es in Ordnung, dass Gäste in den Laden kamen, zumal auch dort Plätze für sie bereitstanden. Doch Mariella hatte so das Gefühl, dass Celios Weg ihn direkt in ihre Küche führen würde, nur, um ihr erneut das Gefühl zu geben, dass sie etwas verpasste, weil sie ihn abgewiesen hatte.

»Dieser Typ macht mich wahnsinnig«, murmelte Mariella und stapfte nach drinnen. »Was wird das, wenn es fertig ist?«, sagte sie zu Celio, der, wie konnte es anders sein, mitten in ihrer Küche stand. »Die Küche ist nicht für die Gäste.«

»Ich sehe mich nur um.« Er blieb vor der Tafel mit der Speisekarte stehen. »Wer hat die Kalkulation gemacht?«

»Ich.«

»Und … hatten Sie während der Erstellung der Kalkulation einen Schlaganfall?«

Mariella klappte der Mund auf. Schon wieder war sie in Anwesenheit dieses Mannes derart entrüstet, dass ihr sämtliche Worte im Hals stecken blieben. Bevor sie etwas sagen konnte, gesellte sich Letizia zu ihnen.

»Alles fertig, *cara*. Oh, hallo.«

Sie musste den Kopf weit in den Nacken legen, um Celio ins Gesicht sehen zu können. »Sie sind der, der *Signora* Celenta ihr Geld besorgt hat. Wundervoll von Ihnen, einfach wundervoll.«

»Man tut, was man kann, *Signora* …«

»Nennen Sie mich Letizia. Mein Gott, was Sie für schöne Augen haben! Wie lang sind Sie denn schon bei uns hier in Camaiore?«

»Das Kompliment mit den schönen Augen kann ich nur zurückgeben.« Celio beugte sich nach vorn, griff sanft nach Letizias Hand und hauchte einen Kuss darauf. Letizia kicherte wie ein kleines Mädchen. Er ließ ihre Hand los und sprach weiter. »Ich bin erst vor ein paar Wochen aus dem Süden hierhergezogen. Bessere Jobmöglichkeiten, Sie wissen schon.«

Letizia nickte wissend, als wäre alles, was Celio da gerade von sich gab, nicht total kryptisches Zeug. Mariella verdrehte die Augen. Der Typ hatte doch etwas zu verbergen! Doch Letizia schien überaus angetan von ihm. Sie hob die Hand zum Gruß, er zwinkerte ihr zu. Daraufhin lief sie mit rot angelaufenen Wangen nach draußen. Mariella verschränkte die Arme vor der Brust und stierte Celio abschätzend an.

»Wie ist das? Knipsen Sie diese Charmeur-Tour immer an, wenn es gerade passt?«

Celio zuckte mit den Schultern. »Ich finde mich eigentlich immer charmant. Bisher habe ich jedenfalls noch keine Beschwerden gehört.«

»Nur weil mir die Zeit zu schade ist, um eine zu formulieren.«

Celio trat auf Mariella zu und sah ihr in die Augen. »Na dann, viel Glück, Frau Engels.«

»Sie können ruhig Mariella sagen. Wer sich in meiner Küche auszieht, braucht sich nicht so zu zieren.«

»Wer hat sich in deiner Küche ausgezogen?«, fragte Rosa, die plötzlich neben ihnen stand.

»Niemand!«, beeilte Mariella sich zu sagen und stolperte fast über einen Hochstuhl, der neben dem Küchendurchgang stand. Sie fing sich gerade noch, wandte sich um, trat, so würdevoll es ihr möglich war, in ihren Laden und winkte Celio und Rosa herbei. »Also, was wollt ihr trinken?«, fragte sie.

»Aperol Spritz«, antwortete Rosa spitz.

»Bier«, setzte Celio nach.

»Ich serviere kein Bier«, gab Mariella zurück und verschränkte die Arme vor der Brust.

»Keine Konzession bekommen, was?« Celio grinste sie breit an.

»Nein, falsch. Ich *brauche* keine Konzession. Jedenfalls nicht so eine. Ich serviere Wein. Und … na ja, eben alles, was auf der Karte steht. Draußen. Vor der Tür. Ruft mich, wenn ihr wisst, was ihr wollt.«

Celio schüttelte amüsiert den Kopf und verschwand. Rosa folgte ihm. Mariella starrte den beiden wütend nach. Sie hatte keine Ahnung, welche Agenda dieser Typ hatte. Doch sie hatte auch nicht vor, sich weiter Gedanken darüber zu machen.

»Ich habe echt Besseres zu tun«, murmelte sie, schnappte sich ihren Notizblock und trat nach draußen.

8. Kapitel

MARIELLA stand hinter dem Tresen im Laden ihrer Großmutter. Das Stimmengewirr, das sie einhüllte, machte sie von Minute zu Minute glücklicher. Die drei Stehtische vor dem Tresen waren besetzt, außerdem alle Plätze draußen vor der Tür inklusive der Tische und Bänke, die Andrea dazugestellt hatte. Mariella hatte recht schnell begriffen, dass es niemals möglich sein würde, die Getränke und das Essen alleine zu servieren, und hatte kurzerhand auf Selbstbedienung umgestellt. Nun musste sie nur noch zwischen Tresen und Küche hin- und herlaufen. Alles war improvisiert und chaotisch, doch irgendwie funktionierte es.

Und es würde besser werden. Auf jeden Fall. *Übung macht den Meister*, dachte sie, während sie nach hinten in den Garten lief und einige Zweige Rosmarin von dem meterhohen Strauch abschnitt, der neben der Tür wuchs.

Die Vorbereitungen, die sie zusammen mit Andrea und Letizia getroffen hatte, waren Gold wert. Die meisten *Antipasti*-Platten konnte sie mit wenigen Handgriffen zusammenstellen. Das Rösten der Brotscheiben für die *Bruschette* und *Crostini* dauerte etwas länger, ebenso das Anmachen der Salate. Doch die Gäste beschwerten sich nicht und warteten geduldig, während sie das eine oder andere Glas *Vino* tranken oder eine der vielen *Spritz*-Variationen, die Mariella anbot. Neben dem Aperol und dem Campari gab es sechs verschiedene Fruchtliköre vom Weingut der Winzerfamilie Verrazzo, mit der sie nun in einer Geschäftsbeziehung stand. Hinzu kamen die selbst angesetzten Liköre ihrer Großmutter, die sie mit Weißwein und Soda oder mit Prosecco mischte und servierte.

Die Eröffnungsfeier lief so großartig, dass Mariella ihr Glück kaum fassen konnte. All die Arbeit schien sich gelohnt zu haben. Erst nach zwei Stunden nahmen die Bestellungen langsam ab, und Mariella hatte Zeit, nach draußen zu gehen und mit all ihren Gästen ein kurzes

Gespräch zu führen. Sie schüttelte Hände, bedankte sich, nahm Gratulationen entgegen und musste vor Glück so viel grinsen, dass ihr bald der Kiefer wehtat.

Sie sah Emilia am Ende einer der Tische sitzen, die Andrea gebracht hatte, und ging auf sie zu. »Emilia! Es tut mir so leid, ich wollte dich schon eher begrüßen, aber …«

Emilia sprang auf und umarmte Mariella. »Das hast du einfach großartig gemacht. Sieh nur, wie viele Leute hier sind!«

»Das habe ich wohl Letizia zu verdanken.«

»Ach was! Wenn die Gäste sich nicht wohlfühlen würden, wären sie schon längst wieder gegangen. Darf ich dir meinen Partner vorstellen? Aurelio.«

Mariella schüttelte ihm die Hand und betrachtete ihn interessiert. Aurelio war ein gut aussehender, verträumt wirkender Mann, der ihr auf Anhieb sympathisch war. Wieder beneidete sie Emilia für einen Moment, sie hatte sich hier alles aufgebaut und schien rundum zufrieden und glücklich. Doch mit dem heutigen Abend war es Mariella, als würde auch sie auf dem richtigen Weg sein.

»Und dieser wunderbare Mann hier ist ein ganz besonderer Freund der Familie«, sagte Emilia und deutete auf einen kleinen, runzeligen alten Mann, dessen Brillengläser so groß waren, dass sie das halbe Gesicht zu verdecken schienen. »Das ist Gianni, unser Koch im Hotel *Toscana Mare*. Ich habe dir bei unserer ersten Begegnung von ihm erzählt, erinnerst du dich?«

Mariellas Augenbrauen schossen nach oben, und sie versuchte, die Worte »Koch im Hotel« mit dem Anblick des kleinen alten Mannes in Einklang zu bringen, der da vor ihr saß.

»Tag«, sagte der Mann kurz angebunden und schielte Mariella über die Brillengläser hinweg missmutig an.

»Hallo, freut mich«, sagte Mariella und streckte die Hand aus.

Der Mann ignorierte sie und stierte sie weiter an.

»Gianni, richtig?«

»Giampaolo. Für Sie *Signore* Rattibaldi. Und der *Vino Biancho* ist zu warm.«

Mariella ließ zögerlich den ausgestreckten Arm sinken und warf Emilia einen fragenden Blick zu. Die zuckte entschuldigend mit den Schultern und griff nach ihrem Weinglas.

»Tja, ähm …« Mariella verschränkte nervös die Finger ineinander und blickte auf die leeren Platten auf dem Tisch. »Ich hoffe, es hat allen geschmeckt?«

»Marias Produkte waren vorzüglich wie immer«, sagte Giampaolo.

»Danke. Emilia hat mir erzählt, dass Sie meine Großmutter kannten?«, gab Mariella freundlich zurück.

»Ja. Wunderbare Frau.« Wieder warf der alte Mann ihr einen funkelnden Blick zu.

Mariella hob die Hand zum Gruß und verschwand, bevor die Situation noch unangenehmer wurde. Gerade fragte sie sich, welches Problem dieser Typ eigentlich mit ihr hatte, als jemand ihren Namen rief.

»*Signora* Engels?«

Mariella blieb vor der Eingangstür stehen und wandte sich um.

»Oh!«, rief sie überrascht aus und ging auf den hoch gewachsenen Mann zu. Sie erkannte ihn sofort als jenen von der Gewerbebehörde, der ihr die Konzession ausgestellt hatte.

»Wie ich sehe, haben Sie eine erfolgreiche Eröffnungsfeier.«

»Ja, habe ich. Danke noch mal für Ihre Tipps.«

»Meine Tipps?«

»Welche Konzessionen die richtigen sind und so.«

»Gern. Aber Sie haben zu viele Tische.«

Mariella blickte sich hektisch um. »Nein, nein! Das war nur für heute!«, beeilte sie sich zu sagen. »Die kommen sofort wieder weg. Der Andrang war so groß, und da war ein Nachbar so nett und hat einfach ein paar Tische dazu gestellt.«

»Gut, darüber kann ich hinwegsehen.«

»Danke. Darf ich Ihnen etwas anbieten?«

»Nein, ich bin beruflich hier.«

»Ah. Kein Alkohol während des Dienstes?« Mariella grinste und strich sich nervös ein paar Haarsträhnen aus der Stirn.

»Mhm«, machte der Mann, klappte ein Notizbuch auf und notierte etwas.

Mariella fixierte den Stift in der Hand des Mannes ängstlich, als könnte er sich jede Sekunde in eine giftige Schlange verwandeln.

»Zeigen Sie mir den Laden und die Küche«, forderte er sie auf.

»Gern!«, rief Mariella, drehte sich um und fing im Vorbeigehen den interessierten Blick Celios auf.

Mariella zeigte dem Mitarbeiter der Gewerbebehörde alles und folgte ihm auf Schritt und Tritt, während er die beiden Räume inspizierte und sich laufend Notizen machte. Mit jeder Minute, die der Mann schweigend von Regal zu Regal ging, wurde Mariella nervöser. Am liebsten hätte sie nach Letizia gerufen oder nach Andrea oder nach Emilia, doch das wäre nicht nur völlig unpassend, sondern auch ziemlich peinlich gewesen. Also blieb sie schließlich am Fenster stehen und starrte den Mann hypnotisch an.

»So«, sagte er plötzlich, klappte das Notizbuch zu und kam auf Mariella zu.

Die zuckte zusammen und schlang unruhig die Arme um ihren Oberkörper. »Ja?«

»Wir haben ein Problem.«

»Oh.«

»Zwei Probleme, um genau zu sein.«

Mariellas Blick streifte unruhig durch den Raum, als würde sich in einem der Regale ihrer Großmutter eine hilfreiche Lösung für diese unbequeme Situation finden. Der Mann deutete auf den Ofen. »Sie kochen.«

»Nein! Ich koche überhaupt nicht! Der ist nur an, weil ich Brotscheiben rösten muss und Pinienkerne und andere Nüsse anbrate. Und ein paar Gewürze.«

»Das mag sein, ist aber trotzdem nicht von Ihrer Konzession umfasst.«

»Ach, kommen Sie schon!«, rief Mariella entsetzt aus.

»Ich mache die Regeln nicht, ich achte nur darauf, dass sie befolgt werden.«

»Okay. Gut. In Ordnung. Dann … höre ich damit auf.«

»Sie haben die Übertretung bereits begangen. Aber selbst, wenn ich ein Auge zudrücke …«

»Ja! Bitte!« Mariella nickte eifrig.

Der Mann blickte sie ungerührt an. »Selbst, wenn ich das tun würde, hätten wir das Problem mit der Ausschanklizenz.«

»Aber Sie haben gesagt, dass ich diese Ausnahmeregelung mit den lokalen Produkten in Anspruch nehmen kann. Das stand da, ich habe es genau gelesen.«

»Sie haben es offensichtlich *nicht* genau gelesen, oder ist an mir vorübergegangen, dass einer unserer lokalen Winzer plötzlich Aperol und Campari produziert?«

Mariella presste die Lippen aufeinander und wich dem Blick des Mannes aus.

»Hatte ich auch nicht gedacht«, sagte er.

»Ich dachte, das wäre … okay«, murmelte Mariella.

»Das glaube ich Ihnen nicht, zumal ich doch sehr deutlich erklärt habe, welche Produkte Sie anbieten dürfen und welche nicht.«

»Okay!« Mariella hob abwehrend die Arme. »Es tut mir leid.« Sie wandte sich zur Seite, blickte aus dem Fenster und sah Rosa direkt davor sitzen. Sie erinnerte sich an das Gespräch mit ihrer Nachbarin und suchte nach den richtigen Worten. Dann räusperte sie sich. »Vielleicht können wir uns irgendwie … einigen?« Langsam hob sie den Kopf und blickte den Mann unsicher an.

»Einigen?«

»Mit … na ja … Sie wissen schon. Vielleicht könnte ich Ihnen dabei helfen, ein Auge zuzudrücken?«

Der Mann verzog keine Miene. Stattdessen hob er langsam den Arm, nahm die Brille von der Nase und begann, sie mit einem weißen Taschentuch, das er aus seiner Jackentasche zog, zu putzen.

»*Signora*, versuchen Sie, mich zu bestechen?« Er setzte die Brille wieder auf und sah Mariella angespannt an.

»Ähm …« Wieder ging Mariellas Blick zu Rosa. *Sie* hatte ihr doch erklärt, dass die Dinge hier so liefen! *Sie* hatte erklärt, dass jeder hier servierte, was er wollte, und wenn jemand kam und eine Strafe ausstellen wollte, konnte man sich einfach davon freikaufen.

»Ja?«, fragte der Mann nach.

»Ich dachte …«

»Sie dachten, Sie kommen hier als Ausländerin her und können einfach tun und lassen, was Sie wollen, ja?«

»Nein!«, stieß Mariella entsetzt aus. »Überhaupt nicht! Ich habe mich beraten lassen und …«

»Dann haben Sie sich falsch beraten lassen. Der Laden wird geschlossen, bis Sie die notwendigen Konzessionen einholen oder ein neues Konzept vorstellen. Der Bescheid über die Verwaltungsstrafe nach dem Gewerberecht wird Ihnen binnen einer Woche zugestellt. Und jetzt verabschieden Sie Ihre Gäste, sonst lasse ich die Veranstaltung von der *Polizia* auflösen. Schönen Abend noch.«

Mariella starrte dem Mann mit offenem Mund nach. Ihr Magen fühlte sich an wie ein einziger Eisklumpen. Langsam drehte sie den Kopf wieder zum Fenster und blickte direkt in Rosas Augen.

Mariella hatte das Gefühl, einen Funken Triumph darin zu erkennen.

9. Kapitel

DER vergangene Abend lag Mariella schwer wie Blei im Magen. Sie lag seit einer Stunde in der heißen Badewanne und fühlte sich nicht imstande, in den Tag zu starten. Zu peinlich war der Auftritt des Mannes von der Gewerbebehörde gewesen. Alle hatten es mitbekommen, einfach alle. Mariella wollte sich am liebsten übergeben, als sie an die furchtbaren Minuten dachte, in denen sie mit zittrigen Knien vor ihrer Eingangstür gestanden und die Gäste gebeten hatte zu gehen.

Alles unter dem prüfenden Blick des Beamten von der Gewerbebehörde.

»Gott!«, stieß Mariella aus und ließ sich so weit ins heiße Wasser gleiten, bis ihr Kopf unter der Oberfläche war.

Sie hielt ein paar Sekunden den Atem an, dann richtete sie sich wieder auf. Ihr Kopf glühte, doch sie konnte nicht sagen, ob das von der Hitze kam oder nur Schamesröte war, die ihr ins Gesicht gestiegen war.

Dann dachte sie an Rosas Blick, und Mariella packte die Wut. Sie stieg aus der Wanne, trocknete sich eilig ab, zog eine Jogginghose und einen Kapuzenpullover über und stapfte mit noch nassen Haaren die Treppen hinunter. Sie stieß die Eingangstür auf und ging zu ihrer Nachbarin.

»Rosa!«, rief sie und baute sich vor deren Tür auf.

»*Buon giorno*«, flötete Rosa ihr aus der Küche entgegen. »*Caffè Espresso?*«

»Nein. Ich würde gerne mit dir reden.«

»Ach?« Rosa wandte sich um, trocknete ihre Hände an einem Küchentuch ab und kam lächelnd auf Mariella zu. »Was gibt's?«

»Gestern!«

»Oh, ja! Meine Güte!« Rosa machte ein Gesicht, als wäre gerade eine Ratte über ihre Füße gelaufen.

»Das war deine Schuld!«, fuhr Mariella sie an. Sofort taten ihr die Worte leid. Sie hatte ruhig mit Rosa reden wollen, besonnen und bedacht. Stattdessen benahm sie sich wie ein trotziges Kleinkind.

»*Chiedo scusa?*«, fragte Rosa und riss die Augen auf.

»Du hast gesagt, ich kann Aperol und Campari anbieten!«

»*No, no, no!* Das habe ich *so* ganz sicher nicht gesagt.«

»Natürlich!«

Rosa stemmte die Hände in die Hüften. »Ich muss doch sehr bitten!«

»*Du* hast gesagt, ich …«

»Ich wollte *nur* helfen!«, unterbrach Rosa sie.

»Du meintest, ich kann das regeln. Mit …« Mariella blickte sich um, machte einen Schritt auf Rosa zu und flüsterte: »… Bestechungsgeld.«

Rosa verdrehte die Augen und verzog die Lippen zu einem belustigten Lächeln. »Bitte, sag mir nicht, du hättest versucht, den Mann zu bestechen.«

»Aber *du* hast gesagt, dass …«

Rosas Arm fuhr so abrupt nach vorn, dass Mariella erschrocken einen Satz zurück machte. »Jetzt schieb das mal nicht auf mich! Du willst Unternehmerin sein, oder? Dafür braucht man Eigenverantwortung. Die scheint bei dir ja Mangelware zu sein.«

Mariella schnappte entrüstet nach Luft. »Das ist überhaupt nicht … Und überhaupt! Wie würdest du dich fühlen, wenn man *dich* so ins Messer laufen lassen würde, hm? Was, wenn ich der Behörde anzeige, dass *du* Dinge anbietest, die von deiner Konzession überhaupt nicht umfasst sind?«

Nun verschränkte Rosa die Arme vor ihrer üppigen Brust. Sie legte den Kopf schief und bedachte Mariella mit einem derart mitleidigen Blick, dass diese am liebsten im Erdboden versunken wäre. »Tu dir keinen Zwang an, Schätzchen. *Ich* habe alle Konzessionen und Ausbildungen, die ich benötige. *Buona giornata!*«

Mariella saß in Letizias *Osteria*, stopfte sich mit selbst gebackenen *Cantuccini* voll und war kurz davor, in Tränen auszubrechen.

»*Su con la vita, cara*«, murmelte Letizia und klopfte ihr auf die Schulter. »Kopf hoch. So schlimm ist das alles nicht.«

»Ist es doch«, antwortete Mariella mit vollem Mund. Sie schluckte einen halb zerkauten Keks hinunter und griff sofort zum nächsten. »Mein Laden ist geschlossen, bevor ich ihn überhaupt richtig öffnen konnte. Meine Nachbarin ist eine böse Hexe und …«

»Rosa ist keine böse Hexe, sie ist nur …«

»Ja?«, fragte Mariella gedehnt.

»… auf … ihren eigenen Erfolg bedacht?« Der Satz klang mehr wie eine Frage als eine Aussage, und Letizia lachte auf.

»Aha.«

»Ich hatte versucht, dich zu warnen.«

»Du hättest vielleicht deutlicher werden sollen.«

»Ich spreche nicht gern schlecht über Leute. Das gehört sich nicht.«

»Schön. Und was jetzt? Ich kann so etwas nicht!«

Letizia neigte den Kopf zur Seite und blickte Mariella einen Moment lang an. »Du kannst *was* nicht?«

»Das! Alles! Ich habe so etwas noch *nie* gemacht. Ich war noch nie auf mich allein gestellt. Ich hatte immer jemanden an meiner Seite. Meine Eltern, meinen Ex-Mann … Ich kann das nicht! Am besten verkaufe ich Rosa einfach alles, nehme das Geld und …«

»Du willst aufgeben? Jetzt schon?«

»Ich gebe nicht auf, das war doch alles sowieso nur eine Schnapsidee.«

»So etwas will ich nicht hören, *cara*. So ist es eben, wenn man etwas Neues probiert. Wenn du wüsstest, gegen welche Widrigkeiten Emilia kämpfen musste! Ihre Familie, ihre Arbeitgeber, die Behörden, Giampaolo …«

»Ja, genau! Was ist eigentlich *sein* Problem?«, fuhr Mariella Letizia an.

»Giampaolos?«, fragte Letizia überrascht.

»Der war total unhöflich zu mir.«

»Ach, er ist schon in Ordnung.« Letizia stand auf und begann geschäftig, ein paar Tischdecken zurechtzurücken.

»Zu *mir* war er nicht in Ordnung. Er war unhöflich.«

»Er ist eben alt.«

»Na und?«

»Es ist kompliziert.«

Mariella sprang auf und folgte Letizia quer durchs Lokal. »Was soll das heißen? Also weißt du, warum er ein Problem mit mir hat?«

»Ich spreche nicht gern über andere Leute, weißt du?«

Mariella verdrehte die Augen und seufzte genervt. »Ja, das weiß ich inzwischen.« Sie erwog, Letizia weiter zu sticheln, bis sie ihre Antworten bekam, zumal sie verstanden hatte, dass Letizia *sehr wohl* ganz gern Klatsch und Tratsch verbreitete. Nur eben nach ihren eigenen Regeln. Doch im Grunde war ihr das alles ohnedies egal. Ihre Zeit hier war begrenzt. Wenn sie keine Möglichkeit fand, Geld zu verdienen, würde sie bald von hier verschwinden müssen.

Sie ging zurück zu ihrem Tisch, ließ sich wieder auf ihren Stuhl fallen und fischte ein paar weitere *Cantuccini* aus dem Stoffsäckchen vor sich.

»Ich finde, du hast eine wundervolle Idee gehabt, *cara*«, sagte Letizia nach einer Weile und setzte sich wieder zu ihr. »Du solltest nicht so schnell aufgeben.«

»Was soll ich denn tun? Selbst wenn ich die verbotenen Produkte von der Getränkekarte streiche … Der Mann hat mir quasi untersagt, auch nur ein einziges Gerät in meiner Küche zu benutzen. Er war echt sauer, und ich glaube nicht, dass er gewillt ist, irgendein Auge zuzudrücken. Nicht mal ein halbes. Nur vom Ladenverkauf kann ich nicht leben und …«

»Du übersiehst etwas«, unterbrach Letizia sie.

»Und was?«

»Du kannst dir immer noch einen gewerberechtlichen Geschäftsführer suchen.«

»Und wo soll ich bitte so einen finden? Wir sind hier irgendwo inmitten der Weinberge in einem kleinen Dörfchen, das …« Mariella schloss den Mund und ließ den Satz unvollendet.

»Ist dir jemand eingefallen?«, fragte Letizia, und ihre Augen funkelten hoffnungsvoll.

Mariella sog scharf die Luft ein und nickte knapp.

Ja. Und ob ihr jemand eingefallen war.

Mist!

Langsam stand Mariella auf. Sie verschränkte die Arme vor der Brust, legte den Kopf in den Nacken und starrte an die Wand. »Du weißt nicht zufällig, wo ich die alte *Signora* Celenta finden kann?«

10. Kapitel

MARIELLA lehnte an einer kühlen Hausmauer und blickte angespannt auf die schwere Holztür auf der gegenüberliegenden Straßenseite. Die Adresse hatte sie von Letizia. Hier wohnte die alte *Signora* Celenta, die eine kleine Wohnung im ersten Stock vermietete. Derzeit an einen gewissen Celio Contaldo.

Sie wusste nicht, ob das, was sie vorhatte, eine dumme Idee war. Doch mit Sicherheit war es die schnellste Lösung. Immerhin war *er* auf *sie* zugekommen.

»Wenn ich das tue, wird er mich in den Wahnsinn treiben ...«, murmelte Mariella, stieß sich von der Wand ab und ging über die Straße auf die Holztür zu. »... einfach nur zum Spaß.« Sie hob die Hand und drückte auf die Klingel.

Es dauerte eine gefühlte Ewigkeit, bis sie Schritte auf der anderen Seite vernahm. Dann wurde ein kleines Guckloch geöffnet, das in der Mitte der massiven Tür eingelassen war. Zwei riesige Augen starrten Mariella durch den mit Eisenstreben gesicherten Schlitz an.

»Wer sind Sie?«, hörte Mariella die Stimme einer alten Dame, bei der es sich wohl um *Signora* Celenta handeln musste.

»Mariella. Mariella Engels.«

»Ich kenne Sie nicht.«

»Celio kennt mich.«

»Celio hat nichts von Besuch gesagt.«

»Es ist ein Überraschungsbesuch.«

Das Guckloch wurde geschlossen, dann öffnete sich die Tür. Zum Vorschein kam eine kleine, gebückte alte Frau in einem schwarzen Kleid, die aussah wie die weibliche Version des alten Giampaolo.

»Stiegen rauf. Klopfen. Warten.« Mit diesen Worten drehte sich *Signora* Celenta um und schlurfte davon.

»Danke, es ist nicht das erste Mal, dass ich ein Haus betrete«, gab Mariella leise zurück und stieg die Treppen hinauf.

Sie hob den Arm, um an die Tür zu klopfen, kam jedoch nicht dazu, weil diese im selben Augenblick geöffnet wurde.

»Auch schon hier?«, fragte Celio und präsentierte Mariella sein strahlendes Lächeln.

Mariella blickte zuerst in sein Gesicht, dann auf seinen nackten Oberkörper.

»Läufst du jemals angezogen rum?«, fragte sie.

»Kommt darauf an, wer vor der Tür steht. Das war übrigens amüsant zu beobachten.« Er trat zur Seite und bat Mariella herein.

»Was?«, fragte Mariella und blickte sich in dem kleinen dunklen Vorraum um.

»Dir dabei zuzusehen, wie du überlegt hast, ob du dich nun traust zu klingeln oder nicht.«

»Ich habe keine Ahnung, wovon du sprichst.«

Celio deutete mit dem Daumen hinter sich. »Mein Fenster geht zur Straße. Ich habe dich gesehen.«

Schnell wandte Mariella sich ab, weil sie nicht wollte, dass Celio sah, wie unangenehm ihr diese Vorstellung war. »Blödsinn«, sagte sie, weil ihr nichts Besseres einfiel.

Celio lachte laut auf. »Schön. Von mir aus. Was willst du?«

Mariella fühlte sich so gar nicht bereit, dieses Gespräch zu führen. Um etwas Zeit zu gewinnen, ging sie auf die angelehnte Tür vor sich zu und stieß sie auf. Dahinter befand sich ein großes Zimmer, an dessen gegenüberliegender Seite sich drei große, mit Eisenstreben gesicherte Fenster befanden.

Straßenseitig. Natürlich.

Mariella betrat das Zimmer und blieb sofort wieder stehen. Sie blickte nach rechts, dann nach links, dann wieder nach rechts. Alle Wände bis auf jene, in der die Fenster eingelassen waren, waren hinter deckenhohen Bücherregalen versteckt. Bücher über Bücher, überall. Mariella riss die Augen auf, machte einen Schritt weiter und blieb erneut stehen. Der Raum war sonst fast leer. Auf dem Boden lag ein großer vergilbter Teppich, der fast bis zu den Wänden reichte, darauf standen ein Sofa, ein bequem aussehender Lesesessel und ein Holztisch.

Mariella drehte sich um. Celio stand im Türrahmen und beobachtete sie.

»Was ist das alles?«, fragte sie tonlos und machte eine ausladende Geste.

Celio lachte schnaubend, stieß sich vom Türrahmen ab und steuerte auf das Bücherregal zu seiner Linken zu. Er streckte den Arm aus und sagte: »Ich bin froh, dass du das fragst, Mariella. Das hier ist ein Bücherregal. Und das hier …«, er zog ein beliebiges Buch heraus, »… nennt man Buch. Wenn man es öffnet, sieht man gedruckte …«

»Witzig«, unterbrach Mariella ihn trocken.

»Du hast gefragt«, antwortete Celio, zuckte mit den Schultern und stellte das Buch zurück ins Regal.

»Wieso hast du so viele Bücher?«, fragte Mariella.

Celio wandte sich nach rechts. Erst da sah Mariella, dass es noch eine zweite Tür gab. Celio öffnete sie, und Mariella sah ein großes Bett in einem winzig kleinen Raum. Er ging ins Zimmer und kam einen Moment später mit einem T-Shirt in der Hand zurück, das er sich kurzerhand über den Kopf zog.

»Bist du aus einem bestimmten Grund hier?«, fragte er, statt eine Antwort zu geben.

»Ähm …«, machte Mariella, wandte sich ab und begann, an den Bücherregalen entlangzugehen. Sie hob den Arm und strich sanft mit dem ausgestreckten Zeigefinger über ein paar Buchrücken. »Das sind alles Sachbücher«, sagte sie.

»Nein, nicht alles.«

Mariella drehte sich zu ihm um. »Du liest also gerne, ja?«

Celio zuckte mit den Schultern und schwieg.

»Ich habe Literatur studiert«, erklärte Mariella, ohne recht zu wissen, wieso sie damit anfing.

»Aha. Da macht es natürlich total Sinn, ein Restaurant zu eröffnen.«

Mariella verzog die Lippen zu einem Schmollmund. »Ich wollte kein Restaurant aufmachen, sondern ein Bistro.«

»Selbe Konzession.«

»Richtig … Du sagtest, du kennst dich in der Gastro-Szene aus, ja?«

»Ich bin Koch.«

Mariella streckte die Arme aus und machte eine ausladende Geste. »Klar. Da macht es natürlich total Sinn, dass du eine Million Bücher besitzt.«

»Witzig.«

»Danke. Also?«

Celio hob die Augenbrauen. »Also – was?«

»Würdest du gerne für mich arbeiten?« Mariella sprach die Worte so schnell aus, dass sie kaum verständlich waren.

»Entschuldigung?«

»Du hast mich schon verstanden«, murmelte sie und wandte den Blick ab. Sie drehte sich um und zog ein Buch aus dem Regal. »*The Seven Habits of Highly Effective People*«, las sie, hob den Blick und sah Celio amüsiert an. »Echt jetzt? Selbsthilfebücher?«

»Das sind keine Selbsthilfebücher – gib das her.« Celio kam auf sie zu, riss ihr das Buch aus der Hand und stellte es zurück ins Regal.

»Also?«, wiederholte Mariella und legte den Kopf in den Nacken, um Celio in die Augen sehen zu können.

Er schwieg und sah sie einfach nur an. Für einen kurzen Moment verlor Mariella sich in seinen grünen Augen. Dann bewegte Celio sich. Er hob den Arm und legte Mariella sanft den Zeigefinger unters Kinn.

Sie wollte zurückweichen, die Hand samt dem Mann, dem sie gehörte, von sich stoßen. Doch sie tat nichts dergleichen. Sie stand einfach nur da und fühlte sich … verloren.

»Was tust du da?«, fragte sie, doch es war mehr ein Krächzen, das da über ihre Lippen kam. Sie räusperte sich.

»Dich ansehen.«

»Warum?«

»Weil du mir gefällst.«

»Du hast gesagt, ich bin nicht dein Typ.«

»Hm.«

Er ließ von ihr ab, und sie blieb mit zitternden Knien und wild pochendem Herzen unsicher stehen. Er machte das absichtlich. Er machte das *total* absichtlich, und es amüsierte ihn, sie und vermutlich auch jede andere Frau, die seinen Weg kreuzte, zu verunsichern. Sie sah es ihm an. Sie sah es an seinem breiten Grinsen und seinem irritierend eindringlichen Blick, mit dem er sie jetzt – aus sicherer Entfernung – betrachtete.

Sie versuchte, sich zu sammeln. Das hier war ein Spiel für Celio, mehr nicht. Doch für sie ging es um weitaus mehr. Sie musste sich zusammenreißen und professionell sein. »Hör zu, ich weiß, du hast deinen Spaß daran, Leute zu provozieren … oder was auch immer es ist, was du da machst. Aber könntest du das bei mir bitte sein lassen? Ich habe zu viel zu tun, um deine Spielchen mitzuspielen.«

»Ich bin zu alt, um Spielchen zu spielen.«

»Gibst du jemals sinnvolle Antworten? Alles, was aus deinem Mund kommt, ist kryptisch.«

»Ist es nicht. Was willst du denn wissen?«

»Ich will wissen, ob du für mich arbeiten willst. So, wie *du* es vorgeschlagen hattest.« Sie verschränkte die Arme vor der Brust und reckte das Kinn in die Höhe.

Wieder betrachtete Celio sie mit diesem eindringlichen Blick. Dann zwinkerte er ihr zu, lächelte und sagte knapp: »Nein.« Er wandte sich um, ging in die Mitte des Zimmers und ließ sich aufs Sofa fallen.

Mariella riss die Augen auf, stierte Celio an und ging energisch auf ihn zu. »Was soll das heißen – nein? Es war *deine* Idee! Du bist zu mir gekommen und wolltest einen Job. Jetzt biete ich dir einen Job an, und du … Was soll das?«

»Da kannte ich dich noch nicht.«

»Du kennst mich auch jetzt nicht.«

»Doch.«

»So ein Schwachsinn! Wir haben drei Worte miteinander gewechselt.«

»Das reicht.« Celio stand wieder auf und setzte zu einer Aufzählung an, wobei er mit dem Zeigefinger der einen auf die Finger der anderen Hand tippte. »Du bist zickig, unbeholfen und stur. Du willst allen zeigen, dass du weißt, was du tust, aber tatsächlich hast du keine Ahnung. Du bist unsicher, willst dich aber nicht beraten lassen, du …«

Mariella hob abwehrend die Arme. »Schon gut! Dann eben nicht!« Sie fuhr herum und stapfte Richtung Ausgang. Vor der Tür blieb sie noch einmal stehen, drehte sich zu Celio um und rief: »Ich glaube dir nicht, dass das die Gründe sind, warum du nicht mit mir arbeiten willst. Und ich glaube dir auch nicht, dass ich nicht dein Typ bin.«

Sie zuckte zusammen, weil sie selbst nicht wusste, warum sie das gerade gesagt hatte. Doch sie war immer noch so aufgewühlt wegen der desaströsen Eröffnungsfeier, und Celios Art brachte sie einfach unglaublich auf die Palme!

Er kam auf sie zu und blieb knapp vor ihr stehen. Sie rührte sich nicht und wich auch nicht zurück. Sie hatte es satt, von niemandem ernst genommen zu werden. »Was ist?«, fragte sie trotzig, weil Celio nur dastand und sie ansah, ohne etwas zu sagen.

»Du hast recht«, sagte er ruhig und in überraschend ernstem Tonfall.

»Womit?«

»Das sind nicht die einzigen Gründe, warum ich nicht für dich arbeiten möchte.«

»Schön … und … was ist mit der anderen Sache?« Sie schluckte schwer und hatte Schwierigkeiten, die Haltung zu bewahren, wenn Celio so nah vor ihr stand.

»Welche andere Sache?«

Mariella warf genervt die Arme in die Luft. »Ich bin nicht dein Typ, *die* Sache.«

Celio griff nach ihrem Handgelenk und zog sie sanft zu sich. Sie ließ es zu. »Ist das wichtig?«, fragte er und beugte sich etwas zu ihr.

»Ähm … nein.«

»Eben. Ich will nicht für dich arbeiten, weil ich dann nicht *das* hier machen könnte …«

Und plötzlich, ohne zu zögern, beugte Celio sich herunter, legte seine Hand auf Mariellas Wange und küsste sie. Die Berührung raubte Mariella den Atem. Sie spürte seine warmen Lippen auf den ihren, fühlte seine starke Hand sanft auf ihrer Wange liegen und merkte, wie eine Gefühlsexplosion in ihr in Gang gesetzt wurde. Doch bevor sie richtig begreifen konnte, was passiert, ließ Celio schon wieder von ihr ab. Mariella blieb wie erstarrt stehen. »Was sollte das?«, fragte sie heiser und fuhr sich gedankenverloren mit dem Zeigefinger über die Lippen.

»Was?«

»Der Kuss.«

Celio zuckte mit den Schultern und schwieg.

Mariella schloss einen Moment die Augen und zog die Stirn in Falten. Ihr Kopf schwirrte, und sie hatte das starke Gefühl, jeden Moment den Halt unter den Füßen zu verlieren.

Dann öffnete sie die Augen, schluckte und war nicht mehr im Stande, einen klaren Gedanken zu fassen. »Ich ... muss gehen.« Sie wandte sich abrupt ab, riss die Tür auf und eilte die Treppen herunter. Hinter ihr fiel die Tür ins Schloss, und das Letzte, was sie aus dem Haus hörte, war der viel zu laut aufgedrehte Fernseher von *Signora* Celenta.

Auszug aus Nonna Marias Tagebuch

UND so war es dann. Nicht immer. Nicht regelmäßig. Aber die Fronten waren geklärt. Mein Platz in unserem Leben war festgelegt. Ich würde nicht arbeiten. Ich würde nicht frei und selbstbestimmt leben. Und ich würde dieses Thema nie wieder ansprechen.

Es war eine stillschweigende Vereinbarung zwischen Antonio und mir. Ich wusste, was passieren würde, wenn ich das Thema noch einmal ansprach. Also ließ ich es. Ich spielte meine Rolle. Ich kochte und putzte. Ich zog unsere Tochter auf. Ich war die brave Hausfrau und Mutter.

Manchmal war ich glücklich. Aber die meiste Zeit hatte ich Angst. Er hatte mich einmal geschlagen, und mit diesem einen Schlag war eine Grenze überschritten. Eine, über die man nicht wieder zurück konnte.

Es fiel ihm sicher nicht leicht zuzuschlagen. Aber er tat es. Manchmal. Wenn er unzufrieden war. Oder wenn er das Gefühl hatte, dass ich unzufrieden war. Wir machten uns gegenseitig unglücklich, und jedes Jahr, das verging, ohne dass ich ihm weitere Kinder schenkte, war schlimmer als das vorherige.

Mittlerweile war es mir egal. Meinetwegen hätten weitere Kinder kommen können. Vielleicht hätte es uns geholfen, Antonio und mir, unserer Ehe. Was hätte ich schon anderes tun sollen? Unsere Tochter wurde älter und älter, das Haus stiller und stiller – genauso wie unsere Ehe.

Doch es sollte nicht sein. Ich wurde nicht wieder schwanger. Irgendwann haben wir auch aufgehört, es zu versuchen. Ich weiß, dass es andere gab. Antonio suchte sich die Bestätigung, die er brauchte und zu Hause nicht mehr bekam, woanders.

Auch das war mir egal. Ich freute mich über jede Nacht, die er nicht neben mir lag, in einem erkalteten Bett, gefangen in einer erkalteten Beziehung. Ich war froh, wenn ich alleine war.

Ich bin nicht abergläubisch, dennoch gab ich mir die Schuld für das, was dann passierte. Dass Antonio krank wurde, dass es ihm rapide schlechter ging und dass er plötzlich nicht mehr da war, hier bei mir, bei uns. Dass er ins Krankenhaus musste und binnen weniger Tage starb.

Für meine Tochter war es schlimmer als für mich, so viel schlimmer. Und das machte die Situation unerträglich. Denn sie war mittlerweile sechzehn, alt genug, um zu verstehen, was passierte. Alt genug, um zu sehen, was in mir vorging.

Ich war nicht traurig. Nicht traurig genug. Vielleicht hätte ich mit ihr darüber sprechen sollen. Doch die Zeit nahm ich mir nicht. Wir funktionierten, sie und ich, der Haushalt, unser Leben. Es funktionierte, und das Witwengeld reichte, um uns zu ernähren.

Doch das Gefühl kam zu schnell wieder zum Vorschein. Die Rastlosigkeit, der Wunsch, etwas aus mir zu machen. Und wer, so fragte ich mich bald, sollte mich jetzt daran hindern? Mein Mann war tot, meine Tochter fast erwachsen.

Ich hatte Zeit. Und niemand stand mir mehr im Weg.

Also wandte ich meine Energie dafür auf, mir Gedanken um meine Zukunft zu machen. Was konnte ich tun? Was konnte ich überhaupt?

Kochen? Putzen?

Ich war verzweifelt, weil ich dachte, ich sei zu alt, um etwas Neues zu beginnen. Ich hatte doch keinerlei berufliche Erfahrung! Wer würde sich schon für mich interessieren? Wer mich einstellen?

Es war ein alter Freund, der mich auf die Idee brachte. Ein Freund, der mir in der harten Zeit beistand. Er war früher mal Koch gewesen und bestärkte mich darin, etwas zu versuchen.

»Was soll schon passieren?«, fragte Giampaolo. »Du hast die Möglichkeiten, Maria. Du hast die Freiheit. Sieh mich an. Mein Leben gibt mir die Regeln vor, nicht umgekehrt. Aber du? Du könntest es versuchen.«

Ja, dachte ich dann. Ich könnte es tatsächlich versuchen.

11. Kapitel

DIE Worte, die Mariella las, wühlten sie erneut so sehr auf, dass ihre Finger sich krampfhaft an den Umschlag des Tagebuchs klammerten.

Wie konnte all das passiert sein, ohne dass in ihrer Familie je darüber gesprochen worden war? Wieso hatte ihre Mutter ihren Großvater als so großartig dargestellt? Nicht, dass sie so oft über ihn gesprochen hätte, aber wenn, dann waren es stets Worte des Respekts gewesen. Offensichtlich war er aber alles andere als wundervoll gewesen. Ein Tyrann. Ein Mann, der seine Frau unterdrückt hatte.

Und geschlagen.

Mariella presste die Lippen fest aufeinander und starrte das Tagebuch an. Es war schier unglaublich, was ihre Großmutter hatte erleben müssen.

Und dennoch hatte sie es geschafft, den Laden zu eröffnen. Dennoch hatte sie sich nicht unterkriegen lassen. Auch sie war alleine gewesen. Auch sie hatte keinerlei Erfahrung gehabt. Sie war einfach … gesprungen.

Nun legte Mariella doch das Tagebuch beiseite. Ihre Finger zitterten. Sie zitterten vor Wut. Denn es war nicht möglich, dass das Schicksal ihrer Großmutter unbekannt geblieben war. Wie sollte man Misshandlungen im eigenen Haus nicht mitbekommen? Energisch griff sie zu ihrem Handy und wählte unumwunden eine Nummer, die sie lange Zeit nicht mehr gewählt hatte.

»Mariella?«, sprach ihre Mutter gehetzt ins Telefon, nachdem es gerade zweimal geläutet hatte.

»Hallo, Mama.«

»Was ist passiert?«

»Nichts ist passiert.«

»Du rufst an. Etwas muss passiert sein.«

Mariella verdrehte die Augen. »Ich bin nach wie vor in Camaiore.«

»Hm.«

»Hör zu. Es tut mir leid, dass dir das missfällt, aber sie war *meine* Großmutter, und sie ist gestorben. Ich fasse es einfach nicht, dass du …«

»Du hörst sofort auf, mir mit diesem Thema zu kommen, oder ich lege auf und gehe nie wieder ran, wenn du anrufst. Hast du das verstanden?«

Mariella schluckte schwer und schwieg. Nichts hatte sich geändert. Alles war wie immer. Sie und ihre Mutter schienen zwei verschiedene Sprachen zu sprechen, sie verstanden einander schlichtweg nicht.

»Tut mir leid«, murmelte Mariella, weil sie keine Nerven hatte, mit ihr zu streiten. Sie hatte hier genug Probleme. Genug Hürden, die ihr im Weg standen. Wenn es denn überhaupt ein gangbarer Weg war, den sie einzuschlagen versuchte. Nicht, dass ihre Mutter sie danach fragen würde. Nicht, dass ihre Mutter auch nur *irgendeine Ahnung* hatte, wie es ihr ging.

»Wie geht es dir?«, fragte diese nun plötzlich, als hätte sie ihre Gedanken gelesen.

»Gut. Okay. Danke.«

»Hast du dich mit Dominic versöhnt?«

Erneut flammte unbändige Wut in Mariella auf. Nur ihre Mutter schaffte es, sie derartig wahnsinnig zu machen. »Nein, Mutter«, sprach sie eisig ins Telefon.

»Ich verstehe nicht, wieso …«

»Lass es, Mutter.«

»Mariella, du bist viel zu alt, um so dermaßen stur zu sein!«

»Hast du gewusst, dass er sie geschlagen hat?«

Stille.

Obwohl sie ihre Mutter nicht sehen konnte, obwohl über tausend Kilometer zwischen ihnen lagen, wusste Mariella, ja, sie *wusste*, dass ihre Mutter sehr genau verstand, wovon sie sprach.

»Was redest du da?«, fragte ihre Mutter.

»Dein Vater. Antonio. Er hat sie geschlagen. Maria, deine Mutter.«

»Blödsinn«, sagte ihre Mutter in demselben Tonfall, der auch ihr, Mariella, so eigen war.

Ihr Magen zog sich krampfhaft zusammen. Sie wollte nicht wie ihre Mutter sein. »Kein … Blödsinn«, gab Mariella energisch zurück. »Es steht alles in ihrem Tagebuch.«

»Wovon sprichst du?«

»*Nonna* Maria hat ein Tagebuch geschrieben.«

»Davon weiß ich nichts.«

»Jetzt weißt du es. Und darin schreibt sie, dass dein Vater sie geschlagen hat.«

Eine kurze Pause entstand, die Mariella mehr verriet, als ihr lieb war. »Sie lügt«, presste ihre Mutter hervor.

»Sie ist tot, Mutter. Tote Menschen lügen nicht.«

»Na, als sie den Blödsinn geschrieben hat, hat sie ja wohl noch gelebt! Was fällt dir überhaupt ein, so etwas zu behaupten?«

»Was fällt *dir* ein, so mit mir zu reden? Ich bin eine erwachsene Frau!«

»Aber du benimmst dich wie ein kleines Kind.«

Und dann legte ihre Mutter auf. Einfach so. Keine Worte des Abschieds, keine Worte des Trostes. Heiße Tränen flossen Mariellas Wangen hinunter. Sie legte das Handy mit zittriger Hand auf den Beistelltisch neben sich, beugte sich vor, vergrub ihr Gesicht in den Handflächen und weinte bitterlich.

Von jetzt an hatte Mariella eine wichtigere Mission. Ihre Geschäftsidee war schneller zum Erliegen gekommen, als sie das Wort »Neuanfang« hatte aussprechen können. Und nicht nur das, sie hatte auch noch das kleine, aber sehr präsente Problem, dass Celio sie geküsst hatte. Er hatte sie geküsst! Einfach so!

Also hatte sie keine Idee, wie sie nun weitermachen sollte. Denn Celio war wohl keine Option mehr.

Oder etwa doch?

Sie schüttelte den Kopf. Sie musste ihre Gedanken strukturieren und ihre viel zu eigenmächtigen Emotionen in den Griff bekommen. Sie musste stark sein. Und sie wusste auch, wo sie die passende Quelle für diese notwendige Stärke herbekam: Sie musste sich weiter mit ihrer Großmutter beschäftigen. Sie wollte von ihr lernen, mehr über sie erfahren, stark sein wie sie. Der Gedanke ließ sie nicht mehr los, und Mariella fragte sich, woher dieses plötzliche Bedürfnis kam, eine Verbindung zu einer Frau aufzunehmen, die tot war und kaum je eine Rolle in ihrem Leben gespielt hatte.

Der erste Weg führte Mariella zum Friedhof, um das Grab ihrer Großmutter zu besuchen. Der *Cimitero di Camaiore* lag nordöstlich des Ortskernes. Zu Fuß waren es gerade einmal zehn Minuten, die Mariella vorbei an einer kleinen, dafür aber umso majestätischeren Parkanlage führten. Sie folgte der *Via Badia* und stand wenige Minuten später vor dem Friedhof. Auf den ersten Blick konnte jeder Besucher erfassen, dass er sich hier auf italienischem Territorium befand. Die zum Großteil weißen Grabsteine standen dicht beieinander, die winzigen Wege, die sich zwischen ihnen hindurchschlängelten, waren kaum breit genug für eine Person. Doch die Enge hielt die Bewohner nicht davon ab, jedes noch so kleine Grab mit überdimensional wirkenden christlichen Statuen oder Symbolen zu verzieren. Auf den meisten Gräbern gab es zudem Fotos der Verstorbenen, ergreifende Inschriften und große, runde Vasen, in denen bunte Blumen steckten. Über all der zur Schau getragenen Heiligkeit thronte eine schlichte, kleine Kirche, und hinter den dicken Begrenzungsmauern konnte man bereits die ersten toskanischen Hügel ausmachen.

Es war schön. Es war geradezu kitschig.

Mariella folgte dem Weg zum Grab ihrer Großmutter. Marias Name war in feiner goldener Schrift unter den ihres Ehemanns eingraviert worden. Nun waren sie doch wieder vereint, obwohl dieser Mann ihr so viel Unglück bereitet hatte.

Es war nicht fair.

Eine Weile stand Mariella da und beschwor das Gesicht ihrer Großmutter herauf. Doch alles, was vor ihrem inneren Auge erschien, war das Porträt, das im Haus hing. Sie konnte sich kaum noch an die lebende Maria erinnern.

Mariella wandte sich ab und ging zurück zum Haus. Sie setzte sich ins Auto und fuhr kurzerhand an einen Ort, von dem sie viel gehört, den sie aber noch nie besucht hatte. Sie verließ den Ortskern

Camaiores und folgte einer kurvigen Straße, die durch Pinienhaine und über mit Weinsträuchern bedeckte Hügel führte, bis sie ein großes Schild fand, das auf eine nicht asphaltierte Abzweigung deutete. Mariella folgte dem Weg, parkte an dessen Ende schließlich ihren Wagen und stieg aus.

Sie stand vor dem Boutique-Hotel *Toscana Mare*, ein kleines, hübsches Gebäude mit einer großzügigen Gartenfläche an der Vorderseite, einem Pool mit Blick auf die Küste Camaiores und einer Panoramaterrasse, die romantisch und kitschig war und einfach perfekt in die Landschaft passte. Emilia und Aurelio hatten ganze Arbeit geleistet, und diesmal spürte Mariella keinen Neid, sondern Bewunderung.

Auf der Panoramaterrasse waren einige Tische besetzt, doch der Poolbereich war leer. Noch war es viel zu kühl, um zu baden, aber nach der Anzahl der Autos auf dem Parkplatz zu urteilen, war das Hotel dennoch ausgebucht. Mariella stand am Rand des Pools und stellte erstaunt fest, dass man von hier aus tatsächlich das Meer sehen konnte. Die Fahrt durch die toskanischen Hügel hatte länger gewirkt, als sie tatsächlich war, und der *Lido di Camaiore* war gar nicht so weit entfernt.

Der Blick war atemberaubend. Vor ihr das Meer und abfallendes, mediterranes Gelände, links und rechts die Weinberge und hinter dem Hotel grüne Hügel, die in einen dichten Wald mündeten. Dieser Ort war einzigartig, und Mariella verstand, warum Emilia sich hier hatte niederlassen wollen.

Sie riss sich von dem schönen Anblick los und ging in die Eingangshalle. Dort steuerte sie auf die Rezeption zu.

»Hi, ist Emilia hier?«, fragte sie die Mitarbeiterin hinter der Theke.

»Nein, tut mir leid. Sie und Aurelio sind in die Stadt gefahren.«

»Oh, okay. Und Giampaolo?«

»Der ist in der Küche. Ich zeige sie Ihnen.«

Mariella folgte der Mitarbeiterin und stand kurz darauf in einem schönen, modernen Raum, der einen kompletten Kontrast zur kitschigen Puppenküche ihrer Großmutter bildete. Mariella entdeckte Giampaolo sofort. Er trug eine Kochhaube, die geschnitten war wie eine Baskenmütze. Sein kleiner, gebückter Körper war in eine blütenweiße Kochjacke gehüllt. Giampaolo stand, sehr zu Mariellas Belustigung, auf einem niedrigen Hocker, der es dem kleinen Mann ermöglichte, besser in den überdimensionalen Kochtopf zu blicken, in dem er gerade rührte. Außer dem alten Mann waren drei weitere Köche in der Küche. Einer von ihnen blickte sie fragend an, und Mariella nickte zu Giampaolo.

»Chef, da will dich jemand sprechen«, sagte der Koch und tippte Giampaolo auf die Schulter.

Der stieg würdevoll vom Hocker und drehte sich um. Sein Blick verfinsterte sich, als er Mariella sah. »Sie«, murmelte er und kam mit trippelnden Schritten auf sie zu.

»Freut mich auch, Sie zu sehen.«

»Aha. Was wollen Sie hier?«

»Ich würde mich gerne mit Ihnen unterhalten.«

»Worüber?«

»Maria.«

»Ah. Gut. Von mir aus. Ich kann eh eine Pause gebrauchen.«

Er trippelte an ihr vorbei und bedeutete ihr, ihm zu folgen. Sie gingen in einen Nebenraum, in dem nur eine Kaffeemaschine und zwei bequem aussehende Sessel standen. Mit einem ächzenden Laut ließ Giampaolo sich in einen davon sinken.

Mariella blickte ihn abschätzend an. »Sind Sie hier wirklich der Chefkoch?«, fragte sie mit so viel Freundlichkeit in der Stimme, wie sie aufbringen konnte.

»Wer sagt das?«

»Der eine Koch hat Sie ›Chef‹ genannt.«

»Das ist eine Frage des Respekts. Ich bin nicht der Chefkoch. Ich bin in Rente.«

»Oh. Ja. Natürlich. Und … wieso arbeiten Sie dann noch?«

»Weil ich meine Arbeit liebe.«

»Gut für Sie.«

»Allerdings. Also? Was gibt es?«

»Meine Großmutter hat ein Tagebuch geschrieben, wussten Sie das?«

»Nein.«

»Sie hat Sie darin erwähnt.«

»Oh!«

Und zu Mariellas großer Überraschung erhellten sich Giampaolos Gesichtszüge, und sie glaubte, einen Hauch von Röte auf seinen Wangen entdecken zu können. Giampaolo rutschte kurz in seinem Sessel hin und her, dann beugte er sich etwas nach vorn. »Was … hat sie denn geschrieben?«

Mariella musste grinsen. »Hatten Sie etwas miteinander?«

Giampaolo fuhr zurück, als hätte Mariella einen Schuss auf ihn abgefeuert. »Ich muss doch sehr bitten! Ich bin verwitwet! Maria war verwitwet!«

»Ja. Na und? Mein Großvater ist früh gestorben, da hatte ich angenommen …«

»Sie nehmen falsch an«, sagte Giampaolo würdevoll. Dann schüttelte der den Kopf. »Keine Werte habt ihr.«

»Wie bitte?«

»Keine Werte. So etwas gibt es nicht mehr! Es ist wirklich traurig.«

»Aha. Danke für die Anteilnahme. Es heißt doch, bis dass der Tod euch scheidet, also ist es kein Verbrechen, anzunehmen …«

»Ehegelübde gelten über den Tod hinaus, *Signorina*! Das sehe ich so, und das hat auch Ihre Großmutter so gesehen.«

»Na, davon hat sie aber nicht viel gehabt.«

»Sie sprechen in Rätseln.«

Mariella spitzte die Lippen und dachte kurz nach. Dann beugte sie sich nach vorn. »Darf ich Sie etwas … Delikates fragen?«

»Nein.«

»Aber …«

»Nein.«

Schnaubend lehnte Mariella sich wieder zurück und sah Giampaolo einen Moment lang an. »Wieso sind Sie so abweisend? Ich habe Ihnen überhaupt nichts getan.«

»Wenn Sie es genau wissen wollen: Ich fand es immer sehr fragwürdig, wie Maria von ihrer Familie behandelt wurde. Um es höflich auszudrücken.«

»Dafür kann ich nichts. Meine Mutter und sie haben sich zerstritten. Meine Eltern haben entschieden, dass wir nicht mehr hierher fahren. Ich war noch ein Kind. Was hätte ich tun sollen?«

»Und soll das auch eine Begründung für Ihre Abwesenheit die ganzen letzten Jahre sein? Wie lange sind Sie schon *kein* Kind mehr? Dreißig Jahre? Vierzig?«

Mariella klappte der Mund auf. »Entschuldigen Sie mal, ich bin ganz sicher *keine* vierzig!«

»Von mir aus.«

»Aber ja, Sie haben recht.«

»Habe ich oft. Weisheit kommt mit dem Alter.«

»Es tut mir leid. Okay? Wollen Sie das hören? Es tut mir leid, sie nicht besser kennengelernt zu haben. Ich wusste nichts über sie, gar nichts. Und plötzlich erfahre ich von ihrem Tod und ihrem Testament und lande hier, und … es … es tut mir leid.«

Giampaolo hob die Arme und legte die Fingerspitzen beider Hände aneinander. Er blickte sie durch seine großen Brillengläser hinweg nachdenklich an. »Nun, offenbar wollen Sie es wiedergutmachen. Sie wollen Marias Andenken ehren, *giusto*?«

»Ich … ich weiß nicht.«

»Sie wollen ihren Laden weiterführen?«

»Ich wollte es. Es ist … schwierig.«

»Maria hat sich damals auch erst nicht getraut.« Giampaolos Blick verlor sich, und ein Lächeln, das von glücklichen Erinnerungen zeugte, umspielte seine runzeligen Lippen.

»Ich weiß. Das stand in ihrem Tagebuch. Dort stand auch Ihr Name. Sie haben ihr gut zugeredet.«

Giampaolo sah sie wieder an. »Ja, habe ich. Sie war eine starke Frau. Sie hatte das Zeug dazu. Und sie hat es allen gezeigt.«

»Sie kannten sie richtig gut, oder? Sie waren mit ihr befreundet?«

»Das könnte man so sagen, ja. Ich habe gerne bei ihr eingekauft. Und ab und zu waren wir auch auf einen *Caffè* bei Letizia.«

»Seit wann haben Sie sie gekannt?«

Giampaolo zuckte mit den Schultern. »Eigentlich immer schon. Na ja, sie war ein bisschen jünger als ich. Aber man kannte sich. Befreundet waren wir aber erst, nachdem ihr Mann gestorben war.«

»Wieso?«

Giampaolo zog die buschigen Augenbrauen zusammen. »Was ist das für eine Frage – wieso? Es schickt sich nicht für einen Mann, mit einer verheirateten Frau befreundet zu sein. Außerdem hatte ich meine eigenen familiären … Dinge.«

»Es lag nicht an meinem Großvater? Antonio?«

»Ich verstehe die Frage nicht.«

Mariella seufzte. Sie wollte Giampaolo fragen, ob er von den Eheproblemen wusste. Aber dann auch wieder nicht. Sie nahm fast an, dass er nichts wusste. Wenn sie ihm nun davon erzählte, wäre es *Nonna* Maria doch sicher unangenehm. Aber die war tot, also war dieser Gedanke eigentlich ziemlicher Schwachsinn.

»Was ist es, das Sie so sehr beschäftigt?«, fragte Giampaolo mit einem Hauch von Mitgefühl in der Stimme.

»Ich … nun, ich lese ihr Tagebuch. Und sie hatte keine besonders glückliche Ehe. Das beschäftigt mich. Ich will so viel über sie erfahren, wie andere über sie dachten, was sie getan hat, wie sie gelebt hat. Ein Tagebuch reicht nicht, um eine Person kennenzulernen.«

»Da haben Sie recht. Ich kann Ihnen so viel sagen: Sie ist nach dem Tod ihres Mannes – und nach einer *angemessenen* Trauerzeit, wie es sich gehört – aufgeblüht. Ja, sie war zwar noch die alte, aber … doch irgendwie anders. Wie eine Blume, die nach einem harten Winter neu erblüht.«

»Wie poetisch.«

»Ich habe so meine Momente.«

»Danke, dass Sie mir das alles erzählen.«

»Sie müssen sich nicht bedanken. Maria hätte es so gewollt. Sonst hätte sie Ihnen nicht alles vermacht. Sie hat ein Tagebuch geschrieben und in ihrem Haus aufbewahrt. Sie hat das Haus Ihnen vererbt. Sie wollte, dass Sie alles erfahren, *sì*?«

Mariella lächelte dankbar. »Ja, da haben Sie wohl recht.«

Giampaolo nickte, dann schlug er plötzlich wieder einen härteren Ton an. »Und ihren Laden hat sie Ihnen auch vermacht. Also reißen Sie sich zusammen und ehren Sie dieses Vermächtnis!«

Mariella sank in sich zusammen. »Ich weiß nicht, ob ich das Zeug dazu habe.«

»Wenn Sie es nicht probieren, werden Sie es nie erfahren.«

»Aber … ich *habe* es probiert.«

»Dann probieren Sie es eben noch einmal.«

»Ich brauche Hilfe.«

»Dann suchen Sie Hilfe.«

»Habe ich versucht. Die Hilfe hat mich … abgewiesen.«

Giampaolo machte eine auffordernde Geste. »Dann verbessern Sie Ihr Angebot! Sie wollen Unternehmerin sein, *eh*? Dann handeln Sie auch so.«

Mariella nickte bedächtig. Sie stand auf, stellte sich vor Giampaolo und reichte ihm die Hand. »Danke, Giampaolo. Sie sind gar nicht so übel.«

Giampaolo griff mit einer Kraft nach ihrer Hand, die sie sehr überraschte, und zog sich daran hoch. Er blickte Mariella einen Moment lang an, ohne ihre Hand loszulassen. »Sie sehen ihr überhaupt nicht ähnlich«, sagte er dann nachdenklich.

Mariella seufzte. »Nein, tue ich nicht. Ich habe das Aussehen meines Vaters geerbt.«

»Aber den Namen Ihrer Großmutter, *eh*?«

Mariella lächelte. »Richtig. Es ist die Koseform.«

Giampaolo nickte wissend, ließ nun ihre Hand los und verschränkte die Arme vor der Brust. »*Sì, lo so. La piccola Maria.* Die kleine Maria.«

»Ja«, bestätigte Mariella. »Die kleine Maria.«

»Wer weiß?«, fragte Giampaolo, zwinkerte ihr verschmitzt zu und wandte sich Richtung Tür. »Vielleicht haben Sie ja doch ein oder zwei Gene von Ihrer *Nonna* geerbt. Ich würde es Ihnen wünschen.«

Mariella folgte ihm nach draußen.

Ja, dachte sie, *ich mir auch.*

Am selben Abend saß sie in ihrer Küche auf dem Hochstuhl an der Theke und dachte über Celio nach. Sie war die Kussszene immer und immer wieder in ihrem Kopf durchgegangen. Sie hatte alles durchgespielt, von Anfang bis Ende und wieder zurück. Und jedes Mal war sie zu dem Entschluss gekommen, dass sie wie ein unreifes Kleinkind reagiert hatte.

Und es immer noch tat!

Sie hatte seit dem Kuss nichts von Celio gehört oder gesehen und war dankbar darüber. Dankbar, aber wenn sie ehrlich zu sich selbst war, dann war sie auch ein bisschen enttäuscht. Wieso hatte er sie überhaupt geküsst? Das war so was von unpassend und unnötig gewesen!

Okay, zwischen ihnen schien so etwas wie eine – winzig kleine, völlig unbedeutende – Anziehungskraft zu bestehen. Na und? Sie waren erwachsen, oder? Davon konnte man sich doch nicht so leiten lassen. Davon konnte man seine Entscheidungen nicht abhängig machen. Celio hatte sich angeboten, für sie zu arbeiten, und er wäre eine einfache, gute Lösung für so ziemlich all ihre Probleme gewesen. Aber *nein*, er musste den komplizierten, geheimnisvollen Macho spielen.

»Männer sind doch alle gleich«, murmelte sie.

Sie wusste genau, warum er sie abgewiesen hatte. Sie war schließlich lange genug mit einem Italiener verheiratet gewesen. Sie hatte ihn in seinem unendlichen italienischen Stolz gekränkt, als sie ihn bei seinem selbst initiierten Bewerbungsgespräch eiskalt abserviert hatte, und jetzt wollte er umworben werden. Ja, schon klar. Sie kannte die Spielregeln. Sie wusste, wie der Hase lief.

Und wenn es notwendig war und ihr nicht spontan in den nächsten Tagen eine Eingebung kommen würde, dann würde sie eben über ihren Schatten springen müssen. Wenn sie eines konnte, dann die kleine Frau an der Seite des großen Italieners spielen.

Fürs Erste. Nur, um zu bekommen, was sie brauchte.

Oh ja, das würde sie zustande bringen.

12. Kapitel

»DIESE Hartnäckigkeit hätte ich dir nicht zugetraut«, sagte Celio in dem Moment, als Mariella ihre Tür öffnete.

»Du hast meine Nachricht also erhalten?«

»Habe ich. Deshalb bin ich hier. Du willst also einen Probetag versuchen? Gemeinsame Arbeit, du und ich? Um mich von deiner … wie waren noch gleich die Worte? Um mich von deiner ›netten Umgangsart‹ überzeugen zu können?« Bevor Mariella darauf antworten konnte, zückte Celio besagten Brief, den Mariella geschrieben und vor Kurzem erst in seinen Postkasten geworfen hatte, und las weiter: »›Und PS: Könnten wir erwachsen sein und ignorieren, dass dieser Kuss je stattgefunden hat?‹«

Mariellas Wangen glühten. Sie blickte ihn gebannt an. Sie hatte sich das Ganze gut überlegt, ein paar Tage vergehen lassen und beschlossen, dass das der richtige Weg war. Celio hatte sie nur aus Spaß geküsst, dessen war sie sich mittlerweile sicher. Er war der Typ Mann, der tat, was ihm in den Sinn kam. Und vermutlich dachte er selten bis nie über die Konsequenzen nach.

Demnach hatte der Kuss nichts zu bedeuten, und sie hatte nicht das Bedürfnis, mehr aus der Sache zu machen, als da war. Sie war schließlich eine erwachsene Frau.

»Wie siehst du das?«, fragte sie.

»Ich sehe das so: Ich suche einen Job, ich habe bisher nichts Passendes gefunden, du bietest mir etwas mit …« Wieder hielt er sich den Brief unter die Nase. »… ›überdurchschnittlicher Bezahlung‹ an?«

»Sobald der Laden Profit abwirft. Ich würde dich am Umsatz beteiligen. Ich weiß, dass du meine Idee gut findest. Ich habe es dir angesehen.«

»Ach, wirklich?«

»Ja, bei der Eröffnungsfeier. Es hat dir gefallen.«

»Mir gefällt alles, wo es Wein gibt.«

»Also, was sagst du? Ein Probetag? Oder zwei?«

Celio bedachte sie mit einem langen Blick. Dann nickte er Richtung Küche. Mariella trat zur Seite und bat Celio herein. Er ging an ihr vorbei, und sie sah, dass er eine teuer aussehende Messertasche aus Leder in der Hand hielt.

Sie folgte ihm in die Küche und erklärte: »Ich bin nur deshalb so hartnäckig, weil ich einen gewerblichen Geschäftsführer brauche. Und ich brauche ihn schnell, wenn ich mit meinem Projekt weitermachen möchte. Aber wir sind hier ja nicht gerade in einer Metropole mit einer unendlichen Auswahl an Arbeitskräften.«

»Also hast du aus Mangel an Alternativen an mich gedacht? Schmeichelhaft.«

»Dein Ego wird es verkraften, da bin ich sicher.«

Neben der Tür hing eine Kochschürze, die Mariella in einem der Schränke ihrer Großmutter gefunden hatte. Sie war knallrot und hatte Rüschen, und Mariella fand, dass sie perfekt hierher passte. Sie legte sie um und warf Celio einen auffordernden Blick zu. »Irgendwelche … Anmerkungen?«

Celio starrte auf die Schürze, presste die Lippen aufeinander und unterdrückte zweifelsohne ein Lachen. Dann straffte er die Schultern und sah Mariella ernst an. »Wenn du mir so ein Ding verpasst, drehe ich mich wortlos um und gehe.«

»Wortlos? Du? Wäre ja mal ganz was Neues.«

»Der Probetag fängt gut an«, murmelte Celio.

Mariella nahm ihre Rezeptmappe aus einem Regal in der Mariella nahm ihre Rezeptmappe aus einem Regal in der Kücheninsel und legte sie auf die Arbeitsfläche. Dann sah sie ihn konzentriert an. »Wieso wolltest du dich ursprünglich überhaupt um einen Job bei mir bewerben? Oder gerade hier in Camaiore? Köche werden überall gesucht.«

»Ich will nun mal hier sein.«

»Wieso?«

Celio rollte mit den Augen. »Okay. Die Kurzfassung. Meine Ex ist vor ein paar Monaten mit unserer Tochter zu ihrem Neuen nach Florenz gezogen. Ich hatte entweder die Wahl, meine Heimat im

Süden ebenfalls zu verlassen oder meine Tochter kaum noch zu sehen.«

Mariella starrte ihn entgeistert an. Celio erwiderte den Blick. »Ich habe mich für Ersteres entschieden. Habe meinen Job und die Wohnung gekündigt, meine Sachen gepackt, was eben so dazu gehört, wenn man sein ganzes Leben abbricht und irgendwo anders von vorn beginnt. Vor ein paar Wochen bin ich hier gelandet.«

Mariella verstand nur zu gut, wovon Celio sprach. Sie verstand es mehr, als er sich wohl vorstellen konnte. Doch sie entschied sich, keine entsprechende Anmerkung zu machen. Stattdessen fragte sie: »Wieso bist du dann nicht gleich nach Florenz gezogen?«

Celio stellte sich an die Kücheninsel und begann, in Mariellas Rezeptmappe zu blättern. »Zwei Gründe. Erstens, die Mietpreise in Florenz sind für mich nicht leistbar. Ich bekomme hier eine ganze Wohnung für den Preis, den ich dort für ein zehn Quadratmeter großes Zimmer bezahlen müsste.«

»Verstehe.«

»Du hast meine Bücher gesehen. Die wollen auch irgendwo wohnen.« Celio hob kurz den Blick und lächelte Mariella an.

»Und zweitens?«, fragte sie.

Während Celio begann, ein paar Schüsseln und Zutaten auf die Kücheninsel zu legen, seufzte er. »Und zweitens: Meine Ex und ihr Neuer wohnen in Florenz. Ich habe kein Bedürfnis, Patchwork-Nachbarschafts-Daddy zu spielen. Camaiore ist gerade nah genug bei Mia und weit weg genug von meiner Ex. Für die zwei Wochenenden im Monat, an denen ich Mia habe, ist es perfekt.«

»Mia? Schöner Name.«

Celio hielt in seiner Arbeit inne und griff in seine Hosentasche. Er zog eine Geldbörse hervor, klappte sie auf und hielt sie Mariella vors Gesicht.

»Sie ist sehr hübsch.«

Celio nickte und starrte wie gebannt auf das Foto. Mariella stellte überrascht fest, dass seine Gesichtszüge sich wie auf Knopfdruck erweichten. Ein verträumtes Lächeln umspielte seine Lippen, das ihn so ganz anders wirken ließ als das ironische Lächeln, das er sonst zur Schau trug.

»Wow«, sagte Mariella.

Celio hob den Kopf, steckte die Geldbörse weg und blickte Mariella fragend an. »Was ist?«

»Eine solche Seite hatte ich an dir gar nicht erwartet.«

»Was für eine Seite?«

»Die liebevolle Daddy-Seite.«

»Ah.« Celio wandte sich eilig ab und beugte sich konzentriert über die Rezeptmappe.

Mariella sah ihn weiter fasziniert an. Sie hatte ein völlig anderes Bild von ihm gehabt. Niemals wäre sie auf die Idee gekommen, dass dieser unnahbare Typ Vater sein könnte.

»Wie alt ist sie?«, fragte Mariella und sah zu, wie Celio seine Messertasche öffnete, eines herauszog und begann, Zwiebeln zu schneiden. Die Klinge flog so schnell über das Brett, dass Mariella vom Anblick fast schwindelig wurde.

»Vierzehn.«

»Wow, also bist du wohl sehr jung Vater geworden?«

»Mit einundzwanzig.«

»Oh! Okay, ja, das … das ist jung.«

»Nicht wirklich. Nicht im Süden. Da ist das noch immer recht normal.«

»Wahnsinn. Ich hatte mit einundzwanzig keine Idee, was ich mit meinem Leben anstellen wollte. Überhaupt keine. Ich habe mich gefühlt wie ein Kind.«

»Du wirkst manchmal, als würdest du dich immer noch so fühlen.«

Celios Worte klangen wie eine nüchterne Feststellung und ausnahmsweise nicht wie eine Provokation. Er blickte sie nicht an, sondern griff zum Knoblauch, dann zu ein paar rot leuchtenden Tomaten und anschließend zum Parmesan.

»Tue ich auch«, murmelte Mariella wahrheitsgemäß. »Was *machst* du da überhaupt?«

»Das Rezept für deinen *Bruschetta*-Aufstrich verbessern.«

»Da gibt es nichts zu verbessern, und außerdem ist es das Rezept meiner Großmutter.«

»Schön. Wenn du aber statt getrockneten Tomaten frische nimmst und statt der Hälfte des Öls etwas Ricotta, dann hast du ein leckeres *Pesto alla Siciliana*, *sì*? Das kannst du literweise herstellen und über Wochen mit verschiedenen Pastasorten anbieten.«

»Aber wir kochen keine Pasta.«

»Falsch. *Du* kochst keine Pasta. *Ich* bin ein ausgezeichneter Pastakoch.«

»Okay, stopp. Celio? Wir haben ein Konzept.«

Celio legte sein Messer beiseite, verschränkte die Arme vor der Brust und blickte Mariella prüfend an. »Dein Konzept ist, wenn ich mich recht erinnere, nicht aufgegangen. Ich war dabei. Ich habe den netten Herrn von der Behörde gesehen.« Er griff wieder zum Messer und hobelte ein paar Parmesanspäne vom Käseblock. »Und gehört«, fügte er hinzu.

»Da ging es nur um ein paar … Kleinigkeiten. Das Konzept ist gut. Außerdem hast du gar nichts gehört, du hast draußen gesessen. Neben Rosa.«

Celio grinste breit, ohne Mariella dabei anzusehen oder in seinen Bewegungen innezuhalten.

»Was ist?«, fragte sie ungeduldig, schritt durch die Küche, riss den Kühlschrank auf und holte die Kiste mit den verschiedenen Wurstsorten heraus.

»Bist du eifersüchtig, oder was?«, fragte Celio und lachte leise.

»Was?« Mariella knallte die Kiste auf die Kücheninsel. »So ein Blödsinn. Ich meinte nur, du konntest mich nicht hören, weil …«

»… ich neben Rosa saß. Richtig.«

»Rosa ist nett. Sie ist meine Nachbarin«, plapperte Mariella weiter und zog wahllos Wurststücke aus der Kiste.

»Ist sie das, ja?«

»Was? Meine Nachbarin?«

»Nett, meinte ich.«

»Ja. Ich meine, das kannst *du* ja sicher besser beurteilen.«

Mariella zuckte zusammen. Was redete sie da bloß? Irgendwo inmitten dieses Gesprächs hatte ihr Mund beschlossen, sich zu verselbstständigen und Mariella wie eine Vollidiotin dastehen zu lassen.

»Ich muss mal … rauf«, beeilte sie sich zu sagen und lief die Treppen nach oben, nur um oben auf dem Absatz kehrtzumachen und direkt wieder nach unten zu laufen. »Und überhaupt ging es gar nicht um Rosa oder sonst wen«, sprach Mariella energisch weiter.

Celio nickte, während er ein paar Zutaten in einen Topf warf. Selbst schräg hinter ihm stehend konnte Mariella sein breites Grinsen sehen.

»Es geht darum«, sprach sie weiter, »dass wir ein Konzept haben. Ich will kein Restaurant betreiben.«

Celio drehte sich langsam um. Hinter ihm dampfte es, und einen Moment später stieg Mariella der himmlische Duft von in Butter angebratenen Knoblauchzehen in die Nase. »Ich weiß, dass das ein Bistro sein soll. Das ist auch eine gute Idee. Ich dachte daran, Pasta als Häppchen zu servieren. In kleinen Einmachgläsern, beispielsweise. Kleine Kostproben. Ich habe das mal in einem Restaurant in Rom gesehen. Die haben italienische Speisen in Häppchenform auf einem Laufband angeboten. Wie Running Sushi, nur italienisch. Ich fand die Idee großartig.« Celio deutete Richtung Laden. »All die vielen Pasten, die hier fertig in den Regalen stehen, können nicht nur auf Brot, sondern auch perfekt mit Pasta serviert werden. So kannst du dein Angebot ohne viel Aufwand erweitern.«

»Aber wir müssten all diese Dinge kochen, und meine Konzession …«

»Ich dachte, der Sinn meiner Präsenz hier wäre, dieses Problem zu lösen.«

»Wir sind doch gerade erst beim Probetag. Wir wissen noch gar nicht, ob das funktioniert. Und dann habe ich ein Konzept, das du erweitert hast und … was, wenn es nicht klappt?«

»Hast du das Gefühl, dass es *nicht* klappt?«, fragte Celio.

Mariella versuchte, seinen Blick zu deuten. Wollte er mit ihr arbeiten? War ihm das alles hier ernst genug? Mariella wurde einfach nicht schlau aus ihm. Ihr wurde in genau diesem Augenblick erneut klar, dass sie keine Ahnung hatte, was in seinem Kopf vorging. Sie hatte ein Bild von ihm gehabt. Ein glasklares Bild. Und dann war er hier mit seinen Profi-Messern aufgekreuzt, dem Bild seiner Tochter, der überbordenden Eigeninitiative und dieser Chef-Attitüde, die überdeutlich hervorstach. Wenn er bloß der oberflächliche Macho wäre, für den sie ihn bis vor wenigen Minuten gehalten hatte, wäre sie gut damit klargekommen. Sie hatte sich einen Plan zurechtgelegt, damit umzugehen. Doch er war nicht oberflächlich, stellte sie nun fest. Da war offenbar viel mehr, als sie bisher für möglich gehalten hatte. Die Tatsache, dass er eine Tochter hatte, war für sie immer noch schwer zu fassen. Aber darum ging es gar nicht. Es war die Art und Weise, wie er sich in der Küche bewegte. Wie er die Lebensmittel behandelte, wie er am Herd stand und kochte. Mit so viel Würde und Leidenschaft. Mariella konnte kaum den Blick von ihm abwenden, weil sie so fasziniert war. Gleichzeitig fragte sie sich, wie sie mit all der geballten Kompetenz, die Celio mit in ihre Küche brachte, umgehen sollte.

»Erde an Mariella?«, sagte Celio.

Sie zuckte zusammen. »Was hast du gesagt?«

»Ich habe gefragt, ob du das Gefühl hast, dass es nicht klappt.«

»Keine Ahnung«, antwortete sie wahrheitsgemäß.

»Wenn wir es nicht probieren, werden wir es nicht erfahren.«

Mariella lachte schnaubend.

»Was ist?«, fragte Celio irritiert.

»Du bist schon der Zweite, der mir das sagt.«

»Dann wird wohl etwas Wahres dran sein. Also? Versuchen wir es?«

»Okay«, gab Mariella zurück, stellte sich an die Kücheninsel und streckte Celio die Hand hin. »Versuchen wir es.«

Tatsächlich war die Zusammenarbeit nicht übel. In organisatorischen Dingen war Celio eine große Hilfe und übernahm fast automatisch viele Aufgaben, die Mariella bestenfalls halb so gut hinbekommen hatte. Das alles machte sie optimistisch, dass sie sich im Laufe der Zeit als Team einspielen würden, wenngleich sie immer wieder an kleinen

Reaktionen merkte, dass Celio nicht ganz der Typ war, der sich gern unterordnete.

Trotzdem hatte sie ihm einige Tage nach dem Probearbeitstag einen Arbeitsvertrag vorgelegt, und er hatte kommentarlos unterschrieben. Diesen Vertrag hatte Mariella mitsamt Celios Unterlagen an die Gewerbebehörde geschickt und kurz darauf eine erweiterte Konzession erhalten. Sie konnte wieder aufmachen. Und vielleicht, ja, vielleicht, würde ihr Neuanfang jetzt endlich klappen.

Sie kam an diesem Morgen frisch geduscht nach unten in die Küche und stellte überrascht fest, dass Celio bereits da war.

»Guten Morgen«, murmelte sie und schlurfte an ihm vorbei.

»Ich habe schon angefangen, ich hoffe, das stört dich nicht.«

»Nein. Danke. Willst du auch einen?«, fragte sie und deutete auf die Kaffeemaschine.

»Ja, das wäre super. Morgen ist die Eröffnungsfeier, da dachte ich, ich gehe alles noch einmal durch. Die Einkaufslisten, die Vorratsschränke. Und dann beginnen wir damit, die Zutaten vorzubereiten, wie wir es besprochen haben.«

»Ja, so machen wir's.«

Mariella zog sich einen Hochstuhl an die Kücheninsel und trank ihren Kaffee, während sie Celio bei der Arbeit zusah. Wenn er kochte, schien er ein anderer Mensch zu sein. Ruhig, besonnen, fokussiert. Er ließ sich von nichts ablenken, und seine Handbewegungen waren so flink und professionell, dass Mariella nur staunen konnte. Im direkten Vergleich zu Celio wurde ihr schnell bewusst, dass sie ganz sicher *keine* Köchin war, bestenfalls eine Hobbyköchin. Er wusste viel mehr als sie, konnte viel mehr und bewegte sich so natürlich in ihrer Küche, als wäre er schon immer hier gewesen.

»War das dein Traumjob?«, fragte sie und reichte Celio auf seinen Fingerzeig hin eine Stange Sellerie.

»Nein«, sagte er.

»Aber du … du bist so gut darin. Ich habe dir tagelang zugesehen, du kochst, als ob du nie etwas anderes getan hättest. Oder … gewollt hättest.«

»Danke, schätze ich.«

»Du schätzt?« Mariella zog die Augenbrauen zusammen. »Das war ein Kompliment.«

»Okay. Dann danke.«

Celios Körper hatte sich für den Bruchteil einer Sekunde verkrampft, und Mariella fragte sich, ob sie etwas Falsches gesagt hatte. Doch gerade, als sie vorsichtig nachfragen wollte, fiel ihr Blick auf die Tafel mit dem Speisenangebot. Sie stand auf, stellte ihre Kaffeetasse ab und starrte auf die Handschrift, die ganz eindeutig *nicht* ihre war.

»Was ist das?«, fragte sie und deutete auf die Tafel.

»Unsere Menükarte für morgen.«

»Ist es nicht. Da stehen vier Sorten Pasta drauf und … *Focaccia*!«

Celio nickte und warf die klein geschnittenen Selleriewürfel in eine Pfanne mit Olivenöl. »Ja. Ich habe gestern Nacht noch ein bisschen in meinen Büchern gestöbert und …«

»Aber das hatten wir überhaupt nicht besprochen!«

Celio wandte sich zu ihr um und verschränkte die Arme vor der Brust. »Na und?«, fragte er und klang ehrlich überrascht.

Das entrüstete Mariella noch mehr. »Was heißt, na und? Alles muss mit mir abgesprochen werden, Celio! Das hatten wir doch vereinbart!«

»Hatten wir nicht. Ich bin der Koch hier, oder?«

»Und ich bin die Eigentümerin! Das bedeutet, dass ich deine Arbeitgeberin bin. Das wiederum bedeutet, dass …«

»Ohne mich wärst du weder Eigentümerin noch Arbeitgeberin. Jedenfalls nicht in diesem Laden hier, weil dir die entsprechende Konzession fehlen würde. Also hatte *ich* das so verstanden, dass *ich* die Entscheidungen in der Küche treffen kann.«

»Aber nur in Absprache mit mir!«

»Mariella, das ist eine gute Idee, okay? Vertrau mir einfach.«

Mariella stürmte auf ihn zu und warf die Arme in die Luft. »Das hat überhaupt nichts mit Vertrauen zu tun, sondern damit, zu respektieren, wer hier das Sagen hat!«

Celio hob amüsiert die Augenbrauen. »Und das bist du, ja?«

»Ja!«

»Schön. Dann hab das Sagen. Dann kannst du gerne alles in Eigenregie auf *dein* Kommando machen.«

Und mit diesen Worten stürmte Celio an Mariella vorbei nach draußen. Sie hörte, dass die Eingangstür aufgerissen wurde, und war kurz davor, Celio nachzulaufen. Doch der Teufel sollte sie holen, wenn sie sich so eine Blöße gab.

»Und was soll ich jetzt mit den verdammten Selleriewürfeln machen?«, rief sie durchs Fenster, stapfte durch den Laden in den Vorraum und knallte die offene Tür zu.

»Toll!«, stieß sie aus und fuhr sich mit den Händen übers Gesicht. »Und was jetzt?«

13. Kapitel

MARIELLA hatte die ganze Nacht nicht schlafen können und war am Morgen ihrer Neueröffnung todmüde, gereizt und am Rande einer Panik. Wie sollte sie all das alleine schaffen? Natürlich hätte sie Celio anrufen können. Aber sie hatte es nicht über sich gebracht. Sie war ja auch überhaupt nicht im Unrecht! Celio musste einfach nur genau wie sie lernen, seine Rolle einzunehmen. Sie hatte ihn nicht in seinem Stolz oder seiner Kochehre – oder was auch immer es gewesen sein mochte, das da in ihn gefahren war – verletzen wollen. Doch sie musste gleich von vornherein verhindern, dass Celio glaubte, er könne mal eben so den Laden übernehmen. So war das nie geplant gewesen, und Mariella fand, dass sie das auch durchaus deutlich zum Ausdruck gebracht hatte. Es war wichtig, dass er seine Rolle kannte und ihre akzeptierte.

Nein, besserte sie sich gedanklich aus, *es ist essenziell*. Das hier war *ihr* Projekt. Sie hatte es satt, unter den Fittichen von irgendjemandem zu stehen. Zuerst ihre Eltern, dann ihr Ehemann und jetzt? Jetzt hatte sie endlich die Möglichkeit, etwas *alleine* zu schaffen. Es war nicht vorgesehen, dass jemand anderes über ihr Leben bestimmte.

Nicht mehr.

Nie mehr wieder.

Mariella stand in der Küche und sah sich um. Hier herrschte das reinste Chaos. Sie hatte die meisten Vorbereitungen gestern abschließen können, hatte die Tafeln mit Celios Menüplanung gelöscht und ihre eigene wieder draufgeschrieben. Doch Aufräumen war nicht mehr möglich gewesen, dazu hatte ihr sowohl die Kraft als auch die Muße gefehlt.

Sie schüttelte fassungslos den Kopf. Auf der Kücheninsel standen schmutzige Töpfe, die Abfalleimer waren übervoll, und zahlreiche schmutzige Küchentücher lagen auf der Theke und auf dem Boden verstreut. Mariella blickte zur Uhr. Sie hatte noch fast zehn Stunden

Zeit, bis die Eröffnungsfeier offiziell beginnen sollte, doch ob sie das schaffen würde? Noch dazu *alleine*? Denn auch Celio hatte sich nicht mehr gemeldet.

Mariella schnaubte. Sie war traurig und wütend und fassungslos und enttäuscht zugleich. Wie konnte er nur? Wie konnte er sie alleine lassen? Jetzt! Am Tag ihrer Eröffnung!

»So ein … *Mistkerl*!«, rief Mariella und pfefferte eines der Küchentücher ins Waschbecken.

Erschöpft lehnte sie sich gegen die Kochinsel. Sie würde das niemals alleine schaffen. Das wurde ihr jetzt, in diesem Moment, erst so richtig klar. Und die alte Mariella, ja, die hätte aufgegeben. Sie hätte den Kopf eingezogen und darauf gewartet, dass irgendjemand zu ihrer Rettung eilen würde. Ja, wenn sie ehrlich zu sich selbst war, dann war sie jetzt an genau diesem Punkt, dass sie darauf sogar hoffte. Sie spürte Panik, wollte weglaufen, ersehnte einen Ausweg, eine Tür, die sich leise öffnete und auf der verführerisch *Geh durch!* stand. Sie *musste* all das hier ja nicht machen. Wozu sollte sie sich das also antun?

Mariella hob die Arme und strich sich mit den Händen übers Gesicht. Ihr früheres Leben war so viel bequemer gewesen. Einfacher. Ruhiger.

»Aber ich war nie frei«, flüsterte sie und schüttelte energisch den Kopf. Der kleine Streit mit Celio war ganz und gar unnötig gewesen, das wusste sie. Woher sollte Celio denn wissen, was in ihr vorging? Er hatte es nicht böse gemeint, auch *das* wusste sie. Er wollte doch genauso, dass das hier ein Erfolg wurde. Er wollte etwas aus sich machen, genau wie sie.

Im Grunde hatten sie viel gemeinsam, warum also hatte sie ihn so wegstoßen müssen?

»Weil ich die richtige Balance noch nicht gefunden habe«, beantwortete sie sich ihre eigene Frage.

Sie hatte so Angst davor, wieder in alte Fahrwasser zu geraten, dass sie übersteuerte und jeden von sich stieß, der auch nur ansatzweise Grenzen überschritt, die sie gezogen, von denen sie aber niemandem etwas erzählt hatte. Es waren ihre Grenzen, ihre inneren, ganz eignen, die wahrscheinlich dazu noch übertrieben und übereifrig waren. Aber sie konnte einfach nicht zulassen, wieder jemand anderen über ihr Leben bestimmen zu lassen. Und noch weniger konnte sie zulassen, dass dieses Projekt hier scheiterte, bevor es überhaupt richtig losgegangen war.

Sie drehte sich einmal im Kreis, sah sich um, schob ihren Frust und ihre Ängste beiseite und versuchte, sich zu fokussieren. Sie überlegte gerade, wo sie beginnen sollte, als sie draußen laute Geräusche vernahm.

»Was ist jetzt wieder los?«, fragte sie und stapfte genervt zum Vorraum. Sie öffnete die Tür und steckte den Kopf nach draußen.

»Hallöchen!«, flötete eine Stimme von rechts, und Mariella trat vor die Tür.

Auch Rosa war bereits wach und, wie es aussah, schon voller Tatendrang. Mariella ging auf sie zu. »Schon so früh auf?«, fragte sie.

»Klar. Heute ist ein großer Tag für mich«, erklärte Rosa.

Mariella schaute sich um. Neben Rosas Eingangsbereich waren zahlreiche Bänke und Tische aufeinander gestapelt, außerdem eine mobile Bar, die Rosa gerade zurechtrückte.

»Was wird das?«, fragte Mariella.

»Jubiläumsfeier«, sagte Rosa und winkte Mariella zu sich heran. »Hilf mir mal.«

Mariella blieb wie angewurzelt stehen. »Was für eine Jubiläumsfeier?«

»Meine. Ich habe mein Lokal vor fünf Jahren eröffnet. Auf den Tag genau. Na ja, fast.«

»Fast? *Fast* auf den Tag genau?«

Rosa hielt in ihrer Bewegung inne, richtete sich zu ihrer vollen Größe auf und streckte den Rücken durch. »Haben wir ein Problem, Nachbarin?«

Mariella deutete energisch hinter sich auf ihren Laden. »Heute ist *meine* Eröffnungsfeier!«

»Deine Eröffnungsfeier war doch schon vor … keine Ahnung, damals eben. Als die Party von der *Polizia* aufgelöst wurde.« Rosas dunkelrot geschminkte Lippen verzogen sich zu einem spöttischen Lächeln.

»Die Party wurde überhaupt nicht von der … Rosa! Heute ist *meine* Neueröffnung!«

»*E allora?*«

Mariellas Hände ballten sich zu Fäusten. Wie hatte sie nur jemals denken können, Rosa wäre ihr freundlich gesinnt? Sie war der personifizierte Vamp!

»Das hast du mit voller Absicht gemacht!«, fuhr Mariella sie an und trat ein paar Schritte näher.

Rosa trat daraufhin hinter ihrer rollenden Bar hervor, griff nach einem vollen Wasserglas und hielt es bedrohlich in Mariellas Richtung empor. »Was habe ich?«, fragte Rosa.

»Das Datum *genau so* gewählt!«

»Ich sagte doch gerade, dass heute mein Jubiläum ist!«

»Nein, du hast gesagt, dass dein Jubiläum *fast* heute ist.«

»Heute ist Freitag! Wann soll ich eine Party machen? Montags?«

»Zumindest nicht am selben Tag wie ich!«

»Du hast sie doch nicht mehr alle!«, fuhr Rosa sie an und kam noch ein paar Schritte näher, sodass Mariella ihren Kopf etwas heben musste, um ihr direkt in die Augen sehen zu können. Sie griff nach einer Olivenölflasche, die auf einem der bereits gedeckten Tische stand, und hielt sie nun ebenfalls wie eine Waffe gegen Rosa gerichtet.

»Lass das!«, kreischte diese, als Mariella die Flasche in ihre Richtung schwenkte.

»Lass *du* das! Und sei lieber froh, dass ich kein Messer zu fassen bekomme …«

»Hey, hey, hey! *Signorinas*!«, rief plötzlich eine männliche Stimme.

Rosa und Mariella stoben auseinander wie ein aufgescheuchter Bienenschwarm. Mariella blickte nach links und sah Celio auf sie zulaufen.

»Was ist denn in euch gefahren?«, fragte er und klang überaus belustigt.

»Sie hat angefangen!«, riefen Mariella und Rosa gleichzeitig und deuteten mit der je freien Hand auf die andere.

Celios Blick ging zwischen beiden hin und her. Dann trat er auf Mariella zu und nahm ihr das Olivenöl aus der Hand. »Ich nehm das mal an mich, ja?« Er ging zu Rosa, griff sanft nach ihrer Hand und lächelte. »Und das Wasserglas?«

Rosa reichte es ihm, schenkte ihm ein strahlendes Lächeln, hakte sich bei ihm unter und zog ihn sofort mit sich. »Möchtest du einen Kaffee?«, flötete sie noch im Weggehen.

Celio blieb zögerlich stehen und setzte gerade zu einer Antwort an, da fuhr Mariella dazwischen. »Nein, möchte er nicht!«

Sie stapfte auf die beiden zu, schnappte sich Olivenölflasche und Wasserglas, stellte beides energisch auf dem nächstbesten Tisch und packte Celio am Handgelenk.

»Wir müssen arbeiten!«, fuhr sie Rosa an.

»Pah!«, schnaubte Rosa. »Du weißt doch gar nicht, was Arbeit bedeutet. Du bist nichts weiter als eine reiche Erbin.«

Mariella, die gerade im Begriff gewesen war, Celio mit sich zu ziehen, blieb so abrupt stehen, dass Celio in sie hinein stolperte. Sie fuhr herum und streckte energisch den Arm aus, woraufhin Celio sie an der Hüfte packte und mit sich zog.

Doch das hielt Mariella nicht davon ab, ihr Duell weiterzuführen. »Und du bist … *alt*!«

»*Ragazzina viziata!*«

Mariella stieß einen Laut der Entrüstung aus. Hatte diese eingebildete Person sie tatsächlich gerade eine verwöhnte Göre genannt?

»Selber!«, schleuderte sie wenig schlagfertig zurück.

Gerade als das Wortgefecht auf seinen Höhepunkt zulief, stieß Celio die Eingangstür auf und schubste Mariella sanft, aber bestimmt hinein. Er knallte die Tür hinter sich zu und baute sich mit verschränkten Armen vor ihr auf. »Was genau war das eben?«, fragte er und wirkte erstaunt und belustigt zugleich.

»Gar nichts«, murmelte Mariella und stapfte in die Küche.

Celio folgte ihr. »Du hast sie beleidigt!«

»Habe ich nicht! *Sie* hat *mich* beleidigt.«

»Du hast sie als *alt* bezeichnet!«

»Sie *ist* alt.«

»Ist sie nicht.«

»Sie ist mindestens zehn Jahre älter als du. Entferne mal ihre zehn Zentimeter dicke Make-up-Schicht, dann wirst du schon sehen.«

»Mariella!« Celio lachte auf. »Was ist in dich gefahren?«

»Nichts.« Mariella lief kopflos in der Küche auf und ab, öffnete Schubladen, schloss sie wieder, griff nach dem Gemüsekorb, trug ihn durch die Küche und knallte ihn auf die nächstbeste freie Stellfläche. »Sie macht das absichtlich. Sie will einfach nicht, dass ich auch nur die kleinste Chance habe.«

Celio lief ihr nach, griff nach ihrem Oberarm und zwang sie, stehen zu bleiben. Er rückte ihr einen Stuhl zurecht und drückte sie darauf. »Ich mache dir einen Kaffee«, sagte er und ging mit einem breiten Grinsen zur Kaffeemaschine.

»Das ist alles deine Schuld«, sagte Mariella leise.

»Natürlich ist es das«, sagte Celio und nickte. Seine Stimme triefte so sehr vor Ironie, dass Mariella zusammenzuckte und die Wut erneut aufflammte.

»Ich bin überarbeitet und übermüdet, weil *du* mich im Stich gelassen hast! Und dann kommt … *die da*«, Mariella deutete energisch zur Wand, die an Rosas Haus grenzte, »und macht eine Party am Tag unserer Eröffnung!«

Celio trat auf sie zu und drückte ihr eine volle Tasse Kaffee in die Hand.

»Das hat sie nicht absichtlich gemacht.«

»Natürlich hat sie das! Und wieso verteidigst du sie überhaupt?«

Celio verdrehte die Augen, wandte sich ab und begann, das Chaos zu beseitigen, das Mariella am Vortag veranstaltet hatte.

Sie atmete tief durch und nahm einen Schluck von ihrem Kaffee, was dafür sorgte, dass sie sich etwas beruhigte. »Was machst du da?«

»Aufräumen. So kann man ja nicht arbeiten.«

»Was ist gestern in dich gefahren?«

»Was ist heute in dich gefahren?«, entgegnete er, ohne in seinem Tun innezuhalten.

»Du hast total überreagiert. Warum?«

»Du auch.«

»Wenn du hier nicht arbeiten willst, dann …«

Celio fuhr herum. »Dann was? Machst du alles alleine? Meine Güte, komm mal runter von deinem hohen Ross. Ich arbeite hier, und Punkt. Und du solltest lernen, Hilfe anzunehmen, hör auf, mit … Was ist *das*?« Celio starrte aus weit aufgerissenen Augen auf die Tafel mit Mariellas Menüplanung.

»Das Menü für heute.«

»Wo sind *meine* Gerichte?«

»Die Pasta- und *Focaccia*-Gerichte, die du nicht mit mir abgesprochen hast? Weg.«

»Du bist unmöglich, Mariella.« Celio schüttelte resigniert den Kopf, zog die Mülltüte aus der Tonne und stapfte nach draußen.

Als er zurückkam, erwartete Mariella schon den nächsten Streit, doch Celio stellte sich einfach nur an den mittlerweile sauberen Herd und begann, Töpfe und Pfannen aufzustellen.

»Fängst du mit den Belagen für die *Crostini* an?«, fragte Mariella schüchtern, weil sie nicht riskieren wollte, dass Celio seine Meinung gleich wieder änderte.

»Klar.«

»Okay. Gut. Danke.«

Erleichtert stieß Mariella Luft aus, glitt von ihrem Stuhl und zog sich ihre Schürze über. Er war da. Er würde ihr helfen. Und ja, vielleicht hatte er recht. Vielleicht war sie zu weit gegangen. Aber sie hatte all das doch selbst noch nicht heraus. Sie wollte Chefin sein, hatte aber keine Ahnung, wie das überhaupt ging. Deshalb war sie wohl etwas übers Ziel hinausgeschossen, weil sie sich behaupten wollte. Dabei war Celio doch im Grunde keine Bedrohung. Und er hatte deutlich gesagt, dass er ihr helfen wollte.

Mariella fragte sich, ob sie nicht dennoch ein klärendes Gespräch mit ihm führen müsste. Das gehörte ja wohl auch dazu, wenn man Chefin sein wollte, oder? Doch sie brachte es gerade nicht über sich. Das lag zum einen an ihr selbst, zum anderen aber auch am übergroßen Ego dieses Mannes, der die Macht hatte, sie von einer Sekunde auf die andere völlig aus dem Konzept zu bringen.

Mit diesem Lächeln.

Und diesen Augen.

Und dieser provokanten Art.

Außerdem lief ihr die Zeit davon. Sie würde das Gespräch suchen – aber *nach* der Eröffnungsfeier.

Entschlossen wandte Mariella sich ab. »Ich hole schon mal die Steinpilze«, sagte sie knapp.

»Okay.«

»Danach schneide ich die Zutaten für die Salate.«

»Gut.«

»Du könntest schon mal das Brot schneiden und zurechtlegen und dann die Chutneys holen, die wir für die Platten brauchen.«

»Mach ich.« Er wandte sich um und ging auf die Tür zu, die zum Garten hinterm Haus führte. »Und zwar *nachdem* ich den Rosmarin geholt habe. *Für die Focaccia!*«

Mit diesen Worten ging er hinaus und knallte die Tür hinter sich zu.

14. Kapitel

ABGESEHEN von den Geräuschen, die sie bei ihren jeweiligen Aufgaben verursachten, war es in der Küche bedrückend still. Mariella schmollte und hatte sich vorgenommen, Celio zu ignorieren, sofern sie nicht unmittelbar etwas von ihm benötigte. Celio schien dieselbe Einstellung zu haben, und so arbeitete jeder vor sich hin.

Mariellas Wut war abgeflaut, loderte aber auf kleiner Flamme weiter in ihr. Celio war so unglaublich stur! Sie hatten das Menü doch durchgesprochen – mehr als nur einmal. Und ja, in ihren Besprechungen hatte Celio sie immer wieder darauf hingewiesen, dass sie ihr Angebot variieren sollte, um sich hier langfristig behaupten zu können. Sie hatte das aber nicht hören wollen. *Sie* traf hier die Entscheidungen, das war wichtig. Vielleicht war es ihr ein bisschen zu wichtig, die Grenzen deutlich abzustecken, und ja, vielleicht übertrieb sie es mit ihrer Art.

Aber *er* war nicht viel besser! Er beharrte darauf, seine Ideen durchzubringen, kostete es, was es wollte. Und weil die Eröffnungsfeier heute war und Mariella müde, erschöpft, nervös und angespannt, hatte sie keinerlei Energie mehr übrig, mit Celio zu streiten. Sie hatte überhaupt keine Energie mehr. Also spulte sie ihren Arbeitsplan ab und ließ Celio tun, was Celio eben tun wollte.

Trotzdem sie nur das Allernötigste miteinander sprachen, funktionierten alle Handgriffe reibungslos. Sie schienen sich blind zu verstehen. Wenn sie ein Messer brauchte, lag es schon vor ihr, bevor sie danach fragte, und wenn ein Gericht abgeschmeckt werden musste, reichte sie ihm die richtigen Gewürze, ohne dass er ihr sagte, welche er brauchte.

Das war etwas, das Mariella noch zusätzlich verunsicherte. Sie funktionierten wie ein Schweizer Uhrwerk, obwohl sie ständig zankten wie kleine Kinder. Mariella warf Celio einen Seitenblick zu, während sie neue Zutaten aus dem Kühlschrank holte.

Wie konnte das sein? Was *war* das zwischen ihnen bloß? Wenn da überhaupt etwas war.

Sie schob diesen Gedanken sofort wieder beiseite. Sie wollte nicht über Celio als Mann nachdenken. Noch nicht mal über Celio als Koch. Beides war ihr auf eine Art und Weise, die sie selber nicht wirklich einordnen konnte, zu viel.

Vielleicht war es doch falsch gewesen, sich an ihn zu wenden. Aus emotionaler Sicht ganz sicher. Doch aus beruflicher, aus rein pragmatischer? Da war die Entscheidung goldrichtig gewesen. Celio war ein absoluter Profi, er war eine immense Hilfe, und Mariella wusste, dass er der entscheidende Faktor für ihren Erfolg sein konnte. Sie musste nur alles Emotionale beiseiteschieben …

Doch jeder Handgriff, der von Celio antizipiert wurde, bevor Mariella ihn ansprach, verunsicherte sie noch weiter. Mit steigender Unsicherheit sank gleichzeitig aber auch ihre Wut. Und als alle Vorbereitungen tatsächlich rechtzeitig erledigt waren, holte Mariella zwei Sektgläser aus der Glasvitrine im Laden, füllte Prosecco hinein und ging zurück in die Küche.

»Hier«, sagte sie und drückte Celio ein Glas in die Hand.

»Worauf trinken wir?«, fragte er und klang misstrauisch.

»Auf einen gelungenen Start.«

»Okay. *Salute.*«

Sie nahmen einen Schluck.

»Ich habe meine Gerichte wieder auf die Tafel geschrieben«, sagte er und schien sich direkt auf die nächste Diskussion vorzubereiten.

Sie atmete tief ein. »Habe ich gesehen«, gab sie betont ruhig zurück.

»Gut.«

»Ja. Gut. Hör zu, ich denke, wir sollten uns noch einmal unterhalten. Wegen gestern und … wegen allem.«

Celio nickte. »Ja.«

»Okay.«

Sie setzte schon zu einer kleinen Ansprache an, da hob Celio den Arm. »Aber nicht jetzt.«

»Nein?«

»Nein. Wir müssen uns auf die Eröffnungsfeier konzentrieren. Die Gäste kommen bald. Ich will, dass du dich fokussierst.«

Mariella nickte und ignorierte seine Bevormundung. Sie wusste, dass er es im Grunde gut meinte, selbst wenn er offenbar nicht in der Lage war, das sensibler und der Situation angemessener zu formulieren.

»Ja, du hast recht«, sagte sie daher. »Aber eines möchte ich trotzdem gerne ansprechen. Ich … hätte einen Vorschlag.«

»Aha?«

Sie nahm noch einen Schluck. »Heute ist ja so eine Art Testlauf. Wir können auf Dauer nicht alle Gerichte anbieten. Und wir beide haben keine Lust, uns ständig zu streiten. Wir brauchen also eine sinnvolle Lösung, eine, mit der wir beide und unsere beiden Egos leben können.«

Celio lachte kurz auf und prostete ihr zu.

»Also dachte ich …«

»Ja?«

»Wir machen einen Wettbewerb daraus.«

»Einen Wettbewerb«, wiederholte Celio und starrte sie an, als hätte sie gerade vorgeschlagen, auf eine gemeinsame Fastenkur zu fahren.

»Ja. Jene Gerichte, die heute am meisten bestellt werden, kommen auf die Tafel.«

Celio spitzte die Lippen und dachte nach. »Okay«, sagte er dann.

»Gut.«

»Aber ich warne dich …«, sagte er dann und schenkte ihr ein betont charmantes Lächeln.

»Vor?«

»Ich werde meine Gerichte besonders gut bewerben.«

Mariella reckte das Kinn in die Höhe. »Gut. Denn dasselbe werde ich auch tun.«

Er streckte die Hand aus, und sie griff danach. »Möge der Bessere gewinnen.«

Mariella nickte. »Oder *die* Bessere.«

Die zweite Eröffnungsfeier war ein voller Erfolg. Die Tatsache, dass Rosa zur selben Zeit ihre Party schmiss, hatte nur ganz zu Beginn zur Verwirrung einiger Gäste geführt. Tatsächlich überschnitten sich Mariellas und Rosas Angebote kaum, immerhin führte Rosa ein *Ristorante*, das die klassisch italienische Menüfolge anbot, während Mariellas Fokus auf *Antipasti* und *Aperitivi* lag. Von der Gewerbebehörde war niemand aufgekreuzt, und Mariella nahm an, dass dies an der vollumfänglichen Konzession lag, die sie dank Celio nun besaß. Sicher würde in den nächsten Wochen jemand kommen, um zu prüfen, ob sie und Celio alles einhielten. Doch allein die Tatsache, dass sie nun nicht nur mit einem Koch, sondern mit einem ausgebildeten, männlichen, italienischen Koch aufwarten konnte, schien dafür zu sorgen, dass man ihr nun mehr zutraute.

Einerseits fuchste es Mariella, dass sie *mal wieder* jemanden benötigte, der sie unterstützte. Andererseits versuchte sie auch zu akzeptieren, dass es ganz alleine nun mal nicht ging. Und die Bilanz des heutigen Abends sprach bisher ganz eindeutig dafür, dass sie und Celio ein gutes Team waren.

Sie stand im Laden und lauschte den mittlerweile bekannten Geräuschen, die Celio verursachte, während er in der Küche hantierte. Sie lächelte, als sie durchs Fenster sah, dass Letizia und Andrea auf ihr Bistro zukamen. Sofort lief sie nach draußen, um sie zu begrüßen. Direkt hinter ihnen folgten Emilia und Aurelio, auch Giampaolo war mit von der Partie.

»Ihr seid alle gekommen!«, stieß Mariella glücklich aus und führte die kleine Gruppe zu einem freien Tisch.

»Natürlich sind wir gekommen«, sagte Andrea und klopfte ihr auf die Schulter.

»Ich wollte eigentlich schon vor Stunden kommen, um zu helfen«, erklärte Letizia und blickte dann zu Andrea. »Aber mein Mann hat es mir verboten.«

Andrea nickte. »Du musst deine Schützlinge auch mal von der Leine lassen, *amore*.«

Die beiden warfen sich einen Blick zu, der Mariellas Herz zum Schmelzen brachte. Dann wandte sie sich Emilia und Aurelio zu, die ein ähnlich harmonisches Bild abgaben. Aurelio hatte seinen Arm um Emilia gelegt, und sie strahlte ihn glücklich an.

Das muss so schön sein, dachte Mariella, und ein kleiner Stich fuhr ihr ins Herz. Sie vermisste das. Sie wollte und konnte es sich nicht eingestehen, nicht nach allem, was hinter ihr lag. Aber sie war immer gern in einer Beziehung gewesen, hatte gern einen Partner an ihrer Seite gehabt. Ja, sie hatte es sogar immer gehasst, alleine zu sein. Das war einer der Gründe, warum sie jetzt das Gefühl hatte, so verloren durchs Leben zu stolpern.

»Wie läuft's, *Signorina*?«, fragte Giampaolo da und blickte sie über seine großen Brillengläser hinweg an.

Mariella schob ihre Gedanken beiseite und fokussierte sich auf den alten Mann. Sie hatte das Gefühl, etwas Wissendes in seinem neugierigen Blick zu erkennen. »Gut, danke«, antwortete sie. »Es läuft wirklich gut.«

»Ich sehe, Sie haben Ihren Koch zurückbekommen?«

»Ja, habe ich.«

»Gut, dass Sie Ihren Stolz runtergeschluckt haben und über Ihren Schatten gesprungen sind.«

Mariella zog die Augenbrauen zusammen. »Das hat überhaupt nichts mit Stolz zu tun!«

»Natürlich hat es das. Wollen Sie mir jetzt endlich etwas zu trinken anbieten, oder was?«

»Geduld ist eine Tugend, Gianni«, sagte Emilia grinsend und legte ihre Hand auf die seine.

»Ich wollte der Kleinen ein bisschen Beine machen, bevor sie hier Wurzeln schlägt.«

Aurelio lachte auf, und Emilia blickte Mariella entschuldigend an. »Ignorier ihn einfach. In meinen ersten Wochen hier hat er mir die Hölle auf Erden bereitet.«

»Da hab ich dich noch nicht gekannt«, warf Giampaolo ein.

»Du hast den mürrischen alten Mann gemimt, bis ich fast den Verstand verloren habe!«

»Ich *bin* ein alter, mürrischer Mann.«

»Das knippst du an und aus, wie es dir beliebt. Und jetzt lass die arme Mariella arbeiten, und gib mir die Menükarte.«

»Ich bringe euch zuerst eine Runde *Spumante* auf's Haus«, sagte Mariella.

»Tu das, *cara*«, gab Letizia zurück. »In der Zwischenzeit studieren wir deine Menükarte, und nach dem Anstoßen kannst du uns ein paar Empfehlungen geben.«

»Das mache ich gern. Ich ...«

Mariella unterbrach sich, als sie sah, dass neue Gäste eintrafen. »Entschuldigt mich bitte. Und ...« Sie blickte alle noch einmal an und schenkte ihnen ein dankbares Lächeln. »Danke. Danke, dass ihr hier seid, um mich zu unterstützen.«

Dann setzte sie sich in Bewegung und steuerte auf die neuen Gäste zu, die gerade Platz nahmen. Sie blickte über die Schulter und stellte erleichtert fest, dass Celio die Neuankömmlinge noch nicht registriert hatte. Was zugleich einen kleinen Wettbewerbsvorteil für sie selbst bedeutete.

Lächelnd ging sie auf die neuen Kunden zu, nicht ohne sich zu vergewissern, dass alle übrigen Gäste noch gut versorgt waren.

»Einen wunderschönen guten Abend«, sagte sie und tippte mit dem Zeigefinger auf die Miniversion der Menütafel, die sie in der Küche, im Laden und außen neben der Eingangstür hängen hatte. »Hier finden Sie unser heutiges Tagesmenü. Auf der Vorderseite gibt es köstliche *Antipasti Freddi*, kalte Vorspeiseplatten, Salate, kalte *Crostini*. Auf der Rückseite finden sie *Antipasti Caldi*, kleine warme Vorspeisen, warme *Bruschette* und Pasta. Dazu servieren wir lokale *Aperitivi* und Weine. Eine Weinempfehlung kann ich Ihnen gerne zu jedem Gericht anbieten.«

Sie hörte die ihr mittlerweile bekannten »Hmms« und »Ooohs«, als die Gäste die kleine Menütafel auf ihrem Tisch studierten. Sie wusste, dass sie die Pasta eigentlich anders hätte anpreisen müssen. Celio hatte sie als »Pasta-Häppchen« bezeichnet, aber *seine* Gerichte zu empfehlen, war nicht ihre Aufgabe.

Mariella stützte sich auf dem Tisch ab und sagte in verschwörerischem Tonfall: »Der Salat mit gerösteten Pinienkernen und sonnengetrockneten Tomaten ist zum Sterben gut, das kann ich Ihnen versichern. Dazu passen die *Crostini* mit dem frischen Petersilien-Zitronen-Pesto hervorragend. Das ist ein Rezept meiner verstorbenen *Nonna*, Gott hab sie selig.«

Sie richtete sich auf und nahm das anteilnehmende Gemurmel auf, während sie ihren Bestellblock zückte. An jedem anderen Tag und Ort hätte sie sich für ihre eigene Vorstellung in Grund und Boden geschämt – insbesondere für die rührende Ich-vermisse-meine-Oma-so-sehr-Andeutung. Doch nicht hier und nicht heute. Der Ehrgeiz hatte sie gepackt, und sie hatte nicht vor zu verlieren.

»Wir haben auch eine frisch gebackene *Focaccia* mit Rosmarin aus Großmutters Garten, die köstlich ist. Aber ich warne Sie vor ...« Mariella lächelte strahlend. »Die ist sehr gehaltvoll, und Sie wollen ja nicht Ihren Magen gleich zu sehr füllen.«

Die Gäste nickten und gaben ihre Bestellung auf. Mariella nahm aus dem Augenwinkel wahr, wie nun Celio die Bühne betrat. Und was für ein Anblick er war! Groß, selbstsicher, würdevoll, mit diesem erhabenen Blick und dem stolzen Lächeln. Er trug eine olivgrüne Kochjacke, die perfekt zu seinen strahlend grünen Augen passte und die er, wie Mariella verärgert feststellte, nur anzog, wenn er sich seinen Gästen präsentierte. Er zog alle Blicke auf sich, insbesondere die der Frauen, und Mariella verspürte einen kurzen Anflug von Unsicherheit.

Dieses Gefühl verschwand allerdings sofort, als Celio an ihr vorbeiging, mit dem Finger sanft über ihren Unterarm streifte und ihr zuzwinkerte. Es war wie ein Stromstoß, der sie da durchfuhr, und sie beeilte sich, nach drinnen zu kommen, bevor sie sich die preisenden Worte ihres Kochs über seine Pasta-Häppchen mit Steinpilzcreme, Basilikumpesto und Pistazien-Paprika-Salsa anhören musste.

»Das ist super gelaufen«, sagte Celio drei Stunden später, als er mit dem letzten Tablett voll benutztem Geschirr in die Küche kam.

Alle Gäste waren bereits gegangen, in der Küche herrschte – mal wieder – das pure Chaos, und sie hatten lange Stunden des Aufräumens vor sich.

»Ja, ist es. Danke, Celio.«

»Wofür?«

»Für alles. Bei der ersten Eröffnungsfeier war ich alleine. Na ja, nicht ganz, Letizia und Andrea haben bei den Vorbereitungen geholfen, trotzdem … Ich merke, was für ein Unterschied es ist. Es ist wirklich eine große Hilfe, jemanden zu haben … Du weißt schon.«

»Dafür hast du mich eingestellt, oder?«

Mariella nickte und lächelte ihn dankbar an.

Celio rückte zwei Stühle zur Kücheninsel, setzte sich auf den einen und deutete auf den anderen. Mariella setzte sich neben ihn.

»Bereit?«, fragte er.

»Wofür?«

»Für die große Auflösung. Welche Gerichte wurden am meisten bestellt?«

Mariella hatte die Bestellbons noch nicht ausgewertet, doch das musste sie auch nicht. Stattdessen hatte sie während der Bestellungen insgeheim eine Strichliste geführt. Die zog sie nun aus ihrer Hosentasche und legte sie mit triumphierendem Lächeln auf den Tresen.

»Was?«, fragte Celio und lachte. »Denkst du, du bist die Einzige, die mitgeschrieben hat?«

Er zog ebenfalls einen Notizblock hervor und legte ihn neben Mariellas.

»Oh«, sagte sie und lächelte. »Da sind wir uns wohl gar nicht so unähnlich.«

»Sieht so aus. Ich dachte ja, *ich* sei ehrgeizig. Aber du … Wahnsinn.«

Mariella warf Celio einen Seitenblick zu und begann, mit einem Stift unbestimmte Muster auf ihre Strichliste zu malen. »Was meinst du?«

»Wie du deine Gerichte angepriesen hast … Ich muss schon sagen, da ist selbst mir das Wasser im Mund zusammengelaufen. Fast hätte ich vergessen, meine eigenen Rezepte zu promoten.«

Mariella lachte und spürte, dass ihre Wangen vor Stolz glühten. »Na ja, es sind ja … Großmutters Rezepte, nicht meine.«

»Aber du lässt sie weiterleben. Und ich bin sicher, sie ist dir sehr dankbar dafür. Übrigens …«

»Ja?«

»Das mit der *Focaccia* habe ich gehört.«

Mariella zuckte kurz zusammen und blickte dann prüfend in Celios Gesicht. Doch er wirkte nicht verärgert, sondern eher amüsiert.

»Du hast also unfaire Mittel angewandt, ja?«, hakte er nach und zwinkerte.

»Nur ein bisschen«, gab sie zu.

Er nickte, und sie hatte das Gefühl, so etwas wie Anerkennung in seinem Blick zu sehen. Mariella räusperte sich. Wann, wenn nicht jetzt, war der richtige Zeitpunkt, ein klärendes Gespräch zu führen. Die Anspannung und der Stress lösten sich gerade, und zwischen ihnen herrschte zur Abwechslung mal eine gute Stimmung. »Hör zu, Celio … ich wollte dich nicht bevormunden oder so was. Es tut mir leid, was gestern passiert ist. Ich bin … ich bin nicht so gut darin, Chefin zu sein.«

Celio schnaubte belustigt. »Gott, nein. Du bist richtig mies darin. Aber das ist okay. Das ist … unterhaltsam. Du wirst es noch lernen.«

»Meinst du?«

Er nickte. »Ganz sicher. Außerdem … war es nicht nur deine Schuld. Ich sollte mich wohl auch entschuldigen.«

»Ach ja?« Mariella warf ihm einen auffordernden Blick zu und grinste.

»Ich bin nicht sehr gut darin, mich zu entschuldigen.«

»Offensichtlich.«

»Manchmal übertreibe ich es mit … na ja, mit meinem Ehrgeiz. Ich weiß das. Als ich so abrupt nach unserem kleinen Streit gegangen bin, wurde mir nach kurzer Zeit auch klar, dass ich überreagiert habe. Das ist … na ja, das passiert mir leider öfter. Ich hätte anrufen sollen, aber … es ist schwierig für mich. Ich tue mich sehr schwer mit solchen Dingen. Deshalb habe ich mir angewöhnt, immer einmal drüber zu schlafen, wenn ich in eine solche Situation geraten bin. Verstehst du? Weil ich dazu tendiere, meinen Emotionen das Kommando zu überlassen. Wenn ich mir aber Zeit gebe, mich zu beruhigen, kann ich am nächsten Tag alles noch mal neu bewerten. Und so war es auch nach unserem Streit. Ich bin aufgewacht und habe mich wie ein Idiot gefühlt. Ich hätte dich nicht im Stich lassen dürfen. Nicht vor deinem großen Tag.« Er schüttelte den Kopf und zuckte in einer entschuldigenden Geste mit den Schultern. »Solche Dinge sind einfach schwer für mich. Manchmal.«

Mariella blickte Celio betroffen an. Eine so offene Erklärung hatte sie nicht erwartet. Und sie hatte ihm auch nicht zugetraut, dass er in der Lage war, offen zu seinen Schwächen zu stehen. Sie war mehr als überrascht. »Wieso?«, fragte sie sanft nach. »Wieso ist es schwer für dich?«

Mariella stützte einen Ellbogen auf die Oberfläche der Kücheninsel und beugte sich etwas nach vorn. Celio sah sie nicht an. Stattdessen griff er zu einem Kugelschreiber und begann nun seinerseits, wahllose Symbole auf seinen Notizblock zu kritzeln. Mariella musste lächeln.

»Ich wollte nicht Koch werden«, erklärte er leise, den Blick starr auf den Notizblock gerichtet. »Ich wollte studieren. Verreisen. Na ja, einfach mehr. Ich war ziemlich gut in der Schule. Besser als alle anderen. Doch das ist im Süden, in meiner Heimat, nicht so wichtig, weißt du? Eltern erwarten von ihren Kindern, dass sie den Familienbetrieb übernehmen und vorher eben mithelfen. Meine Eltern betreiben eine kleine Landwirtschaft, und ihnen war es ziemlich egal, ob ich gut oder schlecht in der Schule war. Hauptsache, ich würde sie schnell abschließen. Doch ich hatte einen Lehrer, der Potenzial in mir gesehen hat. Er hat mich sehr unterstützt und mir … nun … Flausen in den Kopf gesetzt, wie mein Vater gesagt hat. Und diese haben mich nicht mehr losgelassen, und mithilfe meines Lehrers habe ich ein Stipendium an einer Universität bekommen.«

»Das ist großartig«, sagte Mariella.

»Na, da waren meine Eltern ganz anderer Ansicht, aber das war mir egal. Ich habe begonnen, Betriebswirtschaft zu studieren. Ich wollte etwas machen, das es mir ermöglicht, ein Unternehmer zu werden. Ich wollte jemand sein, der innovativ ist, geistreich, der etwas *bewirken* kann.«

»Aber?«, fragte Mariella, weil sie ahnte, dass die Geschichte gleich eine Kehrtwende nehmen würde.

»Aber ich habe eine Frau kennengelernt. Und sie geschwängert. Ich habe mir meinen eigenen Weg verbaut. Es ist hart, das auszusprechen, weil ich meine Tochter sehr liebe, aber … so sehe ich es nun mal. Ich hätte mehr aus mir machen können. Viel mehr. Und manchmal habe ich damit Probleme. Nein, eigentlich … eigentlich habe ich oft damit Probleme.«

Mariella schüttelte den Kopf, streckte den Arm aus und legte ihre Hand auf Celios. »Ich finde, du bist ein großartiger Koch. Auch, wenn es nicht dein Lebenstraum war, aber du hast sicher das Beste daraus gemacht.«

»Wer als Koch etwas aus sich machen will, benötigt eine internationale Ausrichtung, Mariella. Der muss im Ausland arbeiten. Das konnte ich nicht. Wegen Mia.« Er schüttelte wieder den Kopf und starrte mit leeren Augen vor sich hin, als könne er nach all den Jahren immer noch nicht fassen, wie das alles hatte passieren können. »Ich habe nicht das Beste aus mir herausgeholt. Nicht als Koch. Und auch nicht als Mann.«

Mariella nickte. »Glaub mir, ich verstehe es nur allzu gut, wenn man mit den eigenen Lebensentscheidungen nur schlecht zurande kommt. Aber es geht immer vorwärts, oder?«

Nun wandte Celio sich ihr zu. Er hatte aufgehört, Symbole zu malen, und ließ den Kugelschreiber aus der Hand fallen. Sie sahen sich einen Moment lang in die Augen, und Mariella wartete darauf, dass er etwas sagen würde. Aber das tat er nicht. Er sah sie einfach nur an.

»Ich weiß nicht, was das hier ist«, sagte er so leise, dass seine Worte kaum mehr als ein Flüstern waren.

Mariella schluckte. Plötzlich saß da nicht mehr der stolze, etwas zu arrogante Koch mit dem stechenden Blick und dem süffisanten Lächeln vor ihr. Nein, auf einmal war da ein schüchterner Mann, der sie aus großen Augen fragend anblickte.

»Ich auch nicht«, gab sie wahrheitsgemäß zurück.

»Ich bin mit einem … bestimmten Ziel hierhergezogen. Und ich weiß nicht, ob ...« Er brach ab und machte eine hilflose Geste mit den Händen, die alles und nichts umfasste.

Obwohl alles so vage war, obwohl die Worte kaum Sinn ergaben, obwohl da so viel war, das zwischen den Zeilen stand und das Celio unausgesprochen ließ, wusste Mariella sehr genau, was er fühlte. Denn sie empfand exakt dasselbe. Sie konnte all das so gut nachempfinden, war sie doch im Wesentlichen in derselben Situation wie er.

Für sie war das hier zu viel. Eindeutig. Und für ihn ebenfalls. Er wollte sich weder mit seinen Emotionen noch mit einer Frau auseinandersetzen. Er wollte sein Ziel verfolgen. Ja, all das wusste Mariella. Weil es ihr genauso ging. In diesem Augenblick waren sie eins, er und sie. Sie dachten und fühlten dasselbe, und es waren keine Worte nötig, der intensive Blick, den sie austauschten, reichte.

Wir sollten das lassen, sagte ihr Blick.

Ja, sollten wir, antwortete seiner.

Doch sie ließen gar nichts. Sie sahen einander weiter an, kommunizierten, ohne zu sprechen.

Und dann, ganz plötzlich, veränderte sich sein Blick. Eine Entschlusskraft erschien darin, so, als hätte er in diesem Moment eine Entscheidung getroffen. Er beugte sich vor und legte ihr die Hand auf die Wange.

»Mariella«, flüsterte er lächelnd, als wollte er ihren Namen kosten.

Das Herz pochte ihr bis zum Hals. Ihr Verstand war nicht mehr greifbar, hatte sich in Luft aufgelöst, war verschwunden. Da waren nur noch diese grünen Augen und die Berührung auf ihrer Haut, die ihren Körper zum Kribbeln brachte.

Sie lehnte sich vor. Ihre Lippen berührten sich. Und plötzlich war alles andere egal.

III.

»La migliore maestra di vita è l'esperiezna –
Ma arriva quando ormai è troppo tardi.«

(italienisches Sprichwort)

(»Die beste Lehrerin ist die Erfahrung –
Aber sie kommt erst, wenn es zu spät ist.«)

Auszug aus Nonna Marias Tagebuch

Den nächsten Abschnitt meines Lebens zu beschreiben, wird schwierig. Das ist schon irgendwie eigenartig, weil ... nun ... da gab es meine erkaltete Ehe und die häusliche Gewalt und den Tod. All das lag hinter mir und doch ... doch lag das Schmerzhafteste noch vor mir.

Aber von Anfang an.

Ich wagte es. Ich räumte mein Haus um. Aus dem oberen Kinderzimmer wurde das Wohnzimmer, und aus dem ehemaligen Wohnzimmer in der Mitte des Erdgeschosses wurde ein leerer Raum. Ein Raum, der meine Zukunft werden sollte. Ein Laden. Der Schlüssel in die Selbstständigkeit.

Ich brauchte Monate, um mich zu entscheiden, was ich damit anfangen sollte, was ich wagen sollte. Es gab durchaus viele Möglichkeiten. Souvenirs, Blumen, Lebensmittel, Kleidung, Dekoration ...

Doch meine Gedanken gingen immer und immer wieder zum Kochen zurück. Ich wusste, dass ich kein Restaurant aufmachen konnte. Dazu fehlte mir die Berufserfahrung. Doch etwas in abgeschwächter Form, das es mir ermöglichen würde, selbstgekochte Produkte zu verkaufen.

Ein Delikatessenladen.

Denn wenn ich schon nicht viel konnte, so wusste ich doch, dass ich eines ganz vorzüglich beherrschte: das Kochen.

Giampaolo half mir, wenn es seine Zeit erlaubte. Er hatte eine Kochkarriere hinter sich, sogar eine sehr erfolgreiche. Er wusste so viel, half so viel, ermutigte mich. Er zeigte mir alles. Ich meisterte eine Hürde nach der anderen, und rückblickend betrachtet kann ich gar nicht glauben, wie reibungslos alles verlaufen ist. Es hätte so vieles passieren können. Ich hätte alles verlieren können.

Wenn man jung ist, bringt man wohl leichter den Mut auf, neue Dinge zu probieren. Mit dem Alter kommt die Vorsicht, aber im

Grunde ist das keine besonders gute Einstellung, wenngleich sie doch sehr italienisch ist.

Vorsicht ist die Mutter der Porzellankiste, richtig? Richtig!

Und genau das habe ich versucht, meiner Tochter beizubringen. Ich habe so viel für mich gelernt, habe mich so sehr weiterentwickelt, als Frau, aber auch als Mutter.

Vielleicht war es zu spät. Vielleicht ist die Zeit, in der wir Einfluss auf unsere Kinder haben, weitaus begrenzter, als wir glauben. Denn als ich begann, meiner Tochter meine neue Lebensphilosophie nahezubringen, wollte sie mich gar nicht mehr hören. Sie war erwachsen. Jedenfalls dachte sie das. Dabei war sie gerade erst neunzehn. Man hält sich in diesem Alter einfach für wer weiß wie eigenständig, doch man ist es nicht. Man ist ein Kind im Geiste, einzig der Körper ist voll ausgebildet. Doch was sagt das Geburtsdatum schon über die eigene Reife aus?

Nichts. Gar nichts.

Ich musste bereits mit siebzehn lernen, erwachsen zu sein und Verantwortung für ein Lebewesen zu übernehmen. Obwohl ich damals dachte, ich würde genau wissen, was zu tun ist, so frage ich mich jetzt, so viele Jahre später, wie ich nur so naiv sein konnte.

Ich wusste gar nichts.

Und als ich endlich begriffen hatte, wie das Leben eigentlich funktionierte, war es schon zu spät.

Meine Tochter hatte jemanden kennengelernt und war auf dem besten Wege, mein Leben zu leben. Heiraten, Mutter und Hausfrau sein. Sie hatte keinerlei Bedürfnis, auf eine Universität zu gehen, obwohl ich mir das nötige Geld vom Mund abgespart und zurückgelegt hatte. Doch sie wollte es nicht. Nicht für ein Studium jedenfalls. Nein, aber für den Umzug. Oder die Hochzeit. Oder die Einrichtung des prachtvollen Hauses, das ihr neuer Mann ihr in Deutschland gebaut hatte.

Mir waren die Hände gebunden. Ich fühlte mich wie gelähmt.

Wieso lebte sie dieses Leben, wenn ich doch gerade dabei war, ihr ein anderes zu ermöglichen? Sie hätte so viel mehr tun können. Ich habe ihr so viel mehr gewünscht.

Doch sie entzog sich meiner Aufsicht und meinem Einflussbereich. Sie ging fort, heiratete, bekam ein Kind, ein zweites, ein drittes, ein viertes. Es war eine Kopie des Lebens, das ich hätte haben sollen, das ich aber nie haben wollte. Und mir graute davor. Mir graute!

Vielleicht hätte ich nie etwas sagen sollen, doch das Schweigen liegt mir nicht sehr gut. Weder die konservative Erziehung meiner Eltern noch die Schläge meines Mannes konnten mir je beibringen, meinen Mund zu halten.

Eine Zeit lang habe ich dennoch geschwiegen. Ich wollte nicht, dass die Distanz zwischen meiner Tochter und mir noch größer wird. Und dann, als ihr viertes Kind zur Welt gekommen war, ein Mädchen, das meine Tochter nach mir benannt hatte, schöpfte ich Hoffnung. Nicht, weil ich mich dem irrationalen Gefühl hingab, die Namenswahl meiner Tochter hätte etwas mit Liebe oder Zuneigung mir gegenüber zu tun. Ich wusste es besser. Sie hatte ihren ersten Sohn nach ihrem Vater benannt und ihre erste Tochter nach ihrer Mutter. Sie hatte einfach eine italienische Tradition gewählt, denn das war es, was ihr wichtig war.

Tradition.

Ein konservatives Leben.

Ich konnte es einfach nicht verstehen.

Und doch ... Die Tatsache, dass da ein neues Lebewesen auf die Welt gekommen war, das meinen Namen trug, löste etwas in mir aus. Vielleicht war es doch noch nicht zu spät. Vielleicht gab es noch eine Chance, die Beziehung zwischen meiner Tochter und mir zu verbessern und am Leben meiner Enkelin teilhaben zu können. Viele Möglichkeiten hatten wir natürlich nicht, sie kamen ja nur zweimal im Jahr auf Besuch. Diese Zeit wollte ich nutzen. Ich wollte eine vorbildliche Mutter und Großmutter sein. Für meine Tochter und für meine vier Enkel, allen voran für Mariella, die kleine Maria.

Ich riss mich zusammen. Ich hielt meinen Mund. Doch mit jedem Jahr wurde der Drang in mir stärker. Ich wollte doch nur wissen, ob sie glücklich war. Ich wollte nur wissen, ob sie dieses Leben wirklich wollte! Es gab so viele Möglichkeiten für sie. Und auch mit vier Kindern hätte meine Tochter noch etwas mehr aus ihrem Leben machen können. Mehr, als meinem Schwiegersohn die Zeitung zu bringen, die Hausschuhe nachzutragen und ihm beim Oster- und Weihnachtsfest ungefragt Nachschlag zu holen, aufzuspringen, bevor er einen Wunsch äußern konnte … Sie konnte mehr als für ihn zu leben.

Ich wollte doch nur, dass sie lernte, auch mal für sich zu leben.

Also habe ich sie irgendwann direkt danach gefragt. Sie beharrte darauf, glücklich zu sein. Ich wollte ihr nicht glauben. Ich konnte ihr nicht glauben – und ja, jetzt weiß ich sehr wohl, dass es ein Fehler war, so zu reagieren. Denn das Gespräch ging in rasanter Geschwindigkeit in eine Richtung, die völlig falsch war. Plötzlich kam alles hoch. Nicht bei mir, sondern bei meiner Tochter. All die Dinge, die sie vielleicht immer schon so gesehen, mir aber nie ins Gesicht gesagt hat. Vielleicht, weil sie mich nicht verletzen wollte. Vielleicht auch, weil sie das unterkühlte Verhältnis, das wir ohnedies schon hatten, nicht weiter strapazieren wollte.

Es war meine Schuld. Ich hätte die wenige Zeit, die ich mit meiner Familie verbracht habe, besser nutzen müssen. Ich hätte die stille, liebende, gütige Nonna Maria mimen sollen. Doch die Rolle lag mir nicht, hatte mir noch nie gelegen.

Ich habe zu viel nachgefragt, und dann … ja, dann habe ich die ganze Wahrheit zu hören bekommen. Dass ich keine gute Mutter gewesen war. Dass ich nie für sie da gewesen war. Dass ich immer mein eigenes Glück in den Vordergrund gestellt hatte. Dass ich meine Tochter nur als Klotz am Bein betrachtet hatte. Und dass ich nicht für sie da war, als ihr Vater starb. Nicht genug jedenfalls. All das hatte meine Tochter mir ins Gesicht geschrien.

Dann war sie abgereist und nie wieder gekommen.

15. Kapitel

MARIELLA las den Tagebucheintrag, und als sie damit fertig war, las sie ihn erneut. Dann klappte die das Buch zu und starrte an die Wand gegenüber, an der all die vielen Kalenderabschnitte hingen.

»Das ist doch totaler Blödsinn«, sagte sie und legte das Tagebuch beiseite. Sie hatte den Eintrag so oft gelesen, doch sie verstand noch immer nicht richtig, warum ihre Familie zugelassen hatte, derart auseinandergerissen zu werden. Über so etwas konnte man doch reden, wenn die Emotionen mal abgekühlt waren und die Vernunft wieder Oberhand gewonnen hatte. Wie hatte ihre Mutter das zulassen können? Und ihre Großmutter? Das war alles so was von unsinnig und kindisch!

Sie seufzte, stand auf und ging nach unten in die Küche. Heute war das Bistro geschlossen. Sie hatte sich mit Celio nach der Eröffnungsfeier auf zwei freie Tage die Woche geeinigt, zumal sie sich erst von dem Stress des Abends erholen mussten.

Ihr Blick fiel auf die Kücheninsel, auf der nach wie vor beide Blöcke mit den Strichlisten lagen. Sie waren nicht mehr dazu gekommen zu prüfen, wer gewonnen hatte. Und eigentlich war es auch total egal.

Weil er sie geküsst hatte. Schon wieder.

Und sie hatte es gewollt. *Schon wieder.*

Oder hatte sie ihn geküsst? Oder sie sich gegenseitig?

Mariella fuhr sich mit den Händen durchs Gesicht und lehnte sich gegen die Theke. Was war bloß los mit ihr? Hatte sie nicht endlich mal genug von diesen komplizierten Liebesgeschichten? Sie hatte eine Ehe hinter sich! Eine Ehe, aus der sie doch wohl irgendetwas gelernt haben musste. Sie konnte sich nicht wieder an einen Mann binden. Auf gar keinen Fall! Sie wusste doch noch nicht mal richtig, wer sie selber war. Und wie sollte das überhaupt funktionieren? Wie sollten sie denn miteinander arbeiten? Die Grenzen waren auch so schon weniger als mau abgesteckt. Küsse zwischen Kochtöpfen und *Crostini*-Platten würden das wohl kaum besser machen.

Und Celio!

Der war einfach davongestürzt. Auf und davon. Er hatte plötzlich so erschrocken von Mariella abgelassen, als wäre sie spontan in Flammen aufgegangen. Etwas war anders gewesen. Er hatte sie schon mal geküsst, doch der Kuss damals war komplett anders gewesen. Spielerisch, unbeschwert, ohne einen Gedanken an Konsequenzen. Vielleicht war es auch eine kleine Provokation. Den ersten Kuss hatte sie von dem Celio erhalten, der sich der Welt da draußen präsentierte. Den zweiten hingegen von jenem Celio, der hinter meterdicken Mauern versteckt war. Jenem Celio, der unsicher und unzufrieden war, der Angst hatte, nie den richtigen Weg zu finden, nie das Beste aus sich herausholen zu können. Ja, der zweite Kuss stammte von jenem Celio, den er selbst nicht ausstehen konnte und den er, das war Mariella nun klar geworden, bewusst versteckte und, wenn er konnte, bekämpfte.

Was also jetzt?

Er war einfach davongelaufen. Wieso hatte er nicht mit ihr reden wollen? Sie hätten doch alles in Ruhe besprechen können. Sie waren erwachsene Menschen! Auch wenn Celio ein Problem damit hatte, Schwäche zu zeigen, so hätte er sich doch zumindest für einen kleinen Moment zusammenreißen können.

»Wieso ist immer alles so kompliziert?«, murmelte Mariella.

Es war genauso wie bei ihrer Großmutter und ihrer Mutter. Nahezu albern war es und so sinnlos und nichtig. Ihre Großmutter war mit den Lebensentscheidungen der Tochter nicht einverstanden gewesen und hatte hie und da mal einen entsprechenden Kommentar abgelassen und dann – was? Funkstille? Innerfamiliärer Krieg? Und schon war ihre Großmutter bis zum Ende ihrer Tage nur noch die »böse Hexe«.

Das war doch totaler Schwachsinn!

»Wie stur kann man sein?«

Mariella griff nach einer silbernen Servierplatte und begann, sie zu polieren. Dann sah sie ihr Spiegelbild darin und hielt inne. Sie war doch nicht viel besser. Sie war *überhaupt* nicht besser. Was lief denn zwischen ihr und ihrer Mutter? Genau dasselbe.

»Muss wohl in der Familie liegen«, flüsterte Mariella und legte die Platte ins Regal.

Sie musste ihre Mutter anrufen. Sie mussten miteinander reden und diesen ganzen Irrsinn klären. Dann *war* ihre Mutter eben nicht einverstanden mit dem Leben, das Mariella gewählt hatte. Sie waren beide erwachsene Frauen, sie würden wohl damit umgehen können, anderer Meinung zu sein. Und diese Funkstille zwischen ihr und ihrer Mutter konnte ja nun nicht ewig anhalten, jedenfalls hatte Mariella nicht vor, denselben Fehler zu machen wie ihre Mutter und ihre Großmutter.

Aber jetzt war nicht der richtige Moment.

Noch war sie nicht so weit.

Sie musste nur an das letzte schmerzhafte Telefonat mit ihrer Mutter denken, und die Wut flammte wieder auf. So konnte sie sie nicht anrufen. Sie würden nur streiten. Und alles würde noch schlimmer werden.

»Aber ich könnte etwas anderes tun …«

Kleine Schritte, sagte Mariella sich, während sie durch den Laden in den Vorraum und dann zur *Piazza* hinaus ging. Sie musste einen Schritt nach dem anderen machen. So entwickelte man sich schließlich weiter. Und ihr nächster Schritt war gut. Ein super Entschluss. Einer, der sie wachsen lassen würde.

Mit klopfendem Herzen ging sie zu Rosas Laden. Rosa kam gerade zur Tür hinaus, ließ sich auf einen ihrer Stühle fallen und zog ein Zigarettenetui aus ihrer weißen Kochschürze, die sie über ein viel zu schickes, viel zu rotes Kleid gebunden hatte.

»Hi«, sagte Mariella und setzte sich unaufgefordert zu ihr.

Rosa bedachte sie mit einem abschätzigen Blick. Sie öffnete das Etui und zog eine silberne Zigarettenspitze heraus, steckte sie auf eine Kippe und zündete diese an. »Was gibt's?«, fragte sie und blies Mariella den Rauch ins Gesicht.

»Ich habe nicht vor zu verschwinden«, sagte Mariella und verkniff sich, den Rauch mit der Hand wegzufächern.

»*Come?*«

»Ich will hierbleiben. Und ich will mich mit allen verstehen, also … Es tut mir leid. Was passiert ist. Ich war nicht besonders nett und … das war einfach total unnötig von mir. Ich wollte mich entschuldigen.«

»Ah.« Rosa zog abermals an ihrer Zigarette, lehnte sich zurück und blickte kurz in den Himmel. Dann sah sie Mariella wieder an. »*Va bene.*«

»In Ordnung? Heißt das, wir sind wieder Freundinnen? Oder … so was.«

»Sicher, wieso nicht. Hey, du hast dich gut geschlagen. Ich habe nichts gegen gute Konkurrenz. Das hält jung und knackig.«

Mariella verstand den Seitenhieb durchaus und beeilte sich zu sagen: »Es tut mir leid, was ich gesagt habe. Du bist überhaupt nicht alt, und du siehst auch nicht so aus.«

»Ich sehe jünger aus als du.«

»Tust du nicht. *Ich* sehe jünger aus, als ich eigentlich bin, und weißt du was? Es kotzt mich meistens an. Du weißt nicht, wie das ist, wenn man ständig …«

»… aussieht wie ein unschuldiges kleines Mädchen?«

Mariella schnaubte. »Okay, das habe ich verdient. Sind wir fertig mit dem Gezicke?«

»Klar. Ich denke nicht, dass wir ein Problem haben werden. Die Leute mögen dein Konzept. Und es hat ja auch nicht viel mit dem zu tun, was *ich* hier vorhabe.«

»Richtig.« Mariella nickte, dann stutzte sie. »Was meinst du mit ›vorhaben‹?«

»Ach, ich dachte, es ist an der Zeit für eine Veränderung. Ich habe es satt, diese Hausmannskost zu kochen. Das macht Letizia schon. Natürlich auf einem völlig anderen Niveau als ich …«

Der abwertende Unterton, mit dem Rosa diese Worte sprach, ließ Mariella aufhorchen. »Letizia kocht großartig«, sagte sie.

»Ja, sie kocht gut. Hausmannskost eben. Ich will etwas Neues. Stillstand langweilt mich.«

»Gut für dich. Und was schwebt dir da …« Mariella unterbrach sich, als plötzlich ein Schatten in der Tür auftauchte. Sie blickte auf und sah Celio aus Rosas Haus kommen. Sie sprang auf. »Celio!«

Er blickte sie überrascht und dann fast bestürzt an. »Oh, hallo. Hallo, Mariella.«

Mariella blickte zwischen Rosa und ihm hin und her. Dann drehte sie sich um und lief davon.

16. Kapitel

MARIELLAS Herz klopfte ihr bis zum Hals, als sie durch ihre Haustür trat und sie fest hinter sich verschloss. Sie wusste noch nicht mal, warum sie so schockiert war. Doch der Anblick Celios, der um diese frühe Tageszeit aus Rosas Haus trat, war ihr einfach zu viel gewesen.

Es klopfte leise an der Tür, und Mariella schloss die Augen. Sie war weder überrascht noch genervt. Sie war einfach nur erschöpft. Sie erwog, das Klopfen zu ignorieren, *ihn* zu ignorieren. Doch sie hatte sich ja vorgenommen zu reifen. Also griff sie trotz ihres Unbehagens langsam zur Türklinke und öffnete.

»Ich musste auf die Toilette, das ist alles«, sagte sie, doch selbst in ihren eigenen Ohren klang das mehr als unglaubwürdig.

»Wir sollten uns unterhalten«, gab Celio zurück und trat neben sie.

Mariella schloss die Tür und ging mit Celio in die Küche. Sie setzten sich auf die beiden Stühle an der Kochinsel, und in einer nahezu synchronen Bewegung legten beide ihre Hände auf die Notizblöcke mit den Strichlisten. »Hast du sie dir angesehen?«, fragte Celio und blickte auf den, der vor ihm lag.

»Nein. Aber ich glaube, du hast gewonnen. Ich werde wohl definitiv die Pasta-Häppchen anbieten.«

»Gut. Ich denke, das ist eine gute Idee.«

Beide nickten, dann entstand eine unangenehme Stille.

»Du wolltest reden?«, fragte Mariella nach einer Weile.

»Ich denke, das wäre notwendig, ja.«

Er sah so verlegen aus und unschlüssig, dass Mariella einwarf: »Weißt du, mir ist klar, ich sehe nicht so aus, aber ich bin ein großes Mädchen – eine Frau.«

Celio zog einen Mundwinkel nach oben und nickte verständnislos. Doch bevor er etwas sagen konnte, schickte sie ein hastiges »Ich war verheiratet« hinterher.

»Das wusste ich nicht.«

»Mit einem Sizilianer.«

»Ach? Daher die Affinität zu Italien?«

»Ja, das und … meine Mutter ist Italienerin.«

»Weiß ich. Aber wieso erzählst du mir das?«

»Weil man es mir nicht ansieht.«

Celio drehte sich zu ihr. »Ich verstehe nicht …«

»Man sieht mir meine italienischen Wurzeln nicht an, deshalb habe ich das mit meiner Mutter …«

»Ja, schon klar. Aber das meinte ich nicht. Ich wollte wissen, warum du mir *das alles* erzählst.«

Mariella zuckte mit den Schultern. »Weil du mich ansiehst, als wäre ich ein Kind, dem du gleich verklickern musst, dass der Weihnachtsmann nicht existiert, und ich wollte damit zum Ausdruck bringen, dass das unnötig ist. Wir müssen nicht über den Kuss reden. Er war unbedeutend. In der Hitze des Gefechts, quasi.«

»Ach so. Okay.«

»Und es ist völlig okay, dass du mit … Rosa … oder mit sonst jemandem … Ich meine nur, das ist kein Problem.«

Noch während sie diese Worte aussprach, merkte Mariella, dass das sehr wohl ein Problem war. Ihr Magen krampfte sich bei der Vorstellung zusammen, dass Celio bei einer anderen war, eine andere küsste, in den Armen einer anderen lag. Doch das musste egal sein. Denn die Worte, die sie vorher ausgesprochen hatte, waren die, die zählten. Sie *war* eine erwachsene Frau. Sie musste lernen, sich selbst für voll zu nehmen, bevor sie von anderen verlangen konnte, auch so behandelt zu werden.

Celio stand auf. Er ging zu der Tafel mit der Menüplanung, griff nach zwei Kreidestücken und reichte ihr eine.

»Schreiben wir den Menüplan für nächste Woche«, sagte er, griff nach einem Tuch und löschte die Tafel.

Diesmal brauchte es keine Worte und keine Diskussionen. Sie wussten, welche Speisen bei der Eröffnungsfeier gut gegangen waren, und genau die schrieben sie, jeder abwechselnd, auf die Tafel in der

Küche. Dann gingen sie zu jener im Laden und danach zu der, die draußen neben der Tür hing. Überall erneuerten sie den Menüplan.

Als sie fertig waren, blieb Celio unsicher vor der Tür stehen. Mariella wollte ihn fragen, ob er mit hereinkommen wollte, was irgendwie total komisch war, weil er ja schon oft hereingekommen war und außerdem einen Schlüssel besaß, doch irgendwie war es anders.

»Gehen wir eine Runde spazieren«, sagte Celio dann und nahm Mariella die Entscheidung ab.

Mittlerweile regnete es kaum mehr. Die Temperaturen stiegen jeden Tag ein bisschen mehr an, die Sonnenstrahlen wurden intensiver, und die toskanische Luft begann, nach Sommer und nach Urlaub zu riechen. Bald, sehr bald, würden die Touristen kommen und nicht nur die Unterkünfte am Lido di Camaiore, sondern zunehmend auch die in den toskanischen Hügeln und im Ortskern von Camaiore bevölkern. Mariella freute sich darauf, denn sie erhoffte sich davon ein gutes Geschäft. Sie hatte für sich beschlossen, sich zumindest ein Jahr Zeit zu geben. Ein Jahr, in dem sie ihr Bistro führen und überlegen würde, ob das hier das Leben war, das sie haben wollte.

Wenn nicht, konnte sie immer noch verkaufen. Sie blickte zur Seite und betrachtete Celios Profil. Er war ein wirklich attraktiver Mann, und zu einem anderen Zeitpunkt in einem anderen Leben hätte sie sich in diese Grübchen und die leuchtenden Augen verlieben können.

Nur dass diese Grübchen im Moment gar nicht sichtbar waren. Celio hatte die Lippen fest aufeinander gepresst und den Blick starr geradeaus gerichtet. Seine Hände steckten in den Hosentaschen, und er schien in Gedanken zu sein.

Mariella wollte ihn beim Grübeln nicht stören und versuchte, die schöne Umgebung in sich aufzusaugen. Der Ortskern von Camaiore war im Grunde nicht sehr groß, und als sie über die *Piazza* gingen, vorbei an der Kirche und an dem schönen Brunnen, und der schmalen Gasse folgten, die sich durch die aneinander gepressten Häuserreihen schlängelte, standen sie bald am Ortsrand und blickten auf endlose grüne Hügel.

»Es ist so schön hier«, sagte Mariella. »Ich nehme mir viel zu wenig Zeit, hier einfach nur zu *leben*. Ich weiß gar nicht, wieso. Ich habe mich so gestresst, das Bistro zu eröffnen und alles zu schaffen …«

»Du wolltest dich beweisen«, sagte Celio leise.

Mariella nickte. »Ja, richtig. Ich wollte es vor allem *mir* beweisen. Das ist blöd, oder?«

Celio wandte sich zu ihr um. Es war das erste Mal, dass er sie ansah, seit sie aufgebrochen waren. »Das ist nicht blöd. Ich verstehe dieses Bedürfnis jedenfalls sehr gut.«

Mariella lächelte und versuchte, in Celios Augen zu erkennen, was in ihm vorging.

»Es tut mir leid, Mariella«, sagte er unvermittelt, während er ihr weiter tief in die Augen sah.

»Was tut dir leid?«, fragte sie leise.

Er atmete tief durch. »Du erinnerst dich, was ich gesagt habe? Dinge passieren, *Situationen* passieren, Situationen, die mich überfordern, und ich … ich muss einmal drüber schlafen, um sie für mich einzuordnen. Weißt du noch?«

Mariella nickte. Natürlich erinnerte sie sich daran.

Er sah ihr weiter in die Augen, und dieser betroffene Blick ließ Mariella das Blut in den Adern gefrieren. Was auch immer gleich kommen würde, es würde ihr nicht gefallen.

Celio sprach die nächsten Worte langsam und bedacht aus. »Ich glaube nicht, dass das funktionieren wird. Die Zusammenarbeit. *Unsere* Zusammenarbeit. Es … es ist zu kompliziert.«

Mariella schüttelte energisch den Kopf. »Es ist überhaupt nicht kompliziert. Ich sagte dir doch, dass …«

Celios Arme schossen nach vorn. Er packte Mariella an den Oberarmen und brachte sie mit dieser stürmischen Bewegung zum Schweigen. »Es geht hier aber nicht nur um dich, Mariella. Mein Leben ist auch so schon kompliziert genug. Und … es ist bisher absolut nicht so gelaufen, wie ich es gern gehabt hätte. Ich bin gerade erst hierhergezogen. Und das mit dem Ziel, etwas aus mir zu machen. Etwas, worauf ich stolz sein kann. Und meine Tochter. Auch sie soll stolz auf mich sein können. Mein Fokus liegt auf so vielen Dingen, und ich brauche nicht noch eine Sache, die mir den Schlaf raubt. Ich habe mich anfänglich bei dir beworben, weil ich einfach einen Job zur Überbrückung gebraucht habe. Es war nie als etwas Längerfristiges gedacht, nur als …«

»… Sprungbrett?«, vollendete Mariella seinen Satz. Sie trat einen Schritt zurück, und Celio ließ die Arme langsam sinken. »Zu etwas Besserem?«

»Mariella …«

»Und wo soll das sein?«, fragte Mariella. Bittere Galle stieg in ihr hoch.

»Es wird eine Neueröffnung geben. Ein Spitzenrestaurant. Das Ziel ist es, auf Sterneniveau zu kochen, und ich denke, ich könnte das schaffen. Ich denke, mit einem guten Konzept und modernisierter Traditionsküche könnte ich mir einen Michelin-Stern erkochen.«

»In Camaiore?«, fragte Mariella irritiert. Sie wusste nichts von einer Neueröffnung.

Celio schüttelte den Kopf. »Am Lido. Direkt an der Promenade. Rosa hat ein Gebäude gekauft und …«

»Rosa?!« Mariella riss die Augen auf. »*Rosa* hat ein Gebäude gekauft?«

»Mariella …«

»Ich *fasse* es einfach nicht!«, spuckte sie ihm entgegen.

»Sie will etwas Großes aufziehen, verstehst du? Etwas Bedeutendes! Und sie braucht einen guten Koch, und ich …«

»Weißt du was …«, sagte Mariella eisig.

»Es tut mir leid«, unterbrach Celio sie, den Blick zum Boden gerichtet.

Doch Mariella konnte sich nicht bremsen. »Fahr zur Hölle.«

17. Kapitel

Sɪᴇ ließ ihn einfach stehen. Und er folgte ihr nicht. Das wollte sie auch überhaupt nicht. Dennoch blickte sie ein- oder zweimal verstohlen über ihre Schulter, während sie den Weg zurück zu ihrem Haus lief.

Sie war so wütend. Wütend und enttäuscht. Das hatte sie nun davon! Offensichtlich war es doch ein Fehler, wenn man sich auf jemand anderen verlassen wollte. Sie hätte sich nie auf dieses Experiment einlassen dürfen. Sie hätte es einfach alleine durchziehen sollen, mit ihrem *ursprünglichen* Plan. Mit einer einfachen Küchenhilfe und ihrer zurechtgestutzten Konzession. Sie hätte wissen müssen, dass das alles nie klappen würde.

Schließlich waren alle Männer gleich!

Das hatte schon ihre Großmutter bitter zu spüren bekommen. Sie hatte sich auf einen Mann eingelassen und war enttäuscht worden. Nun hatte Mariella den gleichen Fehler gemacht, wenn auch in einem anderen Sinne, und war ebenfalls enttäuscht worden.

Wann würde sie endlich lernen? Wann würde sie sich endlich weiterentwickeln? Die Ehe mit Dominic hätte ihr schon eine Lehre sein sollen! Immerhin hatte sie nahezu identische Erfahrungen gemacht wie ihre Großmutter – nur eben ein paar Jahrzehnte später.

Nichts hatte sich geändert, rein gar nichts. Sie waren alle gleich, jeder einzelne von ihnen. Wie hatte sie sich bloß so verrennen können?

Und wieso hatte Celio es so weit kommen lassen? Wieso hatte er sich beworben? Wieso hatte er zugesagt und den Arbeitsvertrag unterschrieben?

Mariella blieb abrupt stehen und schnappte nach Luft. Sie war so schnell gelaufen und war so sehr in Rage, dass ihr die Puste ausgegangen war. Sie atmete ein paar Mal tief durch und stützte die Hände auf den Knien ab.

Sie hatte einen Arbeitsvertrag mit Celio abgeschlossen. Er konnte nicht einfach so … Oder vielleicht doch? Sie lief wieder los, bog um die Ecke und überquerte im Laufschritt die *Piazza*. In der Küche holte sie die Mappe mit den Arbeitsunterlagen hervor und suchte den Arbeitsvertrag.

»Probezeit«, murmelte sie und klappte die Mappe energisch zu. Also konnte er tatsächlich einfach so gehen, von einem Tag auf den anderen. In seinem Arbeitsvertrag war eine zweimonatige Probearbeitszeit vereinbart. Die hätte eigentlich zu Mariellas Sicherheit dienen sollen, falls Celio sich als das entpuppte, was sie von Beginn an erwartet hatte.

»Und ich hatte recht! Egoistischer Machomistkerl!«

Mariella ließ sich auf den Stuhl vor der Kücheninsel sacken und sah sich um. Sie konnte das auch alleine schaffen. Sie brauchte niemanden. Dann würde sie eben nur die *Antipasti*-Platten anbieten und vielleicht Salate. Das würde reichen. Sie hatte einen guten Weinlieferanten und die vielen Liköre, mit denen sie *Spritz*-Variationen kreieren konnte. Sie musste sich eben wie ursprünglich auf regionale Getränke beschränken und mit der kleinen Lizenz zurechtkommen. Aber sie hatte ein gutes Konzept, ein *ausreichendes* Konzept.

Sie atmete tief durch. Dann stand sie auf, nahm ein Küchentuch in die Hand und wischte mit wütenden Handbewegungen ihre und Celios gemeinsame Menüplanung von der Tafel.

Am Abend saß sie in Letizias Laden. Emilia war ebenfalls da und leistete ihr Gesellschaft. Mariella hatte eigentlich weder vorgehabt, Trübsal zu blasen, noch sich Trost bei den beiden zu holen. Sie wollte stark sein.

Doch Letizia hatte schier übernatürliche Kräfte, wenn es darum ging, die Stimmung und Gefühle anderer wahrzunehmen. Mariella hatte nur einen Fuß ins Restaurant gesetzt, hatte noch nicht ein Wort gesagt, und Letizia hatte sie dennoch sofort misstrauisch beäugt. »Was ist los?«, hatte sie anstelle einer Begrüßung gefragt. Ihr Tonfall war nicht neugierig, sondern mitfühlend gewesen, was das Ganze noch viel schlimmer gemacht hatte.

»Nichts«, hatte Mariella leise geantwortet.

Letizia war auf sie zugestürmt, hatte sie umarmt und sie auf einen Stuhl in der Nähe der Küche bugsiert. Dann hatte sie Emilia angerufen, und da saßen sie nun zu dritt, in der Mitte eine frisch geöffnete Flasche Rotwein.

»Nun erzähl, was passiert ist«, sagte Letizia und nickte Emilia zu.

»Du siehst ein bisschen … traurig aus, Mariella.«

Mariella schüttelte den Kopf und nahm einen Schluck Wein.

»Du kannst ruhig mit uns reden«, sprach Letizia weiter.

»Es ist nichts, was ich nicht alleine bewerkstelligen könnte.«

Letizia und Emilia wechselten einen langen Blick.

»Die Eröffnungsfeier war super«, versuchte Emilia es weiter.

»Ja«, bestätigte Mariella.

»Konntest du dich in den freien Tagen seitdem gut erholen?«

»Mhm.«

»Und morgen machst du den Laden wieder auf? Mit Celio?«

Mariella blickte Emilia kurz an und starrte dann wieder in ihr Glas. »Ohne Celio.«

»Oh. Wieso denn? Ich fand, ihr habt super als Team gearbeitet. Fast so, als würdet ihr seit Jahren …« Emilia brach ab und zuckte hilflos mit den Schultern.

»Er hat einen anderen Job gefunden, der ihm besser gefällt.«

»Oh. Ach so.«

»Er ist ein sehr guter Koch«, schaltete Letizia sich ein.

»Mhm«, machte Mariella.

»Ich habe mich ein bisschen mit ihm unterhalten«, sprach Letizia unbeirrt weiter. »Er hat in ein paar sehr guten Hotelrestaurants gearbeitet. Im Süden. Er hat davon gesprochen, dass er davon geträumt hatte, eine Restaurantkette zu eröffnen. Aber das ist natürlich schwierig, so ganz ohne Startkapital. Ich denke, er wollte einfach sein eigener Chef sein.«

»Er ist aber nicht sein eigener Chef. Rosa ist sein Chef.«

Letizias Augenbrauen schossen nach oben. »Rosa? Aber die hat doch auch nur ein kleines *Ristorante*.«

»Jetzt nicht mehr. Sie hat ein Gebäude gekauft und will irgendetwas super Großes damit anstellen. Damit hat sie Celio geködert.«

»Oh, tja. Dann ist er selbst schuld.«

Mariella warf Letizia einen Seitenblick zu. »Wieso?«

»Na ja, Rosa ist … hm.« Sie brach ab und blickte zu Emilia.

»Sie will sagen, dass Rosa kein einfacher Mensch ist«, übersetzte Emilia Letizias Gedanken.

»So kann man es auch formulieren«, erwiderte Mariella lakonisch. Dann fügte sie spitz hinzu: »Man könnte auch sagen, sie ist eine Hexe.«

Letizia und Emilia prusteten los und brachten Mariella damit ebenfalls zum Lachen. Das löste die kleine Mauer, die Mariella um ihre Gefühle errichtet hatte. Doch dann blieb es ihr plötzlich im Halse stecken und wurde von einer Woge der Hoffnungslosigkeit überflutet. Sie beugte sich nach vorn und legte die Stirn auf die Tischplatte. »Oh Mann, was soll ich bloß tun?«, jammerte sie. Und dann flossen Tränen über ihre Wangen und tropften auf die Tischplatte. Mariella hatte nicht mehr die Kraft dazu, sie aufzuhalten. Sie war nur noch … müde. Müde, erschöpft und über die Maßen desillusioniert.

Letizia legte ihr den Arm um die Schulter. »Ach, *cara*, so schlimm ist das doch nicht! Du findest einen anderen Geschäftspartner! Andrea kann dir aushelfen, bis du jemanden hast.«

Mariella richtete sich auf und sah Letizia prüfend an. »Das kann Monate dauern.«

»Nun, dann suchen wir eben alle zusammen.«

»Ich weiß nicht …«

»Wir unterstützen uns hier alle, *cara*«, beschwichtigte Letizia sie. »Du bist jetzt eine von uns. Und wir werden dir helfen.«

Emilia nickte. »Aurelio hat gute Kontakte nach Lucca und Florenz. Ich bin sicher, wir können schnell jemanden auftreiben.«

Mariella blickte von Emilia zu Letizia und dachte kurz nach. »Ich bin nicht sicher, ob ich das alles schaffen kann«, sagte sie dann leise.

»Natürlich kannst du das. Wenn wir es geschafft haben, schaffst du das auch.«

»Kopf hoch«, tröstete Letizia sie liebevoll. »Ich weiß, Celio ist ein Charmeur, der uns alle ein bisschen um den Finger gewickelt hat …«

»Mich nicht!«, protestierte Mariella.

Wieder wechselten Emilia und Letizia einen Blick, sagten aber nichts. Das machte Mariella nur noch unruhiger. »Wie kommt ihr überhaupt darauf?«

Letizia räusperte sich, schwieg aber.

»Die Art, wie ihr euch beim Arbeiten angeblickt habt und wie ihr miteinander umgegangen seid … Und die kleine Szene mit Rosa am Tag der Neueröffnung …«

Mariella starrte Emilia schockiert an. »Diese *Szene* hatte überhaupt nichts mit Celio zu tun!«

Emilia zuckte mit den Schultern. »Okay, wenn du das sagst.«

»Woher weißt du überhaupt davon?«

»Weil ihr euch angebrüllt habt, und viele eurer Nachbarn das gehört haben.«

Mariella rollte mit den Augen. »Na wundervoll.«

»Ach, *non ti preoccupare, cara.*« Letizia machte eine wegwerfende Handbewegung. »So etwas passiert hier doch andauernd. Italiener sind temperamentvoll. Wir kennen so was.«

»Es hatte trotzdem nichts mit Celio zu tun.«

Nun rollte Emilia mit den Augen.

»Echt nicht!«, bekräftigte Mariella. »Ich habe kein Interesse an Männern. Ich komme gerade erst aus einer Ehe.«

»Wenn du das sagst.« Letizia nickte und lächelte. Dann klopfte sie Mariella sanft auf die Schulter. »Weißt du, was wir jetzt machen sollten?«

»Nein. Was?«

»Andrea holen. Geht in deine Küche, besprecht die Abläufe, trefft ein paar Vorbereitungen für morgen.«

»Aber dann bist du doch ganz alleine hier, und der Abendbetrieb geht bald los.«

»Ich borge mir eine Küchenhilfe von Emilia.«

»Hey!«, protestierte diese, klang aber belustigt.

»Du kannst dann ja Giampaolo in seiner Küche zur Hand gehen«, erklärte Letizia.

»Oh ja, das hört sich nach einer super Idee an, und es würde garantiert gut gehen. Für ungefähr fünf Minuten.«

Letizia stand auf, und Mariella und Emilia folgten ihr. »Eher drei«, sagte Letizia und lachte.

»Kannst du nicht kochen, Emilia?«, fragte Mariella.

»Nein. Das überlasse ich lieber meinen Männern.«

Diese Worte wurden von einem glücklichen Lächeln begleitet, das Mariella einen Stich versetzte. Erneut beneidete sie Emilia und fragte sich, woher ihr ständiges Bedürfnis kam, alles *alleine* schaffen zu wollen. Emilia hatte ausreichend Unterstützung und schien glücklich und zufrieden zu sein. Mariella wollte das auch endlich mal für sich. Allerdings zu *ihren eigenen* Bedingungen.

Vielleicht sollte sie noch einmal überlegen, wie die eigentlich aussahen.

Auszug aus Nonna Marias Tagebuch

NACH dem Tod meines Mannes hatte ich mich irgendwann in meinem neuen Leben zurechtgefunden. Und ich stellte fest, dass ich im Grunde alles hatte, wovon ich immer geträumt hatte. Ich war selbstständig. Ich war frei. Es gab keinen Mann, der zu Hause auf mich wartete, kein Kind mehr, das meine Aufmerksamkeit beanspruchte. Meine Tochter war erwachsen und hatte ihr eigenes Leben, und ich war plötzlich nicht mehr la Mamma, sondern einfach nur noch Maria. Und das fühlte sich gut an.

Mit jedem Jahr, in dem ich den Laden führte, wurde ich professioneller. Ich schaffte es, jeden Monat etwas Geld beiseitezulegen, und als ich genug angespart hatte, machte ich meine erste Weiterbildung. Ich schloss den Laden und verließ zum ersten Mal in meinem Leben Camaiore.

Ich fuhr nicht weit. Es ging einfach nur nach Lucca. Das waren gerade mal fünfunddreißig Kilometer, doch für mich fühlte es sich an wie eine Weltreise. Am ersten Tag lief ich mit offenem Mund durch die Stadt, die sich so groß, weltoffen und frei für mich anfühlte. Unter Tags besuchte ich einen Kurs in Betriebswirtschaftslehre, und abends kostete ich mich durch alle Osterias, die ich finden konnte. Ich hatte das Gefühl, eine neue kulinarische Welt zu betreten, und begann, mir Notizen zu machen. Ich lernte, ein Gespür für Preise zu bekommen, für Produktqualität und für gute Ideen. Es gab so viel mehr als die traditionellen Produkte, die ich bisher in meinem Laden angeboten hatte.

Ich begann, zu experimentieren und in all der Produktvielfalt aufzugehen. Ich probierte alle Arten von Pasten, Chutneys und Sugos aus, kreierte neue Pestosorten und fühlte mich erfüllter als zuvor.

So ging das jahrelang.

Ich war zufrieden.

Doch dann kam es zu diesem Streit zwischen meiner Tochter und mir, und im Jahr darauf gab es das erste Osterfest, an dem sie mich nicht mehr besuchen kam. Sie hatte mir kurz davor einen Brief geschrieben. Ich habe ihn so oft gelesen, dass ich ihn vermutlich auswendig zitieren könnte. Doch ich will mich an diese Zeilen nicht mehr erinnern. Sie enthielten all den Frust und die Ablehnung, die meine Tochter mir gegenüber empfand und die sie über Jahre angesammelt haben musste. Sie enthielten die brutale Wahrheit – diesmal in schriftlicher Form, nachdem ich sie im Jahr zuvor bereits mündlich hatte hören müssen.

Dass ich nie da gewesen war. Dass ich mich nur auf mich konzentriert hatte. Dass ich aufgehört hatte, eine hingebungsvolle Mutter zu sein, als mein Mann starb. Dass ich egoistisch und zu sehr auf mein eigenes Glück bedacht war. Selbstgefällig und selbstgerecht nannte sie mich. Was ich mir eingebildet hatte, ihr meine Meinung zu sagen, fragte sie. Wie ich auf die Idee kam, dass mich ihr Leben etwas anging oder irgendetwas besser zu wissen. Dass ich einfach meinen Mund hätte halten, mich nicht hätte einmischen sollen. Dass ich nun alles zerstört hatte.

Alles.

Ja, es waren harte Zeilen. Sie schmerzten. Und sie machten mich unendlich wütend. Ich verbrannte den Brief. Und mit ihm meine letzte Verbindung zu meiner Tochter. Ich wollte es nicht wahrhaben, wehrte mich gegen diese Zeilen! Wie konnte sie nur! Wie konnte sie so unglaublich blind sein und nicht verstehen, dass ich es nur gut gemeint hatte?

Für mich gab es kein Zurück mehr. Ja, das war selbstgerecht. Na und? Ich wusste es tatsächlich besser! Sie hätte doch einfach nur genau zuhören müssen.

Und so gab es keine großen Familienfeiern mehr, und ich war allein. Natürlich erhielt ich Einladungen von Freunden und Nachbarn, und ich hätte jede einzelne davon annehmen und mit einer anderen Familie feiern können, doch das wäre nicht dasselbe gewesen.

An diesem ersten Osterwochenende ohne meine Tochter schloss ich meinen Laden. Ich zog alle Vorhänge zu, verdunkelte mein Haus, setzte mich in einen Stuhl und weinte. Ich weinte all die Tränen, die ich die Jahre zuvor nicht vergossen hatte, weil ich zu sehr mit mir selbst beschäftigt gewesen war, um mir Gedanken darüber zu machen, dass meine Tochter und ich uns immer mehr entfremdeten. Ich weinte, weil ich mich unzulänglich fühlte, weil all die Fehler, die ich gemacht hatte und die ich mir nie eingestehen konnte, plötzlich an die Oberfläche drangen.

Und ich weinte, weil ich sie vermisste. Ich vermisste sie so sehr. Vermutlich hätte ich sie einfach anrufen sollen. Mich entschuldigen. Doch das kam mir unehrlich vor.

Ich wollte mich nicht entschuldigen. Denn es tat mir nicht leid, mir mehr für sie gewünscht zu haben.

So sah ich das wochenlang. Vielleicht monatelang. Ich war zu stolz und zu stur. Ja, ich vermisste meine Tochter, aber ich vermisste sie nicht genug, um über meinen Schatten zu springen und ihr ins Gesicht zu lügen. Denn eine Entschuldigung von mir wäre eine Lüge gewesen. Der Streit tat mir leid, das schon. Aber nicht meine Sorgen. Nicht mein Gefühl, dass ihr mehr zustand als das, was sie hatte. Wer, wenn nicht ich, hätte ihr das sagen können?

Ich hoffte, dass sie irgendwann verstehen würde. Dass meine Worte, dass dieser Streit, war er noch so schmerzhaft gewesen, etwas in ihr auslösen würden.

Doch sie meldete sich nicht. Und je mehr Zeit verging, desto größter wurden meine Zweifel.

War ich vielleicht doch im Unrecht? War das alles nicht unfair von mir gewesen? Es wäre eine Sache, meine Tochter davon abhalten zu wollen, ein unglückliches, biederes Leben zu führen. Doch es war eine ganz andere Sache, einfach anzunehmen, dass sie unglücklich war, ohne es überhaupt zu wissen.

Ich erwog, sie endlich anzurufen, ohne jedoch zu wissen, welche Worte ich wählen sollte. Aber ich brachte es nicht über mich, weil ich nicht wusste, wie sie reagieren würde. Also entschloss ich mich, einen Brief zu schreiben.

Am Ende wurden es zahlreiche Briefe. Ich schrieb Worte auf Papier, empfand sie am Tag danach als ungenügend, knüllte das Blatt zusammen und begann einen neuen Brief. Ich ließ mir Zeit, viel zu viel Zeit, und wenn ich ehrlich zu mir selbst bin, so muss ich mir eingestehen, dass ich alles einfach nur hinauszögern wollte.

Dennoch schaffte ich es irgendwann. Ich schrieb den Brief zu Ende, packte ihn in ein Kuvert und gab ihn bei der Post ab.

Und dann wartete ich. Ich wartete und wartete. Doch es kam keine Antwort. Keinerlei Reaktion. Ich addierte die unendlichen Weiten der italienischen Postwege, das bürokratische Chaos, den Arbeitskräftemangel, die Notwendigkeit, den Brief über zwei Grenzen zu transportieren. Ich addierte Woche um Woche, tröstete mich, dass es nun mal dauern würde.

Doch irgendwann dauerte es zu lange.

Also schrieb ich noch einen Brief. Und wartete wieder, und schrieb einen weiteren.

Und dann, als nach drei Briefen immer noch keine Reaktion kam, griff ich doch zum Telefon. Mit zittrigen Fingern wählte ich die Nummer meiner Tochter und presste den Hörer so fest gegen mein Ohr, dass es ganz heiß wurde und zu pochen begann. Ich wartete auf das Freizeichen. Doch es kam nicht.

Die Nummer war nicht mehr aktuell.

Ich hatte sie verloren. Vielleicht für immer.

18. Kapitel

Mariella dachte an diesen allerletzten Eintrag im Tagebuch ihrer Großmutter. Es hörte so abrupt, so unvermittelt auf. Vielleicht hatte sie keine Zeit mehr gehabt, ihre Geschichte zu Ende zu schreiben. Vielleicht war ihr auch einfach die Kraft ausgegangen. So war es nun also. Alles war in der Schwebe, alles war ungelöst. Hatte *Nonna* Maria ihren Frieden gefunden? Mariella konnte es nur hoffen.

Sie blickte Andrea an, der ihr gegenüber an der Kochinsel stand und frisch zubereitetes Feigen-Mandel-Pesto in Einmachgläser füllte. »Hast du meine Großmutter gut gekannt?«

»Ganz gut, ja«, sagte er.

»Ich lerne sie gerade erst kennen. Seit dem Begräbnis besser und besser. Das ist irgendwie ironisch, oder? Sie erst nach ihrem Tod kennenzulernen?«

Andrea blickte kurz auf. »Wie machst du das?«

»Sie hat ein Tagebuch geschrieben. Ich weiß nicht genau, wann sie damit begonnen hat, weil die Einträge ohne Datum sind. Sie hat sich mit vielen Dingen auseinandergesetzt, mit Fehlern, die sie gemacht hat.«

»Tatsächlich?«

»Ja.«

»Das überrascht mich.«

»Wieso?«

»Weil Maria keine Frau war, die Fehler zugegeben hat. Jedenfalls hat sie nicht so gewirkt. Sie war stolz und stark und sehr … *dignitoso, sì*? Würdevoll. Eine echte *Donna*.«

Mariella nickte und versuchte, sich ihre Gesichtszüge vor Augen zu führen. »Sie waren zerstritten, meine Eltern und sie. Deshalb waren wir nie mehr hier.«

»*Sì*, ich weiß.«

»Man hatte hier wohl kein gutes Bild von mir oder meiner Familie, richtig?«

Andrea zuckte mit den Schultern und verschloss das letzte Einmachglas. Dann stellte er das Tablett mit den vollen Gläsern zum Auskühlen auf die Theke beim Fenster. »Jetzt kennen wir dich ja.«

»Es ist so schade. Ich meine, man kann die Zeit einfach nicht zurückdrehen. Sie ist tot, und ich konnte sie nie kennenlernen, und alles, was ich habe, ist dieses Tagebuch. Da stehen ihre Gedanken und Gefühle drin, und es ist sehr bitter, das zu lesen, weil man über all das doch einfach hätte sprechen können.«

Andrea stellte sich neben sie, nahm ihr das Messer aus der Hand und begann, die Zwiebel, die sie in Streifen geschnitten hatte, noch einmal zu bearbeiten.

»Was machst du da?«, fragte Mariella.

»Die sind unregelmäßig. Das sieht nicht schön aus.«

»Oh. Danke.«

Andrea nickte und schnitt, während Mariella sich über ihre Rezeptmappe beugte.

»Familien sind kompliziert«, sagte er.

Mariella blickte auf. »Kann man wohl sagen.«

»Ich kenne keine, in der es einfach ist. Aber ich gebe dir recht: Dinge müssen geklärt werden. Nur ist das manchmal nicht so einfach.«

»Sie hätten doch nur miteinander reden müssen! Meine Großmutter hat sogar versucht, meine Mutter zu kontaktieren. Doch offenbar wollte sie keinen Kontakt.«

»Das tut mir leid. Für Maria. Und für deine Mutter.«

Mariella nickte.

»Sie ist sicher sehr traurig.«

»Wer?«

»Deine Mutter. Immerhin war sie Marias Tochter. Es ist sehr schwer, auf einmal ohne eigene Mutter im Leben zu stehen. Sehr, sehr schwer. Ich habe es bis heute kaum verkraftet, dass meine Mutter gestorben ist, und das ist viele Jahre her.«

»So hatte ich das noch gar nicht gesehen.«

Andrea blickte kurz auf, dann nickte er. »Dann sprich mit ihr.«

»Das ist … kompliziert.«

Andrea lächelte. »Noch mehr Kompliziertes, *eh*?«

Mariella zuckte mit den Schultern. »Wie die Mutter, so die Tochter, schätze ich.«

Andrea lachte laut auf. Dann schob er die klein geschnittenen Zwiebeln vom Schneidbrett in eine große Schüssel und blickte auf. »Das muss doch nicht so sein. Sieh mal Letizia an. Ihre Mutter war eine echte *Strega*, eine Hexe. Aber sie, meine Letizia? Sie ist die wundervollste Frau, die es gibt.«

Mariella wurde bei diesen Worten ganz warm ums Herz. »Was für schöne Worte«, sagte sie gerührt.

»So ist es nun mal. So, ich muss rüber.«

Mariella nickte. »Andrea?«

»*Sì*?«

»Das ist keine wirklich gute Dauerlösung, oder? Das hier? Du läufst von meiner Küche in deine und dann wieder zurück, hin und her, zehnmal am Tag. Wenn du irgendwann umkippst, wird Letizia wohl nicht mehr die wundervollste Frau sein, die es gibt. Jedenfalls nicht mir gegenüber, weil sie mich hassen wird, dass ich ihren großartigen Ehemann fertiggemacht habe.«

»*Non preoccuparti, andrà tutto bene.* Wir werden schon jemanden finden. Bald.«

»Wir suchen doch schon seit zwei Wochen. Hier ist es einfach zu abgeschieden.«

»Ist es nicht. Du musst optimistisch bleiben.« Mit diesen Worten lief Andrea aus der Küche.

Mariella seufzte und holte ihren frischen Wurstvorrat aus dem Kühlschrank. »Das ist in letzter Zeit nicht gerade meine größte Stärke«, murmelte sie.

Als sie spät am Abend das Bistro schloss und die Küche sauber gemacht hatte, packte sie die Neugierde. Sie hatte dem Haus, das rechts direkt an ihres angrenzte, Rosas Haus, geflissentlich den ganzen Tag über den Rücken zugekehrt. Wenn Mariella nach draußen gegangen war, hatte sie bewusst in eine andere Richtung geblickt, den

Rest der Zeit hatte sie sich in ihre Küche oder ihren Laden zurückgezogen und hart, sehr hart gearbeitet.

Sie hatte also weder Rosa noch Celio gesehen, dennoch fragte sie sich, was da drüben eigentlich los war. Sie hatte weder Gäste kommen sehen, noch irgendwelche Geräusche vernommen, obwohl Rosas Küche direkt an ihre angrenzte und die beiden Häuser einige Wasserleitungen und Abflussrohre miteinander teilten. Doch auch die waren bemerkenswert ruhig gewesen.

Mariella wollte all das ignorieren. Sie *wollte* überhaupt nicht wissen, wie es Rosa und Celio ging, was sie vorhatten, wie weit sie mit ihrer spitzenmäßig-grandiosen Sterne-Restaurant-Idee gekommen waren.

Eigentlich.

Doch mit einem Schlag war die Neugierde größer. Sie musste wissen, was da los war, immerhin waren die beiden ihre Konkurrenz. Ein bisschen zumindest. Das jedenfalls redete Mariella sich ein, während sie langsam in den Vorraum ging, die Tür einen Spalt öffnete und den Kopf hinaus steckte. Es war sehr still auf der *Piazza*, und als sie langsam den Kopf nach rechts drehte, sah sie, dass es in Rosas Restaurant komplett dunkel war.

Mariella trat nach draußen und ging hinüber. Sie wandte sich zu der geschlossenen Tür und betrachtete das goldgerahmte Schild. *Chiuso*, stand da in geschwungener Schrift. Darunter klebte eine handschriftliche Notiz. »Wir bauen um! Für Fragen und Reservierungen in diesem oder meinem zweiten Restaurant an der Viale Ermenegildo Pistelli kontaktieren Sie mich bitte unter folgender Nummer …«

Mariella spitzte die Lippen und las die Notiz noch einmal. Dann spähte sie durch das Glasfenster in das dunkle Lokal. Alles sah aus wie immer. Nichts war umgebaut worden, aber vielleicht kam das ja noch.

»Super«, murmelte sie, drehte sich um und ging zurück zum Haus. Nicht nur hatte Rosa ihr ihren Geschäftspartner weggeschnappt, sie würde ihr auch noch eine Menge Baulärm zumuten.

Mariella stieß die Tür zu ihrem Haus auf, ließ sie hinter sich ins Schloss fallen und lehnte sich erschöpft dagegen. Sie hatte das Gefühl, wieder vom richtigen Weg abgekommen zu sein, und wusste nicht, wie sie ihn wiederfinden sollte.

19. Kapitel

Zu Mariellas Beruhigung lief das ursprünglich kreierte Konzept sehr gut. Sie hatte die Gewerbebehörde über Celios Ausscheiden informiert und prompt ihre alte Konzession zurückerhalten. Daraufhin hatte sie jene alkoholischen Getränke, die nicht aus Eigenproduktion stammen, in den ersten Stock ihres Hauses verfrachtet und die Getränkekarte umgeschrieben und neu ausgedruckt.

Bei den Speisen war sie zum ursprünglichen Menüplan zurückgekehrt und hatte diesen noch etwas gekürzt, um die Arbeit auch bei großem Andrang bewältigen zu können. Sie setzte weiterhin auf Selbstbedienung und alles lief gut, solange Andrea regelmäßig in ihrer Küche auftauchte und für Ordnung und Nachschub sorgte.

Das Bistro war gut besucht, mittlerweile waren auch immer mehr Touristen unter den Gästen, und Mariella freute sich, mit ihnen ins Gespräch zu kommen. Vor allem, wenn sie Leute aus deutschsprachigen Ländern traf, doch kurz darauf war sie jedes Mal wieder traurig.

Sie hatte es immer noch nicht über sich gebracht, ihre Mutter anzurufen, denn sie hatte nach wie vor Sorge, wie das Telefonat verlaufen würde. Ihre Mutter und sie sprachen nicht dieselbe Sprache, das hatten sie noch nie. Und Mariella verstand ihre Mutter einfach nicht. Grundsätzlich nicht. Und nach allem, was sie in *Nonnas* Tagebuch gelesen hatte, verstand sie sie noch weniger. Und sie *wollte* sie auch gar nicht verstehen. Dieser ganze dumme Streit war so unnötig gewesen. Und jetzt war *Nonna* Maria tot, und ihre Mutter würde nie die Chance haben, sich wieder mit ihr zu versöhnen.

Mariella war sauer. Zu sauer, um ein vernünftiges Gespräch führen zu können. Also schob sie es vor sich her, wenngleich sie die Ironie an der Situation durchaus bemerkte. Sie tat genau dasselbe, was auch ihre Großmutter gemacht hatte. Die hatte es schließlich bereut, zu lange gewartet zu haben, um den Streit zu schlichten, und Mariella nahm an, dass sie dem Wink des Schicksals folgen und aus den Fehlern der Vergangenheit lernen sollte.

Aber nicht jetzt.

Nicht heute.

Sie hatte zu viel zu tun.

Zumal Andrea heute kaum Zeit für sie hatte, weil in seiner und Letizias *Osteria* eine große Familienfeier gebucht war. An der gegenüberliegenden Seite der *Piazza* funkelten Lichterketten, ein Ziehharmonikaspieler schmetterte kitschig-italienische Lieder, und sowohl das Restaurant als auch der Bereich davor waren brechend voll.

Mariella hatte Schwierigkeiten, alle Bestellungen in einer angemessenen Zeit abzuarbeiten, und als die ersten halblauten Beschwerden über die langen Wartezeiten zu ihr durchdrangen, war sie kurz davor, aufzugeben.

Sie stand in der Küche und warf einen bangen Blick durch die Verbindungstür, um die Warteschlange zu beobachten, die sich vor dem Verkaufstresen gebildet hatte.

»Ich komme gleich!«, rief sie und drehte sich unruhig im Kreis.

Sie musste weitere Zutaten zurechtschneiden, weil sie sonst nur noch zwei oder drei *Antipasti*-Platten zubereiten konnte. Und das Gemüse für die Salate ging ihr auch langsam aus. Nur der Vorrat an eingekochten Produkten war noch groß genug.

»Das schaffe ich nie«, stieß sie verzweifelt aus.

»Jetzt reißen Sie sich doch mal zusammen«, hörte sie eine mürrische Stimme nahe der Tür und fuhr herum.

»Giampaolo!«, rief sie überrascht.

»Hatten wir uns schon auf Vornamen geeinigt, ja?«, fragte er, trippelte auf sie zu und schubste sie sanft von der Kochinsel weg.

»Ich finde, ja. Was wollen Sie hier?«

»Andrea hat Emmi angerufen, und die hat mich angerufen, und aus Gründen, die ich selbst nicht verstehe, habe ich eingewilligt, Ihnen zu helfen. Wahrscheinlich werde ich langsam senil.«

»Emmi?«

»Emilia. Unterstehen Sie sich, sie so zu nennen, das mag sie nicht.«

»Aber *Sie* dürfen sie so nennen?«

Giampaolo hob den Kopf und stierte Mariella über die Brillengläser hinweg an. »Ja«, sagte er knapp.

Mariella schüttelte den Kopf. »Ist ja auch egal. Sie wollen mir also helfen?«

»Von wollen kann keine Rede sein, aber was soll ich sagen? Ich habe Mitleid. Bedienen Sie Ihre Gäste.«

»Aber Sie wissen doch gar nicht, wo alles …«

Giampaolo stützte die Hände in die Hüften und trat einen derart energischen Schritt auf Mariella zu, dass diese erschrocken zur Seite sprang. »Ich bin seit sechs Jahrzehnten Koch, *Signorinella*. Ich finde mich in *allen* Küchen zurecht. Und jetzt raus.«

Aus Mangel an Alternativen und weil sie weder die Kraft noch die Geduld hatte, mit dem alten Mann zu diskutieren, zog Mariella sich in den Laden zurück. Sie wickelte eine ganze Reihe neuer Getränkebestellungen ab und trug die Bons der Essensbestellungen in die Küche. Zu ihrer großen Überraschung hatte Giampaolo es in Rekordzeit geschafft, das Chaos, das sie selbst verursacht hatte, zu beseitigen. Er hatte die rote Rüschenschürze ihrer Großmutter umgebunden und sah damit aus wie ein grimmiges Heinzelmännchen. Mariella grinste, als sie ihm die Bons auf die Theke legte.

»Was gibt's zu lachen?«, fragte er und scheuchte sie mit einer einzigen hektischen Handbewegung wieder nach draußen.

Mariella übernahm Hilfstätigkeiten, spülte Gläser, schnitt Wurst, Käse, Gemüse, nahm weitere Bestellungen auf und trug fertig angerichtete Teller, Platten und Salatschüsseln nach draußen. Die Arbeit mit Giampaolo lief reibungslos wie ein Uhrwerk, und als die letzten Gäste bezahlt hatten und gegangen waren, kam Mariella mit einem breiten Lächeln zurück in die Küche.

»Sie sind ein Engel«, sagte sie geradeheraus.

»Bin ich nicht«, antwortete der alte Mann und entledigte sich der Schürze.

»Sie haben mich gerettet. Sie waren mein weißer Ritter hoch zu Ross.«

»Flirten Sie mich jetzt an, oder was?«

Mariella riss entsetzt die Augen auf und hob abwehrend die Hände. »Nein, um Gottes willen!«

»Ha!«, lachte Giampaolo laut auf und kletterte ächzend auf den Hochstuhl neben der Kochinsel. »Sie lassen sich aber auch allzu leicht aus dem Konzept bringen.«

»Ich bin zurzeit etwas durch mit den Nerven.« Mariella setzte sich neben ihn.

»Sie wirken auch nicht so, als hätten Sie welche.«

»Wie bitte?«

»Nerven. Sie wirken nicht so, als hätten Sie …«

»Ja, schon gut. Ich habe Sie verstanden.«

Giampaolo gab ein grunzendes Geräusch von sich und klopfte mit seinen runzeligen Fingern ungeduldig auf der Arbeitsfläche herum. »Sie könnten mir etwas zu trinken anbieten.«

Mariella sprang auf. »Oh! Ja, natürlich! Was wollen Sie? Wasser? Wein?«

»*Tenuto*.«

»*Tenuto*?«

»Ja. Das ist roter Wermut aus …«

»Ich weiß, was ein *Tenuto* ist.«

»Na, immerhin etwas.«

»Ich habe keinen.« Mariella zuckte entschuldigend mit den Schultern.

»Wieso nicht?«

»Weil ich ihn nicht anbieten darf.«

Langsam drehte Giampaolo sich zu ihr. »Was reden Sie da?«

»Ich darf nur Produkte aus Eigenproduktion anbieten.«

»*Tenuto* ist toskanisch, aus den Weinhügeln bei Lucca.«

»Ja, aber ich habe einen Vertrag mit Verrazzo und darf nur deren Produkte anbieten.«

»Was ist das für ein Blödsinn?«

Mariella seufzte und lehnte sich mit den Ellbogen auf die Kücheninsel. »Ich habe nun mal keine vollständige Konzession für das Gastgewerbe.«

»Dann besorgen Sie sich eine.«

»Kann ich nicht.«

»Warum nicht?«

Mariella rollte mit den Augen. Was sollte sie dem alten Mann sagen? Dass sie sich auf Celio verlassen und der sie im Stich gelassen hatte? Dass sie selbst über keinerlei Erfahrung oder Ausbildung verfügte? Dass sie die meiste Zeit des Tages nicht wusste, was sie tat, sondern einfach nur improvisierte?

Sie dachte noch nach, was von alledem sie preisgeben wollte, da ließ Giampaolo sich vom Stuhl gleiten und ging an ihr vorbei. »Kommen Sie.«

Mariella richtete sich auf, drehte sich um und folgte Giampaolo nach draußen in den Garten hinterm Haus.

»Was ist denn hier passiert?«, fragte er und schürzte missbilligend die Lippen.

»Ich hatte noch keine Zeit, mich um den Garten zu kümmern.«

»Aber Maria hat den Garten geliebt! Da … Da! Sehen Sie! Da ist überall Unkraut. Das ist ja furchtbar! Das zerstört die ganzen jungen Triebe. Wissen Sie, wie alt dieser Rosmarinstrauch ist?«

»Nein, ich …«

»Älter als Sie, *ragazzina*!«

»Ich glaube nicht, dass Rosmarin über dreißig …«

»Und das da ist ein Lavendelbeet! Zumindest war es mal eins, bevor Sie beschlossen haben, dass hier Sodom und Gomorrha Einzug halten sollen.«

»Jetzt machen Sie aber mal einen Punkt!«

»Wenn Sie wollen, dass der im Juni zu blühen beginnt und dadurch die Rosenstöcke daneben vor Schädlingen schützt, ganz zu schweigen von dem wundervollen Duft, den er hier versprühen sollte, dann müssen Sie das Beet sofort jäten!«

»Sofort? Jetzt? Es ist gleich Mitternacht. Ich bin doch keine Kräuterhexe, die zu Vollmond an irgendwelchen Blüten herumschnippelt!«

»Sie haben diesen Sommer überhaupt nichts zu schnippeln, wenn Sie sich nicht ranhalten. Wissen Sie, wie viele Kräuter Maria hier angebaut hat?«

»Nein.«

»Zweiundzwanzig. Auf dieser kleinen Fläche. Großartig, oder?«

»Ähm … okay.«

»Der kleine Garten gehört auch zum Lebenswerk Ihrer Großmutter. Der muss gepflegt werden.«

»Schön. Gut. Ich werde mir einen Gärtner suchen. In Ordnung?«

Giampaolo warf ihr einen mürrischen Blick zu und nickte kurz. »*Domani.*«

»Morgen? Morgen hat mein Bistro offen, da habe ich keine …«

Giampaolo drehte sich in einer energischen Bewegung zu ihr um und deutete mit dem Zeigefinger auf sie. »*Do-ma-ni!*«

»In Ordnung! Was wollten Sie mir hier überhaupt zeigen?«

Der alte Mann hob die Augenbrauen. »Oh! Ah, *sì*. Kommen Sie.«

Von der Tür aus führte ein schmaler gepflasterter Weg durch den kleinen Garten. Mariella folgte Giampaolo ein paar Schritte, dann standen sie an der nächsten Hausmauer, die den Garten auf der rechten Seite begrenzte. Dort erblickte sie eine Regentonne, einen an der Wand montierten Schlauchhalter sowie eine große Gießkanne. Giampaolo nahm diese weg und griff zielsicher in Richtung des kleinen Hakens, der sich dahinter befand.

»Schlüssel!«, rief Mariella überrascht.

»Gut erkannt.«

»Woher …«

Sie kam nicht weiter, denn Giampaolo hatte sich bereits umgedreht und zwängte sich auf dem schmalen Weg an ihr vorbei. Er ging ans andere Ende des Gartens, wo eine hohe Mauer den Blick auf Rosas Hinterhof verbarg. Dort war eine kleine Eisentüre in die Mauer eingelassen, die Mariella bis dato noch nicht einmal wahrgenommen hatte.

»Wenn Sie mir jetzt sagen, dass es einen Geheimgang gibt, flippe ich aus«, murmelte sie.

»Was quasseln Sie da?«, fragte Giampaolo.

Er bückte sich etwas, steckte den Schlüssel ins Schloss der Eisentür und sperrte sie auf. Dann hakte er seinen Finger in den kleinen Griff über dem Schloss ein und zog sie auf. Ein lautes Quietschen ertönte, und Mariella zuckte zusammen.

»Da«, sagte Giampaolo und deutete mit dem Daumen in den kleinen Raum hinter der Eisentür. Er war nur etwa einen halben Meter hoch und ebenso tief und breit und enthielt eingelassene Regale, in denen Flaschen lagerten.

»Wow. Man könnte meinen, hier hat auch die Prohibition gewütet«, sagte Mariella trocken.

»In *Italia*? Wohl kaum. Das ist kein Versteck, sondern ein Lager. Perfekte Temperaturen zur Lagerung teurer Weine und Spirituosen. Gibt es in vielen Haushalten hier. Im Sommer wird es sehr heiß, und nicht alle Häuser haben einen Keller.«

Mariella ging auf Giampaolo zu, bückte sich und spähte in den kleinen Raum hinein. »Wie cool. Was hatte sie da alles gelagert?«

»*Tenuto, Grappa Riserva*, Dessertwein«, zählte Giampaolo auf.

Mariella starrte fasziniert auf die Flaschen. Dann fiel ihr etwas ein. Sie wandte sich zu Giampaolo. »Hat sie die vor ihm versteckt?«

»*Come?*«

»Vor ihrem Mann? Antonio? Hat er getrunken?«

Giampaolo zog die Augenbrauen zusammen. »Antonio hat nicht viel getrunken. Ich sagte doch, das gibt es in vielen Häusern.«

»Sie wussten es, oder?«

»Wovon sprechen Sie?«

»Dass er sie geschlagen hat.«

Giampaolos Gesichtszüge versteinerten sich. Er blickte sie einen Moment lang mit völlig ausdrucksloser Miene an, dann griff er in den kleinen Raum, holte eine dunkle Flasche hervor und schloss die Tür wieder.

»Trinken wir etwas«, sagte er.

Sie gingen zurück zum Haus, setzten sich in die Küche, und Mariella schenkte Wermut in zwei Wassergläser. Giampaolo griff danach und prostete ihr zu. Dann steckte er seine Nase in das Glas, schnupperte, verzog die Lippen zu einem verzückten Lächeln und nahm einen Schluck. »Aaah, sehr gut. Maria hatte immer das gute Zeug.«

Mariella lachte. »Sie hatte wohl einen guten Geschmack?«

Giampaolo nickte. »Einen exzellenten sogar. Sie wäre eine gute Köchin geworden, aber das wollte sie nicht.«

»Wieso nicht?«

Er zuckte mit den Schultern. »Sie war zufrieden mit dem, was sie sich aufgebaut hatte. Aus dem Nichts, wissen Sie? Sie war ja vorher nur Hausfrau und Mutter, nun, das war zu ihrer Zeit nichts Ungewöhnliches. Aber irgendwann war ihre Tochter erwachsen und ihr Mann tot, und anstatt Trübsal zu blasen, hat sie beschlossen, etwas aus ihrem Leben zu machen. Es war ihr völlig egal, dass sie keine Ausbildung hatte, dass sie schon älter war als andere, die in einen neuen Beruf starten. Oh ja. Das war ihr völlig egal. Maria war sehr … *come si dice?* Kompromisslos, *eh?*«

»Kompromisslos?«, fragte Mariella nach.

Giampaolo nahm noch einen Schluck aus seinem Glas. Dann nickte er. »Sie hat sich etwas in den Kopf gesetzt und es durchgezogen – ohne Rücksicht auf Verluste. Kompromisslos mit sich selbst. Und mit anderen. Und stur. Und sehr direkt. Ich habe sie dafür respektiert. Die meisten Menschen sind solche *Cortigiani.*«

»Schleimer? Echt jetzt?«

»Oh, *sì.* Sie sind noch jung, Sie glauben noch an das Gute. Sie glauben, wenn jemand behauptet, die Wahrheit zu sagen, dann ist das auch so.«

»Nun, ein *bisschen* vernünftiger bin ich aber schon!«, protestierte Mariella.

»Pah! Sie sind ein Baby. Aber ich glaube, Sie haben ein paar gute Gene von Maria geerbt.«

Mariellas Wangen begannen zu glühen. »Meinen Sie?«

Giampaolo nickte. »Sonst wären Sie doch schon längst abgezogen, oder?«

»Ja. Vielleicht. Ich weiß nicht.«

Giampaolo bedachte sie mit einem langen Blick. »Haben Sie einen Mann?«, fragte er dann unvermittelt.

Mariella zuckte überrascht zusammen. »Ähm, nein. Ich habe einen Ex-Mann. In Sizilien. Ich habe die letzten Jahre dort gelebt.«

»Sizilianer, ja? *Un terrone.*«

Mariella zuckte mit den Schultern und ließ die Anmerkung unkommentiert.

»Wieso hat er sich scheiden lassen?«

Mariella stierte den alten Mann an. »*Er* hat sich überhaupt nicht scheiden lassen. *Ich* habe mich scheiden lassen.«

»Ah. *Perché?*«

»Weil ich nicht glücklich war.«

»Das ist noch lange kein Grund, ein Ehegelübde zu brechen.«

»Können wir den Sünden-Talk bitte vertagen? Das brauche ich heute echt nicht.«

Giampaolo zuckte mit den Schultern und nippte an seinem Wermut. »*Affari suoi* ...«, murmelte er in sein Glas.

Mariella schnaubte und nahm ebenfalls einen Schluck.

»Hatten Sie nicht etwas mit dem anderen *Terrone* am Laufen?«

»Entschuldigung?«

»Diesem Koch?«

»Nein. Wir waren Geschäftspartner. Für kurze Zeit.«

»Ah. Waren Sie damit *ebenfalls* nicht glücklich?«

Mariella schüttelte den Kopf, griff nach ihrem Glas und leerte es in einem Zug. »Das war nicht meine Entscheidung.«

»Sie sind sauer.«

»Bin ich nicht.«

»Sie *klingen* sauer.«

»Klinge ich nicht.«

Giampaolo warf ihr einen abschätzenden Blick zu. »Sie klingen nicht nur sauer, Sie sehen auch sauer aus.«

»Danke für die Bewertung.«

»Er hat Sie verletzt, *eh*?«

»Nein.«

»Er ist zu einer anderen gegangen, das hört sich schmerzhaft an.«

»Sie reimen sich da etwas zusammen, Giampaolo. Vielleicht sind Sie wirklich senil.«

Giampaolo lachte laut auf. »Bin ich nicht, glauben Sie mir. Hören Sie, das ist nicht in Ordnung, dem Glück eines anderen im Weg stehen zu wollen.«

»Will ich doch gar nicht!«

»Wenn Sie ihn gern haben …«

»Habe ich nicht!«

»*Wenn Sie ihn gern haben*«, wiederholte Giampaolo lauter, »müssen Sie auf sein Wohl bedacht sein. Nicht nur Sie haben das Recht gepachtet, Ihre Träume zu leben, *Signorinella*. Das Recht haben auch andere.«

Mariella spitzte die Lippen und blickte Giampaolo einen Moment lang nachdenklich an. Dann sagte sie: »Lassen Sie mich raten? Jetzt kommt gleich die Rede, in der Sie mir erklären, dass Sie genau wissen, wovon Sie sprechen, weil Sie das alles selber erlebt haben.«

»Keine Rede. Aber ich weiß, wovon ich spreche. Nur dass mir selbst das Schicksal im Weg stand und ich nichts dagegen tun konnte. Ich applaudiere jedem, der den Mut hat, etwas aus seinen Träumen zu machen, wenn er die Möglichkeit dazu hat.«

Mariella atmete tief ein. »Sind Sie deshalb hierhergekommen? Um mir das zu sagen?«

Giampaolo trank seinen Wermut aus, stand auf und machte eine wegwerfende Handbewegung. »*Assurdità.* Ich sagte doch, ich bin hier, weil ich Mitleid hatte. Und jetzt gehe ich.«

»Wie kommen Sie nach Hause? Sie wohnen doch beim Hotel, oder?«

»Emmi holt mich ab.«

Mariella schüttelte den Kopf. »Nein. Ich bringe Sie. Gehen wir.«

»*Grazie.* Und … Mariella?«

»Ja?«

»Ich habe es nicht gewusst.«

»Was?«

»Was Sie vorher berichtet haben. Dass er sie geschlagen hat. Ich wusste es nicht. Sie hat es gut verborgen.«

»Oh.« Mariella nickte. »In Ordnung. Okay.«

Sie gingen nach draußen.

»Vielleicht hätte ich aufmerksamer sein müssen«, murmelte Giampaolo nachdenklich, als er Mariella zu ihrem Auto folgte, das in einer Seitengasse der *Piazza* geparkt war.

Mariella legte sanft die Hand auf seine Schulter. »Hätten Sie nicht. Ich bin sicher, Sie waren ein umwerfender Freund für Sie. Dafür bin ich sehr dankbar und Sie … Sie können sehr stolz darauf sein.«

»Wieso?«

»Weil Sie es in ihr Tagebuch geschafft haben. Also hatte sie Sie gern.«

Giampaolos Gesichtszüge erhellten sich. »Oh. Ja. Das hatte sie wohl.«

20. Kapitel

MARIELLA saß an ihrem freien Tag im Garten ihrer Großmutter und betrachtete gedankenverloren das Kräuterbeet vor sich. Die Dämmerung setzte bereits ein und tauchte den von hohen Mauern umgebenen Garten in ein mystisches Licht.

Sie hatte sich dagegen entschieden, einen Gärtner zu beschäftigen. Zwar hatte sie mit dem Bistro alle Hände voll zu tun, doch aus irgendeinem Grund hatten Giampaolos Worte sie berührt. Sie wollte sich selbst um den Garten kümmern und sei es nur, um irgendeine Form von Buße zu tun.

Je länger sie hier in Camaiore war und mit je mehr Menschen sie sprach, die ihre Großmutter gekannt hatten, desto mehr beschäftigte sie ihr Tod. Oder, vielmehr, die Tatsache, dass sie sie vor ihrem Tod nicht kennengelernt hatte. Sich keine Zeit genommen hatte, es auf ihrer Alltags-Agenda zu unwichtig erschienen war.

Immerhin hatte Mariella jahrelang in Italien gelebt – *jahrelang!* Während ihres Studiums sogar in Florenz, gerade einmal eineinhalb Fahrstunden mit dem Auto entfernt. Und nie, nicht ein einziges Mal, hatte sie einen Gedanken an ihre Großmutter verschwendet. Das war … falsch. Es war einfach falsch.

Aber sie konnte es jetzt nicht mehr ändern. Alles, was sie tun konnte, war, das Andenken ihrer *Nonna* zu ehren, wie Giampaolo es genannt hatte. Ihren Laden weiterführen, ihren Garten und ihr Grab pflegen und ihr Tagebuch lesen. Und das alles tat sie, wie sie nun feststellte, mit viel Freude.

Sie war so sehr im Arbeits- und Selbstverwirklichungsmodus gewesen, dass sie sich nur wenige Gedanken darüber gemacht hatte, wie es ihr eigentlich hier gefiel. Das Leben an sich, nicht die Möglichkeiten, die das Testament ihrer Großmutter ihr geboten hatte, nicht die Arbeit und die Chance auf Selbstständigkeit. Nur das Leben an sich. Das Haus, der Garten, die Region, die Menschen.

Und sie liebte es. Sie liebte es wirklich.

Seit etwa zwei Wochen begann die toskanische Natur zur Hochform aufzulaufen. Die Landschaft wurde von Tag zu Tag grüner, die Sonnenstrahlen wärmer, und die Luft duftete mehr und mehr nach Kräutern, Gewürzen, Blüten und Erde. Und auch der Garten veränderte sich. Die Lavendelbüsche an der Mauer gegenüber bekamen Knospen. Die hohen Rosenbüsche ebenfalls. Kleine Pflanzen, die den Winter unter der Erde verbracht hatten, wurden zum Leben erweckt, und Mariella kam jeden Tag hinaus, um zu entdecken, welche neuen Überraschungen er für sie bereithielt.

Ja, sie war glücklich hier. Und ja, sie hatte vor zu bleiben.

Ein Geräusch ließ sie zusammenzucken, und sie wandte den Kopf nach rechts. Das erste Mal seit Langem hörte sie wieder etwas aus der Küche nebenan.

Rosa war zurück. Oder vielleicht auch Celio.

Oder beide.

Mariella seufzte und überlegte, was sie tun sollte. Ihr erster Impuls war, die beiden zu ignorieren. Immerhin hatte lang genug Funkstille geherrscht.

Mariella stieß ein schnaubendes Lachen aus.

Funkstille. Sie begann, dieses Wort zu hassen. Es beschrieb die Beziehung zwischen ihrer Mutter und deren Mutter. Und nun auch zwischen ihr selbst und *ihrer* Mutter. Und jetzt sollte sich das auch auf die Beziehung zu ihren Nachbarn ausweiten?

»Das ist doch Blödsinn«, flüsterte Mariella und schüttelte den Kopf.

Sie wandte sich zur Tür und wollte schon durchs Haus nach draußen gehen, um die beiden zu begrüßen, doch sie zögerte. Sie musste zuerst wissen, mit wem sie es zu tun hatte, um sich überlegen zu können, was sie sagen würde. Also ging sie kurzerhand in die Küche, zerrte eine der großen Holzkisten, in denen die wöchentliche Gemüselieferung gebracht wurde, aus dem Regal und trug sie nach draußen. Sie stellte sie umgedreht an die Mauer und stieg hinauf, musste sich aber zusätzlich auf die Zehenspitzen stellen, um über die Mauer blicken zu können.

Ja, tatsächlich. Da war Licht. Sie konnte über das hintere Fenster direkt in Rosas offene Küche blicken.

Und dort stand er. *Celio.* Groß, stolz, konzentriert, den Blick fest auf den Topf vor sich gerichtet. Er trug eine weiße Kochjacke, die sie noch nie an ihm gesehen hatte. Auf eine Kochmütze, die in Restaurantküchen eigentlich vorgeschrieben war, hatte er aber verzichtet, sodass sie seinen schwarzen Lockenkopf betrachten konnte. Sie zog einen Schmollmund, ohne recht zu wissen, warum sie bei seinem Anblick traurig wurde. Da war nie etwas zwischen ihnen gelaufen, nicht wirklich, mal abgesehen von zwei kleinen Küssen. Aber die zählten nicht. Nein, die durften nicht zählen. Dessen war Mariella sich sehr sicher. Und sie würde sich das noch Hunderte weitere Male einreden, wenn es sein musste.

Weil sie ja gar nichts für ihn empfand.

Okay, ja, er gefiel ihr. Er war ein attraktiver Mann, ganz objektiv betrachtet, und sie hatte immer schon eine Schwäche für südländische Typen gehabt. *Deshalb habe ich ja auch einen geheiratet*, murmelte sie, ohne den Blick von Celio abzuwenden.

Wäre sie nicht über dreißig und geschieden und enttäuscht von der Welt im Allgemeinen und den Männern im Speziellen, dann hätte sie sich wohl unsterblich in Celio verliebt. So, wie sie sich damals unsterblich in Dominic verliebt hatte, der optisch ein ähnlicher Typ wie Celio war. Vom Charakter her unterschieden sich beide allerdings, soweit Mariella das bei Celio überhaupt schon beurteilen konnte.

»Was reimst du dir da zusammen?«, flüsterte sie, starrte jedoch weiter über die Mauer.

Dass sich in ihre Gedanken immer wieder auch das Wort Liebe hineinstahl, schockierte sie. Diese Vergleiche mit Dominic, den sie so sehr geliebt hatte, durften hier keinen Platz haben. Das hatte doch mit Celio nichts zu tun. Oder doch?

Oder doch? Sie spürte plötzlich ganz deutlich, dass ihre Gedanken allesamt der Wahrheit entsprachen.

»Gott …«, stieß Mariella aus und schüttelte den Kopf. Dann war es ja mehr als gut, dass diese Geschäftsbeziehung geendet hatte, bevor …

Celio hob den Kopf. Genau in diesem Moment. Es war, als hätte er gespürt, dass er beobachtet wurde. Er sah genau in ihre Richtung, und für den Bruchteil einer Sekunde trafen sich ihre Blicke. Mariella zog sofort den Kopf ein und erschrak so sehr, dass sie stolperte, nach hinten kippte und rücklings im Beet rechts neben der Kiste landete.

»Autsch!«

Mariella verzog vor Schmerz das Gesicht. Sie richtete sich langsam auf und griff mit beiden Händen an ihren unteren Rücken. Der pochte vom harten Aufprall, sonst schien sie sich aber nicht verletzt zu haben.

Er hat mich nicht gesehen, dachte sie bei sich, während sie sich langsam hochrappelte. Vielleicht hatte er nur eine Spiegelung im Fenster wahrgenommen. Immerhin stand er in der hellen Küche, und draußen war es schon recht dämmrig …

»Mariella?«

Sie zuckte zusammen und hielt die Luft an. Celio war hinaus in Rosas Hinterhof gekommen und stand nun auf der anderen Seite der Mauer.

»Bist du da, Mariella?«

Sie presste die Lippen aufeinander und wagte es nicht, auch nur die kleinste Bewegung zu machen.

»Muss ich erst an der Mauer hochklettern, oder sprichst du vielleicht auch so mit mir?«

Mariella stieß einen Schwall Luft aus und atmete gierig ein. Dann schloss sie einen Moment die Augen und fuhr sich mit den Händen übers Gesicht.

»Mariella?«

»Hi, Celio«, antwortete sie und hoffte, möglichst unbekümmert zu klingen.

»Du bist also da.«

»Mhm. Ich gärtnere.«

»Du gärtnerst?«

»Ja.«

»Von der Mauer hängend?«

Die Worte trafen sie wie ein Schuss, und sie zuckte peinlich berührt zusammen. »Ich weiß nicht, wovon du sprichst.«

Sie nahm ein verhaltenes Lachen wahr und zog die Augenbrauen zusammen.

»Ich wollte dich anrufen«, sprach Celio nun weiter. Mariella hörte, dass er näher an die Mauer getreten war. Er musste ihr jetzt direkt gegenüberstehen.

»Aha«, sagte sie und starrte auf jenen Punkt an der Mauer, hinter dem sie ihn vermutete.

»Aber dann dachte ich, du würdest wahrscheinlich nicht rangehen.«

»Wahrscheinlich nicht.«

»Und dann wollte ich einfach vorbeikommen … Aber dann dachte ich, du würdest mich nicht sehen wollen.«

»Gut antizipiert.«

»Es tut mir leid, wenn ich dich verletzt habe. Das wollte ich dir nur persönlich sagen. Oder … oder fast persönlich angesichts der überdimensionalen Mauer, die zwischen uns steht.«

»Wie überaus zweideutig«, erwiderte Mariella und hörte, dass Celio lachte. »Die Sache ist die …«, begann sie, drehte sich um, lehnte sich mit dem Rücken gegen die kühle Wand und richtete den Blick in den dunkler werdenden Himmel.

»Ja?«

»Ich habe nachgedacht.«

»Okay …«

»Nein, das stimmt nicht ganz. Jemand hat mich zum Nachdenken gebracht.«

»Über?«

»Über alles. Er meinte, ich hätte nicht allein das Recht gepachtet, meine Träume leben zu wollen. Auch andere hätten dieses Recht. *Du* hättest dieses Recht. Und … na ja … ich denke, das ist schon richtig so. *Ich* habe mich viel zu sehr hineingesteigert, ohne dich überhaupt zu fragen, was du willst oder planst oder vorhast. Ich war einfach zu sehr mit mir selbst beschäftigt. Dieses … dieses kleine Problem liegt bei meiner Familie offenbar in den Genen.«

»Ähm …«

»Nein, lass mich aussprechen. Bitte. Ich wollte dir sagen, dass es okay ist. Ich habe eine Chance gesehen, eine einfache Möglichkeit, indem ich dich mit ins Boot hole, aber das war wahrscheinlich unfair. Es ist okay, dass du mehr willst, als kleine Pasta-Häppchen zu kochen und *Antipasti*-Platten anzurichten. Ich habe dich beim Kochen erlebt. Ich habe dir dabei zugesehen. Da ist so viel Leidenschaft in allem, was du tust, und … ein kleines Bistro hätte dich wohl nicht sehr erfüllt. Das verstehe ich. Jetzt.« Sie schloss den Mund und wartete, doch es kam keine Reaktion. »Ich bin fertig«, fügte sie daher leise hinzu.

»Danke«, antwortete Celio.

»Du musst dich nicht bedanken.«

»Doch. Ich habe dich im Stich gelassen, das war egoistisch von mir. Ich tue mich manchmal schwer damit … Wie soll ich sagen? … die Balance zu finden. Mein Leben ist nicht gerade so verlaufen, wie ich gewollt hatte, und … na ja … Ich wollte nicht mehr zurückstecken, weißt du? Ich habe immer zurückgesteckt, mein ganzes Leben lang. Zuerst für meine Eltern, dann für meine Frau und mein Kind. Und wofür das alles? Meine Frau hat mich dennoch verlassen.«

»Das tut mir leid.«

»Muss es nicht. Wir hätten nie heiraten dürfen.«

»Das Gefühl kenne ich.« *Oh ja*, dachte sie. Das kannte sie nur allzu gut. Sie hätte Dominic nie heiraten dürfen. Sie hätte sich nicht Hals über Kopf in ein Leben stürzen dürfen, von dem sie keine Ahnung gehabt hatte, einfach nur, weil ihre Emotionen es ihr befohlen hatten. Das wusste sie *heute*. Damals allerdings …

Sie hörte ihn leise lachen und lächelte ebenfalls. Sie beide hatten tatsächlich viel gemeinsam. Mariella stieß sich von der Mauer ab. Obwohl sie ihn nicht hörte, wusste sie, dass Celio immer noch da war.

»Ich wünsche euch viel Glück«, sagte sie. »Mit der Restaurantidee und … allem.«

»Allem?«

»Ähm … ich wollte nur sagen, ihr müsst mir nicht aus dem Weg gehen, Rosa und du. Wir sind Nachbarn, und für mich ist alles in Ordnung.«

»Mariella, was …«

»Ich muss rein.«

Mariella wandte sich abrupt um, lief ins Haus und schlug die Tür hinter sich zu.

21. Kapitel

SIE hatte das Gespräch beenden müssen, jetzt, in diesem Moment. Sie hatte gesagt, was sie hatte sagen wollen. Mehr war nicht nötig. Das war wichtig gewesen – eine Aussprache. Doch hatte das Gespräch schließlich eine Richtung eingeschlagen, die gedroht hatte, für Mariella unangenehm zu werden. Sie hatte kein Bedürfnis danach, mit Celio über Rosa zu sprechen, und im Grunde wollte sie auch keine Details über ihr gemeinsames Vorhaben hören. Sie hatte eine gute Nachbarschaft angeboten und fand, dass das reichen musste.

Sie atmete tief durch, knipste das Licht aus und ging die Treppen hoch.

Plötzlich klopfte es unten. Mariella drehte sich langsam auf der Treppe um und starrte zum Fenster, an das abermals geklopft wurde, einen Moment später dann an der Eingangstür. Mariella erwog, es einfach zu ignorieren. Was auch immer es war, was es aus Celios Sicht noch zu besprechen gab – sie war nicht bereit dazu.

»Mach auf, Mariella«, hörte sie ihn ungeduldig durch die geschlossene Tür sagen.

Mariella seufzte, ging die Treppen wieder hinunter und lief ins Vorzimmer. Sie zögerte kurz, dann öffnete sie die Tür.

»Was ist?«, fragte sie.

»Was soll das heißen, du wünschst Rosa und mir viel Glück mit *allem*?«

Mariella zog die Augenbrauen zusammen und tat so, als müsste sie kurz nachdenken. »Nichts. Das war nur so dahingesagt.«

Celio quetschte sich an ihr vorbei und stellte sich mitten ins Vorzimmer. »Wieso?«

»Was ist dein Problem?«

»Du denkst, wir sind zusammen, oder?«

»Was? Nein!«

»Du denkst, ich hätte etwas mit Rosa angefangen!«

»Nein! Und selbst wenn, wäre mir das total egal.«

»Och, bitte!« Celio wandte sich ab und stapfte in die Küche.

Mariella lief ihm hinterher. »Worüber reden wir hier?«

Celio funkelte sie an. »Wie kommst du auf diese Idee?«

»Sie hat ein Auge auf dich geworfen, und ihr wart so … innig.«

»Waren wir überhaupt nicht! Rosa ist absolut nicht mein Typ, nicht im Geringsten. Und wenn du es genau wissen willst, hat mich nach meiner Ex sowieso niemand mehr interessiert!«

»Oh. Dann hast du sie wohl sehr geliebt?«

Celio verdrehte die Augen. »So meinte ich das nicht. Diese Ehe hat mir die Lust auf Beziehungen schlichtweg verdorben. Ich dachte überhaupt nicht, dass mich je wieder jemand interessieren könnte, bis …« Er unterbrach sich und wandte den Blick ab.

Mariella machte einen Schritt auf ihn zu. »Bis?«

Celio warf ungeduldig die Arme in die Luft und begann, in der Küche auf und ab zu gehen. »Ich fasse es nicht, dass du überhaupt auf so eine Idee kommst! Du denkst doch nicht, dass ich etwas mit einer Frau beginne, mit der ich eine Geschäftsbeziehung habe, und das direkt nachdem das mit *uns* passiert ist und das genau der Grund ist, warum …« Wieder brach er ab. Er blieb stehen, schüttelte den Kopf und presste die Lippen aufeinander.

»Ich weiß überhaupt nicht, warum du dich so aufregst«, sagte Mariella ruhig und lehnte sich mit verschränkten Armen gegen die Kochinsel. »Du hast gesagt, du wolltest mehr, und deshalb hast du Rosas Angebot angenommen.«

»Ist auch so.«

»Jetzt gerade hast du angedeutet, dass …«

»Habe ich nicht.«

»*Du* hast gesagt, die Küsse haben nichts bedeutet!«

Celio fuhr herum und funkelte Mariella aus seinen grünen Augen an. »Nein. Das hast *du* gesagt.«

»Weil es auch so ist.«

»Schön.«

»Schön!«

Sie standen zwei Meter voneinander entfernt und starrten sich wütend an. Dann, nach einigen Sekunden, regte Celio sich und begann, langsam auf Mariella zuzuschreiten.

»Tut mir leid«, sagte er, den Blick auf sie gerichtet.

»Was tut dir leid?«

Er blieb dicht vor ihr stehen. »Es tut mir leid, aber ich muss das jetzt einfach tun.«

Er umfasste ihr Gesicht mit beiden Händen und zog sie an sich. Seine Augen funkelten, und Mariella konnte ihm ansehen, wie aufgewühlt er war. Er atmete stoßweise, und als sie ihre Hand auf seine Brust legte, konnte sie seinen wilden Herzschlag spüren. Einen Moment lang blickte er ihr fest in die Augen, als wartete er auf eine Antwort, eine Erlaubnis, vielleicht auch auf Protest. Doch zu alldem war Mariella nicht in der Lage. Diesen Mann so nah bei sich zu haben, ihn zu spüren, von seiner Präsenz eingehüllt zu sein, überforderte sie, und alles, woran sie denken konnte, waren seine Lippen.

Dann beugte er sich endlich weiter zu ihr. Sein Mund berührte den ihren. Der Kuss und all die Leidenschaft, die darin lag, raubte Mariella den Atem. Sie lehnte sich gegen ihn, presste ihren Körper an Celios und ließ zu, dass er sie weiter und weiter küsste. Ihre Haut begann zu prickeln, und die Gefühle tobten in ihr wie ein gewaltiger Orkan.

Das darf nicht passieren, dachte sie plötzlich. *Ich kann das einfach nicht!*

Doch so einfach war es nicht. Sie spürte seine Hände auf sich, seine Lippen, einfach alles. Es war, als stünden sie beide in Flammen, als gäbe es nichts, das dieses Feuer löschen konnte.

Doch Flammen waren gefährlich. Dieser Gedanke ließ sie innerlich zusammenfahren. Sie löste sich abrupt von ihm und stieß ihn sanft, aber bestimmt von sich weg.

»Oh Gott«, sagte sie und fuhr sich mit der flachen Hand über die Lippen.

»Hör zu, Mariella …«

Doch sie wollte nicht zuhören. Sie wandte sich um und lief nach draußen in den Garten. Er folgte ihr.

»Mariella!«

Sie ignorierte ihn. Sie folgte dem schmalen Weg zum anderen Ende des Gartens, griff nach dem Schlüssel hinter der Gießkanne, wandte sich um und ging wieder zurück. Celio stand an der offenen Tür und starrte sie irritiert an.

»Was tust du da?«

»Etwas holen«, sagte sie und stapfte auf die kleine Eisentür in der Mauer zu. Sie kniete sich hin und sperrte sie auf.

»Kommt da jetzt ein Gewehr zum Vorschein, oder so was? Muss ich mich ducken?«

»Haha.«

Sie nahm eine Flasche heraus und hielt sie triumphierend in die Luft. Celio hob die Augenbrauen und blickte von der Flasche zu Mariella und wieder zurück. »Das ist deine Lösung? Wir betrinken uns? Sehr erwachsen.«

»Niemand betrinkt sich. Aber dank Giampaolo habe ich dieses Getränk hier kennengelernt und erfahren, dass er sehr entspannend wirken kann. Und ehrlich gesagt ist das alles hier gerade etwas viel. Deshalb …«

Celio schüttelte kurz den Kopf, dann kam er auf sie zu. Sie schloss den Mund und warf ihm einen bangen Blick zu. Sanft nahm er ihr die Flasche aus der Hand und stellte sie ab. Dann legte er ihr die Hände auf die Oberarme und blickte ihr fest in die Augen. »Wovor hast du Angst?«, fragte er leise.

»Ich habe keine Angst«, antwortete sie.

»Was dann?«

»Ich … ich habe keine Ahnung. Ich hatte nicht damit gerechnet.«

»Damit?«

»Mit dir.«

»Das trifft sich sehr gut. Denn *ich* hatte auch nicht mit *dir* gerechnet.«

Sie sahen einander in die Augen und schwiegen. Für diesen Moment war alles gesagt. Und dann plötzlich nahm Mariella ein Funkeln wahr. Sie blickte zur Seite und riss die Augen auf.

»Wow!«, sagte sie.

Celio folgte ihrem Blick. Er sah es auch. Zuerst funkelte es nur an zwei Ecken im Garten. Dann kam noch eines hinzu, dann noch eins und noch eins. Und plötzlich schienen sie inmitten eines Meeres aus funkelnden Punkten zu stehen.

»*Lucciole!*«, stieß Celio aus.

»Glühwürmchen«, wiederholte Mariella flüsternd.

Er zog sie an sich, legte seine Arme fest um sie und so standen sie da, die Blicke auf das aufstobende Funkenmeer gerichtet, so lange, bis auch das letzte vorüber war.

Alles, was sie noch einen Moment zuvor so aufgewühlt hatte, war plötzlich wie weggeblasen. Sie war so von diesem Anblick eingenommen, fühlte sich so geborgen und sicher, dass sie alles andere von sich schob. Das war es, dachte sie. Genau *das* war es, was wichtig war. Der Augenblick zählte. Sie wusste das. Jeder wusste das. Doch jetzt, genau jetzt in diesem Moment, da hatte sie das Gefühl, das erste Mal wirklich zu *verstehen*, was das eigentlich bedeutete.

»So etwas Schönes habe ich noch nie gesehen«, flüsterte Mariella.

Celio senkte den Blick und sah ihr in die Augen. Und auf einmal brauchte es keine Worte mehr. Er streichelte über ihren Rücken, küsste ihren Mund, ihren Hals, ihre Schultern. Sie fuhr ihm durchs Haar und erwiderte seine Zärtlichkeiten.

»Wir sollten das nicht tun«, flüsterte sie atemlos, als Celio langsam mit der Hand unter ihr T-Shirt fuhr.

»Nein, sollten wir nicht«, murmelte er, während er weiter ihren Hals küsste.

»Das wird kompliziert …«

»… und schwierig …«

»… und verrückt.«

Er ließ kurz von ihr ab, nur um ihr eine Sekunde später einen sanften Kuss auf die Lippen zu hauchen.

»Dann soll es wohl so sein«, sagte er leise und lächelte.

Mariella erwiderte sein Lächeln, strich mit beiden Händen über seine starke Brust und lehnte sich gegen ihn. Dann nickte sie hinter sich Richtung Haus.

»Ich könnte dir den ersten Stock zeigen.«

»Den ersten Stock?«

»Speziell das Zimmer links.«

»Und … was ist im Zimmer links?«, raunte Celio ihr ins Ohr.

»Das Bett.«

Celio grinste, griff nach ihrer Hand und zog sie mit sich nach drinnen.

22. Kapitel

KOMPLIZIERT. Schwierig. Verrückt.

Das waren die ersten Worte, die Mariella in den Sinn kamen, als sie die Augen aufschlug. Langsam drehte sie den Kopf zur Seite und war wenig überrascht, die Stelle neben sich leer vorzufinden.

Sie richtete sich auf, fuhr sich mit der Hand über die Augen und blinzelte ein paar Mal.

Er war also einfach gegangen.

Typisch! Einfach typisch, dachte Mariella und stieg aus dem Bett.

Sie griff nach ihrem Morgenmantel und ging nach draußen auf den kleinen Verbindungsgang. Sie wollte gerade ins Badezimmer gehen, da nahm sie den intensiven Geruch nach frisch gebrühtem Kaffee wahr. Sie drehte sich um und stieg langsam die Treppen hinunter in die Küche. Auf halber Strecke blieb sie stehen und fuhr sich schnell mit den Fingern durchs Haar. Erst dann nahm sie die letzten Stufen und ging in die Küche.

»Du bist hier«, sprach sie ihre Gedanken laut aus.

»Du klingst überrascht«, sagte Celio, der gerade dabei war, Kaffee in zwei Tassen einzuschenken.

»Bin ich auch.«

»Wo sollte ich denn sein?«, fragte er, während er auf sie zukam und ihr eine Tasse Kaffee in die Hand und einen Kuss auf die Wange drückte.

»Ich weiß nicht. Auf der Flucht vor der harten Realität am Morgen danach?«

Celio lachte kurz auf. »Du traust mir nicht besonders viel zu, oder?« Er schüttelte den Kopf und ging nach draußen in den Garten.

Mariella folgte ihm. »Das ist eine Fangfrage. Die beantworte ich nicht.«

»Musst du auch nicht«, sagte er und setzte sich auf das kleine Steinbänkchen neben der Tür. »Ich durchschaue dich ohnehin viel zu gut.«

Mariella ließ das unkommentiert stehen. Zum einen verspürte sie keinerlei Lust, ein solches Gespräch zu führen. Zum anderen war ihr auch ohne Celios Bemerkung klar, dass sie ein sehr durchschaubarer Mensch war. Es war ihr noch nie besonders gut gelungen, geheimnisvoll zu erscheinen, und sie hatte das im Gegensatz zu anderen Frauen – *wie Rosa*, stellte sie zähneknirschend fest – auch nie für erstrebenswert gehalten.

»Schön hier«, sagte Celio in die Stille hinein.

»Ja, finde ich auch.«

»Deine Großmutter muss den Garten sehr geliebt haben.«

Mariella warf Celio einen Seitenblick zu. »Wollen wir jetzt wirklich Small Talk betreiben?«

»Ich weiß nicht. Worüber willst du denn sprechen?«

Er spielte den Ball zurück und lächelte dazu auch noch auf diese unverschämt attraktive Art. Mariella konnte nur den Kopf schütteln. »Okay«, sagte sie. »Dann reden wir nicht. Ich muss mich sowieso an die Arbeit machen.«

»Ja. Ich auch.«

Celio trank seinen Kaffee aus, dann wandte er sich noch einmal zu ihr um. »Wie läuft es bei dir? Ich meine, wie läuft der Laden?«

»Gut. Sehr gut.«

»Das freut mich. Ich wollte dir eigentlich sagen, dass … Nun, wir feiern heute Neueröffnung. Nebenan, meine ich. Der Laden unten an der Promenade ist bereits eröffnet, und wir haben Werbung für hier oben gemacht. Jetzt, wo die Touristen langsam kommen, schien das eine passende Zeit zu sein.«

»Mhm.« Mariella zog einen Schmollmund und wandte sich ab, weil sie nicht wollte, dass Celio sie betrachtete und aus ihrem Gesicht las, was sie empfand.

»Ich wollte dich einladen.«

»Wie bitte?«

»Zur Neueröffnung. Wenn es nicht zu … eigenartig ist. Aber du warst die Erste, die mir hier einen Job gegeben hat, nachdem ich hergezogen bin und … nun, es erschien mir falsch, dich nicht einzuladen.«

»Ich denke nicht, dass Rosa damit einverstanden wäre.«

»Rosa mag dich.«

Mariella schnaubte. »Tut sie nicht. Und jetzt wohl noch weniger.«

Celio stand auf. Seine Mundwinkel zuckten, doch er hatte Anstand genug, nicht loszulachen, wenngleich Mariella deutlich sehen konnte, dass ihre Art ihn amüsierte. »Okay, ich will nicht zwischen euer Frauen-Ding geraten …«

»Zwischen uns läuft kein Frauen-Ding!«, warf Mariella ein.

»Auch gut. Es würde mich freuen, wenn du kommst. Dann könnte ich dir zeigen, was ich wirklich drauf habe.« Mit diesen Worten drehte er sich um und ging, nicht ohne Mariella noch ein letztes Mal zuzuzwinkern.

Sie starrte ihm kurz nach. Dann lehnte sie sich gegen die Hauswand und lauschte den Bienen, die um die Lavendelbüsche summten.

Sie wusste nicht, wie sie all das einordnen sollte. Sie hatten die Nacht miteinander verbracht. Sie hatte sich auf ihn eingelassen, und jetzt? Das war einfach nur …

»… dumm!«, stieß Mariella aus und sprang auf. »Dumm, dumm, dumm.«

Sie konnte damit nicht umgehen. Jetzt, im grellen Licht des Morgens, ganz ohne magische Glühwürmchen und die tröstende Dunkelheit der Nacht, fragte sie sich, wie sie das alles nur hatte zulassen können. Sie musste es doch besser wissen! Sie war nicht in der Lage, diese Situation emotionslos zu betrachten. Das war schon vorher mehr als schwierig gewesen, aber jetzt, nachdem sie mit Celio eine Nacht verbracht hatte, war es gänzlich unmöglich.

Nein, sie würde damit nicht umgehen können. Und sie würde auch nicht weiter darüber nachgrübeln. Nicht jetzt und nicht hier. Sie hatte viel zu viele andere Dinge, um die sie sich sorgen musste, als die Frage, was Celio jetzt wohl dachte, was er wollte, was das alles zu bedeuten hatte.

Sie war eine so was von *typische* Frau, wenn es um diese Dinge ging. Sie würde diese Fragen Tage, nein, Wochen nicht mehr aus dem Kopf bekommen. Gleichzeitig würde sie ihn nicht direkt danach fragen, weil sie dafür zu stolz und zu unsicher und zu unentschlossen war. Sie wusste ja selbst nicht, was sie von alldem halten sollte. Celio hatte deutlich gesagt, dass er keinerlei Interesse an einer Beziehung hegte.

»Tu ich auch nicht«, murmelte sie und stieg die Treppen hoch, um sich im Badezimmer frisch zu machen.

Doch auch das half nicht, um mit dieser Situation umzugehen. Sie hatte noch nie einen One-Night-Stand gehabt. Sie hatte Beziehungen gehabt. Die erste große Liebe mit sechzehn, die erste ernst zu nehmende Beziehung mit zwanzig und danach die Ehe mit Dominic. *Darauf* beliefen sich ihre Erfahrungen mit Männern. Und diese waren mit Sicherheit nicht ausreichend, um es mit einem Mann wie Celio aufnehmen zu können.

Mariella seufzte und starrte in den Spiegel. »Dumm«, wiederholte sie und schüttelte den Kopf.

Etwas Gutes hatte die Sache mit Celio ausgelöst, stellte Mariella fest, als sie am Nachmittag in ihrer Küche saß und die Bestellliste für die nächste Woche zusammenstellte. Nämlich eine Art Resignation im Hinblick auf ihre unbändige Angst vor Kontrollverlust. Die Gefühle, die die Nacht mit Celio hatten aufwallen lassen, verursachten eine regelrechte Panik in Mariella. Sie wusste, dass sie keine Möglichkeit hatte, Kontrolle über diese zu erhalten. Nicht, solange sie nicht wusste, wie es weiterging. Und darüber musste sie sich erst mal selbst klar werden. Doch gerade weil in ihrem Liebesleben das Chaos auszubrechen drohte, entstand in Mariella eine unbändige Entschlossenheit, was ihr berufliches Leben anging.

Sie sah sich in ihrer Küche um. Viel hatte sich mittlerweile eingespielt und einzelne Handgriffe konnten nahezu automatisch erledigt werden. Doch gleichzeitig verstand Mariella, dass es so nicht weitergehen konnte. Sie konnte sich nicht auf Andrea oder Giampaolo verlassen. Das waren Notlösungen gewesen, kein handfester Plan. Und je mehr sie darüber nachdachte, desto sicherer war sie sich, dass sie sich eigentlich auf niemanden mehr verlassen müssen wollte. Das hatte nichts mit Celio oder Andrea oder Giampaolo zu tun, sondern nur etwas mit ihr. Sie hatte das Bedürfnis, sich weiterzuentwickeln. Sie wollte endlich etwas machen, worauf sie stolz sein konnte. Etwas, das sie aus eigenem Antrieb und aufgrund der richtigen Motivation schaffte.

Mariella stand auf und ging die Treppen nach oben ins Wohnzimmer ihrer Großmutter. Sie betrachtete die Kalenderabschnitte, die an der Wand hingen, und strich dann zärtlich über den Einband ihres Tagebuchs.

Sie hatte es alleine geschafft. Sie hatte niemanden gehabt. Ihr Mann war gestorben, ihre Tochter nach Deutschland gezogen. Sie hatte sich ein Geschäft aufgebaut, das sie alleine führen konnte, sodass sie nie Gefahr gelaufen war, wieder in eine Abhängigkeit zu wem auch immer zu geraten.

Und war es nicht genau das, was Mariella im Grunde gewollt hatte?

»Oh ja«, flüsterte sie und lächelte.

Denn plötzlich wusste sie, was sie zu tun hatte.

Sie schloss ihr Bistro heute früher als sonst. Die meisten Gäste waren zwischen sechs und sieben Uhr gekommen, danach waren immer mehr in Rosas Laden abgebogen. Nebenan war es voll – *richtig* voll. Nicht nur hatte Rosa es geschafft, eine Menge Gäste anzulocken, sie hatte sogar die lokalen Medien aufs Parkett gerufen. Wieder spürte Mariella den altbekannten Stich des Neids, doch diesmal ließ sie sich nicht davon übermannen. Wenn sie erfolgreich sein wollte, musste sie über sich hinauswachsen. Sie durfte sich nicht mehr selbst im Wege stehen.

Also hatte sie sich entschieden, Vernunft walten zu lassen. Rosa war erfolgreich in dem, was sie tat, und Mariella konnte, zähneknirschend, aber doch etwas von ihr lernen. Nicht, dass sie wieder denselben Fehler machen wollte, direkte Ratschläge von ihr anzunehmen. Das war schon einmal schiefgegangen und hatte Rosas wahres Gesicht ziemlich deutlich zum Vorschein kommen lassen.

»Aber man kann sich ja diskret etwas abgucken …«, flüsterte Mariella und trat zur Tür hinaus.

Sie blickte an sich hinunter und fragte sich, ob sie es nicht übertrieben hatte. Das rote Cocktailkleid war vielleicht etwas viel des Guten. Aber es schmiegte sich perfekt um ihre zarte Figur und stellte ihre schlanken Beine gut zur Schau.

»Hör auf damit«, schalt sie sich, streckte den Rücken durch und ging zu ihrer Nachbarin. Sie musste sich durch eine ganze Schar an wartenden Gästen kämpfen, bis sie ins Restaurant gelangen konnte. Sofort sah sie Rosa, die neben der offenen Küche stand und ein pink geblümtes Petticoatkleid und eine weiße Rüschenschürze trug. Gegen Rosas Outfit fühlte Mariella sich wie eine blasse Schaufensterpuppe. Sie blieb unsicher neben dem Eingang stehen und fragte sich, ob es ein Fehler gewesen war, hierherzukommen. Doch bevor sie sich umdrehen konnte, wandte Rosa sich um und starrte sie direkt an. »Mariella!«, rief sie überrascht aus.

»Ich wollte dir gratulieren. Euch, meine ich«, sagte Mariella schüchtern und hob die Hand, in der sie einen kleinen rosa Blumenstrauß hielt.

Rosa riss die Augen auf. Dann formte sie ein strahlendes Lächeln mit ihren knallpinken Lippen und stürmte auf Mariella zu. Sie umarmte sie und hauchte ihr links und rechts ein Küsschen auf die Wange. »*Mamma mia, che sorpresa!* Da bin ich aber sprachlos. Ich freue mich sehr. Danke, Mariella. Komm, nimm dir einen Champagner.«

Mariella folgte Rosa zu einem Hochtisch gegenüber der offenen Küche, auf dem ein Silbertablett mit gut gefüllten Champagnergläsern stand. Mariella nahm sich eins und trank einen großen Schluck. Dann nickte sie Richtung Ausgang. »Es läuft gut, ja?«

»Oh ja, die Gäste sind begeistert. Wir haben so intensiv an einem Konzept gebastelt, weißt du? Wir waren einfach nicht sicher, ob *haute cuisine* hier angenommen wird. Es ist ja doch eine sehr auf Traditionen bedachte Region, in der wir hier leben, *non è vero*?«

Mariella nickte und klammerte sich an ihr Glas.

»Aber Celio ist grandios. Er hat es geschafft, Tradition und Moderne ideal miteinander zu verbinden. Wir bieten jede Woche ein anderes Degustationsmenü an. Immer saisonal und regional. Fünf Gänge.«

»Gutes Konzept«, bestätigte Mariella und nickte.

»Ja, weil es planbar ist. Wir benötigen sehr teure Produkte, und da muss man mit der Kalkulation aufpassen …« Rosa unterbrach sich und griff nach einem Glas Champagner. »Ach, was rede ich da? Das interessiert dich doch gar nicht, richtig? Es ist schön, dass du hier bist und mit uns feiern möchtest. Heute gibt es Flying Dinner. Das war auch Celios Idee. Jene Gerichte, die wir ab morgen in unseren Menüs anbieten wollen, werden heute von unseren Kellnern als Häppchen serviert. Partyfood, *si*?«

Mariella nickte und versuchte, an Rosa vorbei Richtung Küche zu blicken. Sie hörte Celio arbeiten, sah ihn aber nicht.

»Wollen wir raus? Du kannst gerne alles probieren. Du bist eingeladen.«

»Ach, das ist nicht nötig, ich wollte nur …«

»*Certo, certo!* Eingeladen. Komm.«

Mariella nickte, machte ein paar Schritte und blieb dann stehen. »Ich müsste nur vorher kurz auf die Toilette.«

»Oh, natürlich. Die Tür hinten links, neben der Küche. Bis dann.«

Rosa ging nach draußen, und Mariella starrte ihr nach. Entweder war Rosa betrunken, oder sie war eine verdammt gute Schauspielerin. Oder Mariella als Person und alle Zusammentreffen mit ihr waren Rosa völlig egal, weil sie eine Frau war, die über den Dingen stand.

Mariella zuckte mit den Schultern. Vermutlich war es Letzteres. Da hatte Rosa ihr nicht nur ein paar Jahre, sondern einiges an Erfahrung voraus. Mariella wollte auch die Fähigkeit besitzen, über den Dingen zu stehen. Doch davon war sie Lichtjahre entfernt.

Sie seufzte, wandte sich um und blickte in den Bereich hinter der offenen Küche. Dort waren Lager, Kühlraum, Kaffeeküche und Patisserie untergebracht. In der Patisserie sah sie Celio, der mit einem anderen Koch gerade über einem Tablett gebeugt stand, auf dem zahlreiche kleine Silberschüsseln drapiert waren. Celio trat einen Schritt zur Seite, und Mariella stellte fest, dass es sich wohl um kleine

Tiramisu-Portionen handelte. Sie musste lächeln, als sie Celio zusah, der so konzentriert auf die kleinen Desserts starrte, als handle es sich um hochwissenschaftliche Experimente. Sie seufzte und musste an letzte Nacht denken.

Als hätten diese Bilder auch ihn plötzlich überfallen, richtete er sich auf und blickte zu ihr. Seine Augenbrauen schossen in die Höhe. Er gab seinem Kollegen Anweisungen und kam nach draußen in die offene Küche. »Du bist gekommen«, sagte er und lächelte sie an.

»Ja. Es ist …«, Mariella machte eine ausladende Geste und drehte sich halb im Kreis, »… unglaublich. Sieh dir die vielen Leute an!«

»Ja. Guter Andrang. Ich war nicht sicher, ob meine Menüauswahl die richtige ist. Ich wollte nicht zu modern werden.«

»Ich bin sicher, du hast die perfekte Auswahl getroffen.«

Celio lächelte sie dankbar an. Er nickte Richtung Toilettentür. »Wenn du den Gang weiter gehst, an der Toilette vorbei, dann findest du ein kleines Büro. Wenn du willst, bringe ich dir ein paar Kostproben dorthin.«

»Nein! Das … das ist nicht nötig. Ich will dich nicht stören …«

»Du störst nicht. Wir bereiten gerade die Desserts zu, und das ist nicht meine Hauptaufgabe, sondern die von dem Kollegen aus der Patisserie. Geh und mach's dir bequem. Ich bringe dir etwas.«

Mariella nickte und ging mit wackeligen Knien nach hinten. Sie setzte sich in den kleinen Raum und starrte gebannt auf die Tür. Gerade überlegte sie, noch ein weiteres Glas Champagner zu holen, um ihre Nerven zu beruhigen, da kam Celio bereits mit einem kleinen Tablett auf sie zu.

»Wow«, sagte Mariella und bewunderte die sieben kleinen Tellerchen mit zahlreichen Köstlichkeiten darauf.

»Du hast doch noch gar nicht probiert.«

»Die sehen viel zu schön aus, um sie zu essen. Hast du das mit einer Pinzette angerichtet, oder was?« Sie lachte, doch als sie Celios ernstes Nicken sah, hörte sie sofort damit auf.

»Ja, habe ich«, antwortete Celio.

»Wow«, wiederholte Mariella. »Und? Was ist das alles?«

»*Millefeuille* mit Aubergine und Mozzarella, Zucchini-Trüffel-*Carpaccio*, kleine Rouladen vom Schwein gefüllt mit *Caponata Siciliana*, *Polpetta* mit Spinatsalat, *Gnocchi Negro* mit Salbei«, zählte Celio auf. Er blickte Mariella unverwandt an, dann ergänzte er: »*Millefeuille* kommt ja eigentlich aus der französischen Küche, daher war ich nicht sicher, aber im Grunde bedeutet es ja nur, dass es sich um einen geschichteten Kuchen handelt … und ich habe eine italienische Version daraus gemacht. Eigentlich aus allem. Die *Polpetta* aus Hackfleisch ist vielleicht ein bisschen einfach, aber sie ist typisch italienisch und …« Er brach ab und schien auf eine Reaktion zu warten.

Mariella betrachtete die Leckereien, als handle es sich dabei um pures Gold. Dann hob sie den Kopf und sah Celio in die Augen.

»Was ist?«, fragte er und klang geradezu verunsichert.

Mariella schüttelte den Kopf. »Nichts. Es ist nur … Jetzt verstehe ich, dass dir meine kleinen *Antipasti* zu wenig waren.«

»Mariella …«

Sie hob abwehrend die Hände. »Nein! Das war nicht … So war das nicht gemeint. Wirklich nicht. Ich freue mich für dich. Es ist großartig. Unglaublich, wie lecker das alles aussieht. Rosa hatte recht, dich mir wegzuschnappen und dir eine echte Aufgabe zu geben.« Mariella zwinkerte.

Celio senkte den Blick.

»Ich habe beschlossen, mir die Konzession selbst zu besorgen«, erklärte Mariella geradeheraus und griff nach dem ersten Teller.

»Ach ja?«

Sie nickte. »Ja. Ich meine, ich denke nicht, dass ich eine ganze Kochlehre machen muss. Ich habe schon ein bisschen recherchiert. Ich müsste ein paar Prüfungen ablegen. Aber es wäre möglich.«

»Das … das ist großartig, Mariella!«

»Ich will auch etwas schaffen, auf das ich stolz sein kann, weißt du?«

»Das hast du doch bereits.«

Mariella schüttelte energisch den Kopf und stieß ihre Gabel in die Gnocchi. »Nein. Das alles basiert total auf meiner Großmutter, und ich bin zu sehr auf die Hilfe anderer angewiesen. Ich muss … ich muss mich einfach mehr anstrengen. Ich will diese Konzession. Ich will mehr und bessere Drinks anbieten dürfen. Ich will eine *Antipasti Bar* haben. Und da muss Alkohol fließen.«

Celio lachte auf. »Da hast du sicher recht.«

»Und ich will nicht ständig Angst haben, dass die Gewerbebehörde anklopft, weil ich vielleicht meine sehr limitierte Konzession übertreten habe. Ich will … ich will einfach etwas *mehr*.«

Celio nickte. »Ich weiß genau, was du meinst.«

Mariella strahlte ihn an. »Ja. Ja, ich weiß, dass du das verstehst.«

Dann nahm sie einen Bissen von Celios Essen. Es war genauso köstlich, wie es aussah.

23. Kapitel

UND plötzlich war Mariellas Leben von einer Entschlusskraft geprägt, die sie zuvor nicht gekannt hatte. Sie wachte morgens motiviert auf, hatte das Gefühl, alles schaffen zu können, erledigte ihre Aufgaben, registrierte sich bei zwei Personaldienstleistern, die auf den gastronomischen Bereich spezialisiert waren, und schrieb sich bei einem Weiterbildungsinstitut für einen Lehrgang ein, der für Quereinsteiger in der Gastronomie konzipiert war. Sie öffnete ihr Bistro an vier Tagen die Woche, stellte laufend neue Kalkulationen an, um zu prüfen, ob ihr Umsatz für die zusätzlichen Ausgaben reichte, schulte die ausgeliehenen Hilfskräfte und entwickelte wöchentlich neue Menükarten.

Zum ersten Mal in ihrem Leben hatte sie das Gefühl, dass alles rund lief. Es war anstrengend, ja. Es war an manchen Tagen geradezu erschöpfend. Aber sie wollte nicht aufgeben. Sie hatte ein Ziel vor Augen – eines, das es wert war, dafür zu kämpfen.

Was zu kurz kam oder im Grunde genommen kaum noch vorhanden war, war die Freizeit. Ihr Privatleben. Sie hatte Letizia, Emilia und Giampaolo seit Wochen nicht mehr gesehen.

Und Celio ebenfalls nicht.

Sie hörte, wenn er nebenan arbeitete. Zumindest redete sie sich ein, dass er es war, sah ihn vor sich, wie er anmutig in seiner blütenweißen Kochjacke in der offenen Küche stand und sündhaft leckere Gerichte zauberte.

Ob er tatsächlich hier oder unten in Rosas Restaurant an der Promenade kochte, wusste Mariella nicht. Es war auch unwichtig. Sie hatte keine Zeit. Die gemeinsame Nacht mit Celio schien Lichtjahre entfernt, und sie erlaubte sich nicht, sich Gedanken darüber zu machen.

Wozu auch?

Er hatte seine Träume, sie hatte ihre. Zu einer anderen Zeit, unter anderen Umständen wären diese Träume vielleicht kombinierbar gewesen.

Oder wenn er ein anderer Mensch wäre. Oder sie.

Doch sie waren zu unterschiedlich. Oder, vielleicht war es genau andersrum. Vielleicht waren sie sich auch zu ähnlich. Sowohl Celio als auch sie wollten sich beweisen. Sie wollten dieses ominöse »Mehr« im Leben, etwas, auf das sie stolz sein konnten, etwas, das sie erfüllte. Der Fokus war auf den eigenen Weg gerichtet, ausschließlich. Da gab es keinen Platz für Romanzen. Und irgendwie war das auch okay so. Mariella hatte das sichere Gefühl, dass Celio diese ganze Sache genauso sah wie sie. Es gab keinen Redebedarf, alles, was wichtig war, hatten sie besprochen. Auch *das* war okay so. Irgendwo inmitten dieses toskanischen Abenteuers war Mariella herangereift, war der Frau, die sie sein wollte, ein paar Schritte nähergekommen.

Sie hatte erwartet, dass die gemeinsame Nacht mit Celio sie emotional überfordern und komplett aus der Bahn werfen würde. Manchmal, in der Nacht, wenn sie sich erlaubte, an ihn zu denken, war das vielleicht auch so. Aber am nächsten Morgen riefen neue Aufgaben, neue Herausforderungen nach ihr, und der Traum vom freien, selbstbestimmten Leben war so greifbar, dass alles andere daneben unwichtig erschien.

Ja, dachte sie nun wieder. Es war tatsächlich okay so.

Mariella saß in ihrem Weiterbildungskurs in der Bildungseinrichtung in Lucca. Vor ihr stand ein geöffneter Laptop, daneben lag ein Notizblock, der voller Mitschriften war. Mariella starrte den Dozenten an und prägte sich alles ein, was er seinen Schützlingen erklärte.

Ihr Handy vibrierte und zwei Sitznachbarn warfen ihr genervte Blicke zu. »Sorry«, murmelte sie, griff nach dem Handy, sprang auf und eilte nach draußen.

Das passierte nicht zum ersten Mal, und sie spürte den wütenden Blick, den ihr genervter Dozent ihr in den Rücken bohrte, während sie den Raum verließ. Sie hatte sich schon mehrfach entschuldigt und gerechtfertigt. Sie konnte nichts dafür! Im Gegensatz zu ihren anderen Kommilitonen *hatte* sie bereits einen laufenden Laden. Alle anderen standen am Anfang ihrer Träume, Mariella befand sich mittendrin. Sie erledigte alles parallel, musste Fragen ihrer Hilfskräfte beantworten und gleichzeitig versuchen, nicht allzu viel im Unterricht zu verpassen.

»Was ist?«, fauchte sie ins Telefon, als sie die Tür des Klassenzimmers hinter sich schloss.

»Störe ich, *cara*?«, fragte Letizia und schaffte es, zugleich mitfühlend und ungeduldig zu klingen.

»Ich bin im Kurs«, antwortete Mariella.

»*Sì, lo so.* Aber dein Neuer hat den Schlüssel verloren.«

»Wie bitte?«

»Deine Hilfskraft … *Come ti chiami?*«, fragte Letizia augenscheinlich jemand anderen. Im Hintergrund wurde gemurmelt, und Mariella verstand nur jedes zweite Wort. Dann sprach Letizia wieder direkt ins Telefon. »Deine neue Hilfskraft, Davide, hat den Schlüssel verloren und kann das Bistro nicht aufmachen. Wo ist dein Ersatzschlüssel?«

»Bei mir!«, rief Mariella entsetzt aus.

»Das ist aber nicht sehr sinnvoll, *cara*. Du solltest einen Schlüssel bei mir lassen. Oder unter der Türmatte.«

»Ich habe keine Türmatte, und … ich hatte nicht daran gedacht. *Mist!*«

»Tja, aber jetzt können wir den Laden nicht aufmachen.«

»Nein, nein, nein, nein! Heute bin ich ausgebucht, Letizia!«

»Das freut mich. Also?«

»Also – was?« Mariella begann, ungeduldig im Gang auf und ab zu laufen.

»Was ist der Plan? Soll ich Davide nach Hause schicken?«

»Nein! Ich brauche ihn.«

»Aber er hat keinen Schlüssel.«

»Dann … keine Ahnung! Brecht ein!«

»Du machst Scherze, oder?«

»Nicht wirklich, nein.«

»Ich glaube nicht, dass Davide einbrechen möchte. Dann verliert er vermutlich seinen Arbeitsvertrag mit der Leihfirma. *Non è così*, Davide?« Wieder Gemurmel im Hintergrund. Dann: »Er sagt ja.«

»Ich verrate es keinem!«

»Mariella, das ist ein blöder Plan. Du bezahlst Davide, um zu arbeiten. Und nicht zu knapp, oder? Diese Personalfirmen sind total teuer. Ich sagte doch, Andrea hätte dir gerne weiter geholfen.«

»Andrea hat einen eigenen Laden. *Euren* Laden, Letizia. Ich kann mich nicht ständig auf andere verlassen.«

»Ja, das ist offensichtlich. Denn andere verlieren die *Schlüssel*.«

Mariella seufzte, lehnte sich mit der Stirn gegen die kühle Wand und dachte einen Augenblick lang nach. Sie musste das Bistro öffnen. Sie hatte nur noch vier statt fünf Tage die Woche auf und musste irgendwie denselben Umsatz erreichen. Davide war teuer, ein geschlossenes Bistro war teuer und die Weiterbildung war ebenfalls teuer.

Die günstigste Variante war dennoch, einfach eine Unterrichtseinheit zu schmeißen.

»Ich komme«, fauchte Mariella ins Telefon, legte auf und stürmte nach draußen zu ihrem Auto.

Als sie nach zahlreichen Verkehrsübertretungen und einem drohenden Herzinfarkt, weil sie fast einen süßen Feldhasen überfahren hätte, vor dem Bistro ankam, sah sie – niemanden. Sie stieg eilig aus, blickte sich um und lief dann zu ihrer Eingangstür. Dann riss sie den Kopf nach links und stellte überrascht fest, dass Licht in ihrer Küche brannte.

Sie schloss die Tür auf und eilte in die Küche.

»Was ist hier los?«, fragte sie atemlos.

Davide hob den Kopf und sagte: »Dein Nachbar hat geholfen. Sorry wegen dem Schlüssel.«

Mariella machte eine wegwerfende Handbewegung. Nicht, weil es egal war, sondern weil sie weder Kraft noch Lust hatte zu diskutieren. »Welcher Nachbar?«

»Keine Ahnung. Der von da drüben eben. Er ist draußen und repariert die kaputte Tür.«

Mariella stürmte auf Davide zu und schnippte mehrmals direkt vor seiner Nase in die Finger, um ihn dazu zu bringen, von seiner Tätigkeit aufzublicken und ihr seine Aufmerksamkeit zu schenken. »*Welche kaputte Tür? Wovon sprichst du?*«

»Draußen im Garten, Mariella!«, fuhr Davide sie an, als sei *sie* der Störenfried in dem ganzen Szenario.

Sie schnaubte, bedachte Davide noch mit einem letzten eisigen Blick und ging dann zur Hintertür. Sie stieß sie auf und wurde mit einem lautstarken Fluch begrüßt.

»*Cazzo! Stai attento!*«

Mariella zuckte zusammen und steckte den Kopf durch die Tür. Vor ihr stand Celio, der sich eine Hand gegen die Stirn presste.

»Entschuldigung!«, sagte sie zerknirscht und trat nach draußen in den Garten.

»Du hast mir die Tür an den Kopf geknallt! Was *tust* du überhaupt hier?«

»Letizia hat … Was soll die Frage? Was tust *du* denn hier?«

Celio presste die Augen zusammen, rieb sich die Stirn und deutete ungeduldig auf die Hintertür. »Ich habe die Tür aufgebrochen, damit der Junge hinein kann.«

Mariella starrte Celio mit offenem Mund an. »Wie bitte?«

»Ich sagte, ich habe …«

»Ich habe dich verstanden! Wieso brichst du meine Türe auf? Ich war doch schon auf dem Weg!«

»Davon hat Davide nichts gesagt. Er stand da draußen wie ein begossener Pudel und hat irgendwas von Schlüssel gejammert.«

»Aber ich habe Letizia gesagt, ich bin auf dem Weg!«

»Hast du heute nicht deinen Kurs?«

»Ja, aber …« Mariella schüttelte den Kopf und hob abwehrend die Hände. »Von vorn. Wieso bist du hier?«

Celio riss die Augen auf und betrachtete Mariella, als sei sie schwer von Begriff. »Ich wollte mein Restaurant aufschließen. Ich habe Davide gesehen, und er hat mir die Situation geschildert. Also habe ich die Tür aufgebrochen. Die Hintertür, weil die vorne ein komplizierteres Schloss hat und ich auch nicht wollte, dass jemand hinein kann, falls ich die Tür nicht schnell wieder reparieren kann. Und man bekommt hier nicht so schnell Schlosser. Ich habe drüben im

Hotel angerufen bei Emilia und Aurelio, und die meinten, der Einzige, der im Umkreis Schlösser reparieren kann, ist ihr Hausmeister Pepe. Aber der hätte auch erst übermorgen Zeit gehabt, weil …«

»Okay, okay. Danke. Warte. Wie bist du überhaupt in meinen Hinterhof gekommen?«

Celio zuckte mit den Schultern. »Ich bin über die Mauer geklettert.«

»Du bist über die Mauer geklettert«, wiederholte Mariella fassungslos.

»*Sì*.«

»Die Mauer ist über zwei Meter hoch.«

»Und ich bin fast einen Meter neunzig groß. Was ist dein Punkt?«

»Mein Punkt ist, du bist über meine Mauer gestiegen und hast meine Tür aufgebrochen!«

Celio schürzte die Lippen und bedachte Mariella mit einem abschätzigen Blick. »Du klingst nicht sehr dankbar. Ich habe mir mein T-Shirt aufgerissen.«

»Das tut mir leid. Aber wie ich dir schon sagte: Ich war ja auf dem Weg und …« Sie brach ab und drehte sich zur Seite. Das Adrenalin der Kamikaze-Autofahrt und der akute Stress ließen mit einem Mal abrupt nach und alles, was zurückblieb, war das Gefühl unendlicher Erschöpfung. Ihre Knie zitterten, ihre Hände ebenso, und sie hatte das Gefühl, kaum atmen zu können.

Da stand sie und giftete Celio an, der nichts anderes getan hatte, als ihr zu helfen. Er war über eine *Mauer* geklettert, Herrgott noch mal. Für sie! Er hatte ihre Tür aufgebrochen und war im Begriff, sie wieder zu reparieren! Und was tat sie? Ihm eine Beule verpassen und ihn anzicken.

»Es tut mir leid«, murmelte sie und vergrub ihr Gesicht in den Händen.

»Schon okay.«

»Ist es nicht.«

»Nein, ist es nicht. Aber das ist nun mal Mariella pur.«

Mariella riss den Kopf hoch und funkelte Celio an. »Tu nicht so, als ob du mich so gut kennst.«

»Tu ich nicht. Aber ich durchschaue dich.«

»Wie schön. Also – danke, Celio. Danke, dass du mich gerettet hast.«

»Du klingst nicht sehr dankbar. Eher … gereizt.«

»Ich klinge überhaupt nicht gereizt.«

»Doch. Sehr sogar. Als ob dir nicht nur eine, sondern mehrere Läuse über die Leber gelaufen sind.«

Mariella verkniff sich den Kommentar, Celio darauf hinzuweisen, dass gerade eine dieser Läuse vor ihr stand. »Es ist einfach stressig, das ist alles. Und ich habe das Gefühl, ständig Fehler zu machen.«

»Das ist normal.«

»Es ist aber sehr erschöpfend.«

»Also hast du dich deshalb nicht mehr gemeldet?«

Mariella riss die Augenbrauen nach oben. Plötzlich ging dieses Gespräch in eine völlig falsche Richtung.

»Ähm … was?«

»Wir haben eine Nacht miteinander verbracht, eine schöne sogar, und dann hast du dich ziemlich zurückgezogen und dich nicht mehr gemeldet.«

»Ich war bei eurer Neueröffnung.«

»Ja. Distanziert höflich. Als ob ich nichts weiter wäre als ein netter Nachbar. Und dann bist du einfach verschwunden, als ich kurz mal in der Küche war.«

»Bin ich nicht und … Ich weiß nicht, was du von mir willst, Celio! Du *bist* der nette Nachbar.«

»Gut zu wissen.«

»So meinte ich das nicht!«

Celio verschränkte die Arme vor der Brust. Er machte keinerlei Anstalten, sie vom Haken zu lassen. »Wie meintest du es dann?«

»Celio …«

»Ja?«

Mariella ließ sich kraftlos auf die kleine Steinbank fallen. »Ich weiß nicht, was du hören willst.«

»Ich habe gerne klare Verhältnisse, das ist alles.«

»Du hast dich ebenfalls nicht gemeldet«, erklärte Mariella mit starrer Miene.

»Weil du dich nicht gemeldet hast.«

Mariella rollte mit den Augen. »Wie alt sind wir? Zwölf?«

»Eine von uns macht diesen Anschein, ja. Also schön. Ich gehe.« Celio drückte Mariella zwei Werkzeuge in die Hand, von denen sie keine Ahnung hatte, wie sie hießen oder was man mit ihnen anstellen konnte. Bevor sie etwas sagen konnte, ging Celio in ihre Küche und knallte die Tür hinter sich zu. Mariella blieb in ihrem Garten sitzen. Das war gerade alles andere als ideal gelaufen.

24. Kapitel

»MAN sieht dich überhaupt nicht mehr, *cara*!«, schalt Letizia sie, während sie ihr einen dampfenden, duftenden Eintopf vor die Nase stellte.

»Was ist das?«, fragte Mariella und hielt mit verzückter Miene die Nase darüber.

»*Ribollita*, Mariella!« Letizia stemmte entrüstet die Hände in die Hüften. »Das ist *der* toskanische Klassiker schlechthin. Du wohnst jetzt lange genug hier, so etwas musst du wissen.«

»Das sieht ganz schön deftig aus.«

»Ist es auch. Normalerweise koche ich das nur in der kalten Jahreszeit. Aber du siehst ausgehungert aus.«

»Ich esse genug. Nur … nur nichts Warmes. Im Bistro habe ich ja nur meine *Antipasti* und meine Salate, und während ich zwischen Bistro und Schule und Lieferanten hin und her fahre, komme ich nicht dazu, eine warme Mahlzeit zu mir zu nehmen.«

»Der Körper benötigt jeden Tag eine warme Mahlzeit. Jeden einzelnen Tag. Also iss das.« Letizia drückte Mariella einen großen Löffel in die Hand.

»Was ist da drin?«

»Bohnen, Schwarzkohl, Mangold, *Polpa*, also stückige Tomaten, und Suppengemüse. Ich habe dir ein paar Stücke Kaninchenfilet dazu geschnitten. Die wärmen die Seele, hat meine *Nonna* immer gesagt.«

Mariella starrte in den Eintopf. Er roch verführerisch, doch die kleinen Fleischstücke erinnerten sie an ihre gehetzte Fahrt von Lucca nach Hause, als Davide den Schlüssel vergessen hatte, und an ihre Fast-Nahtoderfahrung, als ihr ein Feldhase vors Auto gesprungen war.

»Was ist?«, fragte Letizia und setzte sich ihr gegenüber.

»Ich habe letztens fast einen Feldhasen überfahren«, erklärte Mariella kleinlaut und starrte weiter auf die Fleischstücke in ihrem Eintopf.

»Na und? Die sind eine Plage.«

Mariella blickte auf. »Die sind süß. Die haben süße Gesichter und süße Ohren und ein flauschiges Fell.«

»Sie vermehren sich wie die Ratten und fressen unsere Ernte auf. Sie sind nicht *süß*. Sie sind eine Plage. Schade, dass du ihn nicht erwischt hast, dann wäre einer weniger da draußen.«

»Wow. Ich wusste gar nicht, dass ich hier bei einem Volk voller Tierhasser gelandet bin«, maulte Mariella und probierte den Eintopf, akribisch darauf bedacht, die Fleischstückchen mit dem Löffel zu umschiffen. »Der ist total lecker«, sagte sie, nachdem sie gekostet hatte, und zuckte zusammen, weil sie selbst hören konnte, wie überrascht sie klang.

Letizia starrte Mariella ungerührt an. »Schon einmal die Speisekarten hier in der Toskana studiert, Mariella?«

»Ähm … ja?«

»Schon mal festgestellt, wie fleischlastig die sind? Daraus kannst du deine eigenen Schlüsse ziehen.«

Mariella lachte auf, und Letizia schloss sich an. Dann griff auch sie zu einem Löffel und tauchte ihn in die dampfende Schüssel, die vor Mariella stand.

»Hmm«, machte Letizia und schloss verzückt die Augen. »Der ist wirklich köstlich. Das ist das Rezept meiner *Nonna*.«

»Offensichtlich stimmt das Klischee«, sagte Mariella und schob sich einen weiteren vollen Löffel – weiterhin ohne Fleischstücken – in den Mund.

»Welches?«, fragte Letizia und warf einen prüfenden Blick in die Suppenschüssel.

»Dass jede italienische *Nonna* gut kochen kann.«

»Ja, vermutlich. Deine konnte auch sehr gut kochen. Ich bin sicher, sie hat es deiner Mutter beigebracht und deine Mutter dir, oder?«

»Ja«, sagte Mariella knapp.

»Immer noch kompliziert, ja?« Letizias Augen funkelten neugierig.

»Woher …?«

»Andrea hat mir erzählt, du hättest so etwas angedeutet. Hast du in der Zwischenzeit mit deiner Mutter telefoniert?«

»Nein.«

»Aber … sie könnte für dich da sein. Mariella, du siehst sehr müde und sehr erschöpft aus. Du hast dir so viel aufgehalst, und wir alle bewundern dich dafür, aber du brauchst Unterstützung. Wenn schon keine tatkräftige, so doch emotionale. Und so etwas holt man sich zuerst von der Familie.«

»Es ist …«

»… kompliziert. Ja, das habe ich verstanden. Aber ist es unlösbar?«

Mariella zuckte mit den Schultern und löffelte schweigend ihren Eintopf. Sie dachte nach. Dann sagte sie: »Ich denke, wir brauchen alle etwas Zeit, um … Dinge zu verarbeiten. Und um ehrlich zu sein, bin ich auch irgendwie sauer und habe keine Lust, mit ihnen zu sprechen.«

»Das klingt stur und kindisch.«

Das waren harte Worte, doch weil sie aus dem Mund einer so liebevollen Person wie Letizia kamen, fühlten sie sich an wie Wattebällchen. Nicht wie Hagelkörner, die hart auf einen einprasselten, wie die Worte ihrer Mutter, die sie in ihrem letzten Telefonat ebenfalls als kindisch bezeichnet hatte.

Und Celio. Der hatte so etwas auch angedeutet …

»Du findest, ich benehme mich kindisch?«, fragte Mariella vorsichtig nach.

»Ein bisschen, *cara*. Aber das ist okay. Das bekommst du schon in den Griff.«

»Ich habe vor, *alles* in den Griff zu bekommen. Das ist ja gerade der Punkt an dieser ganzen Aktion hier.« Mariella machte mit dem Löffel eine vage Geste in Richtung *Piazza* und Bistro.

Letizia wandte sich um, als würde sie nach jenem Punkt suchen, auf den Mariella gedeutet hatte. »Ah …«, sagte sie und nickte, doch ihr Blick verriet Mariella, dass sie überaus skeptisch war.

»Du glaubst nicht, dass ich es schaffen kann, oder?«, fragte Mariella und hasste sich dafür, so mitleidig zu klingen.

»Doch. Aber ich glaube, dass du mehr Unterstützung annehmen solltest.«

»Immer, wenn ich bisher Unterstützung angenommen habe, ging alles den Bach runter.« Sofort ploppte Celios Gesicht vor ihrem inneren Auge auf. Es war unfair, ihm die Schuld an irgendetwas zu geben, doch alleine, dass er da war, dass er so präsent war, verwirrte Mariella manchmal. Wenn er ihr in den Sinn kam, war sie abgelenkt. Und seit seiner heldenhaften Mauersprung-Einbruchs-Aktion passierte das auf einmal wieder ständig. Immerzu drängte er sich in ihre Gedanken, sein Lächeln, die Art, wie er sie ansah. Und bevor sie es sich versah, waren da die Bilder ihrer gemeinsamen Nacht. Die Leidenschaft, die Sinnlichkeit … Sie schüttelte den Kopf, um die Bilder und all die Gefühle, die damit aufkamen, zu verdrängen. Doch ihr Körper reagierte dennoch. Ihre Haut prickelte, ihr Herz pochte und ihr Kopf schwirrte.

Sie hatte sich all das selbst eingebrockt. Eine Zeit lang war sie erwachsen gewesen, hatte über den Dingen gestanden. Doch jetzt? Celio hatte sich als Retter in der Not präsentiert, und plötzlich konnte sie nicht mehr mit der Situation umgehen. Das war einfach …

»… super«, murmelte sie.

»Wie bitte?«, fragte Letizia.

»Hm?«, machte Mariella und blickte sie abwesend an.

»Du wirkst geistesabwesend.«

»Ich bin nur müde.«

Letizia nickte wissend. »Wie ich gerade sagte: Du brauchst mehr Unterstützung.«

»Aber das ist es nicht, was ich will! Ich will es alleine schaffen!«

»Niemand kann alles alleine schaffen.«

»*Rosa* hat es alleine geschafft!«

»Rosa ist ein eiskalter Roboter, der über Leichen geht. Außerdem hat sie gar nichts alleine geschafft. Sie hat reich geheiratet und sich noch reicher scheiden lassen.«

»Na und? Das Restaurant hat sie alleine eröffnet. Außerdem dachte ich, du redest nicht gerne schlecht über Menschen.« Mariella grinste, als Letizia die pure Entrüstung ins Gesicht geschrieben stand.

»Das *tue* ich auch nicht!«, rief sie aus. »Das war eine Darstellung nackter Tatsachen.«

»Hm. Klang aber ziemlich abwertend.«

»*No.* Frag Rosa. Die würde das als Kompliment verstehen.« Letizia bedachte Mariella mit einem abschätzenden Blick. »Sag mir nicht, du willst so sein wie sie.«

»Wieso nicht? *Sie* hat doch alles! Sie ist glücklich und zufrieden und unabhängig. Sie ist selbstständig und frei. Sie hat *alles*.« *Alles inklusive Celio, der für sie arbeitet statt für mich*, fügte Mariella innerlich hinzu, schob den Gedanken aber sofort wieder beiseite. Sie hatten das doch geklärt. Mariella war damit im Reinen. Sie *musste* damit im Reinen sein.

»Du bist aber nicht wie sie, Mariella. Du hast einen ganz anderen Charakter. Und Neid steht dir nicht. Davon bekommt man Falten.«

Mariella lachte bitter auf. »Die würden mir gerade noch fehlen.«

Letizia griff über den Tisch und drückte Mariellas Hand. »Es ist alles ein bisschen viel, oder?«

Mariella nickte, und die mitfühlende Art Letizias fuhr ihr wie ein Pfeil mitten ins Herz. Tränen stiegen in ihr auf, und sie wandte den Blick ab.

»Das ist okay, Mariella«, fuhr Letizia mit ruhiger Stimme fort. »Und wenn du es alleine schaffen willst, ist das auch okay. Aber wende dich nicht von den Leuten ab, die dir helfen wollen. Und gönne dir Ruhe. Sieh dich um! Sieh dir an, wo du bist! Du lebst inmitten einer wunderschönen Natur. Geh spazieren. Nimm dir Auszeiten. Und sei es nur für zehn oder fünfzehn Minuten am Tag. Du kannst so nicht weitermachen. Und das weißt du auch.«

Mariella schluckte schwer. Dann drehte sie sich langsam wieder zu Letizia. Eine vereinzelte Träne floss über ihre Wange. Sie wischte sie energisch weg und verzog die Lippen zu einem dankbaren Lächeln.

»Okay«, murmelte sie. »Letizia?«

»Ja?«

»Denkst du, ich könnte mir eine Portion von diesem Eintopf mit nach Hause nehmen?«

Letizia sprang mit einem strahlenden Lächeln auf. »*Certo, cara!* Ich bringe dir eine. Und jetzt iss das hier auf.«

»Aber ohne Kaninchen!«, rief Mariella ihr nach, was mit einem für Letizia untypischen genervten Laut quittiert wurde.

Mariella versuchte, Letizias Ratschläge zu berücksichtigen. Wenn sie dreimal die Woche den Weg von Camaiore nach Lucca zur Ausbildung und wieder zurück fuhr, blieb sie irgendwo in den Weinhügeln stehen. Sie stellte das Auto am Straßenrand ab und ging eine kleine Runde spazieren oder setzte sich in den Schatten einer duftenden Toskana-Zypresse. Manchmal, wenn sie etwas mehr Zeit oder das Gefühl hatte, ausnahmsweise mal eine kompetente Hilfskraft bekommen zu haben, fuhr sie auch bei Emilia und Aurelio vorbei und trank einen *Caffè Espresso* auf der wunderschönen Panoramaterrasse. Der Blick von dort auf die Küste und das Meer war atemberaubend. Sie starrte auf die Brandung, die man an stürmischen Tagen selbst von hier oben noch sehen konnte, und erlaubte sich, ein paar Tagträumen nachzuhängen.

Und tatsächlich wurde sie von Tag zu Tag etwas ruhiger. Noch immer fühlte sie sich müde und erschöpft, aber zumindest war die ständige Unruhe nicht mehr ganz so präsent, die sie hibbelig hatte werden lassen und die sie oft von einer wohlverdienten Nachtruhe abhielt.

Weil sie ruhiger wurde, beschloss sie, auch den anderen Rat Letizias zu befolgen.

Wende dich nicht von Leuten ab, die dir helfen wollen, hatte sie gesagt. Und sie hatte recht gehabt. Mariella war nur zu stolz und zu stur gewesen, diese Hilfe anzunehmen. Sie war noch nicht so weit, sich bei ihrer Mutter zu melden, aber es gab etwas anderes, das sie tun konnte.

Sie blickte auf das kleine Päckchen vor sich. Sie hatte es mit blauem Geschenkpapier eingewickelt und eine goldene Schleife drum herum gebunden. Sie nahm das Geschenk an sich und presste es gegen ihre Brust. So stand sie in ihrer Küche und starrte zum Fenster hinaus. Jeden Abend, wenn der Restaurantbetrieb nebenan langsam ruhiger wurde, kam Rosa heraus, ging zu ihrem Auto und fuhr davon. Mariella nahm an, dass sie den Laden unten an der Promenade schloss und dann wieder nach oben kam, um die Abrechnung im Restaurant hier zu prüfen und dann schlafen zu gehen. Auf diesen Moment wartete Mariella. Sie beobachtete, wie die letzten Gäste gingen und kurz darauf Rosa aus dem Gebäude kam und in ihren Wagen stieg. Mariella wartete noch zwei Minuten, dann ging sie nach drüben. Sie betrat das Restaurant und blickte in die offene Küche. Dort war niemand zu sehen, auch im Raum dahinter, wo die Patisserie war, fand sie Celio nicht. Also ging sie den Gang nach hinten zum Büro. Das war ebenfalls leer, doch von dort aus sah Mariella, dass die kleine Holztür, die in den Hinterhof neben Mariellas Garten führte, offen stand. Sie ging darauf zu und klopfte leise an den Türrahmen.

»Wer ist da?«, hörte sie Celio fragen. Dann stand er plötzlich mit einem großen Kübel in der Hand vor ihr. »Mariella! Hi.«

»Hallo. Störe ich beim … Müll raustragen?«

Celio verzog die Lippen zu einem schiefen Lächeln. »Ich habe die Küchencrew heute früher nach Hause geschickt, damit sie mal durchschnaufen können. Brauchst du etwas?«

»Ähm … ich wollte dir etwas geben.«

Celio blickte nach unten und sah das Geschenk, das Mariella nach wie vor an ihre Brust gedrückt hielt. »Okay? Gehen wir ins Büro.«

Mariella folgte ihm. Sie setzten sich an den kleinen Tisch, und Mariella legte das Geschenk darauf.

»Was ist das?«, fragte er.

»Ein Dankeschön. Und eine Entschuldigung. Du hast mir nur geholfen …«

»Reden wir von dem Tag, an dem ich die Tür aufgebrochen habe? Das ist nämlich schon ziemlich …«

»… lange her, ja. Manchmal brauche ich eben ein bisschen länger.«

»Ah.« Celio griff nach dem Geschenk und betrachtete es abschätzend.

»Es beißt nicht.«

Celio hob den Blick und sah sie an. »Da kann man bei dir nie sicher sein.«

»Mach es schon auf.« Mariella machte eine ungeduldige Handbewegung.

Celio löste das Geschenkband und öffnete das Paket. Er hob die Augenbrauen. »Ein Buch«, stellte er fest.

»Du liest gerne. Sachbücher, wenn ich mich recht erinnere?«

Celio drehte das Buch, von dem er bisher nur die Rückseite gesehen hatte, langsam um. »Hundert Mandalas. Das Buch zum kreativen Abreagieren, wenn die Nachbarn nerven«, las er laut vor. Dann lachte er auf. »Ist das dein Ernst?«

»Hey, das Buch gab es schon so! Die haben das nicht extra für mich kreiert.«

Celio grinste sie breit an. »Nicht schlecht, Mariella.«

»Vergeben und vergessen?«

»Was?«

Mariella schluckte. »Die … die Sache mit der heldenhaften Kletteraktion und der Tür und meine weniger heldenhafte Reaktion darauf.«

»Ach, *die* Sache.« Celio warf Mariella einen kurzen, aber umso bedeutungsvolleren Blick zu. »Okay. Die Sache können wir vergessen.«

Mariella lächelte dankbar und überhörte geflissentlich die leise Andeutung, die in Celios Worten lag. Sie sahen sich in die Augen und niemand sprach. Und für einen Moment war das okay. Für jetzt und hier. Um mehr konnte Mariella sich nicht kümmern. Sie hatte gerade nicht die Energie, es mit diesem Mann aufzunehmen. Sie wollte ihn, das spürte sie. Er war interessant und witzig, intelligent und stark, er brachte gerade die richtige Portion Arroganz mit, die manchmal nervig, aber viel öfter anziehend war. Und dieses Lächeln. Diese Augen.

Doch sie konnte nicht. Ihr Leben fühlte sich wie ein Scherbenhaufen an. Nein, *sie selbst* fühlte sich so an. Wie sollte sie sich da in das stürzen, was Celio anbot? Was auch immer das war.

Sie brach den Blickkontakt ab und sah auf die Tischplatte.

»Möchtest du etwas trinken, vielleicht …«, setzte Celio an und wollte gerade nach Mariellas Hand greifen.

Sie sprang auf. »Ich muss gehen«, beeilte sie sich zu sagen, bevor Celio seine Frage beenden konnte. Wenn ihn diese eilige Reaktion irritierte oder gar amüsierte, ließ er sich davon nichts anmerken. »Okay«, sagte er nur und stand ebenfalls auf. »Wir sehen uns.«

Mariella nickte und hob die Hand zum Gruß. Dann verschwand sie, bevor das Gespräch erneut drohte, in eine Richtung zu gehen, mit der sie nicht umgehen konnte.

Sie ging zurück zu ihrem Haus. Überrascht stellte sie fest, dass vor ihrer Tür ein Besucher auf sie wartete.

»Giampaolo!«, begrüßte sie den kleinen Alten überrascht.

»*Signorina*«, sagte er mit einem höflichen Kopfnicken.

»Was kann ich für Sie tun?« Sie blickte auf ihre Armbanduhr. »Ist alles in Ordnung?«

»Wieso fragen Sie das?«

»Weil es schon so spät ist. Ich dachte, Sie schlafen um diese Uhrzeit schon.«

»Ich bin kein kleines Kind.«

»Das wollte ich damit nicht andeuten. Kann ich Ihnen etwas anbieten?«

»Nein. Ich bin hier, um Ihnen etwas zu überreichen.« Giampaolo sagte die Worte so würdevoll, dass Mariella fast annahm, er würde ihr gleich eine Krone und ein Zepter präsentieren. Stattdessen griff er in seine Jackentasche und zog ein weißes Kuvert hervor. »Hier.«

Mariella betrachtete den Umschlag argwöhnisch und nahm ihn zögerlich entgegen. »Was ist das?«

»Ein Brief.«

»Von wem?«

»Von Ihrer *Nonna*.«

Mariella starrte Giampaolo wie vom Donner gerührt an. An die tausend Fragen flitzten zeitgleich durch ihr Gehirn, doch bevor sie eine davon zu fassen bekam, um sie laut auszusprechen, hob Giampaolo die Hand.

»Lassen Sie mich erklären, Kind. Ihre *Nonna* war in den letzten Wochen ihres Lebens in Pflege. Sie konnte nicht mehr in ihrem eigenen Haus leben, weil es ihr nicht sehr gut ging. Ich habe sie oft besucht. Ich hab sie auch jetzt gerade besucht. An ihrem Grab.«

Wieder blickte Mariella wie automatisch auf die Armbanduhr. Sie ging nicht gern auf Friedhöfe, aber wenn es schon sein musste, dann sicher nicht mitten in der Nacht.

Giampaolo lächelte wissend. Er blickte sie an, als hätte er ihre Gedanken erraten. »Wenn man einmal so alt ist wie ich, dann verliert man die Angst vor Gespenstern, mein Kind. Ich war zum Essen bei einem Freund eingeladen, und dann war mir danach, Maria zu besuchen.«

Mariella nickte, als verstände sie, obwohl sie gerade gar nichts kapierte. »Wollen Sie nicht hereinkommen?«

»Nein. Emmi holt mich gleich ab. Ich war beim Grab Ihrer *Nonna*, weil ich noch einmal sichergehen wollte, ob das der richtige Zeitpunkt ist.« Er nickte zum Kuvert in Mariellas Hand. »Um Ihnen das da zu geben. Sie hat den Brief in den letzten Tagen vor ihrem Ableben geschrieben und ihn mir anvertraut, als ich sie das letzte Mal besucht habe. Sie hat mir gesagt, dass sie Sie in ihrem Testament als Erbin eingesetzt hat. Aber sie war nicht sicher, ob Sie überhaupt aufkreuzen würden. Für den Fall, dass Sie das aber doch tun, hat sie mir den Brief hier gegeben. Aber ich musste ihr versprechen, dass ich mir erst ein Bild davon mache, wie Sie sind, *wer* Sie sind, bevor ich ihn Ihnen gebe. Nun, das habe ich. Und jetzt ist der richtige Zeitpunkt. Schönen Abend noch.«

Giampaolo drehte sich um und lief so behände davon, als wäre er gerade mal fünfzig oder sechzig und kein alter Mann von – wie Mariella annahm – über achtzig. Sie blickte ihm nach, bis er um die Ecke bog, dann senkte sie langsam den Kopf. Sie betrachtete das Kuvert, als wäre es ein wertvoller archäologischer Schatz. Was, um alles in der Welt, hatte ihre Großmutter noch zu sagen gehabt?

IV.

»Tutta la potenza della magia
consiste nell'amore.«

(Marsilio Ficino, 1433-1499,
italienischer Humanist und Philosoph)

(»Die ganze Macht der Magie
liegt in der Liebe.«)

Nonna Marias letzte Worte

NUN ging es schneller als erwartet. Ich bin in Pflege. Ach, was rede ich da? Ich bin in einem Hospiz. Ich hasse dieses Wort. Es hat so etwas ... Endgültiges. So etwas Untröstliches.

Dabei ist es okay. Ich bin alt. Alt genug jedenfalls, um zu gehen. Ich habe meinen Frieden gemacht. Frieden mit der Tatsache, dass das hier meine letzten Wochen oder Tage oder Stunden sind. Meistens schlafe ich. Aber heute, heute ist ein guter Tag. Giampaolo war hier. Es beflügelt mich immer, wenn ich ihn sehe. Er ist ein guter Mann. Ein guter Freund. Also habe ich einen guten Tag und denke, da ist vielleicht noch genügend Kraft in mir, um das Ende der Geschichte fertig zu schreiben. Das Ende der Geschichte meiner verlorenen Tochter.

Ich hatte also keine Kontaktinformationen mehr. Ich hatte keinerlei Möglichkeit mehr, eine Verbindung zu meiner Tochter herzustellen. Ich hatte keine Telefonnummer, und ob meine Briefe je angekommen waren, wusste ich nicht. Vielleicht war sie ja umgezogen.

Vermutlich hätte ich Verzweiflung empfinden sollen. Doch da kam wieder die alte Maria zum Vorschein. Stur und ... wie waren noch gleich die Worte meiner Tochter gewesen? Selbstgefällig und selbstgerecht. Da war dieses »Dann eben nicht!«, das sich so bequem anfühlte. Sie wollte keinen Kontakt? Schön! Ich war auch ohne sie glücklich. Mein Leben in Camaiore war wundervoll. Endlich, nach all den Jahren. Es war genau das, was ich mir früher erträumt hatte. Vor Antonio. Vor meiner Tochter. Ich war frei. Ich hatte Geld. Ich begann sogar zu reisen! Zuerst nur in Italien. Meine erste Station war Florenz. Dann kam Rom. Dann Mailand. Von dort aus wollte ich endlich in die Hochburg der Kulinarik – nach Frankreich. Ich flog nach Paris. Nach London. Nach New York. Dort stellte ich fest, dass mir lange Flüge nicht besonders zusagten, ich empfand sie als grauenvoll. Also blieb ich in Europa. Ich sah mir an, was mir gefiel, und führte das Leben, das ich hatte führen wollen.

Aber ich fühlte mich leer. Weil es nie eine gute Lösung ist, Gefühle zu verdrängen. Ich hätte es mittlerweile wissen müssen, dennoch habe ich es wieder versucht. Weil es der bequeme Weg ist. Der einfache Weg.

Aber es ist der falsche Weg.

Also wurde ich wieder unruhig. Ich konnte all das nicht auf sich beruhen lassen. Ich musste die Dinge bereinigen. Ich war nicht so illusorisch zu glauben, dass die Beziehung zu meiner Tochter je innig oder liebevoll werden würde. Aber ich wollte sie zumindest bereinigen.

Also flog ich nach Deutschland. Ich wusste, dass meine Tochter nach ihrer Heirat in Berlin gewohnt hatte. Als ich ankam, empfand ich die Stadt als große, laute, hässliche Betonwüste und verfiel um ein Haar in alte Muster. Wie konnte sie nur hier leben wollen? Doch ich schob meine eigenen Vorstellungen beiseite. Ich wollte sie nur finden.

Also tat ich das Einzige, was mir einfiel: Ich suchte die Eltern ihres Mannes auf. Ich wusste, dass sie sehr wohlhabend waren, ebenso wusste ich, dass sie eine Villa in einem Viertel namens Zehlendorf besaßen. Und ich kannte ihren Namen.

Ich hoffte, dass sie immer noch dort wohnten. Sie waren meine einzige Chance. Einmal, vor vielen Jahren, hatte meine Tochter bei einem der großen Familienfeste ein Foto der Villa hergezeigt. Ich hatte es mir eingeprägt, weil es mich irgendwie getröstet hatte. Ich dachte, wenn sie schon dieses Leben führte, dann hatte sie zumindest Geld. Sie hatte zumindest einen Mann ausgewählt, der ihr ein sorgenfreies Leben schenken konnte.

Und so ließ ich mich in dieses Viertel führen und suchte nach der Villa, die ich so gut im Gedächtnis behalten hatte. Ich wanderte durch die Straßen, an all den vielen Villen vorbei – und tatsächlich, ich fand sie. Ich blickte auf den Namen an der Klingel und war glücklich zu sehen, dass die Eltern meines Schwiegersohns immer noch dort lebten. Also klingelte ich. Und wartete.

Wir hatten uns nur ein einziges Mal gesehen – bei der Hochzeit. Also erkannten sie mich nicht sofort. Ich stellte mich vor. Sie riefen sofort meinen Schwiegersohn an. Ich weiß nicht, was er ihnen am Telefon sagte, aber als das Gespräch beendet war, baten die beiden mich höflich, aber bestimmt, zu gehen.

Das würde ich tun. Ich wollte nicht unhöflich sein. Doch kampflos aufgeben wollte ich auch nicht. Ich wollte nicht in alte Muster zurück, mich nicht wieder in meine kleine Na-dann-eben-nicht-Welt zurückziehen. Also appellierte ich an das Herz der Mutter. Und tatsächlich – sie gab mir ihre Adresse. Und die Adressen der vier Enkelkinder. Sie erzählte mir, dass alle studierten oder studiert hatten. Dass die Söhne Arzt, Anwalt und Pharmazeut waren und die Tochter Literatur studiert hatte. Ich hörte mit halbem Ohr zu, steckte die Notizzettel ein und verabschiedete mich. Ich hatte sie. Ich hatte die Adresse meiner Tochter.

Sie lebte nach wie vor in Berlin, doch nun hatte der Mut mich verlassen. Ich brachte es einfach nicht über mich, sie zu besuchen. Vielleicht war das ein Fehler gewesen. Vielleicht ... vielleicht hätte ich sie einfach überrumpeln sollen. Aber alleine das Aufsuchen der Eltern meines Schwiegersohns hatte mich alle Kraft und Überwindung gekostet, die eine stolze Frau wie ich nur aufbringen konnte. Und sie hatten, ja, sie hatten ihrem Sohn gesagt, dass ich da war. Danach hatten sie mich gebeten zu gehen. Was also sollte mir das sagen?

Er würde mich nicht hereinbitten. Er würde ... Ich wusste nicht, was er oder sie tun würden. Aber ich hatte auch keine Kraft, es herauszufinden.

Also schrieb ich einen letzten Brief. Ich fuhr zu ihrer Adresse und warf ihn direkt in ihren Postkasten. Zumindest wusste ich diesmal, dass er auch wirklich angekommen war. Dann flog ich nach Hause.

Und wieder wartete ich.

Ich will es nicht allzu spannend machen. Diesmal kam eine Antwort. Doch sie kam nicht von meiner Tochter. Sie kam von ihm.

Ich hätte genügend Schaden angerichtet. Ich solle sie bitte in Ruhe lassen. Sie wolle nichts mehr mit mir zu tun haben. Ich solle aufhören, mich einzumischen. All die Worte, sie waren eine Wiederholung jener, die meine Tochter mir bereits damals geschrieben hatte. Ob sie diesmal von ihr oder von ihm oder von beiden stammten, wusste ich nicht. Es war auch unerheblich. Irgendwann war eine Grenze erreicht. Irgendwann ... nun. Ich will nicht sagen, dass ich aufgegeben habe. Aber ich hatte ihr die Hand gereicht. Mehrfach. Sie wollte ihre Freiheit. Nicht in dem Sinn, wie ich sie wollte, nein. Sie wollte frei sein von mir.

Das wollte ich nun ein für alle Mal akzeptieren und respektieren.

Ich hatte noch die Notizzettel mit den Adressen der Enkelkinder in der Jackentasche. Als ich zu Hause war, fand ich sie und wollte sie in den Papierkorb werfen. Doch etwas ließ mich zögern. Ich sah sie mir zum ersten Mal an, die drei Brüder lebten allesamt in Berlin. Und dann ... dann las ich Mariellas Adresse.

Sie lebte in Italien. In Sizilien!

Diese Nachricht erschütterte mich geradezu. Ob im Positiven oder im Negativen, da bin ich nicht sicher. Aber sie erschütterte mich. Am nächsten Tag packte ich erneut meine Sachen und flog nach Sizilien. Ich fuhr zu dem Weingut, auf dem sie mit ihrem Mann und ihrer Familie lebte. Es war eines dieser überdimensionalen Weingüter mit angeschlossenem Tourismusbetrieb. Es war August, mitten in der Hochsaison, und vor Ort wimmelte es nur so von Menschen. Ich mietete mir ein Zimmer unter falschem Namen in einem Hotel nebenan und besuchte das Weingut täglich. Ich machte sogar eine Weinverkostung und eine Führung durch die Weinberge mit. Ich sah sie. Ich beobachtete sie.

Doch ich brachte es nicht über mich, sie anzusprechen. Denn alles schien von vorne zu beginnen. Es war, als befände ich mich in einem nie enden wollenden Kreislauf. Die nächste Generation, die dieses Leben gewählt hatte. Ich sah es. Ich erkannte es. Alles daran. Die Großfamilie, die Erwartungshaltungen, die Enge, die einem die Luft zum Atmen nahm. Nun hatte also auch meine Enkelin dieses Leben gewählt.

Es brach mir das Herz.

Waren es meine Fußstapfen, in die all die Frauen in meiner Familie traten? Hatte ich das alles ausgelöst? Ja, das war ein anmaßender Gedanke, aber einer, der mich nicht mehr losließ. Ich musste darüber nachdenken. Ich musste einen klaren Gedanken fassen und würde erst wieder zurückkehren, wenn ich wusste, mit welchen Worten ich auf sie zugehen sollte.

Ich wollte nicht denselben Fehler noch einmal machen. Ich wollte es nicht wie bei meiner Tochter machen.

Aber Mariella war hier. Hier in meinem Land. Und vielleicht, ja, vielleicht hätte ich noch eine Chance.

Doch das Leben hat seine eigenen Regeln. Kurz nach meiner Rückkehr nach Camaiore wurde ich krank. Reisen war keine Option mehr. Hätte ich mit Mariella Kontakt aufnehmen können? Übers Telefon? Über Briefe?

Ja. Vielleicht.

Doch das erschien mir so sinnlos. Denn ... wer war ich schon für sie? Sie hatte mich zwanzig Jahre nicht gesehen. Wahrscheinlich hatte sie schon vergessen, dass ich existierte.

Also tat ich das Einzige, das mir noch sinnvoll erschien. Das Einzige, das mir einfiel, um einer Frau in meiner Familie einen Ausweg zu bieten. Eine Möglichkeit auf ein anderes Leben.

Wenn sie es denn haben wollte.

Ein Testament. Ein Vermächtnis. Ein Laden, etwas Geld. Ein Erbe für sie.

Und meine Geschichte.

Mariella, liebes Kind, mein Tagebuch habe ich für dich geschrieben. Ich hoffe, es ist bei dir in guten Händen. Ich hoffe, es dient dir als Wegweiser, wenn du je einen benötigen solltest.

Maria

PS: Wenn du mal nicht weiter weißt, halte dich an Ficino.

25. Kapitel

MARIELLA lag mit dem Brief an ihre Wange gepresst im Bett ihrer Großmutter und weinte. Sie war die ganze Nacht lang wach gelegen und hatte sich ein ums andere Mal dieselben Fragen gestellt. Wie konnte all das nur passiert sein? Wie konnte all das nur so unglaublich schiefgelaufen sein? Wieso hatten sie nicht einfach miteinander gesprochen? Das durfte doch alles nicht wahr sein!

Sie war nach Deutschland geflogen. Und nach Sizilien. Ihre Großmutter war da gewesen, hatte sie aufgesucht, wie die gute Fee, die ins Schlafzimmer geschwebt kommt und der Verlorenen drei Wünsche anbietet.

Nur, dass ihre Großmutter keine drei Wünsche angeboten hatte. Sie hatte gar nichts angeboten. Sie hatte sich nicht zu erkennen gegeben, war im Verborgenen geblieben.

Weil das Bild, das sie in Sizilien gesehen hatte, ein falsches war. Sie hätte doch nur mit Mariella reden müssen! Vielleicht hätte sie ihr gegenüber ihr Herz ausschütten können. Vielleicht, wenn sie zur richtigen Zeit gekommen wäre …

Mariella richtete sich auf und wischte sich mit der Hand übers Gesicht. Das war die Frage, nicht wahr? *Falls* sie zur richtigen Zeit gekommen wäre. Und falls nicht? Dann hätte Mariella ihr die heile Welt vorgespielt. So, wie allen anderen auch. Sie hätte sich ihrer Großmutter gegenüber *nicht* anvertraut. Sie hätte die Starke gespielt, die Glückliche. Vielleicht hätte sie sich sogar überrumpelt gefühlt, hätte etwaige Rückfragen ihrer Großmutter als Einmischung betrachtet. Für ihre *Nonna* hätte sich einfach alles nur wiederholt. Wie die Tochter, so die Enkelin, hätte sie vielleicht gedacht. Kein Wunder, dass Großmutter Maria darauf verzichtet hatte. Es hätte nichts geändert. Alles wäre genauso gekommen, wie es sich schon einmal abgespielt hatte.

Hatte ihre Großmutter es geahnt? Hatte sie gehofft? Gebetet? Oder hatte sie einfach diesem kleinen Funken Schicksal vertraut, bevor sie starb?

Mariella wusste es nicht, doch was ihr nun klar wurde, war, dass sie nie alleine gewesen war. Und dass sie auch nicht alleine sein musste. Ihre Großmutter hatte ihr diesen Weg bereitet, sie hatte eine schützende Hand über sie gehalten, und Mariella hatte sie dankend angenommen, ohne auch nur darüber nachzudenken.

Wieso also hatte sie dieses unendliche Bedürfnis, als die große Heldin dazustehen? Niemand interessierte sich dafür, ob sie etwas alleine schaffte, oder nicht. Niemand.

Nur sie. Das alles spielte sich nur in ihrem Kopf ab.

Sie hatte hier binnen kürzester Zeit Freunde gefunden und nur, weil sie das Bedürfnis hatte, alles alleine zu schaffen, hatte sie sich keine Zeit mehr für sie genommen.

Oder viel zu wenig Zeit.

Das war Blödsinn. Totaler Blödsinn!

Und was, wenn sie diesen Weg weiterging, die Prüfungen schaffte, das Bistro gut lief? Sie würde einen Mitarbeiter benötigen. Sie würde *erst recht* nicht alleine arbeiten können. Sie wäre von diesem Mitarbeiter genauso abhängig, wie sie zuerst von Celio und kurz darauf von der Hilfe Andreas und Giampaolos abhängig gewesen war. Sie wäre vielleicht auf andere Art und Weise abhängig, aber sie *wäre* abhängig.

War das denn wirklich so schlimm?

Mariella nahm den Brief, steckte ihn in das Tagebuch ihrer Großmutter, presste es fest an ihre Brust und ging langsam die Treppen hinunter. Jede Stufe, die sie nahm, brachte sie näher zu der Erkenntnis, dass sie mit ihrer sturen Art auf dem Holzweg gewesen war. Es war überhaupt nicht schlimm, Hilfe anzunehmen, ja, sich vielleicht sogar verwundbar zu machen. Im Grunde war es doch genau das, was das Leben ausmachte, oder?

Mariella ging nach draußen, sperrte die Tür ab und setzte sich in ihren Wagen. Sie wusste genau, was sie nun tun musste.

Sie fuhr aus Camaiore heraus und folgte der schmalen, geschwungenen Straße durch die Weinberge, um kurz darauf auf dem neu asphaltierten Parkplatz vor dem kleinen Hotel *Toscana Mare* stehen zu bleiben. Sie stieg aus und ging geradewegs in die Küche. Es war noch früh am Morgen und im Hotel war es still, doch der kleine alte Koch stand bereits jetzt wieder auf seinem Hocker und rührte in einem großen Topf.

»Guten Morgen«, sagte Mariella und lehnte sich gegen den Türrahmen.

Giampaolo blickte über die Schulter, drehte den Ofen ab, sprang behände vom Hocker und kam auf Mariella zu.

»Was wollen Sie?«, fragte er barsch, wie immer. Doch mittlerweile hatte Mariella verstanden, dass das schlichtweg seine Art zu kommunizieren war. Sie sah ihm in die Augen und erkannte, dass darin überraschend viel Freundlichkeit lag.

Mariella zeigte ihm das Tagebuch, dann deutete sie mit dem Kinn Richtung Ausgang. »Haben Sie Zeit für eine Pause?«

Er blickte das Tagebuch, dann sie an und nickte. Er ging an ihr vorbei, und sie folgte ihm. So früh am Morgen war es noch recht still, und draußen hielten sich kaum Touristen auf. Giampaolo steuerte die Treppe zur Panoramaterrasse an und stieg hinauf. Oben wies er Mariella einen Stuhl zu und setzte sich neben sie.

Mariella beäugte ihn kritisch. »Wie alt sind Sie eigentlich?«

»Alt genug«, kam die wenig überraschende, dafür umso kryptischere Antwort.

»Sie sind ziemlich fit für Ihr Alter.«

»Gartenarbeit, gutes Essen, jeden Tag ein Glas *Vino Rosso*. Oder auch zwei.«

Mariella lächelte. »Also schön. Sie haben mir den Brief gegeben. Ich habe ihn gelesen. Wissen Sie, was drin steht?«

»Natürlich nicht! Wofür halten Sie mich?«

»Für einen netten alten Mann mit einem riesigen Herz, der gern den alten Griesgram mimt, um seine Ruhe zu haben.«

Giampaolo grinste und richtete den Zeigefinger seiner rechten Hand wie eine Pistole auf Mariella. »Ganz genau.«

»Wieso haben Sie mir den Brief gerade jetzt gegeben?«

Er zuckte mit den Schultern. »Maria meinte, ich solle mir ein Bild von Ihnen machen. Ich wusste, was sie damit sagen wollte.«

»Was denn?«

»Sie wollte, dass ich prüfe, ob Sie es wert sind, wenn Sie so wollen.«

Mariella hob die Augenbrauen. »Na, das klingt ja ganz und gar nicht pathetisch …«

»Können Sie es ihr verübeln? Uns allen? Ihre Familie hat sich über zwei Jahrzehnte nicht blicken lassen, und dann taucht jemand hier auf und will ihr Erbe antreten. Sie müssen schon mal auch den Blickpunkt anderer Leute verstehen.«

Mariella sank in sich zusammen. »Sie haben recht. Tut mir leid. Danke, dass Sie mir den Brief gegeben haben. Er war … überaus aufschlussreich.«

Giampaolo nickte würdevoll. »Das freut mich.«

Mariella warf ihm einen langen Blick zu. »Wer oder was ist *Ficino*, Giampaolo?«

Der alte Mann zog die buschigen Augenbrauen nach oben. »*Come?*«

Mariella seufzte, zog den Brief aus dem Tagebuch, faltete ihn auseinander und las die letzte Zeile vor. »PS: Wenn du mal nicht weiter weißt, halte dich an Ficino.« Sie blickte Giampaolo zuerst fragend, dann prüfend an. »Ich weiß nicht, was das heißen soll. Aber Sie wissen es, oder?«

»*No*, keine Ahnung, *Signorina*.«

»Das glaube ich Ihnen nicht.«

»Ist Ihr gutes Recht.«

»Sie wollen es mir also nicht sagen, ja?«

Giampaolo zwinkerte ihr zu. »Sie kommen schon noch von selbst darauf.«

Mariella lächelte. Sie wusste, dass es keinen Sinn haben würde, ihn zu bearbeiten. Irgendwann, wann immer er es für richtig hielt, würde er ihr schon einen Hinweis geben. Sie faltete den Brief wieder zusammen, steckte ihn in ihre Jackentasche und hielt Giampaolo das Tagebuch hin.

»Ich wollte Ihnen das hier geben.«

Giampaolo starrte auf das Tagebuch in ihrer Hand. »Was ist das?«

»Sie wissen genau, was das ist. Es ist das Tagebuch meiner Großmutter.«

Giampaolo blinzelte ein paar Mal. Dann nahm er seine dicke Brille ab und begann, die Gläser zu polieren, als hätte sie überhaupt nichts gesagt.

»Hallo? Erde an Giampaolo?«

»Ich verstehe nicht …«, murmelte Giampaolo und setzte die Brille wieder auf. Er wirkte geradezu verlegen, stellte Mariella amüsiert fest.

»Sie waren ihr Freund. Und … nun … ich finde, Sie sollten es lesen. Ich denke, sie hätte gewollt, dass ihr Andenken … ihr Vermächtnis … durch die Hände jener geht, die wichtig in ihrem Leben waren.«

»Ah. Nun …«

»Sie hat sich sehr viele Gedanken gemacht, wissen Sie?«, sprach Mariella weiter und drückte Giampaolo das Tagebuch regelrecht in die Hände. »Sie schien … nun … Sie hat versucht, mit ihrer Vergangenheit Frieden zu schließen. Und ich glaube, es hätte sie sehr glücklich gemacht, ihren Freunden davon erzählen zu können.«

»Nun … wenn Sie meinen. *Grazie.*«

»Keine Ursache. Sind Emilia und Aurelio schon wach?«

»*Sì.* Normalerweise frühstücken sie auf der Panoramaterrasse. Sie werden wohl bald kommen.«

Mariella nickte und wandte sich um. Dann zögerte sie kurz und blickte Giampaolo noch einmal an. »Darf ich Sie etwas fragen, Giampaolo?«

»Von mir aus.«

»Arbeiten Sie gerne hier? Ich meine … ist die Arbeit … problemlos? Sie sind so etwas wie eine Familie, oder? Sie und Emilia und Aurelio?«

Giampaolos buschige Augenbrauen schossen nach oben. »Ich denke, das könnte man so sagen, ja.«

»Und? Ist es … problemlos?«

Giampaolo zuckte mit den Schultern. »Nicht mehr oder weniger als in anderen Betrieben. Worauf wollen Sie hinaus?«

Mariella schüttelte den Kopf. »Auf gar nichts. Danke, dass Sie mir damals geholfen haben. Sie sind großartig, Giampaolo.«

»Keine Ursache. Sie sind auch nicht ganz so übel.«

Mariella grinste und stand auf. Genau in dem Moment kamen Emilia und Aurelio aus dem Hotel. Beide hatten eine Tasse Kaffee in der Hand und steuerten die Panoramaterrasse an.

Mariella wartete oben auf sie und blickte sich um. Emilia hatte die Terrasse so geplant, dass sie vor dem Hotel direkt vor einem abfallenden Hügel lag. Man musste nur ein paar Treppen hinaufsteigen und hatte einen wundervollen Blick über die Küste. Die beiden kamen nach oben, begrüßten Mariella freudig und setzten sich zu Giampaolo an den kleinen Tisch. Aurelio legte den Arm um Emilia, und sie bettete wie automatisch ihren Kopf auf seine Schulter.

»Setz dich doch zu uns, Mariella«, sagte Emilia lächelnd und deutete auf den Platz, von dem Mariella kurz davor aufgestanden war. »Möchtest du einen Kaffee?«

»Nein, danke. Ich störe nicht lange. Ich wollte nur mit Giampaolo reden.« Sie zwinkerte ihm zu. »Aber da ihr nun auch hier seid … Ich würde euch gerne etwas fragen.«

»Was denn?«

»Es … ist vielleicht persönlich.«

Emilia machte eine wegwerfende Handbewegung. »Wir sind hier in Camaiore. Wenn auf der einen Seite der Ortschaft eine Klospülung defekt ist, weiß es eine Stunde später jeder auf der anderen Seite.«

Mariella lächelte und setzte sich nun doch kurz zu den beiden. »Ich zerbreche mir den Kopf über mein Bistro. Wie ich es führen soll. Mit *wem* ich es führen soll. Wem ich vertrauen soll. Ob es besser wäre, alles alleine zu machen. Ich war lange überzeugt davon, dass das der einzig sinnvolle Weg wäre.«

Emilia nickte und lächelte wissend.

»Meine Güte, kommt mir das bekannt vor«, sagte Aurelio und lächelte Emilia zärtlich an.

»Mir auch«, bestätigte sie grinsend.

»Aber … ihr habt euch … Ich meine, ihr macht das alles gemeinsam.«

Beide nickten. »Ja, aber so war es nicht von Beginn an«, sagte Emilia. »Das war ein langer Weg.«

»Aber ein Weg, der sich richtig anfühlt?« Mariella beobachtete, wie die beiden sich einen innigen Blick zuwarfen.

»Ja«, sagte Aurelio dann. »Das fühlt sich sehr richtig an. Sieh dich doch mal um. Wer könnte hier schon unglücklich sein oder Zweifel bekommen?«

Mariella folgte seinem Blick und sog bei all der Schönheit, die sie umgab, scharf die Luft ein. Da saß sie, mitten im Paradies, roch die mediterrane Luft, hörte das Zwitschern der Vögel und das Rauschen der Blätter, sah das leuchtende Blau am Horizont und konnte nicht fassen, wie sehr sie sich bisher selbst im Wege gestanden hatte.

Sie hatte hier doch alles!

Mariella dachte kurz nach. »Ich habe Sorge, dass … Ach, ich weiß auch nicht. Eigentlich bereitet mir *alles* Sorgen. Und dann sitze ich hier, auf dieser Wahnsinnsterrasse, und weiß plötzlich nicht mehr, warum. Ich blicke mich um, sehe, wie unglaublich schön das Leben hier sein kann, und trotzdem … Mein Kopf hört einfach nicht auf zu arbeiten. Sorgen, Angst, Unsicherheit. Es ist zum Verrücktwerden.«

»Das ist normal«, erklärte Emilia. »So ist es, wenn man erwachsen ist. Und wenn man sein eigener Boss sein möchte. Sorgen gehören zum Paket dazu. Aber sie sind es wert.«

»Ja?«, fragte Mariella.

»Ja, absolut. Ich würde nirgendwo anders sein wollen als hier. Was ist es, wovor du Angst hast?«

Mariella schüttelte den Kopf. »Ich denke, ich habe Angst, mich auf jemanden einzulassen, enttäuscht zu werden und am Ende doch wieder alleine dazustehen.«

»Aber, Mariella«, sagte Emilia und lachte kurz, »*jetzt* bist du doch auch alleine. Was hast du also zu verlieren?«

Ja, dachte sie. Das war allerdings eine ziemlich gute Frage.

26. Kapitel

SIE saß die ganze Woche an ihrem Plan. Um sich die Zeit dafür freizuschaufeln, hatte sie nicht nur eine, sondern gleich zwei Hilfskräfte von der Personalleihfirma bestellt. Das kostete zwar das Doppelte, doch wenn Mariellas Plan aufging, würde sie bald vielleicht überhaupt keine Leihfirma mehr benötigen.

Sie besuchte weiterhin ihre Kurse. Es war viel, doch es war ja nur für eine begrenzte Zeit. Ihr Leben würde nicht *immer* so aussehen, nur jetzt, nur das nächste Jahr über. Dann könnte sie die Prüfungen machen und wäre frei. Frei in dem Sinne, für ihre Pläne nicht komplett abhängig von der Ausbildung anderer zu sein. Sie hatte verstanden, dass das eine das andere nicht ausschloss. Sie *konnte* sich auf andere verlassen, und das *wollte* sie auch.

Sie hatte sich selbst bewiesen, dass sie es alleine schaffte – irgendwie. Doch war das genug? War es tatsächlich das, was sie wollte?

Sie musste sich nicht alleine durchs Leben kämpfen. Personen wie Letizia und Andrea und Giampaolo hatten ihr das mehr als bewiesen.

Und Celio. Auch Celio hatte ihr die Hand gereicht.

»Er hat sie allerdings auch wieder weggezogen«, murmelte Mariella und lehnte sich gegen die kühle Wand ihrer Küche.

Aber das hatte einen bestimmten Grund gehabt. Das verstand sie jetzt. Er hatte dieselben Gründe gehabt wie sie. Auch *das* verstand sie.

Aus all diesem Verständnis wollte Mariella nun so etwas wie eine Lernkurve basteln. Eine, die in eine glückliche Zukunft führte. Weil sie auf den Erfahrungen ihrer Großmutter aufbauen wollte. Sie hatte sich all die Mühe gemacht, all diese Gedanken – das sollte nicht umsonst gewesen sein. Mariella verstand jetzt, dass es beim Vermächtnis ihrer Großmutter nicht nur um den Laden oder das Haus ging. Es war ihr allen voran darum gegangen, ihre Erfahrungen weiterzugeben und sie, Mariella, davor zu bewahren, dieselben Fehler zu machen. Ihre Großmutter hatte einem kleinen Funken Schicksal vertraut, bevor sie starb, ohne je zu erfahren, ob ihre Wünsche für ihre Enkelin Realität werden würden.

Oder vielleicht ja doch?

Mariella richtete den Blick nach oben. Sie hatte sich nie Gedanken um Dinge wie Himmel und Hölle gemacht. Aber jetzt, in diesem Moment, fand sie den Gedanken, dass ihre Großmutter vielleicht noch irgendwo da draußen war und auf sie herabblickte, sehr tröstlich.

Ja, sie wollte auf diesen Erfahrungen aufbauen. Und sie wollte keine Dinge verdrängen oder Konflikten aus dem Weg gehen oder stur ihrem eigenen Plan folgen, wenn dieser mit der Hilfe anderer doch so viel besser sein könnte.

Und einfacher. Und glücklicher.

Mariella seufzte. Sie hoffte, dass sie das Richtige tat. Doch darum ging es ja auch. Um Hoffnung. Hoffnung war der Grund, warum sie in der letzten Woche kaum geschlafen, warum sie so viel recherchiert, so viel telefoniert hatte, so viele Notizen gemacht und Pläne gezeichnet hatte.

Hoffnung. Und der Glaube daran, dass das alles wahr werden konnte.

Es klopfte leise an der Tür. Mariella sprang auf, legte ihren Notizblock zu den Aktenordnern auf der Kochinsel und ging in den Vorraum. Sie öffnete die Tür und lächelte.

»*Buona serata.*«

»Guten Abend, Giampaolo. Danke, dass Sie gekommen sind.«

»Sie brauchen Hilfe, ich biete Hilfe. Ich habe bereits begonnen, Marias Tagebuch zu lesen.« Giampaolo trat ein und ging wie selbstverständlich in die Küche.

»Und? Wie gefällt es Ihnen?«

»Ich höre ihre Stimme, wenn ich ihre Worte lese. Das ist irritierend. Vielleicht werde ich senil.«

»Vielleicht sind Sie auch einfach nur rührselig und ein alter Romantiker.«

Giampaolo fuhr herum und funkelte Mariella an. »Wenn Sie meine Hilfe wollen, lassen Sie solche Sprüche, *Signorina*.«

»Sorry«, gab Mariella grinsend zurück.

»Ich soll also kochen.«

»Nun … Sie können besser kochen als ich. Edle Küche, meine ich.«

Giampaolo hob die Augenbrauen. »Ich kann *generell* besser kochen als Sie, junge Dame. Sechzig Jahre Erfahrung.«

»Ja, das wollte ich damit sagen. Und dieses Dinner ist wirklich wichtig, und ich bin aufgeregt und will es nicht vermasseln. Ich war schon einkaufen und … na ja, vielleicht haben Sie eine Meinung zum Menü?«

Mariella deutete auf eine handgeschriebene Karte, in der sie vier Gänge notiert hatte. Giampaolo griff danach und las.

»Mhm. Mhm. Mhm«, machte er. Dann blickte er auf. »Hört sich gut an. Sie wollen wohl jemanden verführen?«

»Was? Nein! Jedenfalls nicht in *dem* Sinne …« Mariella lief knallrot an. Mit dem kleinen alten Mann auch nur andeutungsweise über so etwas zu sprechen, war ihr mehr als unangenehm.

»Sie sind aber ganz schön verklemmt«, murmelte Giampaolo und blickte noch einmal aufs Menü.

»Bin ich überhaupt nicht. Aber das ist, als würde ich mit meinem Großvater über Sex sprechen.«

»Lassen Sie das mal lieber bleiben. Sonst muss ich Sie noch wegen sexueller Belästigung am Arbeitsplatz anzeigen.«

»Giampaolo!«, rief Mariella entsetzt auf.

Daraufhin stieß er ein raues Lachen aus. »Sie sind echt ulkig. Also schön. Legen wir los. *Caprese* zur Vorspeise. So weit, so langweilig.«

»Haben Sie eine bessere Idee? Das alles sollte ein *Thema* sein.«

»*Sì, sì*, habe ich schon kapiert. Die Farbe Rot. *Amore. Bistro Romantico*, so was in der Art?«

Mariella schürzte die Lippen. »Guter Name.«

Giampaolo klopfte sich mit dem Zeigefinger gegen die Schläfe. »Da ist nicht nur Brei drin, wissen Sie?«

»Ja, weiß ich. Also welche Vorspeise schlagen Sie vor?«

»Bei Giulia im Laden gibt es tolle Muscheln. Wenn Sie Glück haben, sind die noch nicht ausverkauft. Wir ergänzen Tomaten und Mozzarella mit frischen Jakobsmuscheln, roten Oliven und

Granatapfelkernen. Schreiben Sie das auf, das müssen Sie alles bei Giulia im Laden kaufen.«

»Wow. Lecker.«

»Alles, was ich koche, ist lecker. Schreiben Sie auf!«

»Ja! Tue ich doch!«

»Danach gibt es rotes *Risotto*, *sì*?«

Mariella nickte. »Das Rezept habe ich in der Sammlung meiner Großmutter gefunden. Klassisches *Risotto* mit dem Saft von roten Rüben und Rotwein statt Weißwein.«

»Wenn man Rotwein statt Weißwein nimmt, ist es kein klassisches *Risotto*«, belehrte Giampaolo sie. »Aber ich weiß, was Sie meinen. Klingt gut. Haben Sie frischen Parmesan?«

»Klar.«

»Getrocknete Tomaten?«

»Ja.«

»Gut. Das kommt dazu. So, Hauptgang. *Spaghetti con Polpette.*« Giampaolo warf ihr einen Blick über die Brillengläser hinweg zu, der ihr verriet, dass er sich gerade fragte, ob sie den Verstand verloren hatte.

»Wie bei Susi und Strolch!«, verteidigte sie sich.

»*Come?*«

»Der Zeichentrickfilm? Mit den Hunden? Diese Szene mit dem Fleischbällchen? Er stupst es mit der Nase …«

»Sie klingen ein bisschen irre. Haben Sie heute schon etwas zu sich genommen? Wasser? Nahrung?«

Mariella verschränkte die Arme vor der Brust. »Jetzt erzählen Sie mir nicht, dass Sie den Film nicht kennen! Der ist total romantisch, und die Szene erst ...«

»Ich kenne den Film. Ja, gut, in Ordnung. Romantisch. Von mir aus.«

»Danke!«

»Wir füllen die *Polpette* mit Käse, in Ordnung? Machen wir das Ganze zumindest *etwas* edler. Haben Sie *Ricotta* oder *Mascarpone*?«

»Ja. Beides.«

»Gut. Zur Nachspeise. Himbeer-*Tiramisu*? *Lei sta scherzando, vero?*«

»Nein, ich scherze nicht. Das ist lecker – und rot.«

»Blutwurst ist auch rot. Wollen Sie deshalb ein Blutwurst-*Tiramisu* machen?«

Mariella zog einen Schmollmund und schwieg.

»Es gibt nur ein *Tiramisu*. Das *originale Tiramisu*. Was ihr Ausländer für perverse Variationen daraus macht, ist eure Sache. Aber nicht hier und nicht mit mir.«

»Meine Güte, Sie sind ganz schön altbacken.«

»Das Wort, nach dem Sie suchen, ist *traditionsbewusst*. So. Wir machen ein *Panna Cotta* mit Beerenspiegel. Das ist klassisch und rot.«

»Gut. Von mir aus. Danke.«

»Bitte. Und jetzt schenken Sie mir ein Glas *Tenuto* ein, und dann gehen Sie einkaufen, bevor Giulia den Laden schließt und wir mit dem Vorlieb nehmen müssen, was in Ihrem Kühlschrank rumliegt.«

27. Kapitel

MARIELLA stand in ihrem Garten, lehnte an der hohen Mauer und klammerte sich an das Glas *Tenuto* in ihrer Hand, als hinge ihr Leben davon ab. Sie war so unglaublich nervös. Sie hatte so etwas noch nie gemacht!

Ja, natürlich hatte sie schon für Männer gekocht, ein Dinner, einen romantischen Abend vorbereitet. Aber sie hatte all das nie gemacht, um einen Mann davon zu überzeugen, zu ihr zurückzukommen. Im beruflichen Sinne, natürlich. Der Rest … Nun, das würde die Zeit zeigen.

Sie blickte sich noch einmal um und nahm einen Schluck aus ihrem Glas. Der Garten ihrer Großmutter war klein. Aber er war groß genug, um darin einen Hochtisch, zwei Barhocker und exakt dreiundzwanzig große Kerzen unterzubringen.

Und jetzt wartete sie. Sie hatte Celio eine Nachricht hinterlassen. Nach wie vor wusste sie nicht, ob die Aktion kitschig oder süß oder peinlich war. Sie wusste nicht, wie er es auffassen würde. Gott, sie wusste noch nicht einmal, ob er überhaupt *auftauchen* würde. Also stand sie da, lehnte sich gegen die Wand, damit ihre Knie nicht nachgaben, und trank Wermut.

Und dann hörte sie ein Rascheln auf der anderen Seite der Mauer.

»Mariella?«, hörte sie Celio.

»Ja?«

»Ich habe deine Nachricht auf dem Handy gesehen. Da steht, ich soll in den Hinterhof zur Mauer kommen.«

»Ja.«

»Hier bin ich.«

»Schau nach unten.«

»Wie bitte?«

»Nach unten. Auf den Boden.«

»Wieso, was … oh!«

Sie hatte ein Kuvert über die Mauer geworfen. Mit einer Einladung zu einem Dinner im *Bistro Romantico*. Sie hatte Giampaolos spontane Eingebung einfach übernommen.

»Ähm …«, hörte sie Celio. »Du erwartest mich jetzt drüben bei dir?«

»Ja.«

»Aber ich bin in meiner Kochjacke.«

»Mir gefällt deine Kochjacke.«

Sie hörte ihn lachen. »Okay. Bis gleich.«

Mit heftig klopfendem Herzen lief Mariella durchs Haus, öffnete die Haustür und eilte dann wieder zurück in den Garten. Dort wartete sie, bis sie Schritte hörte. Erst, als sie ganz nah waren, blickte sie auf.

»Hi«, sagte er.

»Hi.«

»Was ist das alles hier?«

»Steht in deiner Einladung.«

Er hob das Kuvert und deutete darauf. »Ein Dinner im *Bistro Romantico*«, wiederholte er.

»Richtig.«

»Womit habe ich diese Ehre verdient?«

Sie lächelte, nahm ihn bei der Hand und führte ihn zu dem Hochtisch. Sie deutete auf die nach Giampaolos Vorschlägen angepasste Menükarte, und Celio griff danach.

»Hmmm, hört sich ja grandios an. *Polpette* mit *Spaghetti*?«, fragte er und blickte kurz hoch.

»Ja …«, gab sie nervös zurück.

»Susi und Strolch?«

Sie lachte erleichtert. »Richtig.«

»Da tun sich ja ganz neue Welten bei Mariella Engels auf.« Er hob den Kopf und sah ihr in die Augen.

Ihr Herz machte einen Satz. Sie sahen einander an, ohne ein Wort zu sagen. Dann atmete Mariella tief ein, fasste allen Mut, den sie aufbringen konnte, und sagte: »Ich wollte dir etwas zeigen.«

Sie griff nach seiner Hand und zog ihn mit sich ins Haus. Sie fühlte seine körperliche Präsenz überdeutlich hinter sich und die Art, wie er ihre Hand umfasst hielt, gab ihr ein Gefühl von Sicherheit. Sie blieb in der Tür stehen, drehte sich zu ihm um, wollte etwas sagen, doch die Worte blieben ihr im Hals stecken, und einen Moment später waren sie nicht mehr greifbar für sie.

»Du siehst mich an, als würdest du auf etwas warten«, sagte Celio leise und trat so nah an sie heran, dass sie seinen Atem spüren konnte.

»Nein, ich wollte nur …« Sie brach ab. Sie wusste nicht mehr, was sie gewollt hatte.

»Ich tappe hier ein bisschen im Dunkeln …« Celio neigte den Kopf zur Seite und blickte Mariella eindringlich in die Augen. »Willst du mich verführen? Dann nehme ich all den Aufwand als Kompliment, obwohl ich dir sagen muss, dass das nicht nötig wäre. Ich tue mich auch so schon schwer genug, Abstand zu dir zu halten.«

Mariella klappte der Mund auf. Celio sprach diese Worte, diese so aufwühlenden Worte, so locker aus, als würde er ihr von den neuesten Entwicklungen in der italienischen Gastronomieszene berichten. Doch an seinem Blick sah sie, welch Gefühlschaos auch in ihm tobte. Er hatte sich geöffnet, und seine Worte hüllten Mariella ein wie eine Wolke aus Zuckerwatte.

Celio beugte sich näher zu ihr, bis seine Lippen fast die ihren berührten, doch sie wich zurück. *Das* war es nicht, warum sie ihn hergebeten hatte.

Nun, jedenfalls nicht primär …

Sie hob den Arm und legte Celio sanft die Hand auf die Brust. »Das geht nicht«, sagte sie.

»Was geht nicht?«, fragte er und machte einen Schritt zurück.

»Dass du mich so verwirrst. Das geht nicht. Du musst damit aufhören. Jetzt, meine ich. Weil ich mich konzentrieren muss.«

Celios Augenbrauen schossen nach oben. »Ich verwirre dich?«

»Ja«, antwortete Mariella wahrheitsgemäß.

»Süß.«

Mariella atmete tief ein und blickte zur Decke. Nach wie vor standen sie in dem engen Bereich an der Tür zum Hinterhof, jeder mit dem

Rücken zur Wand – im wahrsten Sinne des Wortes. »Nein«, sagte sie dann und atmete tief durch. »Nein, ganz und gar nicht süß. Eher zum Verrücktwerden. Aber ich habe es versucht, richtig?«

»Du hast *was* versucht?«

»Vernünftig zu sein. Erwachsen zu werden. Männer aus meinem Leben zu verbannen.«

»Du bist zu hübsch für ein Leben als Nonne.«

Das brachte sie zum Lachen. Sie streckte erneut den Arm aus und legte ihn auf Celios Brust. Sie nahm sich einen Moment Zeit, wartete darauf, bis ihr Herzschlag sich beruhigt hatte. »Nein, wirklich«, sagte sie dann. »Ich möchte dir etwas zeigen.«

Sie wandte sich ab und ging zur Kochinsel, auf der Notizbücher und Aktenordner lagen. Celio folgte ihr und blickte abwechselnd auf das Chaos und zurück zu ihr, während Mariella ihre Finger knetete und nicht wusste, wo sie beginnen sollte.

»Was wolltest du mir zeigen?«, fragte Celio vorsichtig, weil Mariella sekundenlang kein Wort herausbrachte.

»Es ist so … Könntest du dich setzen?«

Celio sah sie überrascht an, tat dann aber, worum sie ihn gebeten hatte, und machte eine auffordernde Geste.

»Und … könntest du mich ausreden lassen, bevor du etwas sagst?«

»Ich lasse Menschen grundsätzlich ausreden.«

»Okay. Gut. Also … die Sache ist … Ich habe an einer Idee gebastelt. Einer neuen Idee. Na ja, nicht ganz neu. Es wäre eine Kombination aus mehreren Ideen. Ich fasle.« Sie presste die Lippen aufeinander und starrte Celio abwartend an. Der schwieg, wie sie von ihm verlangt hatte, und machte nur eine auffordernde Geste mit der Hand. »Ich weiß, dass ich total … abweisend war. Das war nicht nett dir gegenüber und unnötig, weil … weil ich denke, dass wir ein gutes Team wären. Oder … waren. Die Arbeit hat gut funktioniert, und ich habe mich sehr wohl mit dir gefühlt. Sehr sicher. Du bist verlässlich und stark und … ist ja auch egal. Ich dachte, ich will das alles alleine durchziehen, ich dachte, das ist es, was ich brauche. Aber das war falsch. Ich will wieder im Team arbeiten. Mit dir. Und bevor du etwas sagst: Ich weiß, dass du einen tollen neuen Job hast. Deinen Traumjob.

Dass dir Rosa viel bietet, und ich … ich hatte kein gutes Gegenangebot. Aber jetzt schon. Ich habe recherchiert und nachgedacht und noch mehr recherchiert.« Mariella griff nach einem Ordner und schlug ihn auf. »Wir könnten ein Running Tapas machen«, platzte sie atemlos heraus.

Celio starrte sie aus weit aufgerissenen Augen und mit hochgezogenen Augenbrauen an.

»Oder … Running *Antipasti*«, fügte Mariella leise hinzu. »Wir sind ja in Italien, nicht in Spanien.« Sie blickte ihn unsicher an. »Du hattest mir einmal von diesem Restaurant in Rom erzählt, das dich so begeistert hat und ...«

Langsam hob Celio die Hand.

Mariella unterbrach sich. »Ja?«

»Darf ich etwas sagen?«

»Ja! Entschuldige. Ja, bitte!«

Celio blickte kurz auf die vielen Unterlagen. »Wie kommt's?«

Mariella blinzelte ein paar Mal. »Wie kommt … was?«

»Das alles. Diese Idee. Ich bin noch nicht mal sicher, welche Idee es genau ist, aber … Wir haben mal darüber gesprochen und …«

»Okay«, unterbrach Mariella ihn und hob beide Hände. »Ich muss wieder sprechen, und du musst wieder zuhören. Weil ich sonst nicht … nicht die richtigen Worte finde.«

Celio nickte und zog einen Mundwinkel nach oben. »Weil ich dich verwirre?«

Mariella nickte, griff nach einer Haarsträhne, legte sie um ihren Zeigefinger und ließ sie wieder los. »Es ist so: Ich wollte ein gutes Gegenangebot ausarbeiten. Weil ich dich ja nicht einfach so abwerben kann. Nicht ohne ein besseres Angebot zu haben als Rosa. Natürlich weiß ich nicht, was Rosa dir anbietet, ich meine … keine Ahnung, wie ihr das finanziell regelt. Ich würde dich als Geschäftspartner haben wollen. Du kannst alle Ideen einbringen, die du möchtest. Ich habe nur den Grundstein gelegt. Die Grundidee, meine ich. Ich wollte zwischen Laden und Küche sowieso ein Fenster einbauen lassen. Ein großes. Mehr eine Durchreiche als ein Fenster … Ich hatte einen Architekten hier und der meinte, man könnte ein Förderband bauen, das durch dieses Fenster geht. Wir würden in der Küche stehen und die Häppchen zubereiten und auf das Band stellen. Die Gäste sitzen im Laden und draußen. Man könnte das Band so bauen, dass es flexibel einsetzbar ist. Im Sommer mit überdachtem Außenbereich, im Winter nur hier drinnen. Das Band wäre maximal fünfzehn Meter lang, je nachdem, ob mit Außenbereich oder ohne, und wir hätten Platz für fünfundzwanzig Gäste. Wir würden einen Pauschalbetrag verlangen. Du könntest alles kochen. Alles anbieten. Ideen ausarbeiten. Und einmal im Monat könnten wir ein Galadinner machen, ohne Förderband. Ganz normal, in unserem Außenbereich.« Sie brach kurz ab und holte tief Luft. »Das Förderband kann mit wenig Aufwand abgebaut werden, das hatte ich vergessen. Nicht … nicht die Betriebsanlage oder wie das heißt. Der Motor, quasi. Der würde in der Küche stehen. Aber das Band selbst könnte man auch mal abbauen, sagte der Techniker.« Wieder pausierte sie. Sie blickte Celio an, versuchte, seinen Gesichtsausdruck zu deuten. Doch sie las darin nichts als offene Neugierde. Also machte sie mit ihrer vorbereiteten Rede weiter. »Du könntest tolle Gerichte als Menü beim Galadinner anbieten, und im laufenden Geschäft, am Förderband, könntest du experimentieren. Es wäre … na ja, wie bei dem Flying Dinner bei eurer Neueröffnung. Nur mit Förderband statt mit fliegenden Kellnern.« Sie unterbrach sich erneut und blickte Celio unsicher an. »Die Idee habe ich nicht von Rosa gestohlen, das war nur ein … Beispiel.«

»Mariella …«

»Sie würde mich umbringen, wenn ich ihr eine Idee stehlen würde.«

»Mariella.«

»Genau genommen würde sie mich schon umbringen, wenn sie wüsste, dass ich dieses Gespräch hier mit dir führe.«

»Mariella!« Celio starrte sie an, streckte die Arme von sich und hielt die Handflächen nach oben. Alles in allem wirkte er ziemlich überfordert mit der Gesamtsituation.

»Ich bin fertig«, ergänzte sie leise.

»Sicher?«, fragte er und klang nun weniger überfordert als vielmehr amüsiert.

»Ja. Was sagst du?«

»Ich … bin sprachlos, ehrlich gesagt.«

»Gut sprachlos oder schlecht sprachlos?«

»Du könntest statt auf deine Schuhe in mein Gesicht sehen, dann wüsstest du es.«

Langsam hob Mariella den Kopf. Als sie sah, dass Celio lächelte, fiel ihr ein Stein vom Herzen. Er streckte den Arm aus, griff nach ihrem Handgelenk und zog sie an sich. Dann blickten sie beide auf das Unterlagenchaos auf der Arbeitsplatte.

»Du hast dir richtig viele Gedanken gemacht«, sagte Celio.

»Ja.«

»Hast du einen Budgetplan?«

»Ja. Emilia hat mir geholfen.«

»Okay. Das wird teuer, oder?«

»Ich würde einen Kredit aufnehmen. Ich habe bereits angefragt, er würde genehmigt werden. Die Bank mag das Konzept.«

Celio nickte. »Gut. Aber … wenn du alle Arbeit schon erledigt hast und selbst die Bank mit an Bord ist, dann …«

Mariella drehte ihm den Kopf zu. »Ja?«

»… dann frage ich mich: Wozu brauchst du dann mich?«

Mariella sah Celio einen Moment lang schweigend an. Dann fuhr sie ihm zärtlich durchs Haar, während sie nach den richtigen Worten suchte. Sofort verlor sie sich in seinen Augen, und die Worte verschwanden irgendwo in den Gefühlen, die sie beide einhüllten. Seine Hand lag nach wie vor locker um ihr Handgelenk, und er zog sie noch näher an sich heran.

»Verwirre ich dich wieder?«, flüsterte er und legte seine Stirn an ihre.

»Immer«, gab sie wahrheitsgemäß zurück.

»Gut.«

Er strich mit seiner Hand über ihren Unterarm, wanderte sanft hinauf an ihren Hals. Ihre Haut prickelte unter seiner Berührung, und sie legte den Kopf weiter in den Nacken. Er küsste sie, zuerst sanft, dann leidenschaftlicher, und sie schlang ihre Arme um seinen Hals, weil sie wollte, dass er nie mehr damit aufhörte.

Wie lange sie so eng umschlungen, sich hemmungslosen Küssen hingebend, in der Küche standen, wusste Mariella nicht. Doch irgendwann ließ Celio sanft von ihr ab. Ohne seine Umarmung zu lösen, sagte er: »Wie ich schon sagte ... ein Leben als Nonne wäre bei dir vergeudet.«

Sie lachte auf und löste sich aus seinen Armen.

»Du hast mich aus dem Konzept gebracht.«

»Dann führe ich dich zurück. Ich wollte wissen, wozu du mich für all das überhaupt brauchst.«

»Vor ein paar Wochen hätte ich noch gesagt: Weil du über die notwendigen Konzessionen verfügst.«

Celio lachte amüsiert auf. »Okay ...«

»Aber das ist mir heute egal. Ich kümmere mich um meine eigenen Konzessionen. Es dauert noch etwas, aber ... ich kümmere mich darum. Ich will unabhängig bleiben.«

Celio nickte. »Das verstehe ich. Umso mehr stelle ich mir die Frage, wozu du mich dann überhaupt an deiner Seite brauchst.«

Mariella lächelte Celio an und beugte sich näher zu ihm. »Ich brauche dich nicht an meiner Seite.«

»Aber?«

»Aber ich *will* dich an meiner Seite.«

Er lächelte und strich ihr sanft über die Wange. »Lass mich darüber nachdenken, okay?«

28. Kapitel

DIE Eingangstür krachte so laut auf, dass die Wände in dem alten Haus erzitterten. Eine Sekunde später stürmte Rosa in die Küche. Mariella saß auf einem Hochstuhl an der Kücheninsel und legte ruhig die Bestellliste, an der sie gerade gearbeitet hatte, aus der Hand.

»Was *zur Hölle* soll das sein?«, rief Rosa und knallte ein Blatt Papier auf die Kücheninsel.

Mariella beugte sich in einer vorsichtigen Bewegung darüber, ein Auge immer auf Rosa gerichtet, in der Erwartung, gleich eine Pfanne an den Schädel geknallt zu bekommen. »Nun, das ist eine Bauanzeige, weil ich bauliche Veränderungen in meinem Lokal vornehme.«

»Auf gar keinen Fall! Und auf gar keinen Fall überlasse ich dir Celio. Ich darf ja annehmen, dass *du* hinter all dem steckst.«

»Hinter …?«

Mariella war tatsächlich irritiert. Celio hatte sie nach dem gemeinsamen Abend um Bedenkzeit gebeten, und die hatte sie ihm gerne gegeben. Sie wollte nicht diejenige sein, die Celio »wegschnappte«, weil sie nicht wie Rosa sein wollte. Sie hatte ihm einfach nur etwas anbieten wollen. Eine Alternative. Denn diese verdiente ein großartiger Koch wie Celio. Ja, er *verdiente* es, umworben zu werden. Es war seine Wahl, ganz einfach. Er sollte entscheiden dürfen. Und wenn er sich für Rosas Weg entschied, würde sie damit leben können. Sie würde einen anderen Geschäftspartner finden. Vermutlich wäre das sogar einfacher, wenn sie Liebe und Geschäft *nicht* miteinander verband.

»Celio hat sich eine Woche Urlaub genommen!«

»Na und? Das ist ja wohl sein gutes Recht, oder?«

»Das sieht ihm nicht ähnlich. Er war … abweisend und unterkühlt.«

»Das bildest du dir sicher ein. Vielleicht ist er seine Tochter besuchen gefahren.«

Mariella war sich dessen nicht ganz sicher, nahm es aber an. Immerhin besuchte er sie zweimal im Monat in Florenz.

»Celio wird *ganz sicher nicht* bei mir kündigen, Mariella!«

Mariella verschränkte die Arme vor der Brust. »Du kannst ihm nicht verbieten zu kündigen, *falls* er das möchte.«

Rosas Augen verengten sich zu Schlitzen. »Das warst *du*, du kleine *persona infida*!«

»Kein Grund, ausfällig zu werden.«

»Oooh … ich habe noch nicht mal *begonnen*, ausfällig zu werden! Ist er hier?«

»Nein, ist er nicht!«

»Was hast du ihm angeboten?«

Mariella versuchte, ruhig zu bleiben, was angesichts der schier greifbaren Wut, die Rosa ihr entgegenbrachte, nicht ganz einfach war. »Rosa, wirklich, das geht dich nichts an. Es reicht für dich zu wissen, dass ich ihm schlicht und ergreifend ein Angebot gemacht habe. Wenn er es nicht möchte, ist das okay. Dann suche ich mir einen anderen Geschäftspartner.«

»Du kleine verlogene …«

»Hör auf damit, Rosa!«, unterbrach Mariella sie. »Du übertreibst total! Du hast doch nichts anderes gemacht, als *du* eine gute Geschäftsidee hattest, oder?«

Rosa schüttelte den Kopf. »Er hat einen Arbeitsvertrag mit mir! Und darin sind drei Monate Kündigungsfrist festgeschrieben!« Rosa trat energisch einen Schritt näher, und Mariella zuckte zurück. »Und glaube mir: *Mir* reichen drei Monate, um Celio davon zu überzeugen, dass er es bereuen wird, wenn er von mir weggeht.«

Mariella zog die Augenbrauen zusammen. »Drei Monate? Ist das überhaupt legal?«

Rosa lächelte eisig und zog die Augen erneut zu schmalen Schlitzen zusammen. »Ist es, *sciocco*.«

»Ich bin nicht dumm«, gab Mariella zurück. Allmählich wurde sie sauer. Sie hatte damit gerechnet, dass Rosa eine Szene machen würde. Aber sie ließ sich nicht besonders gerne beleidigen.

»Wir können ja eine Einigung finden«, versuchte Mariella es auf die diplomatische Art.

»Das glaube ich nicht. Was bildest du dir ein?«

»Ich bilde mir überhaupt nichts ein!«, gab Mariella nun auch lauter werdend zurück. »Was bildest *du* dir ein? Denkst du, du hast hier als Einzige das Recht, einen Betrieb zu führen?«

»Nein. Aber ich habe das Recht, Anwälte einzuschalten, wenn eine kleine *Straniera* wie du glaubt, hier Terror machen zu müssen.«

»Die Einzige, die hier ständig Terror macht, bist du!« Mariella sprang von ihrem Sitz und stierte Rosa wütend an.

Plötzlich griff Rosa nach der Bauanzeige, knüllte sie energisch zusammen und warf sie in Mariellas Richtung.

Mariella duckte sich und fuhr wütend herum. »Hast du sie noch alle?«, rief sie.

»Ich habe noch nicht mal *angefangen*!«, schrie Rosa zurück.

»Was ist dein verdammtes Problem? Wir haben bloß …«

»*Wir?*«, unterbrach Rosa sie und stieß ein spitzes Lachen aus. »Jetzt seid ihr auf einmal ein ›wir‹? Du verscheißerst mich, oder?«

Mariella machte ein paar Schritte rückwärts, um etwas Abstand zwischen sich und Rosa zu bringen. Sie hatte mit viel gerechnet, aber nicht damit, dass Rosa sich an dem Wort »wir« aufhängen würde. Sie atmete tief durch und hob abwehrend die Hände. »Noch einmal. Ich weiß nicht, warum du so ausrastest. Du hast genau dasselbe mit mir gemacht! Du hast dich auch selbst verwirklicht, oder? Nichts anderes will ich tun! Ich bin keine Konkurrenz für dich, Rosa. Ich mache etwas völlig anderes.«

Rosa legte den Kopf in den Nacken und lachte schallend. »Du? Natürlich bist du keine Konkurrenz für mich.«

»Eben. Siehst du? Du lachst darüber. Dann verstehe ich deine Aufregung nicht. Der Baulärm wird minimal sein, und du hast viele Köche, die für dich arbeiten. Du kommst auch ohne Celio klar. Du brauchst ihn nicht!«

Rosa spitzte die Lippen. Für einen kurzen Moment hatte Mariella die Hoffnung, dass sie Vernunft annehmen würde. Doch dann sah sie in ihre Augen und erkannte die entflammte Wut darin. »Baulärm? Es wird keinen Baulärm geben, Schätzchen.«

»Hör mal, die Bauanzeige war reine Formsache. Die habe ich dir nur zugestellt, weil ich nett bin. Die Veränderungen sind im inneren Bereich des Lokals, ich müsste dich darüber nicht mal informieren.«

»Nein. Mich nicht. Aber die Herren von der Denkmalschutzbehörde.«

Mariella atmete tief ein. »Dieses Haus ist nicht denkmalgeschützt.«

Rosa lächelte grimmig. »Noch nicht. Wird es aber demnächst sein, weil ich mich darum kümmern werde, meine Liebe. Du hast ja keine Ahnung, wie nahe ich unserem Bürgermeister stehe. Und wer, denkst du, gibt hier Empfehlungen über den Denkmalschutz der Gebäude an das zuständige Bundesamt weiter? Richtig. Der Bürgermeister.«

Mariella verengte die Augen und warf Rosa einen wütenden Blick zu. »Oh, ich kann mir *sehr gut* vorstellen, wie *nahe* du dem Bürgermeister stehst.«

Rosa blickte sich kurz um, und Mariella griff reflexartig nach einem Küchentuch, um abwehren zu können, was auch immer Rosa vorhatte, in ihre Richtung zu werfen. Doch Rosa tat nichts dergleichen. Sie kam einen Schritt näher und fragte eisig: »Nennst du mich etwa eine *Puttana*?«

Mariellas Finger krallten sich ins Küchentuch. »Hey, wenn der Schuh passt …«

Instinktiv zog Mariella den Kopf ein, doch die einzige Reaktion, die Rosa ihr auf diese provokante Äußerung zeigte, war ein abfälliges Lachen. »Du bist doch echt das Letzte«, sagte sie und schüttelte den Kopf.

»Denk von mir, was du willst«, gab Mariella zurück.

»Du wirst ihn nicht bekommen. Das *garantiere* ich dir. Ich …«

»Was ist hier los? Man hört euch bis auf die Straße!«, schaltete Celio sich ein, der plötzlich mitten im Raum stand.

Rosa fuhr herum. Ihre Gesichtszüge wurden von einem auf den anderen Augenblick weicher, und sie setzte ein strahlendes Lächeln auf. »Kleiner Streit unter Frauen, *tesoro*«, flötete sie mit einer engelsgleichen Unschuldsmiene.

Nicht nur, dass Rosa Celio gerade als ihren »Schatz« bezeichnet hatte, sie stand mit einer Würde da, als hätte sie gerade die Wahl zur *Miss Italia* gewonnen, während Mariella hektisch rote Flecken am ganzen Körper hatte und mit einer beginnenden Panikattacke kämpfte. Sie stierte Rosa aus zusammengekniffenen Augen an, sagte jedoch nichts.

»Ich weiß nicht, was in sie gefahren ist«, sagte Rosa ruhig, ging auf Celio zu und stellte sich neben ihn. Sie hakte sich bei ihm unter. »Ich habe ihr nur zu ihrem Vorhaben gratuliert.«

»Was?«, rief Mariella, woraufhin Rosa die unendliche Frechheit besaß, so zu tun, als würde sie erschrocken zusammenzucken.

»Ich habe sie darauf hingewiesen, dass du einen Arbeitsvertrag hast, *falls* sie auf die dumme Idee kommen sollte, dich mir ausspannen zu wollen«, sprach Rosa weiter, als würde Mariella gar nicht existieren. Sie hing an Celio und verschlang ihn regelrecht mit ihren Blicken.

»Natürlich«, sagte Celio ruhig, den Blick warnend auf Mariella gerichtet.

»Ich sagte doch, *amore*, ich weiß nicht, was in sie gefahren ist. Ich wollte nur über den Arbeitsvertrag reden und über dich und wie großartig du bist, und da ist mir die Sache mit unserer gemeinsamen Nacht rausgerutscht und … da ist sie ausgerastet. Lauter irre Frauen hier, Celio. Ich hatte dich gewarnt.« Sie ließ von Celio ab und wandte sich um. Dann drehte sie den Kopf zur Seite und rief über ihre Schulter. »Und, Mariella? Vergiss das mit dem Denkmalschutz nicht.« Dann ging sie.

Mariellas Hände zitterten so sehr, dass sie ihre Finger in das Küchentuch krallte, um sich zumindest an irgendetwas festhalten zu können. Celio kam auf sie zu. »Und ich frage noch einmal …«, sagte er in ruhigem Tonfall. »Was ist hier los?«

»Gemeinsame Nacht?«, stieß Mariella tonlos aus. Sie schluckte schwer und hob langsam den Kopf.

Celio hob abwehrend die Arme. »Es ist nicht das, was du denkst.«

Mariella schnaubte und warf das Küchentuch energisch auf den Boden. »Es ist nicht, was ich denke? Geht es vielleicht noch mit etwas mehr Klischee?«

»Mariella, hör zu …«

»*Du* hast mich regelrecht ausgelacht, als ich auch nur angedeutet habe, dass etwas zwischen euch läuft.«

»Weil da nichts gelaufen ist!«

»Ach ja? Wann, Celio? Wann war diese ominöse *gemeinsame* Nacht? Direkt vor oder direkt nach *unserer* gemeinsamen Nacht? Sorry, One-Night-Stand wäre wohl die korrekte Bezeichnung. Bedeutungslos, oder? Also wann? Bevor oder nachdem du mich geküsst hast? Bevor oder nachdem du mir erklärt hast, Rosa will mit dir gemeinsam etwas *Großes* aufziehen? Bevor oder nachdem du mir erklärt hast, du könntest nicht mit *mir* arbeiten, weil das zu *kompliziert* mit uns wäre, nur um direkt darauf zu *ihr* zu gehen?«

»Mariella, hör mir zu! So war das überhaupt nicht.«

»Hast du mit ihr eine Nacht verbracht oder nicht?«

Er schwieg. Und das war die schrecklichste Reaktion von allen.

»Schön«, flüsterte Mariella heiser. »Dann verschwinde.«

Mariella saß noch Stunden später zusammengesunken und weinend auf dem abgewetzten Sessel ihrer Großmutter. Das Wohnzimmer war bereits dunkel, und die einzige, spärliche Lichtquelle war die große Petroleumlampe mit Goldverzierung, die auf der Kommode vor der Wand mit all den Kalenderabschnitten stand. Sie brachte es nicht über sich, nach oben zu gehen und sich ins Bett zu legen. Sie brachte es auch nicht über sich, in die Küche zu gehen, um eine neue Flasche Rotwein zu holen. Denn die alte war leer. »So was von leer«, flüsterte Mariella und zog die Beine an ihre Brust.

Da war sie wieder, die alte Mariella. Ein emotionales Wrack. Sie hatte sich auf einen Mann eingelassen und saß nun da wie ein Häufchen Elend, das weder vor noch zurück konnte.

Es war kindisch gewesen, ihn einfach hinauszuwerfen. Wie war noch gleich ihr selbsterklärtes Ziel gewesen? *Über den Dingen stehen.*

Sie stand aber über gar nichts. Sie stolperte. Sie flog hin. Und dann blieb sie solange liegen, bis die Realität ihr einen Tritt verpasste und sie sich aufrappeln *musste*. Also wartete sie auf den Tritt. Der musste ja früher oder später kommen. Besser früher als später. Immerhin hatte sie damit rechnen können, oder? Alle Männer waren gleich. Das hatte sie doch schon lange eingesehen. Und jetzt war es ihr wieder bestätigt worden.

Mariellas Blick fiel auf ihre Jacke, die sie achtlos über das Sofa geworfen hatte. Sie beugte sich vor, zog sie an sich und kramte den Brief ihrer Großmutter aus der Jackentasche. Sie faltete ihn auseinander und starrte auf den letzten Satz.

PS: Wenn du mal nicht weiter weißt, halte dich an Ficino.

Sie seufzte herzhaft, lehnte sich zurück und blickte zu dem Selbstporträt ihrer Großmutter. »Was, zum Teufel, soll das heißen?«, fragte sie sie. »Was, hm? Weil jetzt nämlich ein guter Zeitpunkt wäre, mir das zu sagen.«

Sie war sich bewusst, dass sie Selbstgespräche führte, war eine verrückte Katzenlady in einem alten Haus. Nur ohne Katzen. »Kommt schon noch«, murmelte sie und blickte zu der leeren Flasche Rotwein.

Das war eindeutig keine gute Idee gewesen. Sie war keine besonders gute Trinkerin. Morgen würde ihr der Schädel platzen. Aber wen kümmerte das schon? Morgen war viel zu weit weg.

Wieder ging ihr Blick zum Porträt von *Nonna* Maria. »Warst *du* eine gute Trinkerin? Ich meine, ehrlich …« Sie sprang auf, verlor das Gleichgewicht, stolperte fast über den Couchtisch und fing sich mehr schlecht als recht im letzten Moment. »Hoppla«, sagte sie und kicherte. Sie richtete sich auf und blickte sich um. »Ehrlich, wer macht denn so etwas?« Sie machte eine unbestimmte Geste Richtung Wand und Selbstporträt. »Wer hängt sich tausend Kalendersprüche ins Haus.« Sie schüttelte den Kopf. »Ein Selbstporträt und tausend Kalendersprüche. Ich meine, das ist total … verrückt. Exzentrisch heißt das, oder? Ich finde es verrückt. Ich finde es …« Sie hielt inne.

Plötzlich war ihr das Monologisieren ebenso wie das alkoholgeschwängerte Gekicher vergangen. Ihr Blick hing verklärt auf den Kalenderabschnitten, und dann, ganz plötzlich, stach ihr etwas ins Auge.

»Nein!«, stieß sie aus und riss die Augen auf.

Ficino.

Da stand es. Schwarz auf weiß.

Marsilio Ficino, italienischer Humanist und Philosoph. Es war einer der Kalenderabschnitte, ein kleiner, unscheinbarer, der zwischen all den anderen fast unterging. Doch da stand das Wort. Das Wort aus *Nonnas* Brief.

Mariella ging näher heran, um den Spruch über dem Namen lesen zu können. »*Tutta la potenza della magia consiste nell'amore*«, las sie laut vor.

Die ganze Macht der Magie liegt in der Liebe.

Sie wandte sich ab, stieß ein schnaubendes Lachen aus und blickte zum Porträt ihrer Großmutter.

»Ach, komm schon …«, murmelte sie und schüttelte den Kopf. Doch ihr Blick blieb an den Augen ihrer Großmutter haften. Sie zögerte einen Moment oder zwei. Dann blickte sie wieder zum Kalenderabschnitt. Langsam griff sie zum Rahmen. Sie nahm ihn von der Wand und betrachtete ihn wie etwas, das von einem anderen Planeten stammte. Einem spontanen Impuls folgend drehte sie ihn um.

»Das gibt es doch wohl nicht!«

Hinter dem Kalenderabschnitt steckte ein weißes Kuvert.

Nonna Marias letzte Worte – Teil 2

CARA Mariella,

ich hoffe, du bist glücklich. Genauso, wie ich hoffe, dass deine Mutter glücklich ist. Es ist nicht an mir, darüber zu urteilen, ob ihr ein erfülltes Leben habt. Es ist nur an mir zu hoffen, dass es meiner Familie gut geht.

Es war mir immer wichtig, ein selbstbestimmtes Leben zu führen. Ja, das war mir das Wichtigste von allem. Doch jetzt, am Ende meines Lebens, verstehe ich, dass die Fragen nach Glück und Erfüllung nur jeder für sich selbst beantworten kann.

Ich hoffe, es geht dir gut, Mariella. Ich hoffe, du hast dein Glück bereits gefunden. Falls nicht, so hoffe und glaube ich fest daran, dass du es noch finden wirst. Vergiss nie, dass du bei dir selbst anfangen musst. Nur, wer selbst glücklich ist, kann auch mit anderen zusammen ein erfülltes Leben führen.

Deine Nonna Maria

29. Kapitel

MARIELLA hob die Hand und klopfte an die robuste Holztür. Kurz darauf wurde sie geöffnet, und Giampaolos runzliges Gesicht kam zum Vorschein.

»Was machen Sie denn hier?«

»Ich wollte Sie besuchen. Emilia hat mir gezeigt, wo Ihr Haus steht. Sie haben es schön hier. Unglaublich tolle Aussicht.«

»Das weiß ich.«

Mariella nickte in Richtung des abfallenden Geländes direkt vor Giampaolos Haus. »Sie haben also auch einen Garten. Genauso, wie meine Großmutter einen hatte.«

»Ja. Gartenarbeit hält jung und knackig.«

Mariella lächelte und hielt Giampaolo beide Briefe ihrer Großmutter unter die Nase. »Es gab einen weiteren.«

»Einen weiteren was?«

»Brief. Hinter dem Kalenderabschnitt mit einem Spruch von Marsilio Ficino. Aber das wussten Sie natürlich.«

Giampaolo schüttelte den Kopf.

Mariella drückte ihm beide Briefe in die Hand. »Legen Sie die in ihr Tagebuch, bitte.«

»Sind Sie sicher, dass Sie das Tagebuch nicht zurückhaben wollen?«

Mariella schüttelte den Kopf. »Nicht jetzt. Behalten Sie es. Ich denke, ich muss mich ein bisschen vom Geist meiner Großmutter lösen und in meine eigenen Fußstapfen treten.«

Giampaolo nickte. »Wie Sie wollen.«

»Danke.«

Giampaolo war im Begriff, die Tür zu schießen, hielt dann aber in seiner Bewegung inne. »Er sitzt immer oben bei uns, wissen Sie?«

»Bitte?«

»Celio. Bevor er zur Arbeit muss, kommt er zu uns ins Hotel, trinkt einen *Caffè* und starrt in die Landschaft.«

»Aha.«

»Er ist ganz in Ordnung.«

»Aha.«

»Das Dinner war doch für ihn, oder etwa nicht?« Giampaolo blickte sie streng an.

Mariella zuckte mit den Schultern. »Ist das nicht egal?«

»Nein. Können Sie mir mal verraten, was Sie eigentlich wollen?«

»Nichts Besonderes. Ich will, was alle wollen. Glücklich sein. Wenig Drama. Nichts Kompliziertes. Keine Lügen. Ich will einfach … einfach ein normales Leben.«

»Einfach ein normales Leben, ja?«

»Ja!«

»Sie hatte Sie doch davor gewarnt!«, schalt Giampaolo sie plötzlich.

»Wie bitte? Wovon sprechen Sie?«

»Von Ihrer Großmutter! Haben Sie nicht verstanden, was sie Ihnen sagen wollte? Haben Sie nicht *gelesen*, was da stand?«

»Natürlich habe ich alles gelesen!«

»Sie sollen sich nicht selbst im Wege stehen, Mariella! *Das* stand da zu lesen! Hören Sie auf damit.«

»Ich stehe mir überhaupt nicht selber im Wege! Ich habe mich *sehr* weiterentwickelt! Sie wissen doch überhaupt nicht, was vorgefallen ist.«

»Nein. Wissen *Sie* es denn?«

Mariella öffnete den Mund und schloss ihn sofort wieder, als sie Giampaolos Blick auffing.

»Wenn Sie schon alles wegwerfen, dann sollten Sie zumindest wissen, *warum* Sie das tun. Schönen Tag noch, *Signorina*.«

Mit diesen Worten knallte Giampaolo ihr die Tür vor der Nase zu. Mariella starrte darauf, als würde sich darauf die Antwort auf all ihre Fragen befinden.

Sie wandte sich langsam ab und ging zurück zu ihrem Wagen. Sie brauchte sich noch nicht mal zu fragen, woher Giampaolo wusste, was passiert war. Dafür war sie schon zu lange hier in diesem Ort. Egal, was passierte, egal, wie privat eine Situation auch gewesen war – Dinge sprachen sich herum. Sie wollte Giampaolo am liebsten zurufen, dass sie sich ihren Teil denken konnte. Sie brauchte nicht die Uncut-Version dazu. Sie hatte Celio gefragt, hatte ihn *direkt* gefragt, und er hatte nichts darauf zu sagen gehabt! Er hatte *jede* Gelegenheit gehabt, sich zu erklären. Er hatte außerdem *jede* Gelegenheit gehabt, sich bei ihr zu melden!

Mariella stieg in ihren Wagen, knallte die Fahrertür zu und brauste los. Sie fuhr verschlungene Wege entlang, ohne zu überlegen, wohin es gehen sollte. Sie fuhr einfach nur, fokussierte sich auf das, was vor ihr lag, und blieb dann irgendwo inmitten der toskanischen Hügel stehen. Sie stieg aus, lehnte sich gegen ihren Wagen und betrachtete das Panorama. Seit sie Anfang März zum Begräbnis ihrer Großmutter hier angekommen war, hatte sich die Landschaft stark verändert. Das Braun und Ocker der vom kühlen, nassen Winter geplagten Erde war einem sanften Grün langsam sprießender Blätter gewichen. Die Landschaft war beständig aus ihrem Winterschlaf erwacht. Es wurde grün und immer grüner. Sie atmete tief ein. Langsam flachte ihre Wut wieder ab.

Wenn sie ehrlich zu sich war, dann hatte sie Celio eigentlich gar keine Gelegenheit gegeben, sich ihr zu erklären, dachte Mariella jetzt. Weil sie ihn rausgeschmissen hatte.

Das war allerdings Tage her. Ja, er hätte anrufen können. Wenn sie etwas falsch verstanden hatte, dann war es an *ihm*, das aufzuklären!

Nur, dass das eigentlich auch nicht stimmte. Weil sie überhaupt kein Paar waren. Und weil er ihr überhaupt nichts versprochen hatte. Sie ihm auch nicht. Das zwischen ihnen war einfach ein One-Night-Stand gewesen. Das hatte sie selbst doch gesagt!

»Wieso bist du dann so verdammt sauer?«, flüsterte sie, verschränkte die Arme vor der Brust und starrte zum Horizont.

Sie passte ihn an seiner Haustür ab, als er gerade auf dem Weg zu Rosa war. Als er sie sah, zuckte er zusammen. »Was willst du denn hier?«, fragte er unterkühlt.

»Ich will mit dir reden.«

»Jetzt? Jetzt auf einmal willst du reden?«, fragte er und ging einfach weiter.

Mariella folgte ihm. »Ich war einfach irritiert, okay? Es tut mir leid. Außer es ist wahr, was Rosa behauptet hat. Dann tut es mir nicht leid.«

Celio blieb abrupt stehen. Er wandte sich zu ihr um, und zu ihrem Schrecken stellte sie fest, dass er wütend aussah. *Richtig* wütend.

»Was stimmt mit dir nicht, Mariella?«, fuhr er sie an.

Sie wollte schnippisch antworten, musste aber feststellen, dass sie selbst sich diese Frage mehr als nur einmal gestellt hatte. »Ich weiß es nicht«, sagte sie leise und senkte den Blick.

»*Du* warst diejenige, die erklärte, die Küsse hätten nichts bedeutet. *Du* warst diejenige, die beschlossen hat, dass die Sache zwischen uns nur ein One-Night-Stand war. Dann kommst du plötzlich mit einem romantischen Dinner an. Vor und zurück, vor und zurück. Die ganze Zeit. Das ging alles von dir aus. Ich habe dir gesagt, dass mein Leben kompliziert genug ist und ich so etwas nicht brauche. Das war *alles*, was ich gesagt habe. Ich habe nicht gesagt, dass ich mehr von dir will, ich habe auch nie gesagt, dass ich gar nichts von dir will. Du hast mir ja nie die Möglichkeit gegeben, irgendetwas zu sagen.«

Mariella nickte und presste die Lippen aufeinander. Sie ahnte, dass Celio noch nicht fertig war, und behielt damit recht. Er warf die Arme in die Luft und begann, vor ihr auf und ab zu laufen. »Und dann machst du mir eine Szene und wirfst mich aus deinem Haus!«

»Tut mir leid«, erwiderte Mariella kleinlaut, die, als sie all das kompakt und zusammengefasst präsentiert bekam, feststellte, dass ihr Verhalten ziemlich nervig gewesen sein musste.

»Ich will nicht, dass dir etwas leidtut, ich will, dass du mir sagst, was mit dir nicht stimmt!«

»Gar nichts!«, fuhr Mariella ihn nun an. »Ich war einfach … Ich war …«

»Was? Was, Mariella? Was ist es, was du willst? Wenn du es nämlich nicht weißt, dann weiß es niemand! Und nur für's Protokoll: Ich habe *nicht* mit Rosa geschlafen!«

Mariella hob die Augenbrauen. Die Erleichterung, die sie bei diesen Worten verspürte, verschlug ihr die Sprache. Sie brachte gerade mal ein »Oh« heraus.

»Ja. Oh. Und wenn du einfach ein normales Gespräch mit mir gesucht hättest, anstatt mir total unberechtigte, überaus unpassende Vorwürfe zu machen …«

Mariella hob abwehrend die Hände. »Ich habe es verstanden.«

»… dann würdest du wissen, dass Rosa an meine Tür geklopft hat. In der Nacht. Ich war deprimiert, ich war betrunken, ich wollte am Wochenende davor meine Tochter in Florenz besuchen, aber die hat mir abgesagt. Rosa kam vorbei, weiß der Himmel, warum.«

»Ich hätte eine Idee …«, warf Mariella ein und zuckte hilflos mit den Schultern. »Sorry«, fügte sie hinzu.

»Lässt du mich jetzt erzählen oder nicht?«

»Ja!«

»Sie kam in meine Wohnung, schenkte uns etwas zu trinken ein, machte sich an mich ran. Sie hat mich geküsst. Ich habe sie abgewiesen. Das war's.«

Mariella nickte langsam. Sie wusste, dass sie am kürzeren Hebel saß. Am *sehr viel* kürzeren. Celio konnte tun und lassen, was er wollte. Er war ihr keine Rechenschaft schuldig, und dennoch erklärte er sich. Mariella wusste nicht, wie sie darauf reagieren sollte. Sie wusste *überhaupt nichts.*

»Du glaubst mir nicht«, stellte er unterkühlt fest.

Mariella zuckte abermals mit den Schultern. »Das tut nichts zur Sache.«

»Doch. Für mich schon.«

»Okay. Schön. Das klingt einfach … unrealistisch, okay? Das ist das Wort, das mir einfällt. Unrealistisch. Ich weiß, dass es mich nichts angehen sollte, aber es ist nun mal … es ist … es ist kompliziert. Und du erzählst mir das alles, und was soll ich damit jetzt anfangen?«

»Unrealistisch?«, wiederholte Celio und klang nicht nur fassungslos, sondern auch verletzt.

»Du warst betrunken, und eine heiße Frau kommt mitten in der Nacht willig in deine Wohnung, und du weist sie ab? Ich bitte dich!

Welcher Mann weist eine Frau wie Rosa ab, noch dazu, wenn er verletzt ist und seine Gefühle in Alkohol ertränkt hat?«

»Einer, der Gefühle für eine andere hat und sich wie ein Arschloch vorgekommen wäre, hätte er sich auf besagte Rosa eingelassen.«

Mariella riss die Augen auf. Sie starrte Celio geradezu entsetzt an. Hatte er das gerade wirklich … Hatte er …

»Kommst du dir jetzt zumindest blöd vor?«, fragte er mit einem angedeuteten Lächeln auf den Lippen.

»Ja«, gab Mariella zerknirscht zu.

»Kommt öfter vor, oder?«

»Eigentlich die ganze Zeit«, sagte Mariella wahrheitsgemäß.

Celio machte einen Schritt auf sie zu. Sanft legte der seine Hände auf ihre Oberarme. »Könnten wir solche Szenen in Zukunft lassen und einfach miteinander arbeiten?«

»Miteinander?«

»Mhm.«

»Du … du willst immer noch mit mir arbeiten?«

»Ich wollte *immer* mit dir arbeiten.«

Mariella schüttelte langsam den Kopf. Das stimmte überhaupt nicht …

»Hör auf damit«, sagte Celio und legte ihr die Hand an die Wange. »Hör auf, zu allem, was ich dir mitteile, Nein zu sagen. Ich wollte *immer* mit dir arbeiten. Ich hatte einfach nur Angst.«

»Angst?«

»Ja, Angst! Auch starke Männer haben manchmal Angst.«

Mariella biss sich auf die Unterlippe und starrte ihn aus weit aufgerissenen Augen an.

»Ich war … ein bisschen zu hingerissen von dir«, sprach Celio weiter. »Dein anfängliches Konzept … das war im Grunde egal. Das hätten wir weiterentwickeln können. Aber du … Und dann kam Rosa und bot mir einen einfachen Ausweg an. Das bin ich, Mariella. Der Typ, der gerne einfache Auswege nimmt und sich damit selbst im Weg steht.«

»Das kommt mir bekannt vor«, warf Mariella leise ein.

»Das mit Rosa hat von Anfang an nicht geklappt. Sie ist herrisch. Und ich kann nicht mit herrischen Weibern.«

Mariella lachte kurz auf.

»Vergleichst du dich etwa mit ihr?«, fragte Celio fassungslos.

»Nein. Aber du hast mir mehr als einmal vorgeworfen, dass ich ein solches *Weib* bin.«

»Nein, habe ich nicht. Ich sagte, du bist zickig. Mit zickigen Frauen kann ich gut.«

Mariella grinste. »Kannst du das, ja?«

Er kam ganz nah und zog sie an sich. »Mir wurde gesagt, ich würde verwirrend auf diese Sorte Frau wirken.«

»Ja. Und wie du das tust.«

»Damit kann ich leben. Ich hätte sowieso gekündigt, Mariella.«

»Was?«

»Ich hätte sowieso gekündigt«, wiederholte er. Dann lächelte er triumphierend. »Ich habe auch mit Rosa gesprochen. Diese Sache mit dem Denkmalschutz …«

Mariella seufzte und wandte den Blick ab. Er griff an ihr Kinn und zwang sie, ihn wieder anzusehen. »Die Sache habe ich geklärt«, sprach er weiter. »Rosa wird davon absehen, weiter Intrigen zu spinnen. Ich habe sie erinnert, wie wertvoll eine gute Nachbarschaft hier in der Toskana ist.«

Mariella lächelte ihn dankbar an, und er zwinkerte ihr zu. »Wie ich schon sagte: All der Aufwand wäre nicht nötig gewesen.«

»Also … also … heißt das …« Sie holte tief Luft. »Heißt das, du würdest mein Geschäftspartner werden wollen?«

»Ja. Wenn du mir eines versprichst.«

»Was?«

»Arbeit und Privatleben werden strikt getrennt. Ich drehe sonst durch, wenn die verwirrte Mariella zu oft zum Vorschein kommt.«

»Die verwirrte Mariella kommt nur zum Vorschein, wenn sie sich unsicher und bedroht fühlt.«

Er hauchte ihr einen Kuss auf die Lippen. Sie ließ es zu und sank dann gegen seine Brust. »Ich glaube nicht, dass du dich unsicher und bedroht fühlen solltest, Mariella. Ich laufe nicht weg.«

»Woher hätte ich das denn wissen sollen?«

Er hauchte einen weiteren Kuss auf ihren Haaransatz. »Du hättest mich einfach fragen können.«

30. Kapitel

»HALLO, Mama.«

»Was ist passiert?«

»Nichts ist passiert.« Mariella verdrehte die Augen ob des drohenden Déjà-vus ihres letzten Telefonats. Um dem obligatorischen »Du rufst an. Etwas muss passiert sein« zuvorzukommen, sprach sie schnell weiter. »Ich wollte dich hören und dich fragen, wie es dir geht, Mama.«

»Oh. Tja, ähm … danke. Gut. Deinen Brüdern geht es auch gut. Und Papa auch.«

»Das ist schön. Ich … ich wollte mich entschuldigen.«

Eine kurze Pause entstand, bevor ihre Mutter antwortete. »Wofür?«

»Für unser letztes Telefonat. Für die Art, wie ich mit dir gesprochen habe. Ich weiß, dass du es nur gut mit mir meinst. Ich weiß, dass du dir Sorgen machst und nur das Beste für mich willst.«

Und mittlerweile wusste Mariella das tatsächlich. Oder, vielleicht hatte sie das immer schon gewusst, allerdings unter all den Missverständnissen, den Kommunikationsproblemen, dem gekränkten Stolz nicht erkennen können.

»Ich weiß nicht, was ich sagen soll«, antwortete ihre Mutter und klang ehrlich gerührt.

»Du könntest sagen, dass du meine Entschuldigung annimmst. Wenn du willst.«

»Du bist mein Kind, Mariella. Du musst dich bei mir nicht entschuldigen. Für gar nichts.«

»Danke, Mama.«

»Bedanken musst du dich auch nicht. Ich bin eure Mutter. Diese Dinge sind meine Aufgaben.«

»Ich weiß, dass du das so siehst. Danke, dass du immer so … nun … aufopfernd warst.« Mariella wusste nicht, ob das das richtige Wort war, aber ein besseres fiel ihr nicht ein.

»Das ist kein Opfer, Mariella! Wenn du eines Tages selbst Kinder hast, wirst du das verstehen.«

Mariella lächelte. »Okay. Belassen wir es dabei. Ich bin immer noch in Camaiore.«

»Aha.«

»Es gefällt mir hier. Ich möchte bleiben, Mama. Und ich würde mich freuen, wenn ihr mich besuchen kommt. Wenn du einen Anlass dafür brauchst, nimm deinen Geburtstag im Sommer. Aber ihr könnt auch gerne ohne Anlass vorbeikommen. Ich würde mich freuen. Ich möchte euch zeigen, was ich geschafft habe.«

»Was hast du denn geschafft?«

»Ich habe zusammen mit meinem Partner ein Bistro gegründet. Im Laden und der Küche von Großmutter Maria. Wir bieten Running *Antipasti* an.« Mariella konnte förmlich vor sich sehen, wie sich Fragezeichen auf der Stirn ihrer Mutter bildeten.

»Was bietet ihr an?«

»Ich zeige es dir, wenn ihr herkommt. Ihr kommt doch?«

»Ich muss mit deinem Vater sprechen … Du hast einen Partner?« Die Stimme ihrer Mutter klang so hoffnungsvoll, dass Mariella lachen musste.

»Ja, Mama.«

»Wieso lachst du?«

»Weil du lustig bist.«

»Ich verstehe nicht, was du meinst. Hast du jetzt einen neuen Partner, oder nicht?«

»Celio ist mein Geschäftspartner, Mama.«

»Celio? Ein Italiener?«

»Ein Süditaliener.«

»Hättest du da nicht gleich bei Dominic bleiben können?«

Mariella schloss die Augen und zählte bis fünf, bevor sie antwortete. Ihre Mutter meinte es gut. Sie *wusste* das. Sie hatte nur eine sehr eigenwillige Art, ihre Liebe zu kommunizieren. Jedenfalls dann, wenn

Dinge passierten, die sie nicht verstand. »Nein, Mama. Und wir sind *Geschäftspartner*.«

»Oh.«

Nur ihre Mutter konnte die geballte pure Enttäuschung in ein so kleines Wort legen. Auch darüber musste Mariella lachen. Oder, besser gesagt, sie *konnte* endlich darüber lachen. »Mach dir keine Sorgen um mich, Mama. Ich bin glücklich. Sehr, sehr glücklich. Es geht mir gut.«

Und ganz so banal war die Sache mit Celio nun auch wieder nicht, aber das musste sie ihrer Mutter ja nicht gleich auf die Nase binden. Wenn ihre Familie irgendwann in den nächsten Wochen oder Monaten zu Besuch kommen würde, dann würde sie wissen, wie sie Celio vorstellen sollte. Aber jetzt, für's Erste, war sie glücklich mit dem, was sie hatte. Was auch immer das, was sie mit Celio hatte, war.

»Ich muss Schluss machen, Mama. Die Gäste kommen gleich. Wir haben heute Neueröffnung.«

»Okay. Viel Glück.«

»Danke. Mama, darf ich dich etwas fragen? Versprich mir, dass du dich nicht aufregst.«

»Was für eine Einleitung …«

»Es interessiert mich einfach. Ganz neutral. Ich bin die Schweiz.«

»Du sprichst in Rätseln, Kind.«

»Ich habe dir ja gesagt, dass ich das Tagebuch von *Nonna* Maria gelesen habe …«

»Mhm.«

»In einem Eintrag schreibt sie, dass sie in Deutschland war. Sie wollte dich aufsuchen. Sie hat Oma und Opa kontaktiert, die wussten Bescheid und haben Papa angerufen. Aber … er wollte sie nicht empfangen. Ich wollte wissen, ob er dir davon erzählt hat. Hast du gewusst, dass sie euch besuchen wollte?«

Die Stille, die nun entstand, war schier unerträglich. Denn auch, wenn ihre Mutter ihr nicht gegenübersaß, sondern sie nur über eine Telefonleitung mit ihr verbunden war, konnte Mariella spüren, dass gerade eine Gefühlswelle über sie hinwegbrach.

»Mama?«, fragte sie leise.

»Ich bin noch da«, sagte ihre Mutter mit erstickter Stimme.

»Ich wollte dich nicht aufregen. Es tut mir leid. Und … ich bin die Schweiz.«

»Ja, richtig. Du bist die Schweiz«, wiederholte ihre Mutter, und Mariella konnte hören, dass sie lächelte. »Nein«, sagte sie dann nach kurzer Pause. »Nein, er hat mir nichts davon erzählt.«

»Tut mir leid. Ich fand, du solltest es wissen. Trotz allem war sie deine Mutter, sie hat dich geliebt, du sie auch, und ich weiß, dass du sehr traurig sein musst, dass sie gestorben ist. Und ich wollte dir nur sagen, dass sie dich besuchen kommen wollte.«

»Er hat das aus Liebe gemacht, weißt du?«, sagte ihre Mutter unvermittelt.

»Ja. Das … das dachte ich schon.« Dennoch fand sie es grauenvoll, wie sehr ihr Vater über das Leben ihrer Mutter bestimmte. Doch das behielt Mariella für sich.

»Er will mich nur beschützen.«

»Ich weiß, Mama. Darf ich dich noch etwas fragen?«

»Ja.«

»Hättest du gern ihr Tagebuch?«

Wieder entstand eine Pause. Diesmal konnte Mariella nicht deuten, was in ihrer Mutter vorging. Sekunden um Sekunden vergingen, bevor sie ihre Mutter ausatmen hörte. Dann, ganz leise, sagte sie: »Ja.«

È così sie riparte ...

UND so geht es wieder los, dachte Mariella und blickte um sich. Doch diesmal saß sie nicht in einem altmodischen Zimmer und war von unbestimmter Trauer erfüllt. Sie saß vor ihrem *Bistro Romantico*, neben sich Celio, um sie beide herum all ihre Freunde und Bekannten. Der kurze Frühling in der Toskana lag hinter ihnen und war einem zauberhaften, heißen, von Sonnenstrahlen durchtränken Frühsommer gewichen.

Die Tage wurden heißer, die Nächte wärmer und endlich roch es wieder nach Urlaub und Sonne und Glück. Es würden wunderschöne Sommernächte im *Bistro Romantico* auf sie zukommen, dessen war Mariella sich nunmehr sicher. In diesem und in vielen weiteren Sommern. Denn das hier war der Platz, an dem sie sich wohlfühlte. Das war der Platz, an dem sie sein wollte.

Mit Celio an ihrer Seite.

Der stand mit vor Stolz geschwellter Brust am Eingang und sprach mit Letizia und Andrea. Heute wurde das Förderband eingeweiht, und alle Gäste betrachteten es, als handle es sich um eine von Aliens importierte neuartige Technologie.

»Es ist wie Running Sushi«, wiederholte Mariella zum gefühlt hundertsten Mal. Allerdings brachte das auch nicht viel, denn die meisten ihrer toskanischen Freunde hatten auch davon noch nie etwas gehört.

»Wissen Sie, wer das Sushi erfunden hat?«, fragte Giampaolo und zupfte Mariella am Ärmel.

»Die Japaner.«

»Falsch. Die Apulier. Ist Ihr Freund da drüben nicht von dort?«

»Ja, ist er.«

»Dann hätte er Ihnen das doch beibringen müssen.«

»Was wollen Sie mir eigentlich erzählen?«

»Die Apulier haben aus rohem Fisch schon eine Leckerei gemacht, da wussten die Japaner noch nicht mal, wie man Sushi schreibt.«

»Das wusste ich nicht.«

»Jetzt wissen Sie es.«

Mariella blickte zu Celio und lächelte, als sie sah, wie er eine kleine Rede hielt und allen Interessierten ihr Konzept vorstellte.

»Na, Sie werden ohnehin bald mal dorthin fahren, oder?«, fragte Giampaolo mit vielsagendem Blick.

»Nach Apulien?«

»Ja. Zu seiner Familie.«

»Ähm, ich weiß nicht.«

»Ich schätze, das steht auf dem Plan, *cara*. Und jetzt nehmen Sie mich mit in Ihre Küche und zeigen Sie mir, welche Leckereien Ihr *Terrone* gezaubert hat.«

Giampaolo hakte sich bei Mariella unter, und beide gingen nach drinnen. Als sie bei Celio vorbeikam, streckte sie ihre Hand aus und strich über seinen Unterarm.

Er zwinkerte ihr zu.

Ja, dachte sie. *Apulien hört sich nach einem guten Plan an.*

- Ende -

Original italienische Rezepte zum Nachkochen

Italien ist Kulinarik, und Kulinarik ist Italien. Kein Italien-Roman kommt ohne eine kleine Reise in die italienische Küche aus, und diese Reise soll meiner Ansicht nach nicht nur theoretischer Natur bleiben. Als jemand, der sowohl Italien als auch die italienische Küche über alles liebt, dürfen ein paar Rezepte, die ich auf meinen Reisen aufgeschnappt und in diesem Buch erwähnt habe, natürlich nicht fehlen.

Torta della Nonna (Torte mit Zitronencreme und Pinienkernen)

... als Mariella bei Rosa Kaffee trinkt (2. Kapitel).

Die *Torta della Nonna* ist eine klassische Torte der italienischen Küche und wird als leckerer Oma-Kuchen bei fast allen Familienfeiern serviert. Er besteht aus einem Mürbeteig, der mit einer süßen Zitronencreme und Pinienkernen gefüllt ist.

<u>Zutaten für eine Torte (Durchmesser: 24 cm)</u>
250 g Mehl
100 g Mandeln
75 g Zucker
170 g Butter
1 TL Backpulver
1 Ei + 1 extra Eigelb
Prise Salz
350 ml Milch
60 g Weizenmehl
1 Vanilleschote
4 Eigelbe
70 g Zucker
Schale von 1 Zitrone
1 TL Butter

4 EL Pinienkerne

<u>Zubereitung</u>

Für den Mürbeteig Ei und Eigelb mit einer Gabel verquirlen. Mehl, geriebene Mandeln, Backpulver und Salz in einer separaten Schüssel vermischen. Butter in kleine Stücke schneiden und auf die Mehlmischung geben. Alles mit den Händen zu einer krümeligen Masse kneten. Den Zucker hinzufügen und weiter kneten. Zum Schluss die Eiermischung zufügen, schnell zu einem weichen Teig vermischen, dabei nicht mehr kneten. Den Teig zu einer Kugel formen, diese in Folie wickeln und etwa eine Stunde im Kühlschrank ruhen lassen.

In der Zwischenzeit für die Füllung die Milch in einem Topf erwärmen. Die Vanilleschote der Länge nach aufschneiden, aufklappen und das Vanillemark auskratzen und in die Milch geben. Das Mehl hinzufügen und alles mit einem Schneebesen vermengen, dabei unter Rühren aufkochen lassen. Sobald die Mischung einmal aufkocht, Hitze reduzieren und unter ständigem Rühren auf kleiner Hitze etwa drei Minuten köcheln lassen.

Eigelb und Zucker in einer Schüssel verrühren. Zitronenschale hinzufügen und die heiße Milchmischung unter Rühren hinzufügen. Alles kurz verrühren, dann die Mischung zurück in den Topf gießen und unter ständigem Rühren zum Sieden bringen (nicht kochen). Den Topf von der Platte nehmen und etwa zwei Minuten weiterrühren. Dann abkühlen lassen.

Etwa ein Drittel vom Mürbeteig abschneiden und mit einem Nudelholz rund ausrollen, bis der Teig den Durchmesser der Springform (24 cm) hat. Dieser Teil wird der Deckel der Torte. Mit dem restlichen Teig ebenso verfahren und diesen als Boden in die gefettete Springform legen. Den Boden ein paar Mal mit einer Gabel einstechen. Die Füllung auf den Teig geben, den Deckel darauf setzen und am Rand festdrücken, sodass keine Abstände zwischen Deckel und Rand bleiben. Die Pinienkerne darüber streuen. Auch den Deckel vorsichtig mit einer Gabel einstechen. Die Torte 40 Minuten bei 180 °C backen.

Peposo del Valdarno (Ragout mit Kalbshaxe und Rotwein-Pfeffer-Soße)

... als Maria ein besonderes Mahl für ihren Ehemann kocht (Marias Tagebuch, 3. Eintrag).

Bei diesem Ragout bzw. Gulasch handelt es sich um ein typisch toskanisches Gericht. Der Eintopf ist sehr deftig und wird durch seine lange Schmorzeit sehr geschmackvoll. Das Gericht wird gerne im Herbst serviert und findet auch bei Familienfeiern häufig Platz auf dem Tisch. Das Ragout wird entweder mit Kalbshaxe oder mit Rinderwade zubereitet.

Zutaten für 4 Personen
1 kg Kalbshaxe
1000 ml Rotwein (z. B. Chianti)
1 große Zwiebel
1 große Möhre
200 g Tomatenpolpa
1 EL schwarze Pfefferkörner
1 TL Wacholderbeeren
5 Knoblauchzehen
1 Handvoll Salbeiblätter
2 Zweige Rosmarin
Salz, frisch gemahlener Pfeffer

Zubereitung

Den gemahlenen Pfeffer mit dem Salz vermischen. Zwiebel und Möhre schälen und in kleine Würfel schneiden. Die Kalbshaxe putzen und in mundgerechte Stücke schneiden. Die Fleischstücke in der Salz-Pfeffer-Mischung wenden.

Einen großen Schmortopf auf den Herd stellen. Fleisch, ungeschälte Knoblauchzehen, Salbei, Rosmarin, Pfefferkörner, Wacholderbeeren, Zwiebelwürfel, Möhrenstücke und Tomatenpolpa in den Topf geben. Alles mit Rotwein aufgießen, bis dieser alle Zutaten bedeckt. Deckel auflegen und alles zum Kochen bringen. Sobald der Eintopf kocht, die Hitze auf ein Minimum reduzieren und alles mindestens zwei Stunden kochen lassen. Dabei regelmäßig prüfen, ob ausreichend Wein im Topf ist, falls nicht, etwas nachgießen. Dabei regelmäßig umrühren.

Dazu passen Bratkartoffeln.

Tortino al Cioccolato Fondente (Schokoladenkuchen)

... als Maria ein besonderes Mahl für ihren Ehemann kocht (Marias Tagebuch, 3. Eintrag).

Schokoladenkuchen wird vor allem in der Region rund um den Golf von Neapel sehr gerne gegessen. Dieser reichhaltige Schokoladenkuchen erfreut sich aber auch in vielen anderen Regionen Italiens großer Beliebtheit.

Zutaten für 4 kleine Kuchenförmchen
100 g Zartbitterschokolade
100 g Zucker
100 g Butter
50 g Mehl
2 Eier + 3 extra Eigelb

Zubereitung

Die Schokolade in kleine Stücke hacken und zusammen mit der Butter in einem Topf über heißem Wasserbad schmelzen. Sobald die Schokolade vollständig geschmolzen ist, den Topf vom Wasserbad nehmen und weiterrühren, bis die Mischung etwas ausgekühlt ist.

Eier und Eigelbe in eine Schüssel geben und mit dem Schneebesen verrühren. Den Zucker hinzufügen und das Mehl hinein sieben. Weiterrühren, bis eine geschmeidige Konsistenz entsteht. Danach die geschmolzene Schokolade dazugeben und verrühren.

Die Mischung in vier gefettete und bemehlte Kuchenförmchen gießen. Im vorgeheizten Ofen bei 180 °C (Umluft) ca. 15 Minuten backen.

Nach der Backzeit eine bis zwei Minuten ruhen lassen, danach den Kuchen warm servieren.

Pesto alla Siciliana (Tomatenpesto mit Ricotta)

... als Celio Großmutter Marias Rezepte aufbessert (12. Kapitel).

Das sizilianische Pesto ist eine Abwandlung des beliebten italienischen Klassikers Pesto alla Genovese. Im Gegensatz zu seinem grünen Vorgänger besteht das sizilianische Pesto aus fruchtigen Tomaten und Ricotta.

Zutaten für 4 Pasta-Portionen
450 g reife Tomaten
50 g getrocknete Tomaten (in Öl)
150 g Ricotta
50 g frisch geriebener Parmesan
5 EL Pinienkerne
150 ml Olivenöl
1 Bund frisches Basilikum
2 Knoblauchzehen
Salz, Pfeffer

Zubereitung

Die Tomaten waschen, halbieren und Samen sowie überschüssige Flüssigkeit mit einem Löffel entfernen. Das Basilikum waschen und trocken schütteln. Die Tomaten zusammen mit dem Basilikum, den Pinienkernen, den getrockneten Tomaten, dem Ricotta und dem Parmesan in einen Mixer füllen. Etwas Olivenöl hinzugeben und alles auf niedriger Geschwindigkeit pürieren. Nach und nach weiteres Olivenöl hinzufügen, bis das Pesto eine cremige Konsistenz hat. Mit Salz und Pfeffer abschmecken.

Gnocchi negro mit Salbei (Schwarze Gnocchi mit Salbei)

... als Celio bei Rosas Neueröffnung seine Häppchen anbietet (22. Kapitel).

Keine Sorge – die dunkle Tinte in den schwarzen Gnocchi schmeckt man nur ganz wenig, sie sieht dafür aber umso spektakulärer aus. Um die dunkle Farbe zu erreichen, wird Sepia-Tinte verwendet, die man auf Märkten oder beim Fischhändler kaufen kann. Zu den visuell ansprechenden Gnocchi wird Salbeibutter und frisch geriebener Parmesan serviert – simpel und lecker.

Zutaten für 4 Personen
1 kg festkochende Kartoffeln
320 g Mehl
2 Eier + 2 extra Eigelb
1 EL Sepia-Tinte
Salz, Pfeffer, Muskatnuss
1 Handvoll Salbeiblätter
4 EL Butter
100 g Parmesan (frisch gerieben)

Zubereitung

Die Kartoffeln in der Schale weich kochen, danach kurz ausdampfen lassen und schälen, diese dann durch eine Kartoffelpresse geben. Etwas abkühlen lassen, dann Mehl, zwei Eier, Tinte, Salz, Pfeffer und etwas Muskatnuss hinzufügen. Alles zu einem Teig kneten. Falls dieser zu klebrig ist, weiteres Mehl hinzufügen.

Den Teig in eine etwa ein Zentimeter dicke Rolle formen und davon mit einem scharfen Messer Zwei-Zentimeter-Stücke abschneiden. Die abgeschnittenen Stücke zu gleichmäßigen Kügelchen formen. Die Gnocchi in siedendes Salzwasser geben und so lange köcheln lassen, bis sie an der Oberfläche schwimmen (das dauert nur wenige Minuten).

In der Zwischenzeit die Butter in einer Pfanne schmelzen lassen. Die Salbeiblätter im Ganzen hinzufügen und kurz dünsten lassen. Die Gnocchi, sobald sie fertig sind, in die Pfanne zur Butter geben und kurz durchschwenken. Mit Salbeiblättern und frischem Parmesan servieren.

Ribollita (Toskanische Gemüsesuppe)

... als Letizia Mariella mit einem leckeren Eintopf tröstet (24. Kapitel).

Ribollita ist eines der bekanntesten toskanischen Gerichte. Die Gemüsesuppe besteht vor allem aus Bohnen und Kohl, die Rezepte variieren allerdings je nach Saison. Es handelt sich um eine Suppe mit breiartiger Konsistenz, die gerne aufgewärmt gegessen wird (daher auch der Name: *Ribollita* = die Wiedergekochte).

Zutaten für 4 Personen
250 g weiße Bohnen (Dosenkonserve)
1 Salbeiblatt
800 g Kohlgemüse (z. B. Schwarzkohl, Wirsing, Mangold)
200 g Tomatenpolpa
1 Kartoffel
1 Zwiebel
1 Möhre
1 Stange Sellerie
1 Stange Lauch
1 kleiner Bund Petersilie

200 g altes Weizenbrot
5 EL Olivenöl
Salz, Pfeffer

<u>Zubereitung</u>

Die Bohnen abtropfen lassen und mit einem Salbeiblatt und zwei Liter Wasser etwa eine Stunde bei niedriger Temperatur köcheln lassen.

Zwischenzeitlich das restliche Gemüse waschen, putzen, schälen und in mundgerechte Stücke schneiden. Die Petersilie waschen und trocken schütteln.

Olivenöl in einem großen Topf erhitzen und das gesamte Gemüse darin – gegebenenfalls portionsweise, wenn der Topf zu klein ist – andünsten. Die Bohnen abgießen und das Kochwasser dabei auffangen und zum Gemüse in den zweiten Topf geben. Das Salbeiblatt entfernen. Die Hälfte der Bohnen mit einem Stabmixer pürieren und zum Gemüse geben. Petersilie und Tomatenpolpa hinzufügen und alles mit Salz und Pfeffer abschmecken. Die Suppe bei niedriger Temperatur etwa eine Stunde köcheln lassen.

Etwa zehn Minuten vor Ende der Garzeit die übrigen Bohnen hinzufügen. Einen weiteren großen Topf mit dem alten Brot auslegen. Die Gemüsesuppe hineinschöpfen und diesen Vorgang immer schichtweise wiederholen, bis sowohl Brot als auch Suppe aufgebraucht sind.

Man kann die Suppe bereits jetzt verzehren, in Italien wird sie allerdings über Nacht stehen gelassen und erst am nächsten Tag neu erwärmt und gegessen.

Spaghetti con Polpette (Spaghetti mit Fleischbällchen)

... als Mariella ein Dinner à la Susi und Strolch zubereiten möchte (26. Kapitel).

Polpette, also italienische Fleischbällchen, werden in Italien in zahlreichen Variationen gegessen. Mal pur, mal überbacken, mal als

Beilage zu Pasta. Sie schmecken mit Tomatensoße besonders lecker und saftig.

500 g Hackfleisch (vom Rind)

1 Zwiebel

2 Knoblauchzehen

1 Ei

1 EL Senf

1 Handvoll Paniermehl

100 g Mascarpone oder Ricotta (optional)

2 Zweige frischer Rosmarin

2 Zweige frischer Basilikum

800 ml Tomatenpolpa

2 EL Balsamicoessig

400 g Spaghetti

Salz, Pfeffer, getrockneter Oregano

frischer Parmesan zum Servieren

Zubereitung

Die Rosmarinnadeln von den Zweigen lösen und hacken. Zusammen mit Paniermehl, Senf, Hackfleisch und Oregano in eine Schüssel geben. Das Ei hineinschlagen und kräftig mit Salz und Pfeffer würzen. Den Teig verkneten und abschmecken. Mit feuchten Händen Fleischbällchen formen und (wahlweise) in jedes dieser Fleischbällchen einen TL Mascarpone oder Ricotta füllen. Die Fleischbällchen auf eine Platte legen, mit etwas Olivenöl beträufeln und ruhen lassen.

In der Zwischenzeit Wasser in einem großen Topf zum Kochen bringen und die Pasta darin bissfest kochen.

Zwiebel und Knoblauch schälen und fein würfeln. Basilikum waschen und trocken schütteln, die Blätter abzupfen. Eine Pfanne auf mittlere Temperatur erhitzen. Etwas Öl hineingeben und die Zwiebel ca. fünf Minuten darin weich dünsten. Den Knoblauch und die Basilikumblätter hinzufügen. Mit Essig ablöschen, anschließend Tomatenpolpa hinzufügen. Aufkochen lassen, anschließend die Temperatur reduzieren und schwach köcheln lassen.

In einer zweiten Pfanne die Fleischbällchen portionsweise anbraten und, sobald sie gut gebräunt sind, in die Tomatensoße geben.

Die Pasta abseihen und auf vier Teller verteilen. Tomatensoße und Fleischbällchen darüber gießen und mit Parmesan servieren.

Eine kleine Bitte zum Schluss …

Wir hoffen, Ihnen hat dieses Buch gefallen …

Der schnellste Weg, andere Leser da draußen an Ihren Erfahrungen mit diesem Buch teilhaben zu lassen, ist eine Rezension im Online-Buch-Shop. Ihr Feedback hilft nicht nur anderen Lesern, Neues zu entdecken, sondern auch dem Autor, zu verstehen, was aus Lesersicht in diesem Buch gut und weniger gut ist. So kann sich der Autor weiterentwickeln und Ihnen sowie anderen Lesern in Zukunft noch schönere Geschichten präsentieren. Außerdem sind Ihre Erfahrungen, Erkenntnisse und Eindrücke als ehrliches Leser-Feedback eine enorme Wertschätzung vieler liebevoller Arbeitsstunden, die in dieses Buch geflossen sind.

Danke also schon im Voraus, wenn Sie sich zwei bis drei Minuten Zeit nehmen und eine kleine Bewertung zum Buch z.B. auf Amazon veröffentlichen.

Mehr zur Autorin finden Sie auf

www.hannaholmgren.de,
www.instagram.com/hannaholmgren.autorin,
www.facebook.com/hannaholmgren.autorin und
www.feuerwerkeverlag.de/holmgren

Abonnieren Sie auch unseren Verlags- und Autoren-Newsletter und erfahren Sie so als Erster von unseren **Neuerscheinungen, Autorennews** und exklusiven **Buch-Gewinnspielen**:
www.feuerwerkeverlag.de/newslettcr

Gratis Kurzroman sichern

Ein romantisches Hotel am Meer, die unendliche Weite der Ostsee und eine unerwartete Liebe…

Als Lisa ihrem besten Freund Lennart eine vergessene Weinlieferung in sein traumhaftes Strandhotel an der Ostsee bringt, ahnt sie nicht, welches Abenteuer sie dort erwartet. Denn gleich am ersten Nachmittag lernt sie am Strand Johannes kennen, der ihr auf Anhieb sympathisch ist. Wie es der Zufall will, trifft sie ihn ein zweites und auch noch ein drittes Mal, allerdings auf gänzlich andere Weise als erwartet. Die beiden kommen sich näher, und sie verbringen einen wunderschönen Abend miteinander, einen Abend, der sich nach mehr anfühlt: Das Rauschen der See, der helle Mond und Johannes' blaue Augen lassen Lisas Herz schneller schlagen. Doch als die gemeinsame Zeit auf Rügen sich dem Ende zuneigt, macht Johannes ihr ein Geständnis, und Lisa muss sich entscheiden, ob sie ihn wiedersehen will oder ihn lieber ganz schnell wieder vergessen sollte …

Den 50-seitigen Kurzroman hier komplett kostenlos herunterladen:

https://hannaholmgren.de/#kurzroman

Weitere Bücher des Verlages

Verlorene Herzen auf Blackrish Castle
Josefine Weiss

Ein Jahr Auszeit in Irland scheint für die Bildhauerin Vicky die perfekte Gelegenheit zu sein, um nach einem großen Verlust ihre verletzte Seele zu heilen.

Als sie bei einem Strandspaziergang auf einen Fremden trifft, der infolge einer Kopfverletzung sein Gedächtnis verloren hat, nimmt sie ihn bei sich auf. Die gemeinsame Suche nach seinen Erinnerungen bietet Vicky die Möglichkeit, einen Teil ihrer Trauer zu verarbeiten und lässt eine tiefe Verbundenheit zwischen den beiden entstehen.

Schon bald können sie sich ihren Gefühlen füreinander nicht mehr entziehen, bis sie auf ein Geheimnis stoßen, das ihre zarte Liebe bedroht.

Das Geheimnis hinter den Dünen
Brigitte Ploenes

Als die Zwillingsschwestern Ruby und Elisa nach vielen Jahren zum Geburtstag ihrer Großmutter Gesa an die Nordsee zurückkehren, fühlen sie sich am Meer gleich wieder zu Hause. Die Dünen, die Seeluft und der scheinbar unendliche Himmel - es ist traumhaft!

Allerdings gibt ihnen Oma Gesas seltsames Verhalten Rätsel auf, denn warum befinden sich in ihrem Haus plötzlich verschlossene Zimmer? Und was hat es mit dem charmanten Conor auf sich, der ebenfalls auf der Gästeliste

Wo die Liebe den Himmel küsst

Hanna Holmgren

Sterneköchin Liv ist urlaubsreif und bucht sich in einem Luxushotel in den Kitzbüheler Alpen ein. Ihr Chef und Lebensgefährte Henry ist wenig begeistert, denn sie ist im gemeinsamen Restaurant in Stuttgart praktisch unersetzbar. Als Liv in ihrem Hotel in den Bergen ankommt, ist dort jedoch wegen eines Buchungsfehlers aktuell kein Zimmer mehr frei. Ein Glück, dass sie spontan auf dem nahegelegenen Sonnenhof unterkommen kann. Jakob, der Besitzer des wunderschönen Hofes, ist nicht nur ein sehr netter und überaus attraktiver Mann, sondern auch noch ein begnadeter Selfmade-Koch. Liv genießt die Zeit in den Alpen, doch als sie plötzlich in der Heimat gebraucht wird, geraten Herz und Kopf ganz schön aneinander …

Immer der Liebe entgegen

Hanna Holmgren

Frisch getrennt von ihrem Freund verlegt Maja ihren Arbeitsplatz kurzerhand für vier Wochen auf die Sonneninsel Rügen. Als sie an ihrer Unterkunft ankommt, wird sie völlig ungläubig von Bent, dem gutaussehenden Besitzer des Hofes, in Empfang genommen - denn die Wohnungen werden eigentlich nicht mehr vermietet. Schnell wird klar, dass Bents Tante Fine ihre Finger im Spiel hat. Charmant überredet diese Maja, zu bleiben und gemeinsam mit ihr die verstaubten Wohnungen heimlich aus ihrem Dornröschenschlaf zu erwecken. Als Bent davon Wind bekommt, ist er gar nicht begeistert. Maja will schon aufgeben und sich eine andere Unterkunft suchen, doch dann passiert etwas, das sie zum Bleiben bewegt.

Vier ereignisreiche, emotionale und sonnige Wochen auf Rügen beginnen, die am Ende nach einem ganzen Leben schmecken - wäre da nicht Bents komplizierte Vergangenheit…